삼촌의 전성시대
3권

장호주 자서전

삼촌의 전성시대
3권

장호주 자서전

예술의숲

◈ 차 례 ◈

제8부. "내 사랑 필리핀, 필리피나"(필리핀 편)

제9부. 정열의 여인, 나에게 손대지 말라. 속(필리핀 편)

제10부. "돌고 도는 세상"(마지막 편)

제11부. 바둑 이야기

제8부. "내 사랑 필리핀, 필리피나"
(필리핀 편)

백수건달

타북에서 돌아온 삼촌은 당시 논, 밭뿐이던 안양 평촌의 시골집에 방을 얻어 어찌된 셈인지 가끔은 프리랜서로 목공일을 하곤 했지만 그밖엔 별다르게 하는 일도 없어 비산동에 있는 단골기원에서 삼년가까이 죽치며 허송세월을 보내고 있었다. 내가볼 때 아무래도 갈 길을 찾지 못하고, 방황하고 있었다. 삼촌이 허구한 날 하는 일이라곤, 기원에서 소소한 내기바둑이나 마작과, 카드 노름 등이었다. 날밤을 새우며 동료 등과 마작을 할 때는 가끔은 그 지역 군부대의 부대장(소령)이 야밤에 찝차를 타고와 운전병은 기원에서 자빠져 자든 말든, 마작 판에 끼어들어 몇 시간씩 놀다 가기도 했다. 마작은 그 마치 재미가 있다.

그런가 하면 그 안양의 비산동 단골 기원에서 얼마 안 되는 연립아파트엔 1급 장애자가 있었는데 그의 유일한 취미는 바둑이었다. 기력은 2급 정도였다. 그러나 그 장애인은 반신이 불수로 팔은 움직일 수 있지만 손가락은 잘 놀리질 못했다. 따라서 침대에 앉아서 바둑판을 앞에 놓고 바둑돌을 궁하면 통한다고 가느다란 철사로 손잡이는 손목에 딱 맞게 낄 수 있고 철사 끝은 역시 바둑돌 하나가 딱! 들어갈 수 있는 조그만 철사 반 바가지를 만들어 그 철사 바가지로 바둑돌을 하나씩 떠서 바둑판에 놓아가며 혼자서 일본의 꽤나 비싼 바둑원서들을 보며 복기하는 것이 유일한 낙이었다. 생활은 1급 장애자로 넉넉한 연금을 받고 있어 별 어려움이 없었다. 그러나 그래도 답답하면 가끔은 도움이를 불러 휠체어를 타고 기원을 찾아와 도움이의 도움으로 이층 기원까지 층계로 올라와 바둑을 두고 가곤했다. 그때 상대가 삼촌이었다. 사실 그렇게 장애자가 휠체어에 앉아, 더군기나 그 철사 꼬다리로 바둑돌을 떠서 두는 장애자와 바둑 두기를 좋아하고, 원하는 사람은 있을 리가 없었다. 따라서 그 장애자도 그러한 자신의 처지를 잘 아는지라 바둑도 상수인 삼촌이 상대 해주는 것만도 고마워서 형식적으로나마 한 판에 만 원짜리 내기 바둑을 왔다하면 네댓 판은 두고 갔다. 물론 삼촌이 열 판 두면 아홉 판은 이겼다. 즉, 용돈벌이였다. 그러다 그 장애자는 자기 아파트에 와서 상대해주면 안되겠느냐 해 다음부턴 일주일에 한두 번 정도 장애자의 아파트로 용돈 벌이를 가곤 했다. 한 마디로 허구한 날 기원에서 죽치는 백수건달이었다. 세상이 허무했던 모양이다.

당시 비산동 기원에서는 프로기사였던 김동엽 5단이 가끔은 드나들었다. 신문이나 보면서 어쩌다 지도대국을 요청하는 아마들에게 지도대국을 해주곤 했다.

참으로 프로기사들의 춥고 배고픈 시절이었다. 실명을 밝혀도 이해해주리라 믿는다. 아마 당시의 프로기사들은 그랬었지…… 할 것이다. 지도대국료 : 지금의 2만원.

그런데다, 삼촌은 툭하면 근처 다방에서 오락기계에 들러붙어 벽돌 깨기나 날 파리들을 때려잡고 올 수박, 올바, 올 세븐아 나와라, 나와라 동전을 집어넣으며 오락기계를 두드려대기도 했다. 그러한 허구한 날 기원에서 내기 바둑이나 마작 카드노름 등 노름꾼이자 툭하면 나타나서 오락기계에 들러붙어 놀고 있는 날건달인 삼촌을 그 다방의 얼굴 마담이자 다방 마담이 삼촌을 관심을 갖고 지켜보기 시작했다. 그 다방 마담은 과부로 몸매나 얼굴도 괜찮았다.

자신에게 수작을 거는 손님과 앉아 있다가도 삼촌이 나타나면 냉큼 일어나서 삼촌 옆에 앉아 간살을 떨기 시작했고, 손님이 없을 때 삼촌이 오락기계에 매달려 놀고 있으면 역시 옆에 앉아 동전을 넣어주거나, 쌍화차를 갖다 주기도 했다. "어, 돈 없는데?", "아이, 돈은 무슨 돈 우리 사이에." 아양을 떨기 시작했다. 과부들은 홀아비 냄새를 기가 막히게 잘 맡는 모양이다. 하긴 만사가 귀찮기 만해 혼자 살고 있으니 입고 있는 내복이나 단벌옷도 제대로 빨아 입을 리도 없어 찌들은 담배냄새와 그 궁상맞은 홀아비 냄새가 풀풀 났을 것이다. 그때는 그 잘난 춤도 시들해졌는지 카바레에 놀러 다니지도 않았다. 한마디로 될 대로 되라였다. 그러나 삼촌의 그 궁상맞은 홀아비 냄새가 그 다방 마담에겐 황홀하고 달콤한 냄새였던 모양이다. 결국 삼촌은 그 다방 마담의 쌍화차에 낚여 퍼덕거리며 어울려 놀기 시작 했다. 그 다방 마담은 엽기적인 습관과 버릇이 있었다. 일찍이 삼촌이 시달렸던 색녀와 꽃뱀 누이는 저리가라였다. 덕분에 삼촌의 풀이 죽어 있던 똘똘이는 다시 활기를 찾기 시작했고 호강하기 시작했다. 다방 마담이 위, 아래 입으로 깨끗이 목욕을 시켜주기도 했다. 여관에서 밤새 놀다 선잠을 자고 눈을 뜨면 그때까지도 삼촌의 똘똘이는 그 다방 마담의 위 입에 물려 있었다. 용돈도 얻어 쓰고 술도 밥도 얻어먹었다. 한마디로 그 엽기적인 다방 마담의 기둥서방이 되어 어찌됐든 사람 꼴이 되긴 됐다. 그러던 어느 날 난데없이 삼촌에게 한통의 등기 우편이 날아왔다. 내용은 사우디에서 일할 때 회사가 대납한 소득세인가 뭔가 알지도 못하는 세금을 사우디 정부의 정책에 따라 돌려준 돈을 찾아가라는 것이었다. 이게 웬 떡인가! 종묘 옆에 있는 현대건설 인력 관리본부를 찾아가 본인만이 수령할 수 있는 삼촌 명의로 돼 있는 '뱅크오브아메리카'의 보증수표를 받았다. 수표의 액면은 150불이었다.

그때, 그 인력 관리본부의 벽에는 해외파견 기능공 모집공고가 붙어 있었다. 다른 직종도 있었지만 내장 목공직도 있었다. 4~5년 전만 해도 일간 신문 지상에는 심심찮게 그러한 모집 공고들이 있었다. 그러나 중동 붐도 사그라진 그때는 다 옛날 얘기였다. 삼촌은 허구한 날 날건달로 기둥서방으로 지내는 것도 지겨웠던지라, 어디가 되던 또 한 번 나가볼까? 그 자리에서 이력서를 제출했다. 일주일 후 면접 통보가 날아왔다.

실기 시험도 없이, 그런데다 면접 장소가 다른 곳도 아닌 인력관리본부 관리본부장실이었다. 이상했다. "본부장이 직접 면접을 보나? 일개 기능공들을?" 어찌됐든 면접을 보러갔다. 안내하는 대로 본부장실에 들어섰다. 안내도 정중했다. 그런데 면접자는 삼촌뿐이었다. 도무지 알 수가 없었다. 그때 인력관리본부장 ○○○ 삼각패가 놓인 커다란 책상에 앉아있던 본부장이 일어섰다. 삼촌은 깜짝 놀랐다. 그 본부장이 삼 년 전 타북 현장에서 만났던 바로 그 인사부장이었기 때문이다. 참으로 사람의 앞날은 알 수가 없다. 그 인사부장은 아니, 본부장은 삼촌에게 다가와 웃으며 "오랜만일세." 손을 내밀었다. 악수를 나눈 후 앉게 하곤 벨을 누르자 아리따운 여비서가 차를 갖고 들어와 따라주고 나갔다. 본부장은 "이력서들을 살펴보다 자네 이력서가 눈에 띄더군. 자세히 살펴본바 자네가 틀림없더군. 그래서 이렇게 보자고 했네. 그래 그동안 뭘 했나? 가끔은 자네 생각이 나긴 했지만 어디 있는지 알 수가 있어야지." 삼촌은 "소장님도 안녕하시죠?", "물론일세. 그 친구도 이젠 꽤나 괜찮은 사람이 됐다네. 지금은 꽤나 큰 현장에서 왕초로 큰소리 치고 있지.", "잘됐군요.", "그게 다 자네 힘일세. 어때! 그 현장에 가볼 텐가?", "어딘데요?", "사우디지.", "아이고, 또 그 찜통 속으로요?", "싫다면 할 수 없지. 사실 자네가 갈 곳은 정해져있다네.", "어딘데요?", "찜통은 아니지만 보온 밥통 정도는 되는 곳이지. 필리핀일세.", "필리핀이요?", "그렇다네. 은행 공사인데 막바지 내장공사가 한창이라네. 그래서 자네 같은 내장 목수가 필요하지. 그런데 사실 자넨 우리회사소속이지만 그 내장공사는 전문 내장 업체에 맡겼다네. 따라서 가게 되면 일은 그 업체에서 시킬 거네. 마음 같아선 자넬 최소한 조장으로 보내고 싶지만 이미 그 업체 소속 조장들이 있다네. 따라서 일단은 일반 내장 목공으로 갈 수 밖에 없다네. 자네 같은 능력자라면 얼마든지 조장, 반장도 될 수 있을 걸세. '시급'은 최고 대우를 해주겠네. 어차피 가려고 했으니 괜찮지?"

"물론입니다.", "그럼 됐네. 그런데 말일세. 어쨌든 면접은 봐야 하질 않겠나?", "물론입니다.", "그럼 바둑 한 판만 두세. 만약 내게 지면 면접은 탈락일세. 나도 지금은 타이젬 6단일세.", "그래요? 그럼 어떻게 돼야 하는데요?", "물론 석 점이지. 자넨 9단이 아니겠나? 타이젬 9단들한테도 석 점을 깔고 두면 가끔은 이기지. 그러니 각오하게. 그야 필리핀을 가느냐, 못 가느냐 데.", "최선을 다하겠습니다.", "좋지!" 바둑을 두기 시작했다. 삼촌은 쩔쩔매며 헤매는 본부장의 대마를 사정없이 몰아붙여 기어코 때려잡고 만방으로 이겼다. "이럴 수가 제가 누군데요? 이래봬도 타이젬의 프로들도 가끔은 때려잡아 도대체 프로 잡는 '탕탕 ○○○○'이 누구냐? 난리들인데 제가 바로 그 주인공이걸랑요?", "아니 그럼, 그 탕탕 ○○○○이 바로 자네였나? 나도 여러 번 그 바둑을 보았다네. 그 호쾌한 바둑에 완전 팬이 되었다네. 차라리 필리핀에 가서 개 고생하지 말고 여기서 바둑이나 좀 가르쳐주게.", "에이 본부장님은 이제 배울게 없으셔유. 그냥 즐기셔유. 저는 갈 길을 가야지유.", "알겠네. 자넨 참으로 사람을 여러 번 놀라게 하는 군."

그렇게 갈 길을 찾지 못하고 허송세월을 보내던 삼촌은 그 운명의 나라 필리핀으로 떠나게 되었다. 삼촌의 출국일은 1989년 8월 0일로 정해졌다. 만으로 서른아홉이 되는 해였다. 모든 일들은 우연인 것 같으면서도 필연이기도 하다. '호사다마'란 말이 있다. 삼촌의 필리핀으로의 출발은 시작부터 꼬이기 시작했다. 개고생 길이었다. 삼촌의 출국 준비는 간단했다. 외출복 한 벌과 내복 두벌, 양말 다섯 켤레, 수건 두 장과 세면도구, 한 달간 필 담배 세 보루와 김포공항까지 가는 교통비와 비행기를 탈 때까지 기다리는 동안 사먹을 한 끼 식사와 음료수 값 정도면 충분했다. 몇 시간 기다리다 출국해서 도착하면 마중 나온 인솔자를 만나 곧바로 현장 숙소로 가면 되기 때문이다. 경험적으로 볼 때 더 이상은 필요 없었다. 연장이나 작업복은 현장에서 지급받게 돼 있다. 물론 손때 묻은 연장들을 갖고 가기도 한다. 한마디로 가방만 하나 갖고 가면 되는 것이다. 일 년 동안, 일하다 오는 것뿐이지. 아무것도 아니다. 문제는 그때는 아무것도 아니다가 아니었다는 것이다. 삼촌은 김포공항에서 송출 담당자를 만났다.

그런데 출국자는 삼촌 혼자뿐이었다. 따라서 담당자는 삼촌에게 여권과 비행기 표를 내주곤 마닐라 공항에 도착하면 역시 담당자가 나와 있을 테니 알아서 타고 가라는 것이었다. 그리곤 그 송출 담당자는 돌아갔다. 외국으로 출국할 때는 보통 세 시간 전엔 공항에 도착해야 한다. 그땐 오후 5시였다. 몇 시 비행긴가? 비행기 표를 보았을 때 삼촌은 두 눈을 의심했다. 시간이 오전 9시였다. 있을 수 없는 괴변이었다. 어찌된 영문인지 알 수가 없었다. 타고 갈 비행기는 필리핀 에어라인이었다. 공항 내 필리핀 항공사에 문의했다. 항공사 여직원은 되레 의아해 하며 "내일 오전 9신데 왜 그러냐."는 것이다. 기가 막혔다. 분명 송출 담당자의 착오였다. 납득할 수가 없었다. 비행기 표의 날짜와 시간을 확인도 안했단 말인가? 알아볼 수도 없었다. 회사 전화번호도 모르고 있었고 설사 찾아서 물어 본다 해도 아마도 공항이든 여관에서든 하루 밤 자고가라는 것이었는지도 모른다. 착오가 아니었다면.

이미 퇴근해 버렸거나, 아니면 착오였으니 내일 타고 가라고 할 게 뻔했다. 문제는 삼촌은 가진 돈이 칠천 원 밖엔 없다는 사실이었다. 돌아갈 차비도 안 되는 돈이었다. 졸지에 공항거지가 된 것이다. 할 수 없이 출국장 대합실에서 날밤을 셀 수밖엔 없었다.

사실 삼촌은 중요한 일들은 사전에 치밀하고 용의주도하게 경우에 수까지 감안하며 지나칠 정도로 철저하게 준비한다. 그러나 웬만한 일들은 경험에 의한 상식선에서 준비하고 그대로 따른다. 물론 모든 일들은 돌발 변수가 있기 마련으로, 조심스러운 완벽주의자들은 필요 이상으로 준비들을 하는 경향이 있다. 그러나 삼촌은 항상 매사에 긍정적이며 낙천적이다. 예기치 못한 일이 생기면 그건 그때 가서 생각하면 되는 일일뿐 미리부터 일어나지도 않은, 않을 일들을 가지고 근심걱정하며 호들갑을 떠는 성격이 아니다. 한마디로 그런 일이 생기고 난 처해지고 발등에 불이 떨어져도 그냥 어떻게 되겠지 이다. 남들이 볼 땐 참으로 대책 없는 사람이다. 그러나 막상 위기에

처하면 삼촌은 그들이 생각하는 대책 없는 사람이 아니다. 놀라운 재기와 순발력으로 그 위기를 돌파한다. 그러한 능력은 경험에 의한다거나 생각한다고 해서 똑같이 할 수 있는 게 아니다. 타고난 천부적인 능력이라 할 수밖엔 없다.

밤늦게 오천 원어치 빵을 사 먹고 날밤을 새운 후, '필리핀 에어라인'에 올라 필리핀으로 날아올랐다. 필리핀의 전통의상을 차려입은 스튜어디스가 갖다 주는 기내식은 꿀맛이었다. 세 시간 반 후 마닐라 '닌노이 아키노 인터내셔날 에어포트'에 도착했을 때는 12시 30분이었다. 입국장으로 들어갈 때 역시 필리핀 전통 의상의 일단의 악대들이 북 치고 장구치고, 나팔 불며, 관광객들에게 꽃다발을 목에 걸어주며 요란을 떨어댔다. 마치 시외버스터미널 같았다.

입국 수속을 마친 후 관광객들과 함께 입국장을 나섰을 때, 후끈한 열기와 함께 쇠사슬만 쳐진 통로만 남겨 놓고 수많은 필리피노, 필리피나들이 우글거리고 있었다. 관광객들을 상대로 한 호객꾼들이었다. 뿐만이 아니었다. 그 바깥에도 바글대고 있었다. 그야말로 돗대기 시장이 따로 없었다. 문제는 여기 봐라 하는 삼촌의 이름이 써진 피켓이나, 종이를 쳐들고 있는 사람이 보이질 않았다. "아직 안 왔나? 곧 오겠지"가 아니었다. 경험으로 볼 때 있을 수, 있어서는 안 되는 일이었다. 한마디로 그럼 어떡하란 말이냐다. 공사현장이 어딘지, 전화번호도 모르는데. 오겠지. 30분, 1시간을 기다려도 오지도 보이지도 않았다. 또 다시 김포공항 거지가 아니라 오도 가도 못하는 마닐라 국제공항 밖의 국제미아, 국제거지가 되고 만 것이다.

아무리 어떻게 되겠지 하는 낙천적인 삼촌으로서도 차츰 초조해 지기 시작했다. 또 다시 개고생이 시작됐다. 세 시간이 지났다. 땡전 한 푼 없어 밥도 빵도 사먹을 수도 없었다. 날은 저물어 가고, 잠이야 아무데서나 잔다고 해도 먹는 것은 또 어쩌냐. 굶는 것도 한두 끼지. 내일까지 또 어쩔 거며, 벌써 오후 5시가 다 됐다. 참으로 난감해졌다. 사실 삼촌도 좀 너무하긴 했다. 하다못해 공사현장 위치라도 알아두거나, 약간의 비상금이라도 준비했어야 했다고 본다. 그러나 삼촌으로선 성격 탓이기도 하지만 한편으론 서울에서 부산으로 일하러 가는데 만날 사람만 만나면 됐지. 일할 장소나 먹고 잘 일을 걱정할 필요나 이유는 하등 없었다. 문제는 거긴 제주도가 아니라 '마닐라'란 사실이다. 발등에 불이 떨어지고 나서야 머리를 굴리기 시작했다. 어떻게 되겠지가 아니라, 어떻게 해야지로다.

삼촌이 믿는 것은 사람은 죽으란 법은 없고, 하늘이 무너져도 솟아날 구멍이 있다였다. 자, 그렇다면 죽게 생겼는데, 하늘이 무너졌는데 삼촌은 그 난감한 상황에서 과연 어떻게 죽지 않고 구멍을 뚫고 솟아날 수 있었는지 한 번 쫓아가보자. 우선 공사현장의 위치를 알아내는 것이 급선무였다. 방법은 한 가지 뿐이었다. 바로 대사관이었다. 삼촌은 택시비도 없으면서 주위를 두리번거리며 택시를 찾았다. 그러자 두 놈의 '필리피노'가 쫓아와 택시로 안내해준다. 가방을 들어준다. 달라붙었다. 5분도 안 걸리는 택시까지 따라와 안내 해줬다고 가방을 들어주었다고 손을 내밀었다. 삼촌은 할 수없이 주머니에 남아 있던 500원 짜리 동전 두 개를 꺼내 하나씩 주자, 두 놈은 고개를 갸우뚱거리며 앞뒤로 살펴본 후 어쨌든 동전은 동전인지라 고개를 한 번 끔벅한 후 또 다른 곳으로 달려 갔다. 사실 필리핀에선 특히, 공항이나 관광지에선 그렇게 택시로 안내하거나 짐을 들어주고, 보통 50센트나 운이 좋으면 1달러를 '팁'으로 받는다. 한화도 필리핀 화폐인(페소)로 환전이 가능하다. 다만 달러만은 못하다. 택시 기사에게 영어와 손짓, 몸짓으로 대사관의 전화번호를 알 수 있는 곳으로 안내해 달라고 했다. 안내해 준 곳은 한 카페였다.

데스크에 안내 책자가 있을 테니 알아보라는 것이었다. 책자를 뒤진 결과 대사관 전화번호를 알게 되었다. 데스크에 부탁해 전화를 걸자 이미 근무가 끝나 그나마 숙직이 받았다. 사정을 설명하고 현대건설 전화번호나 현장 위치 좀 알려 달라고 하자 지금은 혼자뿐이라 자신은 잘 모르며 내일 다시 걸어보라는 것이었다. 남의 속도 모르고 다시 사정했다. 현장 위치만이라도 좀 알려달라고. 좀 기다리라며 한참 후 '올티가스'라는 곳에 현대건설 공사장이 있긴 한데, 그 이상은 알 수 없다고 했다. 어쨌든 그 정도만 알게 된 것도 다행이었다.

삼촌은 통화비로 가방에서 담배 한 갑을 꺼내주었다. 당시 한국 담배는 한 갑에 60페소 정도였다. 그러나 당시 삼촌이 그런 사실을 알 리 없었다. 지켜보던 택시 기사는 꼬락서니를 보니 땡전 한 푼 없는 손님인지라, "오늘 더럽게 재수 없네."

하는 표정이었고 삼촌은 그러거나 말거나, "올티가스라는 곳에 가서 현장을 찾게 되면 택시비를 넉넉히 줄 테니, 무조건 가자"며 맘대로 하라고 버텼다. 할 수 없었는지 어디론가 달려갔다. 한 시간쯤 후 도착한 '올티가스'라는 곳에서 택시 기사는 여기저기 묻고 다녔다. 결국 공사현장을 찾아냈다.

삼촌이 '올티가스'의 현대건설 (ADB)아시아 개발은행 본부 신축공사 현장 정문에 도착했을 때는 오후 7시였다. 어둑어둑해졌을 때였다. 한국인 경비대장이 삼촌의 설명을 듣자, "아니 어떻게 찾아왔냐."고 놀랐다. 이후 택시 기사가 5백 페소를 요구하자, 경비대장은 눈을 부릅뜨고 "아니 이 자식이 누굴 호구로 아나?" 하며 3백 페소를 내주었다. 택시 기사는 좀 더 달라고 항의했지만 경비대장은 어림도 없다는 표정이었다. 택시 기사는 할 수 없었는지 돌아갔다. 사실 공항에서 올티가스까진 10여km로 미터기로 올 경우 200페소 정도면 충분하다. 그러나 그 당시 삼촌은 페소가 한국 돈으로 얼만지도 모르고 있었다. 당시 1페소는 한화 30원. 알았다면 바가지인줄 알면서도 500페소를 주라고 했을 것이다. 책임진다며. 그 택시 기사는 5백 페소가 아니라 천 페소라도 받을 자격이 있었다. 다만 삼촌은 그 택시 기사에게 수고하고 고맙다며 담배 몇 갑을 주긴 했다(거북선이었던가?). 그때 삼촌에게 남아 있는 돈은 천 원짜리 한 장이었다.

현장숙소는 그 정문에서 뒤쪽 현장 밖, 길 건너 민간 집을 임대해 사용하는 숙소였다. 당시 그 숙소에서 생활하는 한국인 근로자는 100여 명 정도였고 그중 내장 목공은 50여 명

정도였다. 그러나 현지인 단순 노동자들인 각자 집에서 출퇴근 하는 젊은 필리피노, 필리피나들은 천여 명이었다. 경비대장의 안내로 숙소에 들어서자, 노무 역시 "연락을 받지 못했다며 도대체 어떻게 찾아왔느냐."고 놀라고 있었다. 삼촌은 좀 이상했다. "어떻게 찾아오긴, 그렇게 찾아왔지. 놀라긴." 사실 경비대장이나 노무에겐 놀랄만한 일이었다. 필리핀이 어떤 곳인 줄을 잘 알고 있었기 때문이다. 다음날, 인사부장실에 들렸을 때도, 인사부장도 자신도 연락을 받지 못했다며 역시 "도대체 어떻게 찾아왔냐고, 이곳이 어떤 곳인데." 하며 미안해하며 놀라고 있긴 마찬가지였다. 사실 필리핀은 생각보다 매우 위험한 곳이다. 놀기에는 천국이긴 하지만 인사부장은 "어쨌든 잘 찾아왔네. 택시 값은 걱정 말게." 그렇게 삼촌의 필리핀에서의 첫날은 시작됐다.

삼촌이 하게 된 일은 (ADB)내장공사 중에서도 핵심이라 할 수 있는 프레스룸들까지 있는 초대형 메인 홀 내장공사였다. 설계 자체가 초현대식, 최고급으로 설계돼 있었기 때문에 열댓 명씩 필리피노들을 데리고 일하는 내장 목수들도 나름대로 숙련된 내장 목수들이었다. 사실 건축 목수들을 굳이 기술로 분류한다면 내장 목수들이 기술이나 경력 면에서도 뛰어나며 일반적인 형틀 목수 건축 목수들도 내장 목수들의 목공기술들 만큼은 알아준다. 말하자면 내장 목수라면 일단 차이는 있겠지만 일류 목수라는 얘기다. 그러한 일류 기술자들은 직종마다 나름대로 자부심들이 대단하다. 문제는 그러한 자부심들이 지나쳐, 자신이 배운 기술과 경험, 경력이 최고라는 오만과 착각에 빠져 하늘 높은 줄 모르며 자신의 전통 기술과 경험만을 고집하며 더 이상은 발전하지 못한다는 사실이다. 그와 같은 그들로선 삼촌 같은 존재도 있다는 사실을 알 리가 없었다. 기는 놈 위에 뛰는 놈 있고, 뛰는 놈 위에 나는 놈도 있다는 사실을.

또한 일류 목수들이란 내장 목수들이 하는 일들은 어쨌든 뛰어난 목공 기술과 최소한 10년 이상의 경험과 경력을 바탕으로 대부분 고급 주택이나 건물, 빌딩, 업소들의 내장공사이기 마련이다. 그러나 그러한 내장공사의 전문 내장 목수라 할지라도 내장공사에 필수적이라 할 수 있는 섬세하고 고도의 기술을 요하는 전문 숙련된 가구 제작 기술공들의 전문 문짝 제작 공들의 기술까지 통달한 내장 목수들은 사실상 거의 없다. 왜냐하면 그러한 전문 가구공이나 문짝공들은 이미 자신들의 전문 분야에서 말뚝 박고 일들하고 있기 때문이다. 굳이 내장 목공 분야에까지 눈을 돌릴 이유도 필요도 없기 때문이다. 따라서 그런 점에서 당시 그와 같은 모든 종합적인 기술들이 필요했던 그 메인 홀 내장공사를 하는 내장 목수들에게 삼박자를 고루 갖춘 삼촌은 바로 나는 놈이자, 천상천의 존재였던 것이다.

한 달을 일했을 때 삼촌은 B등급을 받았다. 당시 내장 하청 업체였던 '갑'은 '을'인 내장 목수들을 매월 A. B. C. D등급을 매겨 A 50만원, B 45만원, C 40만원, D 35만원(성과급)을 차등 적용했다(기본급 외). A등급을 받으려면 알아서 기어라. 사실 그와 같은 성과급 제도는 많은 부작용과 문제들을 야기

시킨다. 자존심과 형평성에 따르는 갈등과 분열, 행동이 뒤따르는 항의성, 개인적이든 단체로든 작업 보이콧과 악화되면 파업에까지 이른다. 그러나 '갑'들은 역사적으로 볼 때 요지부동이다. '을'들은 대부분 굴복한다. 그러나 삼촌은 좀 달랐다. 갑에게 쫓아가서 항의했다. "내가 어디가 부족해서 B냐." 갑은 "당신은 최선을 다하지 않았다. 최선을 다하면 A를 주겠다." 이번엔 따졌다. "아니 A가 하는 일을 나도 똑같이 했는데 그러면 최선을 다한 것이지 뭘 더 바라느냐." 갑은 "그게 마음에 안 든다. 당신은 분명 능력이 있는 것 같은데, 안 하는 게 문제다. 또, 아니 A이상은 없는데 더 할 필요가 어디 있냐.", "나는 주는 것만큼만 하겠다. 앞으로도 B를 주면 진짜 B만큼만 할 것이며 A를 주면 하던 대로 당신들의 기준으로 A일을 할 것이다. 만약 AA를 주면 AA일도 해주겠다. AAA도."

"그 이상은 바라지 말라. 그럼 A가 아니라, AA, AAA도 할 수 있단 말인가?", "그렇다. 주기만하면.", "그럼 줄 테니 먼저 증명해라.", "싫다. 그런 소리 많이 들었다. 먼저 줘라. 주고 나서 못하면 잘라라. 그러나 잘릴 일은 없을 것이다. 여기가 정신교육대도 아니고 원하는 일만 해주면 될 것 아니냐. 당신이나 나나 돈 벌러 온 게 아니냐! 당신들은 A가 최고인줄 알지만 내가 어떤 존재인지 주기만하면 확실히 보여주겠다."

SM 메가몰 SM Megamall

위치 올티가스 중심가 전화 02-633-5012~9 영업시간 10:00~21:00 홈페이지 www.smdeptstore.com

필리핀만의 매력이 가득

몰 오브 아시아가 생기기 전에는 필리핀에서 가장 큰 쇼핑몰이었다. 가로로 길게 늘어선 양날개 외관만 보아도 SM 메가몰이 얼마나 큰지 짐작할 수 있을 것이다. 마닐라 시민들에게 유용한 매장과 엔터테인먼트 시설이 있지만 관광객들에게는 크기만 하고 실질적으로 쇼핑할 거리는 없다는 인상을 줄 수도 있다. 단순히 물건을 산다기보다는 필리핀만의 매력을 느낄 수 있는 매장을 찾는다면 색다른 재미를 느낄 수 있다. 3층과 4층에는 세련되고 독특한 디자인의 부티크와 필리핀 스타일의 리빙 용품들이 많다. 통양, 사이사키 등 유명 레스토랑도 있어서 식사를 하기에도 좋다.

더 홈 디폿 The Home Depot

위치 메트로 워크 남쪽 영업시간 09:00~20:00

인테리어, 가전, 시푸드 담파

메트로 워크 아래 쪽에 있는 쇼핑몰. 메트로 워크 아래 한인 상가 밀집 지역을 지나면 나온다. 가구 인테리어, 조명, 가전 등을 취급하는 가게들이 도매 상가 형태로 밀집돼 있으며, 분위기 좋은 대형 레스토랑과 시푸드 담파(103쪽 참조)도 있다.

쇼핑센터

그린힐스 쇼핑센터 Greenhills Shopping Center

위치 올티가스 북쪽, 산 후안 시티 전화 02-722-4532 영업시간 09:00~22:00 홈페이지 www.greenhills.com.ph

진주 하나 잘 사면 비행기값 뽑아요!!

'그린힐스' 하면 진주다. 필리핀의 동대문시장이라 할 수 있는 그린힐스는 진주뿐 아니라 없는 게 없을 정도로 모든 물건을 취급하는 대형 시장이다. 그러나 크고 멋진 쇼핑몰들이 많은 마닐라에서 이미테이션 혹은 보세품인 그린힐스의 물건들은 관광객들에게 그다지 매력적이지 않다. 그래도 그린힐스에 꼭 가야 하는 이유는 몇 천원짜리 양식 진주부터 수십만 원이 넘는 대형 천연 진주까지 다양한 진주들이 있기 때문이다. 한때 그린힐스에서 진주를 잘 사면, 한국과 필리핀 왕복 항공권 요금을 건질 수 있다는 말이 돌 정도로 한국인들의 필수 관광 코스였다. 분명 최고급 진주를 취급하는 것은 맞지만 잘못하면 저급 진주를 비싸게 구입할 수 있으니 진주를 잘 아는 사람과 같이 가서 구입하거나 기념품 정도의 저렴한 진주를 사는 것이 좋다.

물론 주는 것만치만 '갑'들은 '을'들을 다루는 데는 뛰어난 능력들이 있다. 동시에 알아보는 것도 따라서 성과급이란 미끼로 달래고 겁도 주고, 경쟁도 붙이고 그래도 말을 안 들으면 쫓아버린다. 그러나 근본 목적은 돈 버는 일이다. 돈만 벌 수 있으면 수단 방법을 가리지 않는다. 아무리 말을 잘 들어도 쓸모없으면 가차 없이 '토사구팽' 한다. 잘 해주겠다며. 하지만 삼촌은 갑들을 믿지 않는다. 한마디로 여러 소리 집어치우고 먼저 줄 테나 말테냐. 주면 주는 것만큼은 해줄 것이며, 안주면 안 할 테니 알아서 판단해라. 꼴 보기 싫으면 잔소리 말고 자르라고. '갑'들은 꼭 필요한 '을'이 자르라고 큰소리 칠 때가 제일 무섭다.

겁준다고 통할 '을'이 아니기 때문이다. 삼촌은 그렇게 값싸게 몸을 파는 사람이 아니다. 목마른 자가 우물을 파기 마련이다. '갑'은 현명한 판단을 했다. 삼촌은 A가 되었고 AA란 등급은 없어 AA조장이 되어 한동안 메인 홀 20여 명의 내장 목수들을 이래라 저래라 하다 육 개월 후(삼촌은 6개월 계약으로 가서 AAA반장을 시켜주겠다는 꼬임에 넘어가(꼭 그 때문만은 아니지만 4개월을 연장 일했다.) 그 웅장한 메인 홀의 내장공사가 끝나고 준공식에서 당시 필리핀 최초 여성대통령인 '코라손 C아키노(닌노이아키노의 미망인)'의 준공기념 축사를 지켜보았다. 이상이 삼촌의 10개월 동안 일한 내용이다. 다음은 삼촌이 필리핀에서 그 '올티가스'에선 어떻게 놀았느냐다.

올티가스는 수도인 '메트로, 울트라 마닐라'의 외곽 도시로 마닐리와 외곽 도시들을 휘감고 흐르는 '파식리버(강)'와 더

불어 금융 중심의 상업 지구다. 극장들과 온갖 점포들과 명품 샵들과 음식점 코너들이 입점해 있는 초대형 쇼핑몰이 이 중심부에 자리 잡고 있으며, 또 다른 곳인 '그린힐스'엔 마닐라에서 가장 큰 벼룩시장 '디베소리아'도 있다. 고품질의 골동품들과 진짜 진주를 찾을 수도 있다. 특히 택시로 20분 걸리는 퀘존 시티에는 많은 한국 유학생들이 거주하고 있으며 그에 따라 한국음식점들도 많으며 나이트클럽과 술집들도 꽤 많다. 그런가 하면 택시로 10여분 밖에 안 걸리는 곳엔 '시'라기 보단 '구'정도의 '쿠바오'란 곳도 있다. 한국 사람이라면 누구나, 신문 연재 시사만화의 '고바우'를 알 것이다. 따라서 한국 근로자들은 그곳을 고바우라고 불렀다. 그곳에도 나이트클럽과 술집들이 많다. 그러나 100여 명의 한국 근로자들이 가장 많이 놀러가는 곳은 현장이자 숙소에서 걸어서 20분 정도면 갈 수 있는 올티가스의 바로 그 초대형 쇼핑몰이었다. 굳이 그 안에서 영화 구경이나 음식들을 사 먹지 않더라도 구경하며 돌아다니는 자체가 관광이었다. 말하자면 일이 끝난 후 저녁 먹고 심심하면 바람 쐬러 놀러가는 곳이었다. '백화점과 동대문 종합상가, 대형마트'의 집합체였다. 그러한 초대형 쇼핑몰만 놓고 보면 필리핀이라는 나라는 결코 우습게 볼일이 아니다. 그러나 그 보다 더 근로자들이 참새처럼 뻔질나게 드나들던 방앗간은 따로 있었다.

필리핀은 자체 방위

　물론 그 10개월 동안에는 삼촌이 난생 처음 구경하고 직접 겪어본 별의 별일도 있었다. 1990년 당시, 그 올티가스와 퀘존 시티 쿠바오 마닐라를 포함한 필리핀의 북부 '루손' 섬은 7,000여 개의 섬 중 섬이라기 보단 차라리 대륙이다. 그 루손 섬 북부에는 일명 '여름의 도시' 바기오(인구 23만)가 있다. 필리핀 사상 초유의 대지진이 강타했다. 건물들과 교량이 무너지고 땅이 갈라지고 계곡이 함몰 되는 그로 말미암아 수많은 사상자와 이재민들이 발생했다. 당시 그 '바기오'의 주민들은 물론 필리핀 사람들에겐 지금도 그곳엔 당시의 참상을 기록한 '비(碑)'가 남아 있어 깊은 상처로 남아 있다. 대지진에 관해선 이미 '삼촌의 전성시대' 제2부 담만 편에서 자세히 소개한 바 있다. 오죽했으면 그 대지진의 진앙지인 그 바기오로부터 200여km 떨어진 삼촌이 일하던 올티가스의 ADB 신축 중이던 메인 빌딩을 뒤흔들어 놓았을까? 그 당시 삼촌은 식겁했다. 왜냐하면 그 빌딩 밖에 서 있다 그 순간 현기증과 함께 몸이 기우뚱해지며 바로 옆에 있던 빌딩 밑바닥의 빌딩 벽이 땅과 어

피나투보 산 Mt. Pinatubo
위치 클라크 시내에서 북쪽으로 차로 1시간 30분

푸닝 온천 Puning Hot Spring
위치 피나투보 산 입구

피나투보 산의 노천 온천
푸닝 온천은 1991년 피나투보 화산이 폭발한 이후 생겨난 노천 온천을 말한다.

굿나는 것을 두 눈으로 똑똑히 보았기 때문이다. 한 마디로 괴변이었다. 그런데도 그 ADB빌딩들은 끄떡없었다.

그런가하면 한 번은 일하던 중 수백여 명의 현지인 노동자들이(필리피노, 필리피나) 난리가 났다며 빌딩 옥상으로 뛰어올라갔다. 난리는 난리였다. 정말 멀리 떨어진 시가지에서 수백여 명의 반란군들이 총소리가 간간히 들리는 가운데, 반란군들은 소총들을 들곤 재래식 탱크를 두 대도 아닌 한 대를 달랑 앞세우곤 수도인 마닐라를 향해 진격을 하고 있었다. 그런

엄청난 사건이 났는데도 그들은 마치 재미난 구경이라도 하는 양 킬킬거리며 구경하고 있었다. 그 나라도 분명 경찰 조직이 있고 군대도 있을 텐데 도대체 뭘 하는지. 그런 탱크 한 대 뿐이고 대대병력도 될까 말까 한 반란군들조차(그것도 대낮에) 어쩌지 못하고 그냥 내버려 두고 있을까? 보고 있었는데 자체적으론 힘이 없었는지(사실이기도 하지만). 무슨 요청이라도 했는지 갑자기 미군 전투기 한 대가 날아와 반란군들을 향해 기총소사를 퍼붓자, 반란군들은 마치 개미 새끼들마냥 뿔뿔이 흩어져 도망을 치더니 그대로 조용해졌다.

언제 그런 일이 있었냐는 듯이. 그때 삼촌은 참으로 기가 막히고 어리둥절해진 가운데, 그럼 어떻게 되느냐고 하자, 어떻게 되긴 뭘 어떻게 되냐며 저런 일은 심심치 않게 일어난다며 저럴 때마다 이긴 쪽인 정부군이 그 반란군들을 잡아다 주모자들만 재판도 하고 재판에 따라 법대로 처리하고, 나머지 반란군들은 잡아다 운동장에서 쪼그려 뛰기나 뺑뺑이를 돌리다 그냥 돌려보낸다는 믿기지 않는 소리들을 해댔다.

경찰이라고 해봐야 중요한 건물, 관공서, 도로를 지키고 순찰하며, 군대도 있는지 없는지 잘 모르며 병력은 얼마나 되고 전투기는 몇 댄지 무슨 무기들이 있는지도 잘 모른다는 것이다. 따라서 언제 어디서 게릴라들이 출몰할지 몰라, 결국 실질적인 치안은 경찰이나 군대가 아니라 사설 경비업체에서 파견된 용역 경비원들이란 것이었다. 한마디로 알아서 자체방위를 할 수밖에 없는, 서로 좋은 게 좋고 수틀리면 맘대로 하라는 식의 그야말로 무법천지와도 같은 나라였다. 따라서 알게 모르게 칼들을 갖고 다니거나, 심지어 총들도 갖고 다닌다. 시비가 벌어지면 무슨 일이 벌어질지 모르며, 할 말은 아니지만 그러다 쏴죽이고 도망쳤다 붙잡혀도 거짓말 같겠지만 우리 돈 10만 원만 써도 정당방위가 아닌데도 정당방위로 멀쩡하게 빠져나올 수 있다.

또한 경비원들은 은행이나 관공서의 경비원들은 기관단총을 들고 경비를 서며 일반 음식점, 점포, 경비원들도 실탄이 들은 권총을 차고 있다. 결코 폼으로 차고 있는 게 아니다. 부자들이 사는 구획 정리된 지역의 담벼락을 넘는 좀도둑이라도 발견되면 사전 경고 없이 그대로 발포하기도 한다. ADB 공사현장에서도 현지인 중장비 기사와 경비원 사이에 시비가 벌어져 그 중장비 기사가 쇠 빠루를 들고 위협하자 경비원은 그대로 권총을 빼서 쏴버린 사건도 있었다. 그때 필리피노들은 그 중장비 기사가 죽었는데도 경비원은 3,000페소(9만 원)만 쓰면 정당방위로 풀려난다고 했다. 또 이런 사건도 있었다. 실제로도 나이트클럽에서 돈 자랑을 하며 큰소리치던 한국인 관광객이 아니꼽게 본 현지인과 시비가 붙어 총에 맞아 죽는 사건도 있었다.

또한 당시 한국인 근로자 중에도 그 쓰리세븐 나이트클럽의 '바바에'를 애인으로 삼아 놀다 귀국한 것까진 좋았다. 그런데 팔자인지 운명인지 다시 재취업을 해, 또다시 그 애인과 놀아나다 그동안 앙심을 품고 있던 기둥서방에게 숙소로 돌아오다 으슥한 골목에서 칼에 맞아 돌아오던 동료들이 발견했지만 때는 늦어 결국 사망하는 사고도 있었다.

한마디로 하소연할 데도 없는 개죽음이었다. 따라서 그 나라에선 돈푼깨나 있는 옷차림으로 함부로 돈 자랑하고 잘 난 체 했다간 표적이 되어 무슨 변을 당할지도 모른다. 삼촌도 그곳에서 난생 처음 소매치기를 당한 적이 있었다. 그 당시 필요했던지라 백만 원을 달러로 송금 받아 은행에서 찾아 페소로 바꾸자 꽤나 두툼했던지라 그래도 생각은 있어 양쪽 주머니와 뒷주머니에도 불룩하게 나눠넣고, 택시라도 탔다면 괜찮았을 텐데 당하려고 그랬는지 하필이면 만원 버스에 올라

탔다. 그때 버스 입구도 사람들이 매달려 있어 삼촌은 그 사이를 비집고 올라타고 있었다. 그때 누가 엉덩이를 더듬기에 돌아보니 한 손이 사람들이 뻔히 보고 있는데도 뒷주머니의 돈뭉치를 빼내고 있었다. 그때 삼촌은 본능적으로 그 손과 빠져나가는 돈을 움켜잡았지만 그 손은 기어코 돈뭉치를 빼내 도망치는데, 누군지도 알수 없었다. 손만 보았을 뿐, 그때 버스가 출발하는지라 "스톱! 스톱!" 소리쳤지만 속수무책으로 소용없었다.

달리는 버스 속에서 겨우 정신을 차린 삼촌은 그때부턴 오히려 버스 안에 패거리라도 있어 따라오지는 않을까? 걱정이되었다. 그래도 다행히 누가 따라오지는 않았다. 그때 삼촌은 참으로 자신이(날 잡아잡슈) 액땜 한 셈 쳤다는 것이다. 다음부턴 고액권은 양말 속에 넣기도 하며 주머니 자체를 아예 불룩하게 만들지도 않았다. 계란을 한 바구니에 담지 않은 것만도 다행이었다.

한국인들은 황금봉

그 쇼핑몰 근처엔 '쓰리세븐'이라는 일류 나이트클럽이 있었다. 아래 위층으로 나눠진 웅장한 극장식 나이트클럽으로 커다란 무대에선 6인조 밴드가 풍악을 연주하며 30여 명의 늘씬한 미녀 '바바에'들은 각기 현란한 옷차림으로 무대와 1층, 2층을 한 차례 줄지어 퍼레이드를 벌린다. 그때 1,2층 양쪽 벽에 붙어있는 원형 유리돔속에선 반라의 미녀가 요상한 춤을 추어댄다. 그때 술좌석에 앉아있는 손님들이 맘에 드는 아무 바바에나 찍으면 웨이터나 멤버, 지배인이 그 입맛에 맞는 늘씬한 미녀 바바에를 즉각 대령시킨다.

당시, 근로자들은 주간 작업만 했다. 회사로선(현대건설) 중동처럼 야간에도 일을 시키고 싶었지만 뜻대로 되질 않았다. 우선 1,000여 명에 달하는 현지인 노동자들인 필리피노,

필리피나들이 말을 들어 먹질 않았다. 그들은 밤에는 놀고 싶어 했고 낮에는 그 공사가 영원히 끝나지 않기를 바랐다. 그들에겐 그 공사 현장은 그야말로 '신'의 직장이었기 때문이다. 한마디로 시간만 가라였다. 베짱이들이 따로 없다. 좀 심하게 말해서 그들은 노는 게 일이었다. 그런 그들은 10~15명씩 데리고 일하는 한국 근로자들의 월평균 소득은 기본급:(시급x주간 작업시간 8시간+주, 월차 40시간+성과급) 합쳐 150만 원 정도였다(지금의 400만 원 정도다.). 따라서 회사로선 그런 베짱이들을 모두 잘라 버리고, 차라리 그 돈으로 한국 근로자(잡부라면) 100명을 데려다 쓰고 싶지만 그것도 맘대로 되는 일이 아니었다. 필리핀 정부에서 자국민 고용을 강요했기 때문이다.

따라서 주간 작업을 마치고 씻고 저녁식사를 마친 후 서둘러 가면 그 '쓰리세븐' 나이트클럽의 그와 같은 몸살 나는 미녀들의 퍼레이드를 구경할 수가 있었다. 솔직히 말해서 '노가다'들이 언제 일류 나이트클럽에서 제대로 놀아 본적이 있었던가? 어쩌다 때 빼고 광내고 간다 할지라도 하이칼라들만 하겠는가? 또한 배보다 배꼽이 더 큰 안주들을 앞에 놓고 맘대로 술을 마실 수도 없을 것이며 호스티스들도 냄새 맡고 찬밥 취급 할 것이다. 차라리 집에서 막걸리에 빈대떡이나 구워 먹는 게 나을 것이다.

번째 이유는 독특한 냄새 때문이다. 호텔이나 대중교통 수단 등에서는 이 과일의 반입을 금지할 정도이다. 생긴 것은 가시로 겉을 장식한 미식 축구공 같다. 껍질을 벗기면 하얀 감자나 마시멜로 같은 것이 등장한다. 열량이 엄청나 술과 함께 먹는 것은 위험하다.

필리핀의 술

필리핀 맥주의 지존, 산미구엘
San Miguel

필리핀에서뿐만 아니라 세계에서 유명세를 떨치고 있는 맥주, 산미구엘. 가끔 스페인 맥주로 알고 있는 사람들도 있는데 산미구엘은 역사가 100여 년이나 되는 엄연한 필리핀 맥주이다. 스페인이 필리핀을 점령했을 때 제조 과정을 전수받아 만들어졌지만 지금은 오히려 상당한 물량을 스페인을 비롯한 전 세계로 수출하고 있는 필리핀 최고의 술이자 효자 수출 품목이다. 필리핀 현지에 가면 오리지널 산미구엘뿐만 아니라 라이트와 스트롱 아이스, 슈퍼 드라이 등 국내에서는 쉽게 보지 못했던 다양한 종류의 산미구엘 맥주를 맛볼 수 있다. 슈퍼마켓에서 사면 20~40P, 보통 레스토랑에서라면 50~60P 정도면 먹을 수 있다. 한국의 산미구엘이 보통 바에서 6,000원 하는 것과 비교하면 4~5배 정도 싸다. 산미구엘만 많이 마셔도 여행 경비가 빠진다는 이야기는 여기에서 나온 것.

또 다른 필리핀 맥주, 레드 하우스
Red House

산미구엘에 밀려 빛을 발하지 못했는 필리핀 맥주이다. 투박한 병 모양과 시큼 떨떠름한 레드 하우스 특유의 맛을 갖고 있다. 가격이 저렴해서 서민들이 즐겨 마신다. 산미구엘이 조금 지겹다거나 더 독특한 맥주를 마시고 싶다면 레드 하우스를 마셔 보자.

필리핀의 인기 럼주, 탄두아이
Tanduay

세계에서 가장 저렴한 럼주로 소문난 탄두아이는 필리핀 노에게도 상당한 인기를 누리고 있는 술이다. 탄두아이는 스트레이트로 마시기보다 얼음이나 콜라, 스프라이트와 섞어서 온더록으로 마시는 것이 보통이다. 소문처럼 가격도 상당히 저렴해 싼 것은 150P부터 비싼 것은 2,000P까지 다양하다. 가격에 비해 맛과 향이 좋은 편이라 양주를 좋아하는 사람이라면 귀국 비행기 탑승 시 여러 병의 탄두아이와 함께 어떻게 세관을 통과해야 할지 고민하는 경우가 생길 것이다.

그러나 필리핀의 올티가스의 '쓰리세븐' 일류 나이트클럽이

라면 얘기가 다르다. 그렇게 방앗간에 참새 드나들 듯 하는 한국인 근로자들은 그 나이트클럽에선 참새들이 아니라 황제들이자 VIP들이며 봉도 그냥 봉이 아닌 황금봉들이었다. 우선 한국인들은 술집에선 있든 없든 일단은 기분파들이다. 그런데다 술값이 거저나 마찬가지다. '산미겔'은 필리핀의 독과 품목이자, '국민맥주'다. 일반 가게나 편의점에선 7~8페소며 빈민촌 판자촌들의 가게에선 3~5페소로 살 수도 있다. 그러나 일반적인 술집이나 음식점 레스토랑 카페 같은 곳에선 10페소 이상이며 쓰리세븐과 같은 일류 나이트클럽에선 15페소 정도다. 그러나 사실상 지역과 장소 업소들의 규모와 종류에 따라 그 산미겔 맥주 한 병 값은 천차만별이다. 도대체 그 생산 원가가 얼만지 궁금하기만 하다.

어쨌든 10병을 마셔도 당시 4,500원이다. 가히 거저라 할 만하다. 한국 근로자들에겐. 문제는 불러 앉힌 '바바에'들에겐 같이 마시는 게 아니라 별도로 사줘야 한다는 사실이다. 필리핀의 술 문화는 참으로 희한하고 독특하다. 그 바바에에게 사주는 샨미겔 맥주 한 병 값은 30페소. 즉 두 배다. 따라서 일단 한 병을 사주면 홀짝홀짝 마시며 십분 정도는 상대가 되어준다. 그러나 다 마시고 나면 눈치보다 "플리즈 원모어 보틀?" "그래? 사준다." 십분 후, "또 알았어. 또 까짓것. 또 어라?" 사주긴 사준다. 맘에 들면 문제는 안 사주면 잠시 앉아있다 슬그머니 화장실 좀 하고 가서 꿩 꿔먹은 소식이다. 즉 함흥차사가 된다. 한편으론 편리하긴 하다. 맘에 안 들면 술을 안 사주면 그만이다. 굳이 서로가 무안해 할 필요가 없다. 알아서 가버리니까. 그녀들이 그렇게 술을 사달라고 보채는 것은 다 그럴만한 이유가 있다. 결코 술집 매상을 위해서가 아니다. 그녀들이 마시는 샨미겔 맥주 한 병 값 30페소 중 절반인 15페소는 술집과 반타작이다. 즉, 그녀들의 유일한 공식 수입원이다. 그 외 수입은 '팁'이다. 그러나 '팁'은 보장된 수입이 아니다. "월급? 아, 월급이 어디 있어." 따라서 그녀들은 사주기만하면 들러붙어 죽기 살기로 마셔댄다. 화장실에서 토할망정. 그래서 기분파고 자기를 마음에 들어 하는 뻑이 간 한국 근로자가 세 시간 거의 한계인 15병을 사주었다고 하자. 그날 밤 그녀가 번 순수입은 15병x15페소 x 1/2 해서 112.5페소 x 30원 3375원이다. 일당인 셈이다.

거기다 기분이 나서 부탁만 하면 무대에서 한바탕 노래도 부를 수 있다. 6인조 밴드는 잘도 반주해 준다. 밴드마스터에게 100페소만 주면 팡파르까지 울려준다. 이 경우는 좀 지나치게 놀만치 놀고 쓸 만치 썼을 때다. '이 경우', '원?' 할 경우 지배인에게 '바바에'의 몸값을 선불하면 데리고 나갈 수도 있다. 이후 쓰는 돈은 맘 대로다. 보통 모텔로 간다. 몸값은 500페소(당시)면 가능. 물론 모텔, 호텔 비는 별도다. 그렇다는 사실은, 한국인 근로자가 그녀를 맘에 들어 했고 기분파란 사실을 전제로 한다. 당연히 그때만큼은 짠돌이도 아닐 것이다. 팁 역시 100페소(3,000원)는 쩨쩨해서 300페소는, 요걸 다음에는 자빠뜨려야 하는데 보통은 100페소지만 에라 500페소를 줄 것이다. 세 시간 동안 몸살 나는 '바바에'와 함께 팁도 왕창 주고 술도 쌍방 실컷 마셔댄 그는 쓰리세븐이란 나이트클럽에서 6인조 밴드가 울려대는 풍악 속에 마셔댄 총 술값이 얼마인지를 '기분파'는 (15병x30페소+15병x15페소+10%)(서비스 챠지)=742.5페소 x30원~(22,275원이다.) 팁 별도. '바바에'는 15병x15페소x1/2 +팁 500페소=612.5페소x30원=18375원을 벌었다.

반면 필리피노들이 어쩌다 불러서 술 세병을 사주고 죽치다 팁도 안주고 나가 후속 손님도 없는 재수 없는 날에 비하면, 아니면 그 조차도 없어 완전 공친 날에 비하면, 그 바바에는 그날 밤 대박이 난 것이다. 상대가 젊든, 늙든, 잘났든, 못났든, 장작개비든, 통나무든 상관없다. 더군다나 그러한 기분파 한국인 근로자는 그만이 아니다. VIP들이며 황금봉일 수밖에 없었던 것이다. 거기다 그렇게 신나게 놀다 나올 땐 쫓아 나와 허리를 90도로 숙여 VIP로 정중히 배웅하는 웨이터에게도 어깨를 툭툭 치며 100페소의 팁은 기본이다. 그로 말미암아 당시 ADB의 100여 명의 근로자들 중 그 쓰리세븐 나이트클럽의 바바에들에게 오빠가 아닌 사람이 없었다. 물론 오빠는 애인, 즉, 서방이란 얘기다. 따라서 아니 할 말로 근로자들끼리 알고 보면 ○○동서이기도 했다.

"안주 값은 얼마나 됐어? 아, 안주애기를 안 했구나.", "필요 없어서 안했지. 그게 무슨 소리야? 안주는 안 먹었어? 기본이하도 있을 텐데.", "비싸서?", "없으니까 안 먹지.", "아니 안주가 없다고?", "없었다니까 그러네.", "아니, 안주 없는 술이 어디 있어?", "하, 자식 정말 못 알아듣네. 잘 들어 필리핀 술집에선 안주가 없어. 알았지?"

사실, 필리핀 술집에선 안주가 없다. 참으로 희한한 동네다. 물론 술을 마실 때 까고, 뜯고, 찢고, 먹는 음식들은 있다. 음식점일 경우 그렇게 먹고 마시긴 한다. 그러나 그건 어디까지나 별개다. 술을 마시다 먹거나, 먹다, 마시거나, 다시 말하면 맘대로 하라 이다. 문제는 그것은 음식도 팔고 술도 팔 경우다.

술집은 나이트클럽은 그들에겐 술을 마시러 가는 곳이지 밥이나 음식을 먹으러 가는 곳이 아니라는 것이다. 다시 말하면 술은 술이고 밥은 밥이라는 것이다. 술 마시러 왔지, 밥 먹으러 왔냐다. 따라서 우리가 나이트클럽에서 흔히 기본적으로 먹게 되는 배보다 배꼽이 더 큰 과일 안주 수박, 바나나, 오렌지, 포도, 땅콩, 오징어도 그들에겐 산과 들에 지천으로 널린 지겹기 만한 신물 나는 과일들뿐이며 땅콩, 오징어도 비린내 나고 냄새나는 콩만도 못한 땅콩이며 생선만도 못한 오징어일 뿐이다. 더군다나 습하고 더운 나라에서 불은 밥할 때만 필요한 불이지 가게서, 시장에서, 땅콩이나 오징어를 구울 불도 없다. 그런 우리네에겐 필수적인 술 안주거리는 그들에겐 그냥 주면 모를까 술집에서 사먹을 이유가 없다. 더군다나 그 안주값이라면 시장에 가서 다발로 줄 텐데.

그들의 술 문화를 이해하려면 같이 살아야만 이해할 수 있다. 여기서 그러한 그들의 술 문화를 이해할 게 아니라, 그냥 그런가 보다 하고 받아들일 필요가 있다. 로마에 가면 로마의 법을 따르란 얘기다. 그러나 길은 있다. 한국 사람들이 어디 그런다고 그냥 따르겠는가? 안주 없는 술을 술이라고, 앙꼬 없는 찐빵을 찐빵이라고 마시고 먹겠느냐는 말이다. 하다못해 소주도, 김치 조각이라도 안주라고 먹고 붕어빵도 팥이 들었는데.

  근로자들은 처음에는 할 수 없이 그 클럽에 들어가기 전 가게에서 땅콩과 오징어를 사서 가지고 들어갔다. 그러다 나중에는 아예 땅콩은 말로 오징어는 축으로 사서 숙소에서 볶고 구워서 가져가 까서 먹고 찢어서 우물우물 질겅질겅 씹어 먹었다. '바바에'들도 처음엔 생 땅콩은 비린내 나고, 생 오징어는 냄새 난다고 얼굴을 찡그렸지만 나중엔 그 고소하게 볶아진 땅콩과 씹으면 씹을수록 달콤해지는 오징어 맛에 잘도 까먹고, 잘도 찢어 먹었다. 그런가하면 통닭만큼은 시키면 아니 부탁하면 통닭집에 연락해서 배달해 주긴 한다. 그렇게 배달되는 통닭은 한 마리에 100페소다. 그런데 통닭만큼은 그녀들도 환장을 한다. 친구와 같이 두 바바에를 앉혀 놓고 통닭 한 마리를 시키면 두 바바에는 삼촌과 친구가 닭다리 한 개씩을 들고 채 다 뜯기도 전에, 그 통닭은 뻑뻑한 가슴살이고 뭐고 날개 똥집까지 깨끗이 뜯어 먹고 뼈다귀만 남는다. 굶주린 암고양이들이 따로 없다. 그러고도 야옹야옹 거리며 입맛을 다신다. 그런데다 어느새 냄새 맡고 달려온 또 다른 바바에들도 언니, 오빠들 하며 군침을 흘린다. 할 수 없이 한 마리를 더 시켜주면 합세해서 역시 순식간에 뼈다귀만 남는다. 그때 친구는 아니 이 년들이 하며 기가 막혀 했지만, 삼촌은 가슴이 아파왔다. 분명 굶주린 탓이기 때문이다. 그렇게 늘씬하고 날씬한 몸매라도 결코 다이어트나, 타고난 몸매가 아니라 굶주려 영양실조 탓이기도 한 게 분명했기 때문이다.

사실 그녀들의 삶은 비참할 수밖에 없다. 삼촌도 처음에는 잘 알지 못했다. 그녀들이 그 하나같이 스무 살 안팎의 그녀들이 그 나이트클럽까지 어떻게 흘러왔는지를. 필리핀의 수도 마닐라는 1,000만에 이르는 대도시다. 더불어 북부 '루손섬'과 중부 세계적인 관광휴양도시인 대륙 같은 세부섬을 포함한 '비사야제도'남부 민다나오 섬과 그밖에 크고 작은 7,000여개의 섬들로 이루어진 남한의 3배 크기의 나라다. 전체 인구는 9,000만에 이른다. 따라서 총 인구의 대부분은 대도시와 지방도시에 살며 나머지는 지방의 오지나 산속과 그 수많은 섬들의 밀림이나 정글 속에 '니파'란 전통 오두막(원두막) 나무집을 짓고 흩어져 살고들 있다. 이른바 원주민들이다. 따라서 지역에 따라 말도 다르다.

그러한 산속이나, 오지, 섬들의 밀림 정글 속에서 '니파'란 오두막집에 살고 있는 원주민 아이들은 그래도 산속, 마을이라고도 할 수 없는 동네에 산다. 오지에는 창고라고 할 수 밖에 없는 초등학교가 있어 그나마 의무 교육인 초등교육(6년)을 받을 수가 있다. 한 명, 또는 두 명의 교사들도 평일은 그 창고 같은 초등학교에서 숙식하지만 주말이면 최소한 2~3시간 걸어 읍내의 집에가 쉬다가 월요일 아침이면 다시 와서 아이들을 가르친다. 그러나 족보도 없는 작은 섬들에 사는 아이들은 그러한 초등교육도 받지 못한다(문맹률 8.4% 1995년 기준). 7,000여개의 섬 중 사람 사는 섬은 4,000여 섬이다. 따라서 해마다 늘어나는 아이들이 먹을 고기(어부) 잡고 산속에서 땅을 일궈, 고구마 감자 심고 야자, 코코넛을 심고 살아가는(화전민) 원주민 부모들은 아이들을 먹여 살릴 수가 없다. 어찌어찌 열서너 살까지는 먹여 살린다. 그러나 그 이상은 여력이 없다. 방법은 오로지 하나뿐이다. 다 같이 굶어죽지 않으려면 즉, '입'이 줄어드는 길이다. 그 말은 입이 사라진다는 얘기다. 그 입도. 부모들이 시켜서라기 보단 '입' 스스로가 선택하는 길이다. 그 길은 부모가족들도 살고 자신도 살 수 있는 길이다. '우리말엔 말은 제주도로 보내고, 사람은 서울로 보내라'라는 말이 있다. 그 말은, 말은 제주도로 보내서 살찌우고, 사람은 청운의 꿈을 안고 서울로 가서 성공하라는 말이다.

그러나 필리핀의 그러한 아이들은 청운의 꿈이 아니라 오로지 먹고 살기위해 열댓 살이 되면 도시로, 도시로 나갈 수밖엔 없는 것이다. 그러한 미성년자들 중 필리피노들은 무슨 일이든 종살이를 할 수밖에 없으며, 필리피나들 역시 하녀나, 점포가게들이 점원들이 될 수밖에 없다. 그러다 몇 살 더 먹으면 몸매도 괜찮고 얼굴도 예쁘면 갈 데라곤 자의반 타의반으로 가게 되는 곳이 바로 술집들인 것이다. 성년이 되기도 전에.

필리핀에서도 아동 매춘과 미성년 매춘은 분명 불법이다. 그러나 있으나 마나다. 대부분의 대도시에서는 공개적으로 자유롭게 홍등가들이 운영되고 있다. 그러나 조직적인 함정에 걸려 문제가 되면, 신세망칠 수도 있다. 경찰도 한통속이다. 조심해야만 한다. 따라서 대부분 그렇게 흘러온 필리핀의 술집여자들은 하나 같이 족보들이 불분명하다. 말하자면 신분들이 불명확하다는 얘기다.

　"그냥, 저는요. 여기서 한 3일쯤은 가야되는 섬에서 왔어요.", "그 섬 이름이 뭔데?", "그걸 어떻게 알아요. 그냥 섬이지.", "그럼 너는?", "저는요. 산에서 살다 왔어요.", "그 산이 어딘데?", "글쎄요. 살던 데까지 들어가려면, 올라가려면 음, 삼일정도면 갈 수 있어요.", "그럼 그 산은 무슨 산이야?", "그건 모르죠. 그냥 높고 깊은 산이에요.", "그래? 그럼 뭐먹고 살았어?", "그야, 고구마도 심고 감자도 심고, 바나나도 따먹고, 코코넛도 따먹고, 계곡물에서 새우, 물고기도 잡아먹고 그랬죠.", "아, 그랬구나.", "저는요. 아빠가 어부라서 아빠 따라다니며 물고기 잡아서 먹고 살았어요.", "무슨 배? 큰 배야?", "에이. 보트죠. 근데 지붕도 있어요.", "그럼 그물로 잡아?", "아이참 오빠도. 그물은 강에서나 쓰죠. 낚시로 잡죠.", "아, 저는요. 바나나 농장에서 죽도록 일만하다 하도 힘들어서 그냥 도망쳐 나왔어요.", "그럼 부모님들이 걱정했을 거 아냐. 연락은 하고 지내?", "걱정은 무슨 걱정이에요? 그리고 연락할 데도 없는데 연락은요.", "돌아가셨어?", "모르죠. 누군지도 모르는데. 오빠, 우리 그냥 술 마셔요. 어제도 태양은 떴고, 오늘도 떴고, 내일도 뜰 텐데 무슨 걱정예요?"

　"그리고 이렇게 술도 사주고 통닭도 사주고 팁도 주는 오빠가 있는데, 안 그래?", "얼씨구, 팁은 없어!", "하이고. 잘만 주면서." 삼촌은 가슴이 아파왔다. 그러나 그녀들은 참으로 긍정적이며 낙천적이다. 그녀들에게 있어, 과거는 과거일 뿐이다. '바할라나' 그들 말로 '될 대로 되라'다. 어제는 어제였고, 오늘은 오늘이며 내일은 내일일 뿐이다. 어제도 살았고 오늘도 살고 있고 내일도 살 텐데. 무슨 쓸데없는 걱정이냐. 그들은 내일도 태양은 뜰 것이다로 믿고 있는 것이다.

한 번은 이런 일도 있었다. 옆에 앉아있던 바바에가 가서 한참 동안 오질 않았다. 술을 사주고 있는데도, 돌아와서 미안해했다. 알고 보니 선풍기도 없는 골방에 있는 아기에게 젖을 물려주고 온 것이었다. 그때 그런 그녀에게 아니 어쩌다 그렇게 됐냐. 그래서야 되겠냐. 얼마나 힘들 텐데 처신 좀 잘하지. 하는 시건방지고 주제넘은 소리했다간. 우리네 술집 여인네들은 "아이고 자상하셔라. 오빠 같은 사람을 만났으면 제가 왜 이 모양 이 꼴이 됐겠어요." 눈물까지 흘리며 "이게 다 제가 못나고 박복한 탓이지요." 하며 가슴에 안기며 "그렇다고 오빠마저 절 박대하면 전 정말 어떻게 누굴 믿고 살겠어요." 그럼 꼭 끌어안으며 "아니 니가 어디가 어때서 그래? 자책 하지마. 내가 있잖아. 내가 잘해줄게.", "정말이죠? 난 오빠만 믿을게요. 아이 옷이 낡았는데. 쪽팔려서.", "그래? 걱정 하지 마. 내가 사줄게." 자, 늑대와 여우가 따로 없다.

그러나 그녀들은 다르다. "뭐라고? 네가 내 서방이라도 돼? 웃기고 있네. 시건 방 떨지 말구 술이나 처먹어." 발딱 일어나

가버릴 것이다. 명심해야 한다. 그녀들은 하나 같이 자신들이 하는 일을 부끄러워하질 않는다. 그저 원하는 만큼 서비스해 주고 원하는 서비스 값만 받으면 그만이다. 그 이상은 원하지도 바라지도 않는다. 직업 밑천인 몸은 줄만 쳐주면 받은 만큼 팔지만 영혼까진 팔지 않는 게 그녀들이다. 그래서 그녀들은 당당하다. 먹고 살기 위해 술 팔고 몸 파는 게 뭐가 어떠냐고. 가진 게 몸뿐인데. 그런 아기에게 젖을 물리고 온 그녀에겐 그런 소릴 할 게 아니라 아무 말 말고 우유와 선풍기를 사다 주어야 한다. 그 아이가 배불리 우유를 마시고, 시원하게 잠 잘 수 있도록. 삼촌은 가슴이 따뜻한 사람이었다. 따라서 그녀들은 술 몇 병 사줬다고 함부로 더듬거나 대하면 안 된다. 술 몇 병 정도는 그냥 상대해주는 서비스일 뿐이다. 착각하면 안 된다. 그 쓰리세븐에서는.

일요일이 되면 근로자들은 각자 그 초대형 쇼핑몰에서 그 쓰리세븐의 바바에들을 만난다. 모두 애인들이다. 삼촌도 친구들과 함께 애인들을 만나서 놀러 다니곤 했다. 여기서 짚고 넘어갈 게 있다. 근로자들이 버는 돈은 가불 10만 원을 제외한 나머지는 모두 근로자가 지정한 가족이나 사람, 은행으로 송금된다. 그렇다면 도대체 그 가불 10만 원으로 어떻게 그렇게 놀 수 있단 말인가? 당연한 의문이다. 사실 10만 원만으로도 적당히 논다면 그 나이트클럽에서 몇 번은 놀 수가 있다. 그러나 그렇게 한 번 놀아보고 그 맛을 알게 되면 중독이 될 수밖에 없다. 이슬비에 옷 젖는다고, 그 10만 원이 남아날리 없다.

박물관 나부동상

사실 평생을 온갖 궂은일 험한 일만 그것도 제대로 대접도 받지 못하며 살아온 그 근로자에겐 더군다나 그들은 대부분이 한때는 열사의 나라 중동에서 술은커녕 여자 구경도 제대로 해보지 못한 채, 피땀 흘리고 시달려야만 했던 그 한은 결코 알 수가 없다. 그러한 근로자들에게 그렇게 그 얼마 안 되는 돈으로 딸과 같은 미녀들에게 오빠, 아빠, 자기야 소리를 들어가며 황제 VIP대접을 받는다는 것은 그야말로 일생에 한 번뿐인 기회일 수밖엔 없다. 말하자면 필리핀은 그 쓰리세븐 나이트클럽은 지상낙원이자 천국일 수밖엔 없었던 것이다. 그 누구도 그런 근로자들을 탓할 수는 없는 것이다. 분수도 모른다고, 한 번 가서 놀아보라. 어차피 인생은 즐기는 것이다. 그나마 근로자들은 돈을 벌면서 틈나는 대로 노는 것이다. 아마 관광객들은 벌어놓은 돈이나 빌려서라도 놀아날 것이다. 필리핀은 그렇게 놀 수밖에는 없게 만드는 곳이다.

결국 근로자들은 국제 전화를 걸어 돈을 송금 받아 쓸 수밖에 없다. 총각들이야 상관없지만 유부남들은 온갖 새빨간 거짓말들을 늘어놓으며, 돈을 보내라고 한다. 아마도 그 돈을 어디다 쓰는지 안다면 돈을 보내줄 마누라들은 하나도 없을 것이다. 문제는 그 송금한 돈을 찾을 때다. 근로자들이 그 송금한 돈을 찾으려면, 마닐라의 중심부인 '마카티'까지 가야만 한다. 그곳에 한국 외환은행 지점이 있기 때문이다. 그러나 알다시피 은행은 평일은 오후 5시면 영업 끝, 일요일은 문을 닫는다.

'국립박물관의 나부 동상'은 촬영이 안 된다 했지만 300페소를 꺼내 "이래도?" 하자 된다고 했다. 근로자들이 그 송금한 돈을 찾으려면 평일 그것도 오후 5시 이전에 그 '마카티'의 외환은행 지점에 가야만 한다. 그때 여권도 반드시 지참해야 한다. 그러나 근로자들의 여권은 회사의 인사과에서 보관 관리한다. 은행이 영업하는 평일 시간엔 일을 해야 하고. 그밖의 시간엔 은행은 문을 닫고, 돈 찾을 때 필요한 여권은 회사에서 보관 관리하며 정당한 사유 없인 내주지 않고 그 두 가지 문제가 참으로 난제였다. 그러나 길은 있기 마련이다. 여권은 무슨 핑계든 대며, 인사과에서 복사본을 얻어낸다. 거기다 주민등록증까지 첨부하여, 그리곤 평일 점심시간이 되면 밥도 먹지 않고 택시를 집어타고 달려갔다 오면 그런대로 오후 작업 시간에는 얼굴을 내밀수가 있다. 물론 회사에서도 모르지는 않는다. 그저 모른 체 할뿐이다. 막는다고 되는 일이 아니기 때문이다. 그로 말미암아 그 당시 근로자들 대부분은 그곳에서 번 돈 절반 이상은 그곳에다 도로 꼴아 박았다. 그래도 근로자들 그 누구도 결코 후회하진 않을 것이다.

마닐라 성당 Manila Church

■▪ 인트라무로스의 중심부에 있는 성당

인트라무로스의 중심부에 있는 성당으로 총 7번에 걸쳐 태풍과 화재, 지진, 전쟁 등으로 부분 수리하거나 다시 지어진 아픔이 있는 곳이다. 스테인드 글라스 창문과 청동문이 아름다우며 비잔틴 양식으로 지어졌다. 4500개의 파이프로 만들어졌다는 대형 파이프 오르간 또한 유명하다. 마닐라 성당에서도 결혼식이 많이 이루어지는데, 산 오거스틴 성당이 대중적이고 즐거운 분위기의 결혼식이라고 하면, 마닐라 성당의 결혼식은 보다 엄숙하고 정중한 분위기이다. 결혼식이 있을 때에는 입장이 제한된다.

주소 Cabildo cor. Beaterio, Intramuros Manila 1002, Philippines 전화 02-527-3093

산티아고 요새 Fort Santiago

■▪ 스페인 점령 시기 군사적 요충지였던 곳

파식 강 어구에 자리 잡은 산티아고 요새는 스페인 점령 시기 군사적 요충지였다. 규모가 작지 않으므로 깔레사를 타고 한 바퀴 도는 여행객들이 많은 편이다. 외국인 관광객도 많지만, 소풍을 나온 필리핀 초등학생들도 많다. 그만큼 필리핀 현지인에게는 잊히지 않는 역사적 유물이며, 아픔이 담긴 곳이다.

산티아고 요새 지하에는 현지인들을 수용했던 감옥이 자리 잡고 있는데 스페인 점령 시대와 일본 점령 시대에 실제로 사용되었다는 이 감옥은, 썰물 때 감옥 안으로 물이 밀려 들어와 안의 죄수들이 모두 익사했다는 끔찍한 얘기가 있다.

요금 성인 75페소, 어린이 50페소 시간 08:00~12:00, 13:00~17:00(월요일 휴관)

(인트라우로스)

Manila Church

인 16세기 인트라무로스 성내의 군사적 요충지였다. 2차
대전 시 화재로 대부분이 소실되었다가 복원되었다. 인트
라무로스라는 요새 안에 있는 또 한 겹의 요새라 생각하
면 되겠다. 내부에는 여러 가지 사연을 간직한 방과 감옥,
고문실, 연못 등이 있다. 필리핀의 독립 영웅 호세 리잘은
산티아고 요새의 감옥에 갇혀 있다가 총살을 당했다. 요
새 내의 리잘 박물관에는 그가 생전에 사용하던 물건들과
그가 남긴 유서 등이 전시되어 있다. 먼저 리잘 박물관을
구경한 후 산티아고 요새의 성벽과 유적을 걸으면서 구경
하는 식의 진행이 좋겠다. 리잘 박물관을 제외하곤 구경
거리가 거의 야외에 조성되어 있다.

다 훨씬 더 온건한 모습으로 유지되었을 것이다. 현재 인
트라무로스는 성당이 12개나 있으며 박물관과 대학도 있
다. 차만 덜 다닌다뿐이지 바깥세상과 크게 구별되는 모
습은 아니다. 하지만 스페인의 통치 기간은 3세기에 걸쳐
이루어졌기 때문에 인트라무로스에는 스페인의 흔적과
향기가 그대로 남아 있다. 총탄 자국이 나 있는 성벽을 따
라 걷다 보면 한순간 스페인의 고도 어디쯤에 있는 자신
을 발견할 수 있을 것이다.

마닐라 성당 *Manila Church

1581년 대나무와 야자 잎으로 처음 지어진 이후 다섯 번
의 공사를 통해 현재의 모습이 되었다. 성당의 역사가 새
겨진 중앙문, 4,500개의 파이프로 만들어졌다는 대형 파
이프 오르간, 성모마리아의 이야기가 그려진 스테인드 글
라스 등이 유명하다. 성당은 요한 바오로 2세에 의해 이름
이 지어졌고 이탈리안 예술가들이 작품에 많이 참여하기
도 했다.

인트라무로스 내의 주요 볼거리

산티아고 요새 *Fort Santiago

영업 시간 08:00~18:00
입장료 어른 50P, 아동 25P

파식 강 전망을 가진 산티아고 요새는 스페인 점령 시기

오거스틴 성당
*San Augustin Church

오거스틴 성당은 1571년 지어진 필리핀에서 가장 오래된

이유와 결과가 어떻든 그 애인들과 놀러 다닌 곳은 여러 군데였다. 그 중 마닐라의 대표적인 유흥가인 '말라떼' 인근엔 아시아는 물론 세계적으로도 알려진 관광 필수 코스이기도 한 국립공원인 '리잘파크'가 있다. 올티가스에서 한 시간 정도면 갈 수가 있다. 상당히 넓은 지역을 걷거나 '칼레사'란 관광 말 마차를 타고 구경할 수가 있다. 30~40분 정도 타려면 300페소면 적당하다. 그 이상은 바가지다. 그 리잘파크에는 미술관이나 국립박물관도 있다. 또한 필리핀의 문학 대부이면서도 스페인의 300여 년이 넘는 오랜 통치에 저항하다 결국 체포돼 처형당한 국민 영웅이자 민족 투사였던 '호세리잘'의 기념비가 있어 관광객들의 기념촬영의 명소이기도 하다. 말하자면, 그 '리잘파크'는 그 호세리잘을 기념하는 상징적인 공원이다. 해마다 기념행사가 벌어지는 곳이기도 하다.

리잘 기념비에 리잘의 유해가 안치되어 있다. 이 자리는 리잘이 처형당한 장소이기도 하다. 입구의 화강암 벽에는 리잘의 詩 '나의 마지막 인사(Mi Ultimo Adi-os)'가 새겨져 있다. 더불어 리잘공원에서 약 1km 떨어진 곳엔 '인트라무로스'라는 낡은 성채가 있다. 이 성채의 길이는 약 3.7km로 이 성채의 입구가 바로 산티아고 요새다. '호세리잘'은 의사, 시인, 소설가, 조각가, 화가, 언어학자, 자연주의자였으며 펜싱 애호가이기도 했다. 호세리잘 박사(Dr Jase Rizal)를 기리는 곳이다. 리잘이 투옥되었던 그 안에 리잘 기념관이 있다. 리잘의 척추 뼈 하나가 든 유골함과 그의 첫 작품인 소설, '나에게 손대지 말라(Noil Me Tangere)'의 초고, 기름 램프 속에 몰래 숨겨나갔던 '나의 마지막 인사' 원본이 전시 되어있다. 이와 같은 투쟁의 결과로 '안드레스 보나파시오'는 고귀한 구국청년 결사대 이른바 'KKK'라는 급진적인 비밀 독립운동단체를 조직, 혁명 정부를 세우고 지방의회도 조직했다. 호세 리잘은 처형되기 전날 밤 국민들에게 이런 글을 남겼다.

"나는 조국의 해방을 간절히 원한다. 그러나 그 이전에 우리 국민들이 교육을 받아 우리 조국이 고유한 인격을 갖고, 자유의 가치를 누릴만한 자격을 갖추기를 바란다."

이후, 마부하이앙, 필리피나스(필리핀 만세)라는 외침은 오늘날 '발린타왁의 외침'으로 불린다. 이후, 혁명 지도자 '에밀리오 아기날도' 장군이 1898년 6월 12일, 필리핀의 초대 대통령으로 독립을 선포한 날 필리핀의 국기가 역사상 처음으로 게양되었다. 호세 리잘의 처형 2년 후였다. 마닐라에서, 남동쪽 100km에 있는, '팍상한 폭포(Pagsanjan falls)' 역시 유명한 관광명소다. 특히 프란시스코 코폴라 감독의 베트남 전쟁 영화 '지옥의 묵시록'의 마지막 몇 장면이 이곳에서 촬영되기도 했다. 한번 가볼만한 곳이다. 버스로 2시간 30분 정도 걸린다(주민 인구 35,000). 그 팍상한 폭포는 폭포 구경이라기 보단 그 폭포까지 거슬러 올라가는 과정이 압권이다. 그 당시 삼촌과 친구들은 그 리잘파크나, 팍상한 폭포가 어딘지도 잘 몰랐다고 한다. 그녀들이 가자는 대로 "공원으로 놀러 가나? 폭포 구경하러가나?" 하며 그냥 따라 다녔다는 것이다. 또 한 번은 그녀들(애인들)이 가자는 대로 택시를 타고 갔다. 도대체 어디로 가는지도 모르고 따라갔다. 산과 들, 고원지대를 지나 한 시간 이상 달려갔다. 도착한 곳은 고풍스런 성당 앞이었다. 영문도 모르고 따라 들어가자, 그녀들은 무릎을 꿇고 십자 성호를 긋곤 성수를 몸에 찍고 뿌린 후 제단의 예수 상 앞에서 무릎 꿇고 경건한 기도를 올렸다. 술집 여자들이 그 기도를 올리려고 100리 길을 달려온 것이다.

물론, 술집 여자들이라 해서 종교를 믿지 말라는 법은 없다. 문제는 남자 애인들이 휴일 날 모처럼 놀러가자는데, 물어보지도 않고 만만찮은 택시 값을 내며 고작 15분 정도의 기도를 올리려고 백리 길을 갈수 있느냐는 것이다. 술집 여자들이. 반면 우리네 술집 여자들이 같은 조건에서 크리스천이라고, 보살들이라고 15분 정도의 미사 올리려고, 불공드리려

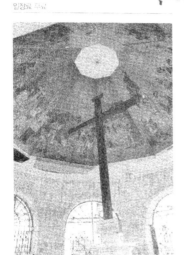
마젤란 크로스 *Magallanes Cross
입장료 무료

마젤란 크로스(십자가)

고 백리 떨어진 성당으로, 절간으로 갈 수 있겠느냐는 말이다. (그녀는 결코 광신도들도 아니다.) 부끄러워서라도 티도 안낼 것이다. 여기서 그들의 종교 문화를 이해할 필요가 있다. 종교는 90% 기독교, 그중 85%가 로마 가톨릭, 5%가 이슬람으로 가톨릭 국가다. 필리핀이 가톨릭 국가가 되기까지의 뿌리와 역사는 400여 년 전인 1521년 3월 16일 포루투칼 출신의 탐험가 페르디난도 마젤란이 중부의 사마르 섬에 도착해 이 땅이 스페인령임을 선포, 섬 주민들에게 가톨릭을 전파하면서부터 시작됐다. 그 후 마젤란은 '세부'의 막탄아일랜드에서 죽음을 맞기까지, 여러 부족들을 점령해 나가며 가톨릭을 전파했다. 그때, 그 마젤란과 끝까지 싸우면서 승리, 마젤란을 살해한 막탄아일랜드의 부족장 '라푸라푸'는 필리핀의 위대한 영웅으로 추앙 받으며 세부의 작은 섬인 막탄에는 그의 동상이 서 있다. 세계적인 휴양도시이자 관광지인 세부의 국제공항도 그곳 막탄에 있다. '마젤란 크로스(십자가)'도 세부시청 건너편 원형 건물 안에 세워져있다. 높이 3m.

이와 같은 필리핀의 가톨릭은 한마디로 '피'의 역사다. 400여 년에 걸친 스페인의 통치 속에 비록 마젤란크로스는 정복과 피의 상징으로 지금은 그곳에 남아 있지만, 과연 그들에게 깊숙이 뿌리내린 크로스가 그들에게 자유와 평화, 사랑을 가져다줄지는 두고 볼 일이다.

필리핀이라는 나라 이름도 당시 스페인의 왕위 계승자, 필립 2세의 이름을 따 붙인 이름이다. 그러한 가톨릭의 역사를 가진 그녀들에겐 새삼스러울 게 없는 삶의 일부일 뿐이다. 평소에 가보지 못했던 유서 깊은 성당엘 그 기회에 차비 안 들고 한번 가본 것뿐이다. 직업과 종교는 별개 인 것이다. 삼촌은 그 쓰리세븐의 몸살 나는 즐거움도, 리잘파크의 뜻있는 체험도 그 원시림과 절벽으로 둘러싸인 급류를 두 명의 사공이 헤쳐 가며 거슬러 올라가는 스릴만점의 팍상한 폭포의 절경도 그 유서 깊은 성당 구경도 재미있었지만 한편으론 그들의 진정한 삶의 참모습이 궁금하고 알고 싶고 체험하고 싶었다. 따라서 혼자서 돌아다니길 좋아했다.

그렇게 돌아다니다 보면 별에 별 구경을 다하게 된다. 마닐라의 유흥가는 물론 인접 지역과 도시들엔 마사지 숍들이 꽤나 많다. 올타가스의 한 변두리를 돌아다니다 마사지 숍 같긴 한데 꽤나 큰 건물이었는데 허름했다. 한 번 들어가 보았다. 그런데 여느 숍과는 달리 안은 마치 시골 정거장이나 시외버스 대합실 같고 매표창구까지 있고, 긴 나무 의자에 앉아 기다리는 사람들도 여럿 있었다. 잘못 들어왔나? 보니까 그게 아니었다. 마사지 숍이 아니라 마사지 대중업소였다. 즉, 서민들이 즐겨 찾는 대중 서민 마사지업소였던 것이다. 매표창구는 말하자면 대기 순번표와 마사지실 번호표를 파는 창구였다. 30분

전신 마사지는 50페소, 1시간 마사지는 80페소였다.

　당시 유흥가의 일반적인 마사지 숍들은 1시간 전신 마사지 300페소, 1시간 발마사지 150페소다. 삼촌도 1시간 전신마사지 표를 사서 기다리다 마사지실로 들어갔다. 앳된 필리피나가 간단한 핫팬티 차림으로 기다리고 있었다. 그리곤 커다란 타월 한 장을 내주며 조그만 옷장을 가리키며 약간은 부끄러워하며, 옷을 벗으라고 했다. 삼촌은 돌아서서 옷을 벗고 옷장에 넣은 후 하체를 타월로 감곤 돌아서자, 가지고 있던 콧구멍과 입 구멍만 뚫린 얇은 종이팩을 얼굴에 붙여주곤 비닐 베드의 조그만 구멍이 뚫려있는 곳을 가리키며 엎드려 누우라고 했다. 삼촌도 몇 번 마사지를 받아보았기 때문에 시키는 대로 그 구멍에 코와 입을 집어넣고 그 필리피나가 주는 베개를 끌어안고 엎드려 눕자, 그 필리피나는 대야에 물을 담아 양발을 조물조물 씻긴 후, 발바닥과 발가락들을 조물조물 주무르기 시작했다. 종아리와 허벅지를 주무를 때는 좀 더 세게 꾹꾹 압박하며 주물러 댔다. 엉덩이와 등과, 팔, 어깨와 목도 마찬가지였다. 팔을 마사지할 땐 양쪽 팔을 번갈아 들었다났다하며 비비고 조이고 때리며 가지고 놀았다. 아파서 비명이 나올 뻔했다. 그렇게 한참을 누르고 찍고 꺾고 주무르다 돌아누우라고 했다.

　돌아눕자 살 것만 같았다. 다시 발끝부터 주무르며 위로 올라오기 시작했다. 한마디로 베드를 돌아가며 마사지를 하고 있었다. 그러다 느낌이 이상했다. 알고 보니 아예 올라와서 삼촌의 허벅지를 타고 앉아 두 손으로 삼촌의 가슴을 때리고 두드리며, 마사지를 하고 있었다. 이마도 양 엄지손으로 꾹꾹 눌러대며 완전히 맘 대로였다. 이윽고 끝이 났는지 삼촌의 가슴을 톡톡 두드리며 종이팩을 떼어냈다. 그때 주책없이 아랫도리가 발딱 서 있었다. 그 어린 필리피나도 얼굴이 발그레해져 있었다. 삼촌은 일어나서 옷을 입은 후 100페소를 주었다. 그러자 그 필리피나는 절을 세 번이나 했다. 사실 필리피노들은 그런 대중 마사지 숍에선 팁을 잘 주지 않는다고 한다. 일반 마사지 숍에선 30페소가 기본이지만 그 대중 마사지 숍의 마사지실은 번호표를 볼 때 최소한 30여실은 된다고 했다. 어쨌든 몸은 날아갈 것만 같았다.

또 한 번은 건물은 건물인데 꽤나 큰 판자 건물이었다. 마치 창고 같았다. 그러나 현관이 있었고 젊은 필리피노 필리피나들이 드나들고 있었다. 간판도 있었는데 술병 그림도 있었고, 남녀가 두 손을 맞잡고 있는데 분명 춤추는 모습이었다. 한 번 들어가 보았다. 입장료가 5페소였다. 들어서자 어두컴컴한 홀에서 어림잡아 200여 명은 되는 젊은 필리피노 필리피나들이 무대도 없고 밴드도 없는데, 경쾌한 음악에 맞춰 서로 붙잡지도 않고 그저 건들 건들거리며 춤들을 추고 있었다. 그런가하면 서서 구경하는 사람들도 있고 한켠의 술자리에선 술을 마시는 사람들도 있었다. 삼촌은 그제야 아하, 대중 사교장 인가보구나 하는 생각이 들었다. 삼촌은 슬그머니 술 탁자에 앉아 술을 시켰다. 그 사교장에선 샨미겔 맥주 한 병 값이 10페소였다. 맥주 세 병을 시켜놓고 마시며 춤추는 모습들을 지켜보기 시작했다. 외국 사람은 삼촌뿐이었다. 그들의 춤은 고고도, 디스코도 아니고 그렇다고 삼촌이 알고 있는 사교

춤도 아니었다. 그냥 음악에 맞춰 흔들어대는 춤이었다. 그들 만의 춤이었다. 그들이 만약 춤다운 춤인 사교춤을 추고 있었 다면, 영락없는 필리핀 카바레였을 것이다. 삼촌은 그들이 어 떻게 즐기고 노는지 어렴풋이 알 것만 같았다. 필리핀 사람들 은 참으로 놀기를 좋아한다.

근심걱정이 없다. 한마디로 타고난 베짱이들이다. 그들에게 개미는 개미일 뿐이지 일벌레의 상징이 아니다. 그림 같은 푸 르른 남국의 나라 필리핀의 천혜의 자연 조건은 그들에게 축 복이기도 하지만 한편으론 게으름과 나태를 불러왔다. 그들에 게 한겨울 눈이 오고, 얼음이 꽁꽁 어는 엄동설한은 남의 나 라 애기일 뿐이다. 일 년 내내 반바지에 런닝구 하나만 걸쳐 도 얼어 죽을 염려 없고, 정 굶어서 못 견디면 산과 들에가 지천으로 널린 바나나, 야자 같은 과일들을 따 먹고 달콤하고 시원한 어른 머리통만한 코코넛 열매를 따 그 즙을 마실 수도 있다. 굶어죽을 염려도 없다. 베짱이들이 될 수밖에 없다.

그러나 그것은 어디까지나 필리피노들 얘기다. 그 나라는 생소하겠지만 모계사회다. 즉, 여성들이 집안을 이끌어가는 가장들이란 얘기다. 따라서 그 나라에선 칠거지악이란 이름아 래, 시집가서 구박받다 보따리 하나 싸들고 울며불며 쫓겨나 는 것은 어불성설로 별나라 얘기다. 시집이라는 개념은 아예 없고 오히려 장가가서도 그 놀기 좋아하는 개 버릇 못 고치고 무책임하면 가차 없이 보따리는커녕 알몸뚱이로 쫓겨나는 것 은 바로 대책 없는 필리피노들이다. 씨받이는 필리피나들이 아니라 필리피노들이다.

따라서 집안의 장녀인 필리피나들은 남동생들을 쥐 잡듯이 잡는다. 그래서 필리피노들은 큰누나를 제일 무서워한다. 큰누나가 한 번 눈에 쌍심지를 돋우면 벌벌 떤다. 그 뿐만이 아니다. 오빠들만 있어도 시원찮으면 "이 밥버러지들아, 집안은 내가 책임질 테니 걸리적거리지 말고 차라리 나가놀아라." 큰소리친다. 그러한 억척스런 필리피나들은 2006년도 기준 100여만 명의 해외 취업자들 중 대부분으로 한해 벌어들이는 돈은 공식적으로 160억 달러에 달하며 필리핀 GDP의 10%이며 필리핀 경제의 버팀목이기도 하다. 따라서 필리피나들이 파워는 대단하다. 그 대표적인 필리피나가 최초의 여성 대통령인 '코라손 C아키노' 두 번째 여성 대통령인 '글로리아 마카파갈 아로요(2001~2010)'가 있다. 그러나 가장 대표적인 필리피나는 중부 '타클로반'에서 태어나 필리핀을 들었다 났다 주무르며 한 시대를 주름 잡으며 희대의 여걸로 불렸던 이멜다 가문의 장녀, 바로 페르디난도 E 마르코스 '이멜다'다(1965년~86년, 마르코스 장기 집권). 어쩌면 그러한 필리피나들의 파워에 필리피노들은 더욱 주눅 들고 '바할라나(될 대로 되라)' 놀기 좋아하고 게으른 베짱이들이 되었는지도 모른다.

반면 우리는 사시사철 봄에는 꽃이 피고, 여름이면 시원한 물놀이도 즐기며 가을엔 오곡백과가 무르익고, 한겨울엔 함박눈이 내리고 얼음도 얼어, 아이들은 썰매타고 어른들은 스키 타며, 즐길 수 있는 그야말로 끝내주는 금수강산이다. 단, 돈만 있다면. 그러나 없다면? 봄, 여름, 가을 부지런히 벌어놓지 않으면 엄동설한에 무얼 먹을 것이며, 얼어 죽지 않으려면 어디

가서 잠을 잘 수 있겠는가? 그로 말미암아 장남들에겐 너만은 기필코 성공, 평생 등골이 휘고, 뼈 빠지게 일 했으면서도 소 팔고 논 팔아 뒷바라지해, 그나마 대학을 졸업하고 성공해 개천에서 용 났다는 소리까지 듣게 된 장남들은 비록 성공했다 할지라도 평생 멍에를 짊어지고 살아야만 한다. 부모님을 모시고 누이동생들을 보살피며 그렇지 않으면 인간 말종으로 손가락질 받기 때문이다. 때문에 며느리는 시어머니에게 어떻게 키운 아들인데, 구박 받아야 하며 올케는 잘났으면 그나마 살림 밑천이고 못났으면 공부는커녕 밥만 축내는 쓸모없는 애물단지 구박 덩어리 찬밥 신세의 설움을 아무 죄 없는 새언니에게 화풀이 하게 되는 것이다. 그새 중간에서 죽어나는 것은 소위 성공했다는 장남들인 것이다. 그나마 시동생들이 동병상련으로 마누라 편을 들어줘 숨 쉬고 살뿐이다. 과연 그러한 개미들과 베짱이들 중 누가 더 행복할지는 생각해 볼일이다. 분명한 것은 그 베짱이들의 행복지수가 세계 상위권이란 사실이다. 개미들로선 알다가도 모를 일이다. 따라서 그들의 놀이 문화도 쥐뿔도 없는 것들이, 비웃고 한심하게 볼 것이 아니라, 그 나라에 갔으면 "아, 그래서 그렇구나." 하며 같이 놀라는 얘기다.

사실 필리핀도 한때는 아시아의 맹주로서 일본 다음의 선진국임을 자랑하며 한국에 원조까지 해주며 큰소리치던 시절도 있었다. 그러나 고인 물은 썩기 마련이다. 그들은 한반도 1.3배의 국토와 9천만이란 한국인 두 배의 인구임에도 끊임없는 내란으로 외세에 의존하며 오로지 상류층이자 기득권층인 자신들만 잘 먹고 잘살겠다는 독재와 오만으로 국민들의 삶과 교육은 나 몰라라, 등한시 한 채 부정부패만 만연 발전치 못하고 아시아의 종이 호랑이자 삼등국으로 전락한 채 지금도 빈곤에서 벗어나질 못하고 있다.

물론 놀기만 좋아하는 국민들도 문제는 있다. 사실, 당시 현대건설은 추석, 구정 명절날에도 마닐라의 메인스타디움을 통째로 빌려 축구시합과 노래자랑 등 명절 잔치를 벌이기도 했다. 그 메인스타디움도 한때 아시아인들의 축제인 아시안게임이 열리기도 했던 스타디움이다. 국가의 메인스타디움은 국가의 얼굴이자, 자존심이기도 하다. 아무리 대한민국 굴지의 대현대건설이라 할지라도 어쨌든 일개 건설회사다. 그런데 국가의 얼굴이자 자존심인 수도의 메인스타디움을 일개 건설회사의 명절 놀이터로 내줄 수 있단 말인가? 도대체 그 하루 임대료가 얼마나 된다고. 참으로 돈의 위력은 놀랍다 아니할 수 없다.

뿐만이 아니었다. 당시, 근로자들은 귀국하는 근로자들이 있으면 몇 명이라도 핑계 삼아 십시일반으로, 그 쓰리세븐 나이트클럽 역시 통째로 전세를 내 그날 밤은 그 쓰리세븐 나이트클럽에서 귀국 전송파티를 벌였다. 회사도 근로자들의 사기 진작을 위해, 임대료와 기본적인 경비는 부담했다. 따라서 그날 밤은 그야말로 술판, 노래판, 먹자판, 노래판, 춤판, 개판, 난장판이었다. 초저녁부터 먼저 아래층 무대 앞에 양쪽 끝에서 끝까지 삼열로 술 탁자들을 이어 붙이고 탁자위엔 그야말로 온갖 과일들과 산해진미들을 탁자다리가 부러지게 차려놓고, 탁자 밑엔 거짓말 좀 보태서, 산미겔 수백 BOX를 갖다놓고 의자들을 갖다놓고 30여 명의 '바바에'들을 모두 두 명 건너 한 명씩 앉혀놓고 파티는 시작된다.

그날 밤 그 30여 명의 바바에들과 6인조 밴드는 '노'나는 날이다. 기분 나는 대로 부어라, 마셔라, 불러라, 추어라, 점차 개판 난장판이 되어간다. 앉아있는 바바에들은 양쪽에서 기분 나는 대로 찔러주는 팁으로 그렇잖아도 풍만한 가슴은 더욱 풍만해졌고, 6인조 밴드들도 쉴 새 없이 불러대는 근로자들이 노래가 끝날 때마다 주는 팁을 받을 새도 없어, 근로자들이 밴드마스터 옆에 통을 갖다놓고 그 통속에 팁을 집어넣으면 밴드마스터는 색소폰을 불어대면서도 눈은 통속에 쌓여가는 팁을 옆 눈으로 보며, 더욱 신나게 불고 밴드들도 미친 듯이 풍악을 울려댔다. 한마디로 광란의 돈 판이었다.

그러나 어쨌든 그 쓰리세븐 나이트클럽도 올티가스를 대표하는 일류 나이트클럽이다. 역시 아무리 VIP황금 봉들이라 할지라도, 그곳은 필리핀이며 그들의 세상이다. 비록 하루 밤일망정, 외국인들에게 그것도 근로자들에게 영원한 고객들인 필리피노들을 찬밥으로 만들어도 된단 말인가? 입장도 못하게, 그들도 자존심은 있을 것이다. 자신들의 가시내들도 뺏기고, 그러나 돈에는 어쩔 수가 없는 모양이다. 격세지감이 아닐 수 없다. 돈 앞에는 자존심이고 뭐고 어쩔 수가 없다. 그들은 스스로 깨닫고 자각하지 않는 한 그런 수모를 감수해야만 할 것이다. 한여름 풍월만 읊어대던 베짱이들도 엄동설한에 개미들에게 구걸하지 않으려면(엄동설한은 없지만) 열심히 일을 해야 한다.

삼촌의 가슴 아픈 추억

　그러던 삼촌은 그들의 삶의 현장인 전통시장에도 가보았다. 그때 신기한 물건을 발견했다. 아니 바로 번데기였다. '번데기' 삼촌에게 번데기는 참으로 너무도 아련하고 그립기 만한 추억의 번데기일 수밖에 없다. 삼촌은 번데기에 남다른 가슴 아픈 사연이 있다. 일반적으로 번데기를 맛볼 수 있는 곳은 지금도 전통시장이나 재래시장 아니면 노점상에서 리어카상에서 또는 포장마차에서 번데기 아줌마가 일회용 종이컵에 담아주면 이쑤시개로 한두 개씩 찍어서 맛을 보게 된다. 번데기는 그렇게 한두 개씩 오물오물 잘근잘근 씹어 먹어야 제 맛이 난다. 그러나 성질 급한 사람들은 감질 난다며, 조그만 플라스틱 스푼으로 떠먹다 그것도 시원찮으면, 한입에 털어 넣고 우물우물 쩝쩝 씹어댄다. 그럴 때는 그 번데기들은 데워져 따뜻하긴 하지만, 이미 오래되 아무래도 졸아들고 색깔도 누루죽죽 조금은 검으죽죽하며 맛도 짭짤하며 좀 퍽퍽 쭙죽하다. 이미 소금에 절여졌기 때문에.

　번데기는 잘 알다시피 '번데기 앞에서 주름잡고 있네.' 하는 말이 있듯이 주름의 대명사다. 그러나 그러한 번데기의 참맛을 알고 있거나 그 번데기의 주름이 주름의 대명사로 불릴 정도는 (초기에는) 아니라는 사실을 즉, 통통하다는 사실을 아는 사람들은 특히 젊은이들이나 아이들은 사실상 많지가 않다. 그냥 작고 납작한 맛있는 간식거리로만 알뿐. 사실 번데기는 누에나방의 전신이다. 누에나방의 일생은 5령으로(5살) '알'에서 개미누에(1령 하루 뽕잎 먹고 하루 잠), 2령 이틀 뽕잎 먹고 이틀 잠, 3,4령 나흘 뽕잎 먹고 나흘 잠, 5령 7~8일 뽕잎 먹고 잠은 안잔다. 일주일 후 누에 벌레에서 '번데기'로 탈바꿈한 뒤 이른바 누에고치를 짓기 시작한다. 경이로운 집짓기가 시작되는 것이다. 누에를 키우는 사람들이 만들어 놓은 수많은 조그만 격자 틀 속에 그 누에들을 집어넣으면 누에들은 알아서 마치 거미들 같이 머리를 돌려가며 가느다란 실을 입으로 뿜어내며 하얀 타원형의 고치를 짓기 시작한다. 바로 그 실이 명사이며 '실크' 즉 비단의 원료인 것이다. 따라서 누에나방의 번데기들은 명실 공히 최고의 뜨개질 선수들이라 할만하다.

실크라는 천연섬유는 오늘날 수술용 실, 인공고막, 인공뼈, 동충하초(애벌레)등으로 활용하고 있다. 그렇게 만든 고치 속에서 번데기는 잠을 자다, 때가되면 고치를 뚫고 나와 마침내 누에나방으로 탄생한다. 말하자면 번데기는 누에나방이 되기 전 사람들이 무자비하게 고치만을 수거하고 남은 번데기로 그것도 맛있다고 먹어대는 것이다. 누에나방은 나비목과의 곤충으로 호랑나비 역시(5령) 비슷한 과정으로 호랑나비 애벌레에서 5령이란 과정을 거쳐 호랑나비로 탈바꿈한다. 다만 호랑나비는 나뭇잎에 한 개의 좁쌀 같은 알을 낳는다. 나방과 나비가 다른 점은 나비들은 앉을 때 날개를 접는데 반해 나방들은 날개를 펼치며 앉는다. 참고로 '용화'는 번데기 과정이며, '우화'는 본체의 탄생을 뜻한다. 주로 밤에 활동한다.

　호랑나비의 특징은 5령일 때 귀엽고 깜찍한 애벌레로 변신, 그때 천적을 속이는 가짜 눈 즉, 호랑이 눈 무늬를 머리에 가지게 된다. 따라서 호랑나비로 환생한 후 그 가짜 눈의 흔적이 날개에 남아 호랑나비라 명명되는 것이다.(**참조** : 고치=건사, 똥=잠사) 누에 번데기를 삼촌이 4~5살일 때 청상과부였던 엄마는 즉, 내게는 친 할머님이셨던 할머님은 아빠와 삼촌이 고향인 청주 성안길 중앙극장 앞에서 (그 중앙극장은 지금은 다른 상업 건물로 바뀌었다.) 그 번데기를 삶아서 바알 간 밤고구마도 쪄서, 쪼그려 앉아 함께 파셨다. 그때 어린 삼촌도 엄마 옆에 쪼그려 앉아 그 번데기와 밤고구마를 얻어먹곤 했다면서 눈물을 글썽였다. 나 역시도 눈물이 났다. 그 할머님은 청주의 상징이기도한 무심천 둑길에서 붕어빵 장사도 하셨다고 한다. 그때도 삼촌은 할머님이 어린 삼촌의 머리를 쓰다듬으시며 갓 구운 붕어빵을 종이에 싸서, "뜨거우니까 조심해서 먹어야해." 하시며 주면 삼촌은 "알았어. 엄마!" 하며 역시 쪼그려 앉아서 그 바삭바삭하고 달콤한 붕어빵을 호~ 호~ 불어가며 꼬리부터 살살 깨물어 먹고 입까지 깨물어먹고 그 달콤한 팥고물들은 혓바닥으로 "앗 뜨거 앗 뜨거." 하며 핥아먹었다고 한다. 그 붕어빵 맛도 삼촌은 평생 잊을 수 없다며, 삼촌의 두 눈에선 이번엔 닭똥 같은 눈물방울이 뚝뚝 떨어지고 있었다. 나도 따라 닭똥 같은 눈물을 흘리다, 마침내는 와, 하고 울어버렸다.

　사실, 번데기가 가장 맛있을 때는 그 누에고치들이 뜨거운 물에 퉁퉁 불려 까져 나온 번데기일 때다. 그런 번데기들을 번데기 장사꾼들은 줄지어 서서 기다리다 받아 나온다고 한다. 그때 조금이라도 빨리 받아야 번데기는 더욱 싱싱하고 꽁무니에 서있다간 자칫하면 번데기가 동이 나서 그나마도 받지 못한다고 한다. 그때 할머님은 선착순으로 제일 먼저 받으셨다고 한다. 왜냐하면 그 생사공장의 간부가 사촌 작은 시아주버님이셨기 때문이다. 즉, 내게는 사촌 할아버님이시다.

그렇게 받은 번데기는 그야말로 죽여준다고 한다. 삼촌의 말로는 그 바로 나왔을 때의 번데기의 색깔은 샛노라며, 주름살도 통통해서 잘 보이지도 않고 또한 알밴 놈들은 뚱뚱해서 툭 깨물면 터져 나온 그 좁쌀 같은 하얀 알들을 깨물어 먹으면 입안에서 톡톡 터지며 그 오돌오돌하고 쫀득쫀득한 맛은 그야말로 죽여준다고 한다. 그리고 소금도 넣지 않고 삶아 팔 때 고운소금을 살살 뿌려 종이를 고깔모자처럼 만들어 담아 팔면 그 살찌고 알밴 번데기들이 담긴 그 고깔모자봉지를 한손에 들곤 한두 개씩 손가락으로 집어먹다 결국은 입속에 털어 넣고도 그리고도 남았나 하고 그 고깔봉지 속을 들여다본다고 한다. 그때의 그런 번데기가 진짜 번데기며 진짜 번데기의 참맛이라고 한다. 나는 지금까지도 그런 번데기를 구경도, 먹어보지도 못했다. 기필코 찾아 먹고야 말 것이다. 삼촌에게 그때의 그 번데기와 붕어빵은 결코 잊을 수는 없는 세상에서 제일가는 주름 누에 번데기이자 붕어빵이었던 것이다. 밤고구마도.

인류 역사에 있어, 동서양을 이어주던 무역로이기도 했던 실크로드를 탄생시킨 주인공이 바로 누에 번데기였던 것이다. 실크로드의 여사는 참으로 장구하다. 지금도 전 세계적으로도 최고의 천연실크로 알려진 원산지는 중국 운남성으로 그곳에

서 생산되는 천연실크는 최고 품질의 실크로 값도 고가 일뿐
만 아니라 구하는 것도 쉽지가 않다. 미리 예약 해야만 하며
최소한 3~4개월 후에야 받아볼 수가 있다. 삼촌이 일하던 그
ADB 메인 빌딩의 메인 홀 내장공사의 주요 내장 품목도 바
로 그 천연실크였다. 그때 그 고가의 천연실크가 도난당하는
사건이 발생했다. 워낙 고가품이었기 때문에 눈독을 들이고
있었던 모양이다. 난리가 났다. 그 두루마리 천연 실크 다발
은 값도 값이지만 쉽게 구할 수 있는 실크가 아니었기 때문이
다. 비상이 걸렸지만 결국 3개월 후에야 원산지에서 보내주어
겨우 그 메인 홀의 내장공사를 끝낼 수 있었다. 그로 말미암
아 그 내장공사에 막대한 지장이 초래했음은 물론이다.

　당시 삼촌은 그 메인홀에서 열댓 명의 필리피노들을 데리고
일 했었다. 따라서 담배라도 한 대 피워 물때면 그들에게도
한 개비씩 나눠주곤 했다. 그럴 때마다 그들은 감지덕지했다.
왜냐하면 그들은 담배를 갑으로 사 피우는 게 아니라 가치로
사 피운다. 따라서 일반 가게는 물론 거리에서도 어깨에 목판
을 멘 아이들이 그 복잡한 도로 사이를 누비며 목판에 담긴
담배들 '윈스톤, 말보로, 쓰리파이브, 카멜' 등을 갑이나 가치
로 판다. 그럴 때 택시기사들과 탑승객들은 그 담배들을 대부
분 가치로 산다. 서민들의 담배문화다. 그런데 그들은(당시
메인홀 단순노동자들 필리피노) 하나같이 믿을 수 있는 존재
들이 아니다.(직속 따까리조차도) 이를테면 허리에 차고 있던
줄자를 사용한 후 잠시 후 돌아보면 그 줄자는 온데간데없다.
그런데다 삼촌은 귀국할 때 목공샵에 보관하던 '기계대패(마
키다), 기계톱(핸드스킬)' 등을 도난, 책임자로서(당시 목공반
장) 변상해야만 했다.(덤터기)

필리핀의 빈민촌과 판자촌들

　그 중 삼촌이 가장 인상이 깊었고 가슴에 남는 사연은 이러했다. 그날 일요일 오후에도, 어디 좋은 구경 없을까? 하며 올티가스의 중심지에서 좀 벗어난 대로변에서 역시 한 허름한 술집에 눈에 띄었다. 들어가자, 십여 명의 필리피노들이 술을 마시고 있었다. 몇 명의 바바에들이 왔다갔다 할뿐 마치 창고 같은 술집이었다. 서민들의 술집은 대부분이 그러하다. 빈자리에 앉자 한 소녀가 왔다. 열네댓 살 정도로 술심부름을 하는 것 같았다. 역시 샨미겔 맥주를 세병시켰다. 한 병에 10페소였다.

　그런데 그 소녀 필리피나가 옆에 앉으며 술 한 병만 사달라고 했다. "기가 막혀. 아니, 너 여기서 일하니?" 하자 고개를 끄덕였다. 삼촌은 일단 옆에 앉혀 놓고 술 한 병을 사주었다. 그 한 병 값은 20페소였다. 그 소녀는 그 술 한 병을 얼굴을 찡그리며 짤끔짤끔 마셔댔다. 삼촌은 이것저것 물어보기 시작했다. "너 여기서 일해도 괜찮니?" 고개를 끄덕이며 괜찮다는 것이었다. "그럼 여기서 자고 먹고 생활하니?" 고개를 살래살래 저었다. "그럼 어디서 사니?", "여기서 걸어가면 한 시간 정도 걸리고 '트라이시클', '풋풋, 포드약'을 타고 가면 10분 정도 걸린다."고 했다. "누구랑 사니? 엄마와?" 또 고개를 저었다. "그럼 엄마가 가라고 했니?", "아니." 술 한 병을 더 사줬다. 그럼 하루에 얼마를 버니? 대중없다고 했다. 어쩌다 많이 벌면 10페소~30페소, 아니면 5페소, 공치는 날도 있고 그 소녀도 마시는 술값 20페소의 절반인 10페소의 절반인 '5페소가 순수입'이다. "팁은?" 고개를 저었다. 아주 어쩌다 5~10페소, 삼촌은 한숨이 나왔다. 트라이시클을 혼자 타려면 최소 10페소이다. 트라이시클은 오토바이에 좌석이 있어 3~4명이 탈 수 있고 '풋풋, 포드약'은 좌석이 없어, 오토바이에 앞뒤로 보통 한두 명이 탄다. 각기 한 번 타는데 3페소다.

또 한 병을 사줬다. "마시든, 못 마시든 술집에 나온 지는 얼마나 되니? 한 1년? 그럼, 한 달에 평균 얼마나 버니?", "음, 300페소?", "매일 나와서?", "아니 20일정도." 삼촌은 한 시간 쯤 그렇게 얘기를 나눈 후 술값 100페소와 500페소 한 장 주었다. 그러자 그 소녀는 술값은 90페소라며(소녀에게 사준 3병 60페소+삼촌이 마신 3병 30페소) 500페소는 잘못준거라면서 돌려주었다. 그러면서 나머지 10페소는 가져도 되느냐고 했다. 삼촌은 "그게 아니라, 500페소는 너한테 주는 거니 엄마한테 갖다드려. 알았지?"

그 소녀는 500페소짜리는 그때까지 있다는 소리와 구경은 해봤지만 손에 만져본 것은 그때가 처음이었다. 겁에 질려 어쩔 줄 몰라 했다. 엄마가 알면 훔쳐왔다고 맞아 죽는다며, 울상까지 지었다. 받을 수 없다며 정 주시려면 엄마한테 직접 주라고 했다. 난감했다. 줄 수도 안줄 수도 없고. 결국 "그럼 지금 나갈 수 있니?" 고개를 끄덕였다. 도대체 어디서 어떻게 사는지 궁금해졌다. 함께 나왔다. 트라이스클을 타고, 십 여분을 한적한 길을 달려 도착한 곳은 한눈에 보기에도 빈민촌인 한 세 평쯤 되는 판잣집이었다.

그 판잣집 안은 자체가 방이자 부엌이었다. 절반이 40cm 높이의 방이자 잠자리였고 나머지 절반이 부엌이었다. 시커멓게 그을은 밥솥, 냄비와 식기 몇 개와 반찬 종지와 식칼 하나, 숟가락 2개, 젓가락 4개와 물통 하나가 부엌살림 전부였다. 판자 벽엔 기름등잔이 걸려 있었다. 방도 어디서 주워왔는지 비닐 장판에 모포 한 장뿐이며 벽은 판자 자체로 옷 몇 벌이 걸려 있었다. 그 중 한 벌은 유니폼 같았다. 나중에 알았지만 그 자줏빛 유니폼은 경비원 제복이었다.(예비였지만) 필리핀엔 여성 경비원들도 많다. 그 소녀의 엄마는 서른 대여섯으로 낯선 삼촌의 방문에 놀라며 자초지종을 들은 후, 만일 엉뚱한 생각이라도 있어 주는 돈이라면 결코 받을 수 없다며 단호히 거부했다. 좀 배운 것 같았다. 또한 소녀와 마찬가지로, 괜찮게 생긴 몸매와 얼굴이었다. 그 딸에 그 엄마라고, 모녀가 붕어빵이었다. 삼촌은 간곡히 말했다. 결코 그런 생각은 없다며, 하도 엄마한테 혼난다고 하기에 안타깝고 궁금하기도 해 찾아왔다며 나도 어린 시절 고생을 해서 잘 안다며, 그저 예쁜 옷이라도 사 입고 맛있는 과자라도 사먹으라고 주는 것뿐이라며 내겐 술한 잔 안 먹으면 그만이라며, 부담 갖지 말고 받아달라고 했다.

한동안, 삼촌을 바라보던 소녀의 엄마는 고맙다며 받았다. 삼촌은 그 판자벽에 걸린 유니폼이 궁금해서 물어보았다. 소녀의 엄마는 지금 받고 있는 교육과 훈련을 마치고, 자격증을 따면 일할 수 있는 경비원 제복이라고 했다. 경비원이 되면 먹고 사는 것도 걱정 없고 딸도 고등 교육을 시킬 것이라 했다. 삼촌은 오늘은 갑자기 오게 된지라 선물도 준비하지 못했다며, 허락만 한다면 동네 구경도 할 겸 친구와 놀러 오고 싶은데 되겠냐고 하자, 그 소녀의 엄마는 언제든 환영하겠다며 삼촌을 얼굴까지 붉히며 그윽하게 바라보았다. 그 소녀도 깡충깡충 뛰며 좋아했다. 다음 일요일 날 삼촌은 친구와 함께 수박과, 바나나 소고기와 통닭, 돼지고기를 한보따리 사들고 택시를 타고 그 빈민촌 판잣집을 방문했다. 그때 그 판잣집 근처의 또 다른 판잣집의 창문에서 웬 젊은 필리피나들이 서너 명 웬만해선 볼 수 없는 택시에서 먹을 보따리를 들고 내리는 삼촌과 친구를 내다보고 있었다. 소녀는 뛰어나와 역시 깡충깡충 뛰며, 삼촌에게 매달렸고 소녀의 엄마도 반가워했다.

　그리고 수박과 바나나다발, 소고기와 통닭, 돼지고기 덩어리, 산미겔 맥주 한 box를 보자 놀래며, 아이고 어떡하나~ 보관할 수도 없는데, 사실 필리핀의 서민들은 특히 빈민들은 냉장고가 없어(전기도 들어오질 않는다.) 식품들을(선풍기도 사치품이다.) 무더운 지라, 하루도 보관할 수가 없다.(돈도 없지만) 따라서 하루 벌어 그날그날 먹을거리만 사서, 깨끗이 먹어치운다. 소녀의 엄마는 어디론가 달려갔다. 잠시 후 젊은 필리피나 세 명과 함께 왔다. 그 세 명의 필리피나들 손에는 프라이팬과 그릇, 쟁반들이 들려 있었다. 얼마 후 그 좁은 판자 집안에선 먹자 마시자 파티가 벌어졌다. 수박은 잘라지고, 바나나는 까지고 통닭은 삶아지고 프라이드치킨은 찢어지고, 소 돼지고기는 삶아지고 지지고 볶아지고 샨미겔 맥주는 따지고, 그 세 젊은 예쁘고 섹시한 필리피나들은 밤이 되면 술집에 나가는 이를테면 프리랜서 바바에들이었다. 오빠 오빠하며 마시고 뜯어댔고, 소녀도 생전처음 맛보는 소고기를 먹어댔다. 소녀의 엄마도 부끄러워하면서도, 염치없이 소고기를 침까지 흘리며 먹어댔다. 놔둬봤자 상하기만 할뿐인지라 그날 그 음식들은 일곱 명의 뱃속으로 모두 사라졌다. 남은 것은, 수박, 바나나 껍질과 통닭 뼈다귀와 빈 맥주병뿐이었다.

삼촌은 돈은 어떻게 쓰고 놀아야 하는지를 잘 아는 사람이었다. 삼촌과 친구는 그날 그렇게 신나게 논 후, 돌아올 때 바바에들에겐 화장품이나 사 쓰라며, 300페소씩 주고, 소녀에겐 맛있는 것도 사먹고 예쁜 옷도 사 입으라며 500페소를 주고, 엄마에게도 어울리는 옷이라도 사 입으라며 1,000페소짜리 한 장을 손에 억지로 쥐어주었다. 그때 그 엄마의 그 그녀의 눈은 불타고 있었다. 그리고 소녀는 삼촌의 품을 파고들며 작은 소리로 아빠, 아빠 속삭이고 있었다.

그 후로도 여러 번 놀러갔다. 몇 달 후 친구는 이미 그 세 명의 바바에 중 한 명과 짝짜꿍이 되어 있었고, 소녀의 엄마는 경비원 제복을 입고 옆구리에 권총을 차고 경비원으로 일하고 있었다. 그녀가 업소에서 받는 월 봉급은 5,000페소였다. 소녀도 그때는 고등교육을 받고 있었으며, 삼촌만 보면 서슴없이 매달리며 '아빠! 아빠!' 하며 응석을 부렸다. 다 큰 처녀가 되어 가면서도, 그런 모습을 그 엄마는 그녀는 삼촌이 어울리는 옷이라도 사 입으라는 1,000페소에서 보태기라도 했는지, 너무도 어울리는 멋들어진 옷을 삼촌이 갈 때는 갈아 입고 요염하게 자태를 뽐내고 있었다.

그때부터 삼촌은 툭하면 그 소녀에게, 아니 처녀에게 공부 잘하라고 장학금을 주곤 했다. 암울하기만 했던 그 두 모녀의 앞날은 분명 밝을 것이다. 그"럼 삼촌!", "응?", "그 엄마와는 어떻게 됐어?", "어떻게 되긴 뭘 어떻게 돼. 임마.", "흥! 모를 줄 알고? 그 개 버릇이 어디가?" 삼촌은 우물쭈물하며 나는 아무 말도 안했는데, 그 엄마가 보나마나 뻔했다. 하나마나한 소리지만 만약 삼촌에게 역사적인(내게도) 사건만 없었다면, 삼촌은 그 소녀와 그 엄마에게 어떤 존재가 되었을지는 그 누구도 모른다.(삼촌 자신조차도) 그러나 삼촌의 운명은 따로 있었다. 그 빈민촌이자 판자촌의 판잣집 역시 잠시 거쳐 가는 정거장이었을 뿐이다.

필리핀의 빈민촌이자 판자촌의 판잣집들은 특히 대도시인 마닐라엔 수도 없이 많다. 특히 마닐라 외곽을 휘감고 흐르는 '파식' 리버강의 양쪽 가엔 수많은 크고 작은 판잣집들이 수 km에 걸쳐, 한도 끝도 없이 펼쳐져 있다. 그 판자촌들엔 전기 나, 수도가 들어올 리가 없다. 따라서 밤에 희미한 파식리버 의 야경은 기름 등잔불이나 호롱불들이다. 생활용수는 물론 그 강물이다. 따라서 그 판자촌 지역의 파식 강물은 심하게 오염 되어 있다. 그런데도, 그들의 식수도 그 강물이다. 그러나 그들은 멀쩡하다.

또한 그들은 어른이든 아이들이든 그늘이 없다. 그 강가는 그들에겐 삶의 보금자리이자 놀이터일 뿐이다. 어찌됐든 죽이 되던, 밥이 되던, 어제도 살았고 오늘도 살고 있고 내일도 살 텐데 무슨 걱정이냐. 그들에게 절망이나 희망 따위는 애당초 존재하질 않는다. 그럴 생각할 시간이 있으면 차라리 그 시간에 춤추고 노래하며 노는 것이 생활화 되었다. 한마디로 날 때부터 베짱이들의 새끼로 태어나는 것이다. 참으로 긍정적이며 낙천적이다. 당연히 행복지수가 높을 수밖에 없다.

그렇다면 그렇게 수많은 판잣집들을 그들은 도대체 어떻게 짓는 것일까? 삼촌이 일하던 'ADB'공사 현장엔, 쓰고 남은 자재들을 산더미같이 쌓아놓은 폐기물 장소가 있다. 이를테면 쓰레기장이다. 그야말로 쓰레기 만물장이다. 그런데 때만 되면 그 만물장은 만물상이 된다. 서너 명의 필리피노들이 트럭을 몰고 와, 하여튼 수단과 방법을 다해 그 트럭에 쓸 만한 자재들을 트럭 짐칸이 터져라고 바퀴가 터지라고 때려 싣는다. 그렇게 수단껏 실은 한 차의 폐기물 값을 그들은 한차에 10만원에 사간다. 사실 그 폐기물들은 쓸 만한 자재들이 꽤 많다. 처음엔 무슨 공사라도 하려고 사가나? 했지만 알고 보니 바로 그 자재들로 판잣집들을 짓고 있었다. 아마 그 한 차의 자재들은 판잣집 열 채는 지을 것이다. 즉, 판잣집 한 채

자재비가 만원이란 얘기다. 그것도 개인들은 각자 어디선가 주워 모아 직접 짓기도 한다. 그들은 판잣집을 짓는 전문 업체일 뿐 어쨌든 필리핀 하면 떠오르는 세 가지가 있다. 남국의 야자와 코코넛 천국 같은 환락가와 바로 판자촌이다. 이 세 가지를 적나라히 알지 않고는 필리핀을 논 할 수 없다.

　삼촌의 운명은 그 세 길로 가고 있었다. 이제, 그동안 독자 여러분들을 감질나게만 해드렸던 약속을 지킬 때가 된 것 같다. 그 올티가스의 초대형 쇼핑몰은 당시 근로자들의 놀이터였다. 말하자면 저녁 먹고 심심하면 바람 쐬러 놀러가는 곳이었다. 그 쇼핑몰 한켠에는 작은 음식점 코너들이 20여 곳 몰려 있었다. 필리핀의 일반, 전통 음식들이 없는 게 없었다. 삼촌은 그날도 뭐 좀 맛볼까? 기웃거리다 한 앵무새에 두 눈길이 꽂혔다.

내 사랑 필리피나

흔히 하는 말들로 이런 말들이 있다. 한 눈에 반했다. 두 눈에 콩깍지가 꼈다. 뿅갔다. 제 눈에 안경이다. 뻑이 갔다. 맛이 갔다. 정신이 나갔다. 넋이 나갔다. 미쳤다 등 그때 삼촌에겐 그 모든 말들이 해당 되는 말이었다. 그 필리핀 '앵무새'는 아라비아의 공주와는 싱가폴 비둘기와는 또 다른 매력의 앵무새였다. 그러나 그때의 삼촌은 어쨌든 다 늙은, 당나귀도 못되는 나귀였다. 언감생심, 아무리 봐도 스무 살 안팎의 그 성성하고 찬란한 앵무새와는 어울리는 동물이 아니었다. 더군다나 그 앵무새는 술을 잔뜩 사주고 팁을 왕창 준다고 해서 잡을 수 있는 쓰리세븐 나이트클럽의 팔색조들도 아니었다. 당시 그 쇼핑몰의 음식점 코너들엔 코너들마다 작은 새들이 서너 마리씩 팔짝거리고들 있었다. 그 음식점 새장에 가둬놓고 재워주고 먹이만 주면 되기 때문이다. 그 새들 중 그 앵무새는 그야말로 삼촌의 콩깍지 낀 두 눈엔 한마디로 군조일학이었다. 그러나 삼촌이 누군가? 그때부터 그 초대형 쇼핑몰은 놀이터가 아니라, 삼촌에겐 그 앵무새를 잡기 위한 사냥터가 되었다. 단, 총이 아니라 맨손으로 잡을 순 없고 그물로 잡을 수밖엔 없었다. 삼촌의 그물작전이 시작됐다.

샹그릴라 프라자 몰 Shagri-La Plaza Mall

위치 올티가스 중심가 전화 02-633-7851 영업시간
10:00~21:00 홈페이지 www.shanrila-plaza.com

올티가스의 글로리에따

메드사 샹그릴라 호텔 옆에 있는 샹그릴라 몰은 입
점 브랜드나 쇼핑몰 형태에서 마카티에 있는 글로
리에따와 많이 비슷하다. 바로 옆에 있는 SM 메가
몰보다 규모는 작지만 필리핀 현지 브랜드부터 준
명품에 이르기까지 다양한 품목을 취급하고 있고,
명품관인 루스탄스도 입점해 있어 선택의 폭이 넓
다. 1층 시티 스트리트, 2층 캐주얼 라이프스타일,
3층 탐닉 4층 가족과 집, 5층 도시 라이프스타일,
6층 삶의 기쁨 등 층 마다 테마를 정해 그에 맞게
매장을 구성한 것이 특이하다. 복잡하지 않고, 실
내장식도 깔끔해서 올티가스 지역에서 쾌적한 쇼
핑을 즐기기에 가장 좋은 곳이다. 1층 외곽에는 야
외 테라스가 있는 레스토랑과 바들이 많아 밤 시간
을 보내기에도 딱이다.

MAP 90-C 쇼핑센터

루스탄스 Rustan's

위치 샹그릴라 프라자 몰 내 영업시간 10:00~21:00
홈페이지 www.rustans.com

샹그릴라 몰 내에 있는 명품관

글로리에따에 있는 루스탄스와 마찬가지로 샹그릴
라 프라자 몰 북쪽 끝에 위치한 4층 규모의 명품관
이다. 층 구성이나 입점 브랜드 역시 글로리에따
루스탄스와 비슷하다. 1층에는 명품 화장품, 2층
여성의류, 3층 어린이 용품, 4층 유니섹스 캐주얼
브랜드 등이 있다.

MAP 90-D 쇼핑센터

메트로 워크 Metro Walk

위치 올티가스 북쪽 영업시간 상점마다 다름

실생활에 필요한 용품들이 가득한 곳

메트로 워크는 올티가스 북쪽 시티골프장 옆에 위
치한 정사각형 모양의 종합 상가다. 2층 규모이고,
해질녘 2층에서 바라보는 올티가스 빌딩 숲이 멋
지다. 직장인과 주민들을 대상으로 하는 레스토랑,
여성 의류, 미용실, 병원, 스파 등 실생활에 필요한
상점들이 입점해 있다. 중앙에 설치된 대형 야외
좌석에서 공연이나 행사가 자주 열리고, 월요일부
터 목요일까지는 20:30분에 라이브 밴드 공연도
한다. 메트로 워크 아래 쪽에 한인 상가 밀집 지역
이 있다.

무언가를 잡을 때는 억지로 잡기보단 살살 달래가며, 먹을 것을 그것도 좋아하는 먹이를 보여주며 줄듯 말듯하다 조금씩 맛을 보여주며, 유혹하면 처음엔 경계하며 조심조심하지만, 이내 고개를 갸웃갸웃하며 따라오다 결국은 그물 속으로 들어온다. 그때부턴 잡아먹든 기르든 하기 나름이다. 그 앵무새도 조심성이 많았다. 그러나 삼촌은 노련한 사냥꾼이었다. 틈만 나면 찾아갔다. 전에는 먹음직한 것만 골라 먹었지만, 그 앵무새가 권하는 것은 무엇이든 입맛에 맞든 안 맞든 아니, 세상에 이렇게 맛있는 별미가 있다니, 왜 진작 권하지 않느냐, 별미? 값보다 더 많은 팁을 주었다. 배불러도 사 먹었다. 그 앵무새한테만, 차츰 그 앵무새도 어디가 좀 모자른가? 하면서도 쳐다보기 시작했다. 그리고 모이(팁)를 기다리기 시작했다. 그때부턴 삼촌은 있지도 않은 멋진 날개를 펼쳐 퍼덕거리기 시작했다. 앵무새도 그때쯤엔 고개를 갸우뚱 거리며 관심을 보이기 시작했다. 이윽고는 삼촌이 주는 먹이를 따라 그 새장에서도 나와 조금씩 날기 시작했다.

한번 새장을 나온 새는 다시는 그 새장으로 돌아가려 하지 않는다. 그때를 놓치지 않고 삼촌은 그 앵무새에게 그 좁은 새장에 갇혀 살지 말고, 나와함께 넓은 세상에서 마음껏 날며 살자고 했다. 그땐 이미 자유의 맛을 본 그 앵무새도 다시는 그 새장으로는 돌아갈 수 없었다. 삼촌과 그 앵무새는 그때부터 올티가스에서 버스를 타고 30분정도면 갈 수 있는 "까인따"란 지방도시의 변두리에 월세방을 얻어 주말이면 찾아가서, 토요일 밤과 일요일, 밤을 지내고 월요일 새벽 택시를 타고 숙소로 돌아와, 일을 나가곤 했다. 그런 주말이면 삼촌은 그 앵무새와 함께 시장에 가기도 하고, 동네 주변을 산책하거나 쾌존 시티로 쇼핑을 가기도 했다. 당시 얻어 지내던 단칸 월세방은 두 달 치 보증금에 월세는 300페소였다.

그 동네는 시도 때도 없이 폭우가 쏟아지면 금세 물바다가 되는 동네이기도 했으며, 걸어가도 20여분 정도의 거리인 시장이나, 버스들과 택시들이 오가는 "까인따시" 대로까진, 트라이시클, 또는 풋풋, 포드약을 타고 들락날락했다. 사실, 그 당시 그렇게 현장에서 가까운 곳에 방을 얻어 주말이면 나갔다 월요일 새벽에 숙소로 돌아오는 근로자들은 삼촌 말고도 여러 명 있었다. 회사도 알고는 있지만 모른 체 했다. 인력으론 막을 수 없었고, 법도 없었다. 그런 그들을(삼촌 포함) 물리적으로 막았다간, 그들은 일이고 뭐고 맘대로 하라며 뭐든지 불사했을 것이다.

"자" 이제부턴 그 필리핀 앵무새를 필리피나, 즉, 누나로 호칭하겠다. 그렇게 삼촌은 돈도 벌며 누나와 함께 꿈같은 시간을 보내고 있었지만, 그 시간은 결코 영원할 수도 기다려주지도 않았다. 삼촌도 귀국할 때가 된 것이다. 마지막 주말, 누나는 삼촌을 붙들고 울부짖었다. 나는 어떡하라고 날 버리고 가면 나는 어떡하라고, 삼촌도 가슴이 미어지고 찢어졌다. 월요일 새벽이면 큰길까지 바래다주고, 토요일 저녁이면 기다리던 그 앵무새가 그 누나가, 가엾어 미칠 것만 같았다. 삼촌은 말했다. 어디든지 나를 따르겠느냐고. 누나는 지옥이라도 따라가겠다고 했다. 그때 삼촌은 결심했다. 그럼 사흘만 기다리라고 했다. 돌아오겠노라고, 아마 그때 그 누나는 삼촌의 그 말을 100%믿지는 않았을 것이다. 흔히들 헤어질 때는 그런 말들을 잘도 한다. 그러나 삼촌은 지키지 못할 약속은 결코 하는 사람이 아니다.(나도 그렇다.)

세상엔 사랑하던 사람들의 헤어짐과 만남은 참으로 극적이며 애절한 장면들이 많다. 그 중 노란손수건은 소설이니 그렇다 쳐도 실제로도 전설과도 같은 장면들이 있다. 카멜이란 담배가 있다. 1차 대전이던 당시 전쟁터로 떠나는 수많은 장병들이 완전군장 한 채 열차에 올라타고 그 열차 창문으로 얼굴들을 내밀고 애달파하는 가족들과 애인들과 서로 손을 흔들며 이별을 눈물로 서러워할 때, 무정한 열차는 기적을 울리며 발차하기 시작했다. 그때 그 장병들을 전송하는 수많은 사람들을 뚫고, 달려오는 한 여인이 있었다. 그때 그 여인이 쳐들고 있는 한 손에는 너무도 또렷한 낙타 한 마리가 그려진 카멜 담배 한 갑이 들려 있었다.

그 장면은 전 세계인의 심금을 울린 광고계의 전설로 남아 있다. 그 광고 한 장면으로 카멜담배는 전 세계적으로 유명한 담배가 되었다. 값도 별로 비싸지 않다. 또한 전쟁터에서 돌아온 한 해군이 대로에서 애인을 끌어안고 키스하는 장면도 유명한 사진의 한 컷으로, 플리쳐상을 받은 유명한 만남의 상징, 극적 장면이기도 하다. 그런가하면, 웃지 못 할 전설이길 바랄 수밖에 없는 이런 이별 이야기도 있다. 월남전에서 베트콩들과 싸우다 살아남아 귀국 수송선에 올라탄 한 한국 장병은 그동안 알고 지냈던 월남 사이공녀에게 한국 사람들은 이별할 때 이별 인사는 어떻게 하느냐고 해서, 이런 이별 인사말을 가르쳐 주었다고 한다. 그로 말미암아, 그 월남 사이공녀는 떠나가는 귀국 수송선을 바라보며 부둣가에서 "웃기네! 웃기네!" 하며, 하염없이 손을 흔들고 있었다고 한다.

그저 우스갯소리이겠지만, 만에 하나라도 그 후예가 훗날 한국을 찾아와 "아빠! 그때는 왜 그랬어, 엄마는 지금도 그 말을 이별 인사로 알고 있는데 왜 그랬어, 책임져!" 한다면 그 장병은 우선 그 말부터 분명히 책임져야만 할 것이다. 충청도 충주에는 달래강이 흐른다. 그 달래강가에 살고 있던 답답이 총각은 역시 그 달래강가에 살고 있던 한 처녀를 말 한 번 못한 채 짝사랑만 하다 결국 그 달래강에 몸을 던졌다. 이제나 저제나 기다리던 처녀는 그 달래강가에서 아이고 이 답답아! 한번 달래나보지 달래나보지 슬피 울었다는 속 터지는 전설이 지금도 충청도 지방에는 전해져 내려온다고 한다.

삼촌은 그 누나에게 그 어떤 이별 인사도 가르쳐 주지 않았다. 돌아갈 것이기에. 귀국하는 날 공항까지 가는 회사 차엔 그 누나도 타고 있었다. 공항에서 눈물짓는 그 누나에게 삼촌은 다시 한 번 사흘 후엔 꼭 돌아오겠다고 약속했다. 삼촌이 돌아왔을 때 나는 너무나 좋았다. 이번엔 또 무슨 재미난 얘기들을 해줄까 하고. 그런데 어찌된 일인지 삼촌은 사흘 후 다시 필리핀으로 날아가 버렸다. 그 후 꿩 구워 먹은 소식이었고 함흥차사였다. 그리곤 석 달 후에야 돌아왔다. 그때 첫눈이 흩날리던 경복궁 정문 앞에서 아빠 차로 엄마와 함께 마중 나가, 삼촌을 만났을 때 삼촌은 혼자가 아니었다. 웬 온몸에 하얀 블라우스와 하얀 드레스를 차려 입은 보기에도 추워 보이는 그러나 날씬하면서도 마치 앵무새같이 생긴 예쁜, 나이도 작은 누나와 엇비슷한 한 누나와 함께였다. 그때 엄마는 내게 그 누나를 앞으론 숙모님이라고 불러야 한다는 것이었다. 그야말로 날벼락이었다. 아니, 그럼 저 날씬하고 예쁜 누나가 늙다리 삼촌의 마누라란 말인가? 그러나 어쨌든 나도 그 누나에게 한마디로 뿅 가서 제 정신이 아니었다. 그때 누나는 스무 살이었고, 나는 그보다 네 살 아래인 고등학생이었다. 삼촌은 말 할 것도 없이 마흔이었고.

삼촌은 동남아 국제결혼의 원조였다

  따라서 지금부터 하는 애기는 삼촌이 다시 필리핀으로 건너가서 경복궁 정문 앞에 누나와 함께 다시 나타날 때까지의 내용들이다. 아마 여러분들은 필리핀이 어떠한 나라인지 그 필리핀의 원시림과 밀림 정글, 원주민들이 어떤 곳에서 어떻게 사는지를. "설마! 정말? 그럴 리가." 믿기지 않는 애기들을 앉아서 듣게 될 것이다. "나도 믿기지가 않아 정말?" 하며 도서관에서 인터넷에서 참고 자료들을 찾고 뒤져, 사실상 삼촌도 그 당시 잘 모르던 지명이나 사실들을 확인해 보았다. 따라서 설사 믿기지 않더라도, 그저 그런가보다 그랬었나보다 하고 들으면 더욱 기가 막히고 코가 막히고 재미있고 흥미진진할 것이다. 자, 과연 정말 그런지 그 거짓말 같은 진짜 남극의 별 세계 나라로 한 번 따라가 보자.

  삼촌은 귀국한지 사흘 후 이번엔 민간인 신분으로 마닐라 국제공항에 도착했을 때는 비가 억수같이 쏟아지는 늦은 밤이었다. 택시를 집어타고 그 동네 그 월세 방에 도착했을 때는 밤 12시였다. 만약 그 12시를 넘겼다면 삼촌의 사흘이란 약속은 지키지 못할 뻔했다. 그랬었다면 어쩌면 누나는 그날 밤 죽어버렸을지도 모른다. 삼촌이 그 월세 방에 들어섰을 때, 누나는 귀신이라도 본 듯 놀랐다고 한다. 누나는 삼촌을 부둥켜안고 한없이 울었다. 한참 후 앞으로의 스케줄을 의논하기 시작했다. 삼촌의 생각은 그 누나와 국제결혼을 해서 한국으로 데려오는 것이었다. 누나도 삼촌의 뜻을 따르기로 했다.

그러자면 우선 20일, 정도밖엔 체류할 수 없는 무비자부터 석 달을 체류할 수 있는 체류비자를 얻었다. 다음은 아빠에게 연락해 싱글이라는 호적등본을 받아 한국대사관이 보증하는 싱글증명서 즉, 총각 증명서를 국제결혼 관계청에 제출해야만 한다. 그 총각 증명서도 확보됐다. 이제 국제결혼 관계관청이다. 필리핀에선 공식적인 결혼으로 인정되는 혼인은, 첫째가 성당 결혼으로 신부가 주례하는 결혼식을 최고로 친다. 두 번째는 도시의 시청에서 하는 결혼식으로 결혼식이라기 보단 시청장 앞에서 혼인 서약을 한 다음, 시청장의 사인이 든 혼인 서약서 세부 중 한부는 시청에 보관되고, 두 부는 신랑, 신부가 각각 한 부씩 보관하며, 세 번째는 고향 마을이나, 동네의 최고 어른, 즉, 대부가 주례하며 그 대부가 보증하는 혼인이다. 삼촌의 누나와의 국제결혼은 그 두 번째 경우였다.

그 당시 삼촌은 그 동네에서 또 다른 국제결혼을 하던 미국인에게 결혼식 초대를 받았다. 그 미국인과는 잘 아는 사이가 아니었지만 그 미국인은 성당에서 결혼식을 올리기 위해 들러리가 필요했던 것이다. 따라서 삼촌뿐만 아니라 동네 사람들도 초대해서 대절한 버스로, 그 동네에서 한 시간 이상 떨어진 고풍스런 성당에서 그 미국인의 국제결혼식을 지켜보기로 했다. 그때 누나는 부러워하며 그 성당은 유명한 성당이라도 했다. 그러나 삼촌은 그러한 성당 결혼은 꿈도 꿀 수 없었고 누나도 바라지도 않았다. 그때 그 신부인 필리피나는 20대였고, 그 미국인은 삼촌보다 훨씬 늙다리였다. 무슨 사연의 국제결혼인지는 모르겠지만 아마도, 그 어린 필리피나는 그 늙다리 미국인에게 팔려가는 국제결혼이었을 것이다. 필리핀에서의 국제결혼은 대부분이 그런 현실이다. 아마 삼촌과 누나와의 국제결혼도 남들에겐 그렇게 비쳤을 것이다.

문제는 시청 혼인 서약은, '신랑, 신부 쌍방' 증인이 필요하다는 사실이다.(누구든) 그래도 누나에겐 그 올티가스의 사촌언니가(신원이 확실한) 살고 있었고, 그 사촌 언니는 공무원이었다.(우리의 동사무소다.) 따라서 그 누나의 사촌 언니 집을 방문했을 때 누나의 사촌 언니와 남편은 삼촌에게 이것저것 물어보았다. 이를테면 나이와, 직업, 재산이나 돈벌이 등이었다. 그때 삼촌은 나이와 직업, 돈벌이는 사실대로 말했다. 직업은(피니쉬 카펜터)며 월수입은 현재 한 150만 원 정도라고, 페소로는 5만 페소다. 그러자, 그 사촌 언니와 남편은 자존심은 상했겠지만 은근히 놀라는 눈치였다. 그럴 만도 했을 것이다. 필리핀의 국립대교수의 월 소득은 20,000페소, 의사 변호사의 월 소득이 50,000페소였기 때문이다. 재산은 좀 뻥 튀겨 조그만 아파트 한 채라고 했다. 그럼 그 APT는 얼마나 되느냐고 하자, 한 백만 페소(삼천만 원)하자 또 놀랐다. 필리핀에서의 백만 페소는 말 그대로 백만장자를 의미한다.(옛날 얘기기는 하지만) 어쨌든 그 사촌 언니는 너 복 터졌구나? 하는 표정으로 흔쾌히 증인이 돼주기로 했다. 문제는 삼촌이었다. 증인이 있을 턱이 없다.

그러나 길은 즉, 증인은 있었다. 당시 거주하던 '까인따' 시청 주변에는 그러한 혼인 서약 때 전문으로 증인을 서 주는 전문 증인 브로커들이 있었다. 한번 증인 서 주는데 외국인들에겐 최소 1,000페소였다.(내국인들에겐 300페소에도 서주지만) 삼촌은 누나와 함께, 그 사촌 언니와 전문 증인 브로커가 지켜보는 가운데, 까인따 시청장으로부터 세 번, 이 결혼에 이의가 있으면 지금 말하고 없으면 없다고 말하라 해서(없는가? 예스, 아이두) 세 번 복창한 후, 그 혼인 서약은 끝났다. 참으로 간단했다. 그 다음 세 부의 혼인 서약서엔 증인들의 사인과 시청장 사인과 함께 한 부는 시청에 보관 되고 두 부는 각기 신랑, 신부에게 나눠졌다. (한국, 비율빈·한, 비) 국제결혼이 모두 끝난 것이다. 피로연은 근처 레스토랑에서 치렀다. '레촌'이란 새끼돼지 통구이와 샨미겔 맥주로, 그때 삼촌은 그 사촌 언니에겐 사례금 봉투를, 전문 증인 브로커에겐 1,000페소를 주었다. 사촌 언니는 버스를 타고 돌아갈 때 남은 '레촌' 새끼 돼지 통구이를 말끔히 싸갔다. 아마 버스에서 봉투 속에 돈 1,000페소를 받고, 놀라며 행복해 했을 것이다. 그 사촌 언니의 월급은 6,000페소였다. 다음은 누나의 여권이었다. 그때 삼촌은 기가 막히기만 했다. 왜냐하면 혼인은 상관없었지만, 여권은 족보가 분명해야 하는데, 누나에겐 분명한 족보가 없었기 때문이다.

여권은 국가가 보증하는 국가 간의 여행 보증 증명서다. 난 감하기만 했다. 산 넘어 산이었다. 그때 알게 된 사실은 누나역시 15살 때 고향에서 차비만 달랑 들곤 무작정 나와 그 올티가스에 정착해 그 초대형 쇼핑몰, 음식점 코너에서 지내고 있었던 것이다. 몇 년 동안, 그때 누나는 고향에 가서 마을의 대부에게 출생 증명 사인을 받아오면 된다고 했다. 그럼 얼마나 걸리냐 하자, 갔다 오려면 일주일은 걸린다고 했다. 일주일 방법이 없었다. 누나는 정말 일주일 후 고향 마을의 대부에게서 출생 증명 사인을 받아왔다. 두 달이 지났을 때다. 당시 국내선 비행기를 타고 왕복 했다면, 그래도 나흘은 걸렸을 것이다.

그때 삼촌은 누나의 고향 마을이 어딘지도 모르고 그 지역까지 가는 국내선 항공이 있다는 사실도 모르고 있었다. 그저 그런가보다. 먼덴가 보다 했을 뿐, 문제는 체류 날짜가 한 달밖엔 남지 않았다는 사실이다. 여권은 신청하면 의도적으로 하 세월이다. 최소 15일 이상 기다려야 한다. 그러나 급행료를 지불하면 일주일 안에 여권이 발급된다. 따라서 여권 발급 기관 주변엔 역시 그런 급행 여권을 발급 대행해주는 브로커들이 상주한다. 그 나라에선 돈이면 안되는 게 없다. 누나에겐 그러한 브로커 사촌 언니가 또 있었다. 그 브로커 사촌 언니에게도 1,000페소를 주자, 일주일도 안 돼 외무부장관의 사인이 든 누나의 여권을 제꺽 대령했다. 아마 그 1,000페소는 그 브로커 사촌 언니와 여권 기관의 관계 직원과 반타작이 됐을 것이며, 일부는 외무부장관에게도 흘러 들어갔을 것이다. 여권하나의 급행료는 얼마 안 되지만, 여권 하나가 하나가 아니라, 천 개, 만 개라면 얘기는 어쨌든 여권도 해결 됐다. 다음산은 누나의 소양 교육이다.

우리도 지금은 자유 여행이지만, 70년대는 외국에 나가려면 소양교육을 받아야만 했다. 말하자면 소양교육은 외국에 나가서 자국민으로서 마땅히 지켜야할 내용들과 상대국에 대한 국법이나 생활문화 풍습들이다. 그 소양교육은 보통 일주일은 걸린다. 삼촌도 누나가 그 소양교육을 받는 동안 밖에서 기다리기도 했다. 참으로 지 아비로서 지극 정성이었다. 소양교육도 마쳤다. 그러나 또 다른 산이 남아 있었다. 그 산은 조금은 낮았다. 마키티에 있는 한국대사관에 혼인신고를 해야만 그를 근거로, 누나는 한국에 입국할 수 있는 입국 비자와 이른바, 3개월을 체류할 수 있는 체류비자, 즉, '패밀리비자'를 받을 수가 있다. 3개월이라는 체류 기간은 자국민이 해당 국가의 대사관 또는 영사관에 혼인신고 하면 그 혼인신고서가 대사관, 또 영사관을 경유해 자국민의 본적 관청 호적등본에 자국민이 혼인신고한 배우자가 자국민의 호적등본에 배우자(처)로 오를 때까지의 기간으로 3개월이면 충분한 기간이다. 따라서 자국민이 그 패밀리 비자로 자국.

즉, 한국에 배우자를 데리고 입국한 후 본적지에서 호적등본을 확인해 배우자가 즉, 누나가 처로 등재돼 있으면(대략 두 달 후다.) 그 호적등본과 누나와 함께 과천 법무부 청사를 방문, 관계부처에서 다시 6개월의 누나의 체류비자를 발급받아야 한다. 6개월이라는 체류 기간은 누나가 한국에서 6개월을 살아본 후(당시로선) 한국 여자로 살지, 아니면 필리핀 여자로 살지 결정하라는 이를테면 국적포기 신고기간이다.(용어도 헷갈린다.) 국적취득 신고가 아니다.

왜냐하면 누나는 한국 대사관에서 우리 식대로 혼인신고를 하는 순간, 이미 한국 국적 자이자, 필리핀 국적인 이중 국적자가 된다. 그러나 국가마다 원칙적으로 이중 국적은 허용되지 않는다. 따라서 국제결혼을 한 후 최소한 9개월 후엔, 이중 국적 중 한 가지 국적은 포기해야 한다. 누나의 경우, 필리핀에서 혼인신고 한 후 9개월이 되는 날, 또는 그 전에 반드시 이중 국적 중 한국 국적이나 필리핀 국적을 포기해야만 한다. 그때 필리핀 국적을 포기하면 누나는 법적으로 완전한 한국 여자로 권리를 주장하며 동시에 의무도 지게 된다.(순전히 본인이) 그러나, 한국 국적을 포기하면 누나는 어디까지나 필리핀 국적인 외국인이다. 하지만 자국민과(삼촌) 정식 혼인했기 때문에 동거 자격을 부여, 2년의 동거 체류비자를 발급해준다. 2년이 지나면 다시 연장 체류비자를 신청, 발급받아야 한다.

〈참고〉지금은 국제결혼과 상관없이 국제 결혼한 외국 여자가 한국 국적을 취득하려면 자격시험을 봐 합격해야만 한다. 애국가도 불러야하며 1절만, 시부모 이름도 알아야하며 선녀와 나무꾼 얘기도 알아야한다.(처녀 귀신도?) 아닌가?

2년이 되도, 체류 연장 신청을 하지 않으면 누나는 한국을 떠나야만 하며 떠나지 않으면 불법 체류자가 된다. 또한 자국민과 동거 외엔 어떠한 활동도 할 수 없다. 이를테면 취직도 아르바이트도 할 수 없다. 말하자면 불법 취업이다. 또한 누나가 한국에서 삼촌과 동거하는 동안 저지르는 불법 행위들은 보호자인 삼촌이 책임져야만 한다. 그를 확인하기 위해 삼촌은 공증소에서 누나의 모든 불법행위를 책임진다는 공증각서를 법무부에 제출해야만 한다. 참으로 외국인 마누라를 데리고 살려면 보통 골치 아픈 일이 한두 가지가 아니다. 어쨌든 그건 나중 일이고, 삼촌은 모든 귀국 준비를 마쳤다. 누나와 함께 귀국할 일만 남았다. 그때 삼촌의 체류 비자는 30일이 남아 있었다. 그때 삼촌은 언제 또 다시 올지 몰라, 장인장모, 처남(둘)들에게도 인사드릴 겸 도대체 누나의 고향이 어딘지 궁금하기도 해 누나와 함께 처갓집에 찾아가보기로 맘먹고, 역사적인 대장정 길에 올랐다.

삼촌의 역사적인 처갓집 여행

　삼촌에겐 신나는 여행길이었다. 그때 누나는 고생 좀 할 걸! 했지만 그까짓 거 걸어서라도 갈 텐데 코웃음 쳤지만, 그때부터가 신나긴 했지만 사실상 제 3차 개고생 길이었다. 그래도 분명한 것은 그 개고생길이 그렇게 평생 잊을 수 없는 신나기만 한 여행길이었다는 사실이다. 아마 일반 관광객들은 죽었다 깨나도 그런 여행은 할 수 없을 것이다. 자, 그럼 그기가 막히고 코가 막히는 그러나 신나는 그림 같은 남국나라의 여행을 함께 가보자.

　때는 1990년 9월 초순으로 꽤나 무더웠다. 어딘지도 모르는 시외버스터미널은 보따리와 짐들을 이고 지고 메고 든 수많은 여행객들로 북적거리고 있었다. 여기서 미리 밝혀둘게 있다. 사실 지금부터 하고자하는 여행의 내용들은 25년 전 일들이다. 따라서 그 당시는 삼촌도 잘 모르는 사실도 많았을 뿐만 아니라, 알고 있었던 사실들도 기억이 확실치가 않아, 보다 사실을 기하기 위해 삼촌의 기억을 토대로 상식적으로 의문이

가는 점들은 공식적인 자료나, 참고 책자들과 자료들을 확인, 의존했음을 유념해주시길 바랄뿐이다. 다만, 꼭 필요한 사실만 아니면 가급적 삼촌의 기억을 따랐다. 실제로도 확인해 보려고 해도 확인할 수 없는 내용들도 많다. 따라서 묻지도 따지지도 말고 그냥 그런가보다~하며 감상하시길 바란다.

 누나가 예약한 장거리 버스는 마닐라에서 필리핀의 최남단인 필리핀에서 제일 큰 북부 루손섬(마닐라 포함) 다음으로 큰 민다나오섬의 중심도시인 '다바오' 시티까지 4일은 걸리는 '필트랑코운수회사'의 장거리 노선버스다. 에어컨 버스는 A/S는 2,200페소 선풍기만 매달린 일반 버스는 1,800페소로 그 중 일반 버스였다. 물론 누나의 고향은 그 민다노오섬 못미처다. 따라서 누나는 아마도 고향지역까지 가는 장거리(3일) 노선 버스표를 1,500페소 정도에 끊었을 것이다. 그때 만약 삼촌이 에어컨 버스가 있다는 사실을 알았다면 아니, 그까짓 3~4백 페소를 아끼려고 3일 동안이나 찜통 버스를 타는 게 말이 되느냐며 말렸을 것이다. 그러나 누나가 정말 그 돈을 아끼려고 그 일반 버스표를 끊었는지 아니면 에어컨 버스는 노선이 달라서 그랬는지는 나도 알 길이 없다. 그러나 사실 서민들은 3일이든 4일이든 그 몇 백 페소를 아끼려고 그 찜통 버스를 타고 다닌다. 버스도 낡은 버스다.

 버스는 빈자리 없이 꽉 찼다. 날씨도 무더웠지만 꽉 찬 승객들의 열기로 버스 안은 그야말로 찜통이었다. 어쨌거나 버스는 오후 4시 출발했다. 그때부터 삼촌은 차창에서 눈을 떼지 못했다. 차창 밖의 풍경들은 하나 같이 파노라마 같이 신기하고 그림 같기만 했기 때문이다. 마닐라의 도심을 지나고 외곽 도시들을 거쳐, 드넓은 야자, 바나나 농장을 달려가는가 하면 한도 끝도 없는 밀림 속을 한 시간도 넘게 비포장 외줄기 도로를 꿰뚫고 달려가기도 했다. 그야말로 신나는 여행이었다.

　삼촌은 목에 걸고 있는 50mm 소형 캐논카메라로 연방 사진을 찍어댔다. 그러다 굉장히 높은 산 밑에 도착했다. 그때부터 그렇게 잘 달리던 버스가 거북이로 그 산 고갯길을 올라가기 시작했다. 그 높고 높은 고갯길은 말 그대로 12구비가 아니라 24구비였다. 한계령은 저리가라였다. 또한 버스 두 대가 겨우 지나칠 정도의 중앙선도 없는 외길 도로일 뿐만 아니라, 가드레일도 없었다. 코너를 돌 때마다 오금이 저리고 식은땀이 나기 시작했다. 그야말로 천 길 낭떠러지를 아슬아슬하게 들곤 했기 때문이다. 그런데다 코너에선 돌기 전에 꼭 계속 빵빵거리며 돌아갔다. 알고 보니, 내려오는 차가 있으면 기다리라는 신호였다. 사실 커브 고갯길에서 내려오는 차는서도 괜찮다. 그 급커브 고갯길은 버스 두 대가 같이 돌기는 불가능 했다. 그러나 급커브를 도는 차량은 특히 대형 차량은 잠시라도 멈추면 특히 짐을 잔뜩 실었거나 만원 버스는 그야말로 자살 행위다. 뒷바퀴는 바로 낭떠러지 끝에 걸쳐있다. 조금이라도 뒤나 옆으로 밀리면 황천행이다. 만에 하나라도 그 급커브 길에서 오르고 내려오는 두 대의 버스가 또는 대형

차량이 마주치기라도 한다면 오르던 차량은, 상상만 해도 소름이 끼친다.

창가에 앉아 커브를 돌아갈 때마다 수천 길의 계곡 낭떠러지를 굽어보며 삼촌은 허벅지를 움켜잡고 식은 땀을 흘리며 바들바들 떨어야만 했다. 베테랑 운전기사도 잔뜩 긴장하고 있었다. 다행히 그 높은 24구비 뱀 같이 구불구불한 고갯길을 올라가는 동안, 내려오는 차량은 없었다. 아마도 시간적으로 겹치는 운행은 하질 않은 모양이었다. 내려갈 때도 빵빵거리며, 올라오는 차량은 없었다. 승객들도 하나같이 숨죽인 채 긴장하고 있었다. 마침내 산을 다 내려오자 운전기사는 잠시 쉬어가자며 버스에서 내렸다. 한마디로 십년감수했다. 스릴만점이긴 했지만, 두 번 다신 넘고 싶지 않은 고갯길이었다. 운전기사도 이젠 그런 고갯길은 없으니 안심하라고 했다. 자기도 그 고갯길을 넘을 때마다 하늘에 빈다고 했다. 제발 고장나지 말라고 그 말을 듣자 삼촌은 또 다시 소름이 돋았다. 그리고 버스가 낡았다는 사실을 새삼 깨달았다. "아이고, 어쩐다?" 잠시 후 버스는 다시 달리기 시작했다. 당시 삼촌이 넘어갔던 공포의 개갯길 산은 '이사록(1966m 휴화산) 산으로 이사록산 국립공원이다.(Mt Isayog Natoral Park)

그런데 아니나 다를까? 한참 달리던 버스가 통통 통통거리다 서고 말았다. 고장이 난 것이다. 그러자 운전기사와 운전석 뒷자리에 앉아있던 승객인 줄만 알았던 사람이 함께 내려 공구들을 들고 버스 밑으로 기어 들어갔다. 알고 보니 운전기사가 둘이었다. 때가 되면 서로 교대하는 모양이었다. 하긴 4일 동안이나 가는데, 그럴 수밖에 없었을 것이다. 두 운전기사는 버스 밑에서 뚱땅거리며 고치고 있었다. 그동안에 삼촌은 누나와 함께 주변 풍경과 멀리 보이는 야자수들이 우거진 그림 같은 산들을 찍어대며 그 풍경과 산들을 배경으로 사진을 찍기도 했다. 외국인은 삼촌뿐이었다. 얼마 후, 다 고쳤는지 버스는 다시 달리기 시작했다.

어느 덧 밤이 되고, 버스는 한 조그만 휴게소에 도착한 뒤 30분 쉬어간다고 했다. 그동안 그 초라한 휴게소에서 일부 승객들과 더불어 음료수와 음식을 사먹고 마실 수가 있었다. 그러나 대부분의 승객들은 버스 안에서 준비한 음료수와 음식들을 꺼내 먹고 마시고 있었다. 아마도 장시간의 여행인지라 돈도 아낄 겸 미리 준비한 모양이었다. 시간이 되자 버스는 다시 어딘지도 모르는 곳으로 달려가기 시작했다. 깜깜한 밤인지라 볼 것도 없었고 긴장되고 피곤했던지라 꾸벅꾸벅 졸기 시작했다. 꿈속에선 중국대륙을 가로지르는 열흘도 넘게 걸리는 명절 때의 기차 여행을 하고 있었다. 그렇게 삼촌의 여행 첫날밤은 움치고 뛸 수도 없는 버스의 비좁은 좌석이었다. 엉뚱한 꿈과 함께 깨어났을 땐 아침이었다. 두 시간 정도 달렸을 때.

달려 도착한 곳은 레이떼의 '따끌로반' 이라는 중부 도시의 터미널이었다. 그 터미널에선 차량 정비 때문인지 아니면 일정 상인지 세 시간을 기다려만 했다. 그동안 삼촌은 누나와 함께 저녁 식사와 느긋하게 커피도 마시며 주변을 돌아다니며 이곳저곳을 구경할 수 있었다. '따끌로반'의 첫인상은 전형적인 중소 도시 모습이었다. 그러나 따끌로반은 이멜다 가문의 뿌리 깊은 지역으로 이곳에서 태어난 이멜다가 희대의 여걸로 일세를 풍미하며 필리핀을 쥐락펴락했던 영향이 아직도 남아 있어 이곳 사람들은 지금도 그녀를 숭배하며 따르는 사람들이 많다. 또한 그 지역은 태풍으로도 유명하다. 매년 그 지역에 몰아닥치는 태풍들에 비하면 우리나라 태풍들은 아무리 호들갑을 떨어도 새끼 태풍에 불과하다. 특히 몇 년 전 몰아닥친 전대미문의 초대형 태풍으로 말미암아 엄청난 피해와 야기된 수많은 이재민들의 참혹한 실상은 전 세계적으로 알려져 그 지역은 대표적인 태풍 피해 지역으로도 유명하다. 말하자면 여행 중 태풍이라도 몰아닥친다면 여행은 어떻게 될지 모른다는 사실이다. 그러나 그것은 어쨌든 알 수 없는 나중일이고 저녁 식사까지 마친 후 버스는 다시 출발했다. 그때 운전기사는 바뀌어 있었다.

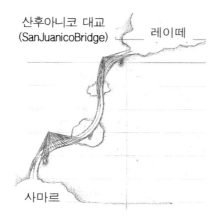

산후아니코 대교
(SanJuanicoBridge)
레이떼
사마르

그때부터 점차 어두워지는 가운데 험악한 고원지대로 접어들어 그때 또 다른 섬이 있는 마치 인천대교와도 같은 높고도 길고 긴 푸르른 남국의 바다와 어우러져 그야말로 그림 같고 낭만이 철철 넘치는 아름다운 사장교가 나타났다. 삼촌은 훗날 알게 되었지만 그 사장 대교는 길이 2.6km로 필리핀에서도 유명한 S자 형태의 '산후아니코(SanJuanicoBridge)' 대교였다. 환상적인 다리를 건너 한 시간을 한 조그만 시골 읍내 같은 부둣가에 도착했다. 그 부둣가엔 '웰컴 프로빈셜 페어 90'이란 팻말이 전봇대에 가로 붙어 있었다. 바로 루손섬과 중부 비사야 제도의 큰 섬인 '사마르' 섬을 잇는 '마트녹'이란 항구였다. 한마디로 아늑한 부두였다. 마닐라를 떠난 지도 어느덧 하루가 지났다. 삼촌은 배를 탄다는 사실에 신이 났다. 돌아다니며 사진을 마구 찍어댔다. 벌써 필름 두 통이 동이 났다.(여행하면 남는 건 사진 밖에 없다더니) 그 부두 주변에는 여행자들과 관광객들에게 기념품들을 파는 노점상들과 가게들이 줄지어 서 있었고 크고 작은 상점들과 식당들도 있었다. 두 시간쯤 되자 이윽고 배가 들어왔다.

대양을 누비는 여객선만큼은 아니었지만 그래도 수백 명은

탈 수 있는 굉장히 큰 연안 여객선인 페리였다. 배의 밑창에
선 버스가 나오고, 타고 온 버스가 그 밑창으로 들어가는 동
안 바다 쪽 갑판에 있던 승객들이 하나 같이 배 밑을 내려다
보고 있었다. 무슨 일인가 싶어 보니 십여 명의 아이들이 자
맥질을 하고 있었다. 왜 하필이면 이곳에서 물놀이를 하고 있
을까 했는데 그게 아니었다. 승객들이 던져주는 동전들을 물
속에 가라앉기 전에 앞 다퉈 받거나 주우려고 자맥질들을 하
고 있었던 것이다.

　누나도 준비하고 있었는지 동전들을 던지고 있었다. 삼촌도
너무나 재미있어 주머니에 있던 동전들을 모두 꺼내 던지기
시작했다. 사진도 막 찍어대며 그러다 문득 이런 생각이 들었
다. 내가 무슨 짓을 하고 있나? 이게 지금 그저 재미있다고 웃
을 일인가? 저 아이들이 그저 심심풀이 땅콩 식으로 용돈을

벌고 과자라도 사 먹고자 즐긴다면 그나마 다행으로 웃어넘길 수도 있는 일이런만 그게 아니고 삶에 보탬이 되고자 하는 몸부림이라면 그것은 구걸이고 동냥이 아니겠는가. 갑자기 가슴이 싸하며 서글퍼졌다. 동전도 다 떨어졌지만 카메라도 목에 걸고 말았다. 즐기려면 같이 즐겨야지, 어찌 한쪽만 즐길 수 있단 말인가. 그만 김이 새고 말았다.

이윽고 우렁찬 뱃고동 소리와 함께 배는 출항했고 두 시간 반의 연안 뱃길은 심심찮게 떠 있는 야자수들이 우거진 크고 작은 섬들이 어우러진 짙푸른 남국의 바다는 그야말로 그림과도 같은 연안 풍경들을 찍어 대느라 정신없이 바빴다. 도착한 '알렌'항은 사마르섬의 관문이었다. '사마르' 섬은 사마르의 도로 상태는 필리핀에서도 최악으로 마닐라에서 꼽힌다. 북부의 '깔바이옥'까지는 비행기로 들어갈 수도 있다.

페르디난도 마젤란이, 1521년 3월 16일 필리핀 땅을 처음 밟은 곳이기도 하다.

그때부터 버스는 아름다운 '까따르만'의 해안도로를 따라 달려가기 시작했다. 그야말로 탁 트인 남국의 망망대해를 원

없이 감상할 수 있었다. 도중, 휴게소에서 20분정도 쉴 때, 그 그림 같은 망망대해를 감상하며 누나와 함께 노천 식탁에서 간단한 점심 식사와 커피 한잔을 느긋하게 즐길 때의 기분은 끝내줬다. 누나는 좋아, 삼촌은 천국인데 안 좋아 했다. 알렌항에 도착한지 두 시간 후 버스는 계속해서 내륙으로 들어갔다. 다시 해안으로 나와 6시간 동안이나 달려갔다.

나지막한 산들과 계곡들을 누비며 달려갔다. 계곡 길에선 산에서 굴러 떨어진 크고 작은 바위 돌들이 널려 있기도 했다. 따라서 승객들이 내려서 그 바위 돌들을 힘을 합쳐 치워야 했다. 물론 비포장도로다. 삼촌도 힘을 보탰다. 어둠속에서 버스의 헤드라이트 불빛 속에서, 그건 개고생이 아니라 너무도 신나는 중노동이었다. 그 중노동을 기념으로 삼촌은 그 장면들을 후레쉬를 터뜨려가며, 사진에 담았다. 그런 생생한 사진이 또 있을까 싶다. 버스와 계곡을 배경으로 10여 명의 장정 필리피노들과 함께 찍은 사진이……

그러다 버스는 바리게이트가 쳐진 한 검문소에서 멈췄다. 무장한 군인들이 버스에 올라타 살펴보기 시작했다. 삼촌에겐 무어라 무어라 하며 손을 내밀었다. 어깨에 기관단총을 맨채, 누나는 여권을 보여주라고 했다. 내줬다. 그 무장군인은 여권을 살펴보며 꼬레아? 고개를 끄덕이자 누나와 뭐라뭐라 한 후 여권을 돌려줬다.

　이후, 버스는 계속해서 고원의 산과 계곡 길을 어둠속에 달려갔다. 그러다 굉장히 넓고 깊은 계곡의 다리를 건너기 시작했다. 마치, 스위스의 절벽과 절벽을 잇는 구름다리와도 같았다. 그 구름다리는 참고 자료를 확인한 결과 높이 약 90m로 '아가스 아가스'란 다리로, 필리핀에서 제일 높은 다리다. 낮이었다면 그야말로 환상적이었을 것이다. 버스는 그 다리를 건너서도 계속 달렸다. 이윽고 버스는 그 고원을 벗어나 평야지대에 들어섰다. 그러나 그 평야는 말 그대로 한도 끝도 없는 밀림평야였다. 버스는 그 밀림속의 가로등 하나 없는 비포장 외길도로를 뚫고 달려가고 있었다. 그런데 그때부터 누나는 삼촌과 자리바꿈을 한 후 창가에 달라붙어 깜깜하기만 한 창문 밖을 유심히 살펴보기 시작했다. 아마도 고향 근처에 다 온 모양이었다. 사실 웬만한 지형이면 알 텐데도 누나도 깜깜한 밤이었고 똑같은 밀림뿐인지라 어디가 어딘지 헷갈리는 모양이었다. 참으로 기가 막힌 누나의 고향이었다. 고향 마을이 어딘지도 분간이 안 간다니. 그러다 30분쯤 창밖을 살펴보던 누나는 갑자기 소리쳤다. 세워 달라고, 그곳도 밀림속이긴 마찬가지였다. 버스는 누나와 삼촌을 내려놓고 안녕이란 말 한마디, 손 한번 흔들어주지 않고 어두운 밀림 속으로 사라져갔다.
　역시 참고 자료로 확인한 50km 떨어진 '마이씬'이란 항구로, 마이씬항에서 80km거리의 바다를 페리로 건너면 필리핀에서 두 번째 큰 섬인 최남단 '민다나오섬'의 관문인 '수리가오항'에 이른다.

깜깜한 밀림 속에 남겨진 삼촌은 누나가 두리번거리며 가는 대로 도로를 따라갔다. 그 와중에도 삼촌은 신나기만 했다. 머리털 나고 그런 곳은 처음이었기 때문이다. 탐험가들이 왜 그렇게 아프리카 정글 속을 뒤지고 다니는지, 30분 쯤 후 그렇게 가다가 그 밀림이 뚝! 끊기는 곳이 나타났다. 비록 10여km 정도이긴 하지만, 도로 건너편엔 희미한 불빛의 조그만 가게도 있었고, 그쪽에도 10여m의 밀림 입구인지 공터가 있었다.
삼촌은 마침내 다 왔구나 했지만 그건 오산이었다. 때는 밤 두 시였다. 누나는 그 터진 길 즉, 그 조그만 가게 맞은쪽 밀림 속으로 들어가기 시작했다. 주변엔 어둠 속에서도 블록으로 쌓은 낡은 집이 보였다. 분명 밀림 속 마을이었다. 그런데 누나는 그 길에서 이번엔 옆인 밀림 속으로 들어가기 시작했다. 잠시 후 웬 원두막으로 다가갔다. 그 원두막은 삼촌이 볼 때 높이는 얼추 보기에도 4m쯤 되었고, 사방 길이는 2m 50cm 정도였고, 사방 네 기둥은 밑은 어른 허벅지 굵기만 한 나무기둥이었다. 그리고 한가운데 팔뚝만한 굵기의 대나무사다리가 2m 정도 높이로 비스듬히 걸쳐 있었다. 삼촌이 알고 있는 원두막 그대로였다. 바로 '니파'란 필리핀 원주민들의 전통 오두막이었다. 그러나 삼촌의 눈엔 원두막 일뿐 그런 사실을 알 리가 없었다. 누나는 그 원두막 앞에서 무어라 소리치기 시작했다.

니파 오두막

　　잠시 후, 웬 여자가 대나무 사다리 끝 위의 거적때긴지 가마닌지 아니면 무슨 나무 발인지(대나무 발)를 밑에서 위로 들치며 얼굴을 내밀었다. 그리곤 어! 깅깅하며 놀라고 있었다. '깅깅'은 그 지역의 토속 언어로 '악착스런 발바리'를 뜻한다.(누나의 어릴 때 별명이었다.) 즉, 그 웬 여자는 알고 보니 누나의 배 다른 언니였다. 곧 또 다른 남자가 얼굴을 내밀었다. 곧이어 둘은 그 대나무 사다리를 타고 내려왔다. 누나의 말로는 5년 만의 만남이었다.

필리핀 국민나무 '니파' 야자나무
　'니파'는 필리핀 원주민들이 전통 오두막으로 작게는 두 명, 많게는 4~5명이 살고 있다. 야자나무 기둥이나 대나무로 지으며 지중은 야자 잎을 겹겹이 쌓아 씌운다. 바닥과 사방 벽은 가느다란 대나무나 대나무를 쪼개 엮는다. 따라서 통풍도 잘되며 보기보다 안락하고 시원하다. 또한 시도 때도 없이 폭우가 쏟아져 물바다가 돼도 2m 높이라 걱정이 없다.

　　한참 동안 얘기들을 나눈 후 모두 그 대나무 사다리를 타고 그 원두막 속으로 들어갔다. 안은 부엌이자 방이었다. 사방 벽과 바닥은 틈새들이 보였고 바닥은 대나무 쪽으로 엮어진 상태 그대로였다. 그 틈새들로 그대로 소변을 보거나 담배꽁초도 재떨이도 필요 없이 버리면 그만이었다. 사실이 그러했다. 또한 한쪽은 부엌으로 시커멓게 그을은 밥솥과 냄비 식기 몇 개가

전부였다. 그래도 역시 시커멓게 그을은 기름등잔은 벽에 걸려 있었다. 이런저런 얘기를 나눈 후 삼촌은 마닐라를 떠난 후 이틀째 되는 날 밤을 그 밀림 속 원두막에서 새우잠을 잤다.

다음날 아침, 누나의 그 배 다른 언니의 남편은 누나와 삼촌이 왔다는 소식을 장인 장모에게 전하러 간다며 일찌감치 그 원두막을 나서 어디론가 갔다. 그때 누나와 그 배 다른 언니는 그 조그만 가게에서 음료수와 샨미겔 맥주, 각종 과일 수박, 바나나, 오렌지, 파인애플, 이름도 모르는 생선과 돼지고기를 사서 삼촌을 데리고 밀림 속으로 들어갔다. 한참을 따라가자 밀림이 탁 트이며 그림 같은 해변이 나타났다. 또한 그 밀림과 해변이 마주치는 곳엔 드럼통과 그릴까지 있어 바비큐 파티 장소로는 그만인 곳이었다.

그 아늑한 해변의 바다는 'sogod bay(소고드 베이)'로 누나의 고향은 'southern leyte sogod(서던레이떼소곤)' 이었다. 그 끝내 주는 곳에서 누나와 배 다른 언니는 생선과 돼지고기

하면 거의 비슷하거나 약간 높은 편에 속한다. 만약 개별적으로 벙커 주인과 협상을 하게 되면 스노클링 장비가 포함된 가격인지, 가격에 포함되지 않은 사항은 무엇인지 미리 알고 예약하는 게 현명하다. 돌고래 투어의 경우 샤롯데 다이빙 숍에서는 6명까지 탈 수 있는 작은 배를 빌리는 데 대당 1500페소, 6명 이상의 단체일 때는 대당 3000페소에 빌릴 수 있다. 발리카삭 스노클링 투어와 돌고래 투어를 함께한다면 작은 배 기준으로 대당 2500페소 정도다. 이 금액에는 스노클링 장비 대여 비용까지 포함돼 있다.

는 지지고 굽고 과일들은 쪼개고 까고, 음료수와 맥주는 연신 따가며, 신나는 맥주, 과일, 생선, 돼지고기, 육·해·공 파티가 벌어졌다. 물론 그 파티비용은 삼촌의 몫이었다. 그러나 그 파티비용은 쓰리세븐 나이트클럽의 하룻밤 술값만도 못했다.

그렇게 그림 같은 '소고드만'에서 꿈과 같은 바비큐 파티를 벌릴 때 어느새 소문을 들은 그 밀림 속 마을의 몇몇 사람들과 그 밀림 마을들의 최고 어른이자, 촌장인 대부가 찾아왔다. 그 밀림 마을에 찾아온 한국인은 역사 이래로 삼촌이 처음이었기 때문이다. 서로 인사를 나눈 후 그 마을의 최고 어른이자 촌장인 대부는 삼촌에게 그 마을에서 오늘밤 열리는 (그 날은 일요일이었다.) 그 지역의 '아마추어 송, 콘테스트 페스티발'에 참가 해달라는 부탁을 했다.

'sogod bay(소고드 베이)'는 테이떼의 남동쪽 반도의 끝자락으로 서쪽으로는 '파드레부르코스', '마이씬' 북으로는 '타클로반' 남으로는 민다나오까지 갈 수 있는 중요한 교통의 중심지다.

그 중 '파드레부르코스'는 2010년 인구 1,0200명의 한가로운 마을로 소고드만의 가장자리를 따라 완만한 푸른 선을 그리며 약 3km가량 뻗어나간다. 이곳은 천연의 산호초, 깊은 절벽, 동굴과 조류 다이빙, 다양하고 풍부한 대형 어종 서식지로 필리핀 최고의 다이빙 사이트 중 하나다.

'이호티키'로 알려진 고래상어가 매년 1월부터 4월까지 이곳 '소고드만'을 거쳐 간다. 그러나 반드시 볼 수 있다는 보장은 없다.

아마튜어송. 콘테스트는 그 지역에서 매주 열리는 페스티벌이다. 삼촌이 그런 기회를 마다할 리가 없었다. 눈치로 보아 찬조금도 바라는 눈치였다. 흔쾌히 승낙한 삼촌은 얼마를 해야 될까? 하다 일단 1,000페소짜리를 꺼내자 누나가 말렸다. 너무 많다고, 그래도 삼촌은 그 대부에게 1,000페소를 찬조금으로 주었다. 그러자, 그 대부 어른은 두 눈이 왕방울만 해지며, 거짓말 좀 보태서 엎드려 받았다. 그 1,000페소란 찬조금은 그 페스티벌 역사상, 미증유의 대 거금이었다. 그 마을 사람들은 물론, 그 대부도 필리핀 최고액인 1,000페소짜리 지폐는 말로만 들어 알고 있을 뿐, 보기는 더군다나 만져보기는 생전 처음이라는 것이었다. 누나의 말로는 그 노래자랑에 참가하는 그 지역 자칭 아마추어 가수들은 참가비로 최소 1페소에서 최대 5페소를 낸다는 것이었다. 따라서 1.2.3등은 노래 실력과는 상관없이 그 참가비, 액수에 따라 보너스 점수가 주어져, 대부분은 제일 많이 참가비를 내는 순서대로 1,2,3등이 결정된다는 말하자면 만약 10페소를 내는 참가자가 있다면 그가 무조건 1등이라는 것이었다. 무슨 특별한 상금이나 상품도 없는데도 순전히 가수왕이라는 명예 때문이란다.

　점심때쯤 돼서야, 그 배 다른 언니의 남편과 누나의 부모가 즉, 삼촌의 장인 장모가 찾아왔다. 장인 장모는 50대 중반의 까무잡잡한 세월과 삶에 찌들은 전형적인 원주민 모습이었다. 삼촌은 장인 장모에게 엎드려 우리 식대로 큰절을 올렸다. 이미 누나의 일차 친정 방문으로 그 장인 장모는 삼촌이 어떤 존재인지를 알고 있었다.

　삼촌은 누나의 부탁으로 장인 장모를 모시고 그 지역 사람들이 타고 가는 만원 짐차에 올라 읍내로 갔다. 그 읍내는 시골 장터와 시장과 바닷가로 어부들이 방금 잡아온 생선들이 펄떡거리는 수산시장도 있었다. 삼촌은 누나가 마음대로 사라고 넉넉한 돈을 주었고 누나는 물건들을 골라가며 한보따리를 샀다. 그런 후 장인 장모는 그 보따리를 들고 그곳에서도 돌아다니는 작은 짐차를 타고 어디론가 먼저 떠났다. 삼촌과 누나는 다시 그 원두막으로 돌아왔다. 그날 밤 그 페스티벌에 참가한 후 누나의 친정집은 다음날 찾아갈 예정이었다. 낮에 보는 그 밀림 속 도로는 밤과는 좀 달랐다. 군데군데 다리도 있고, 가게도 있고, 한편으론 넓은 논도 있었다. 그 넓은 논에선 농부들이 누런 벼들을 베고 있었다. 그런데 다른 쪽에선 모를 심고 있었다. 또 한쪽에선 한 농부가 굉장히 크고 까만 '소' 쟁기를 끌며 논을 갈고 있었다. 참으로 희한한 광경이었다. 동시에 논을 갈고 '모'를 심고 벼를 베고 있었다. 필리핀은 삼모작이다. 특히 까만 소의 양쪽 뿔은 커다란 반달 모양으로 안쪽으로 꼬부라져 있었다. 그 까만 두 개의 반달 모양의 뿔소는 누나는 '까라바오'라는 물소라고 했다. 도로 양쪽 바닥에는 벼의 알곡들이 길게 깔려 있었다. 알곡들을 도로에서 말리고 있었던 것이다. '까라바오'는 필리핀의 상징이기도 하다.

오후 8시, 어두워진 가운데 삼촌과 누나는 그 원두막 마을 사람 몇몇과 그 대부 어른과 함께 페스티발 장으로 따라갔다. 그 페스티발 장은, 10분정도 걸리는 도로가의 넓은 공터였다. 그 공터엔 이미 그 지역 마을들의 수백여 명의 젊은 필리피노 필리피나들이 우글거리고 있었다. 공터 전면엔 삼면이 '천'으로 가려져 있었고 뒤쪽 가림 막엔 커다란 글씨로 'amateur song contest festival 90'가 쓰여 있었다. 커다란 무대 위엔 앰프시설이 돼 있는 커다란 스피커 통들이 세워져 있었고 앞에는 마이크가 세워져 있었다. 무대 위와 공터위에도 거미줄 같은 줄들엔 수많은 색종이들과 조그만 전구알들이 수없이 매달려 바람에 나부끼고 오색찬란한 불빛들이 빛나고 있었다. 그야말로 축제장이었다. 그곳에도 전기가 들어오는 모양이었다. 그러나 전봇대는 어디에도 보이질 않았다. 아마도 어디선가 발전기라도 돌리는 모양이었다. 그러나 밴드는 없었다.

삼촌과 누나가 그 대부 어른과 함께 그 공터에 들어서자 그 공터에 우글거리던 사람들이 삼촌과 누나를 일제히 돌아보며 수군거리기 시작했다. 아마도, 한국 사람이 자기들 마을에 찾아왔다는 소문이 돈 모양이었다. 이윽고 시간이 됐는지 무대에 한 요란한 의상을 걸친 '필리피노'가 올라와 마이크를 붙잡고 뭐라 뭐라 떠들어대기 시작했다. 우레와 같은 함성소리와 박수 속에 한 필리피노가 뛰어나와 마이크를 건네받고 역시 한바탕 떠들어댄 후, 스피커에서 울려나오는 음악의 박자와 리듬에 맞춰 춤까지 추며 폼 잡고 노래를 불러대기 시작했다. 축제장은 동시에, 열기로 달아오르기 시작했다. 수백여 명의 젊은 필리피노, 필리피나들은 앉아서 또는 서서 음악에 노래에 춤에 맞춰 몸들을 들썩이며, 일부는 무대 앞 공터자리에 뛰어나가 발광하듯이 춤을 추어댔다. 삼촌은 그러한 미친 듯한 모습들을 무대 앞 한켠에서 카메라로 후레쉬를 터트려가며, 연방 사진을 찍어댔다.

그러자 그들은 보란 듯이 더욱 요란하게 몸들을 흔들어댔다. 노래를 불러 제키는 자칭 가수도 삼촌이 카메라를 들이대자, 더욱 폼 잡고 열창하기 시작했다. 삼촌은 자칭 가수들이 바뀔 때마다 쉬지 않고 카메라 셔터를 눌러댔다. 그런 자칭 가수들 중 한 필리피나는 아예 삼촌을 쳐다보며 나 좀 찍어줘요 하는 듯이 온 몸을 요염하고 섹시하게 흔들어대며 노래를 불러댔다. 페스티벌장은 그야말로 열광, 광란의 도가니로 돌변했다. 함성과 박수 소리와 휘파람 소리들이 남국의 밀림의 밤하늘에 울려 퍼져 나갔다.

참으로 그들은 잘도 노는 민족이었다. 그때 그렇게 사진을 찍어대는 삼촌에게 대부가 다가왔다. 그리곤 사진만 찍지 말

고 노래도 한번 해보라고 했다. 삼촌은 못 부른다고 사양했지만, 대부는 상관없다며 삼촌을 막무가내로 무대 위로 끌고 올라 갔다. 그러자 우레와 같은 박수 소리와 함 성이 터지기 시작했다. 잠시 후 함성과 박 수 소리가 가라앉자, 대부가 삼촌을 소개 하기 시작했다. 또다시 박수 소리가 가라 앉자 대부가 삼촌을 소개하기 시작했다. 또 다시 박수와 함성 이 터져 나왔다. 대부는 삼촌에게 마이크를 넘겨주었다. 난감 하기만 했다.

할 수 없이, 그러나 올티가스의 쓰리세븐 나이트크럽에서도 불러 제쳤던 '딜라일라'를 불러보기로 맘먹고, '딜라일라'의 음 악 반주를 부탁했다. 그리곤, 삼촌은 '레이디스 젠틀맨, 에브 리바디, 딜라일라!' 소리친 후, '딜라일라'를 원음으로 음악에 맞춰 몸까지 흔들어대며 끝내주게 불러 제기키 시작했다. 순 간 잠시 조용했던 그 페스티발장이 뒤집어졌다. 광란이 따로 없었다. 그렇게 흐느적거리는 리듬의 그러나 열정적인 삼촌의 '딜라일라'가 끝나자, 그 수백여 명의 입에서 일제히 앵콜, 앵 콜, 소리가 터져 나왔다. 삼촌이 사양하고 내려가려고 하자, 요란한 의상의 사회자가 뛰쳐나와 삼촌을 그대로 놔두질 않 았다. 앵콜 소리는 더욱 요란해졌다.

삼촌은 할 수 없이 이번엔 클리프리챠드의 '영 원스'의 음 악 반주를 부탁 한 후, 흘러나오는 '영, 원스'의 경쾌한 리듬

헤이 주드 Hey Jude
위치 다톨, 비치 로드 신상 전화 036-288-7482
영업시간 09:30~02:00 가격 파스타 180~265P, 피자 250~350P, 칵테일 180P, 산미구엘 70P.

에 맞춰 '영, 원스'를 역시 원음으로 흥겹게 부르기 시작했다. 동시에 그들도 모두 따라 부르며 춤추기 시작했다. 끝으로 삼촌은 그 잘난 춤 솜씨로 '파소도블레'를 한바탕 추어댔다. 그야말로 남국 한여름 밤의 축제 한마당이었다. 한마디로 삼촌은 그 축제의 초청 가수였다. 노래자랑이 모두 끝나자 그때부터 그 수백여 명의 댄스파티가 벌어졌다.

'비틀즈' The Beatles 가공 식품 오리온 비틀즈에서 유래.
1960년 리버풀에서 4인조 록밴드로 멤버
- 존레논 : 리드 보컬 기타
  폴매카트니 : 리드 보컬 베이스
  죠지해리슨 : 하모니 보컬 기타
  링고스타 : 하모니 드럼

데뷔 1963년 1집 앨범 / 65년 대영제국훈장 / 70년 공식해체
1962년 데뷔 싱글. 러브미 두 Love me do
　　　　　명곡　　예스터데이 yesterday
　　　　　　　　렛잇비 Let it be
　　　　　　　　헤이쥬드 Hey jude
　　　　　　　　굿데이, 선샤인, 홀리데이. 럭키스타 등
'벤쳐스 악단' the ventures

1960년대 탄생한 5인조 미국 록그룹으로 멤버

    - 돈윌슨 : 기타

    게리맥퀸 : 기타

    밥스펠딩 : 베이스

    레온테일러 : 드럼

    노키위즈워드 : 기타

60년대 빅히트곡(연주) 기타맨 Guitar man

    파이프라인 Pipeline

    샹하이 트위스트 Sang hai twist

    아팟치 Apache

    와이프아웃 wipe out

    댄스위드 더기타맨 Dance with the guitar man

    울리불리 woolly bully

    워크 돈트 런 walk don't run 등

★ '클리프 리처드' - 1970~80년대 전설적인 영국의 팝스타. (1940~10월 14일 '인도'출생)

1959년 1집 앨범 데뷔

1969년 10월 27일 이화여대 내한 공연 시, 열광 여성 팬이 속옷을 벗어 던졌다는 일화로도 유명하다.

1971년 NME 어워드 최우수 솔로 아티스트

1995년 대영제국 훈장

클리프 리처드의 대표곡으론, 웬더 걸인유암, 그대는 언제 내

트볼리 축제
렘-루나이 페스티벌

품안에(when will we meet again) 달링 위알더 더 영원스(Darling we're the young ones)는 1960년대 중반, 선풍적인 인기 속에 우리나라에서도 상영됐던 그가 주연한 청춘영화 (The young ones) '젊은이들'에서 비밀스런 무선방송으로 불려 퍼져나간 '웬더 걸 인유암'은 젊은이들의 폭발적인 관심 속에 도대체 그 신비의 가수는 누구냐로 마침내, 무대의 어둠속에서 그 특유의 저음으로 웬.더 걸 인유암을 부르며 스포트라이트를 받으며 등장했을 때, 그 수많은 팬들이 열광하는 장면이 그 영화의 압권이자 하이라이트다. 이어서 벤처스 악단의 그 경쾌한 리듬과 애드립의 반주 속에 백댄서들과 어우러져 부르는 더 영원스. 젊은이들 원제(Darling we're the young ones)에 이르러 절정에 이른다. 그때 삼촌은 그(젊은이들)들이란 영화를 '단성사'에서 세 번이나 보았다고 한다. 말하자면, 당시 그 축제장에서 불렸던 삼촌의 '더영원스'는 '웬더걸인유암'과 더불어 1960년대 중반 클리프 리처드가 주연한 영화 '젊은이들'의 주제가다. 베짱이들이 '그'를 그 노래를 모를 리가 없다. 만약 그때 삼촌이 야마

하 통기타라도 들고 쳐대며 그 노래를 불렀다면 엘비스 프레슬리는 저리가라. 그 축제장은 뒤집어져 그 푸르른 남국의 바다로 떠내려갔을 것이다. 젊은 필리피노, 필리피나들은 서로 어우러져 춤들을 추기 시작했다. 밤새도록 비록 그들은 베짱이들이었지만 놀 땐 제대로 놀 줄 아는 베짱이들이었다. 그날 밤 그들은 생전처음 자신들의 마을을 찾아와 신나게 놀고 간 유일한 한국인 삼촌을, 전설로 기억할 것이다. 삼촌이 그들을 못 잊듯이.

그날 밤도 삼촌은 그 원두막에서 새우잠을 자야만 했다. 다음날 아침, 삼촌은 그 원두막의 배 다른 언니와 남편에게 3,000페소를 이틀 밤 숙박비로 주었다. 그 배 다른 언니와 남편은 생전 처음 보는 거금에 놀라며 어쩔 줄을 몰라 했다. 급기야 배 다른 언니는 누나를 붙잡고 울기 시작했다. 그들에게도 꿈이 생긴 것이다. 아마도 그들은 그 돈으로 중고 오토바이라도 사서, 널빤지를 얹어 뒤에는 두 명이 탈 수 있고 앞에도 한 명이 탈 수 있는 '하발하발(오토바이 택시)'로 새로운 꿈과 희망으로 새 출발을 할 수도 있을 것이다. 그 배 다른 언니의 남편이 술주정뱅이나 노름꾼이 아니라면, 의지만 있다면.

삼촌이 가는 곳엔 언제 어디서나, '꿈'을 꾸며, 그 꿈을 기다리는 사람들이 있었다. 누나와 삼촌은 버스를 타고 왔던 도로를 따라 40분쯤 걸어, 산들이 병풍처럼 둘러친 그리 높지는 않지만 굉장히 큰 산의 입구에 도착했다. 그곳엔 큰 창고와 낡은 블록 건물도 있었고 가게도 있었다. 그 가게에서 잠시 쉬며 삼촌은 주변을 둘러보기 시작했다. 그 산의 입구이자 가게 뒤편은 산의 끝자락으로 마치 '강'의 하류와도 같이, 물이 흐르는 굉장히 넓은 자갈 지대였다. 누나는 그 산속에 고향마을이 있다는 것이었다. 얼마나 들어가야 하는데, 한두 시간? 두 시간? 그냥 들어가는 거야, 올라가는 거야? 그냥 들어가고 올라가고, 기가 막혔다. 평지도 아니고, 산속으로 두 시간이나 들어가고 올라간다고?

어쨌든 누나를 따라가기 시작했다. 처음엔 그 굉장히 넓은 자갈지대의 물가를 따라 걷다 점차 오르막길로 접어들며 그러다 그 무릎까지 차는 개울을 징검다리를 건너가 한참 올라가다, 다시 바지를 걷어 올리고 그냥 개울을 건너 올라가기도 했다. 그 개울과 계곡은 점차 좁아졌다. 한참 올라가다 계곡가에 조그만 부락이 나타났다. 허름한 판잣집들이 7~8채 있었다. 한 시간쯤 지났을 때였다. 누나는 계속해서 올라갔다. 계곡과 계곡개울도 더욱 좁아졌다.

'바랑가이' 필리핀의 최소 단위 부락, 마을. 또 부락이 나타났다. 10여 채의 집들이 있는 저긴가? 아니었다. 누나는 그 두 번째 부락도 지나쳐 올라가고 있었다. 그러다 또, 계곡을 건너갔다. 누나는 그 계곡 길을 잘도 올라갔다. 마치 다람쥐마냥, 어디선가 꽥꽥 거리는 소리가 들려왔다. 무슨 소리야? 누나는 원숭이소리야. 원숭이? 그때 그 계곡 길을 내려오던

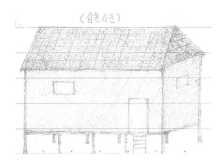
(삼촌4천)

한 누나 또래의 필리피나가 어, 깅깅하며 반가워했다. 삼촌을 희한한 동물이라도 본 듯이 쳐다보며, 누나는 계속 올라갔다. 어느덧 두 시간이다 되어 갔고 산등성이도 보이기 시작했다. 산을 넘어가려나? 그때 계곡 가에 꽤나 넓은 지역이 나타나고 여러 채의 집들이 있는 그러나 조그만 계곡가의 산등성이 못 미쳐, 한 부락이 나타났다. 누나는 다 왔다고 했다.

마침내 누나가 태어나서 자란 누나의 고향 동네에 도착한 것이다. 20여 채의 크고 작은 판잣집, 블록집, 꽤나 큰 원두막, 부락 중앙엔 커다란 사방이 탁 트인 나무 공회당, 동네 뒤쪽으론 꽤나 큰 판자 창고도 있었다. 누나는 그 부락 너머에도 부락이 있다고 했다. 누나의 고향 동네이자 집 주소는 행정상으론 '필리핀 서던레이떼 소곤 666이다.' 실질적으론 필리핀 서던 레이떼 소곤, 산속 계곡 부락의 '니파' 오두막이다. 누나가 태어나서 15살까지 살았던, 장인 장모와 두 처남들이 살고 있는 집은 먼저 보았던 누나의 배 다른 언니가 살고 있는 '니파 오두막'보다 3배 크기의 니파 오두막이었다. 그 니파 오두막의 대나무 방바닥에서 땅바닥까지는 약 1.5m로 전체 오두막 넓이는 약 8평 정도였다.

삼촌은 그 오두막 안에서 누나와 두 처남들이 지켜보는 가

운데, 장인 장모에게 또 한 번 큰 절을 올렸다. 두 처남에겐 누나가 읍내에서 골라준 문학작품 몇 권과 자그마한 소니 카세트와 테이프 몇 개를 선물로 주었다. 두 처남은 좋아서 방방 뛰었다. 17살인 첫째 처남은 별명이 '게리링(꿈쟁이)'였다. 누나의 말로는 그 '게리링'은 항상 먼 산과 하늘을 바라보는 꿈쟁이라는 것이었다. 15살인 둘째 처남의 별명은 '타셔'였다. (안경 원숭이) 듣고 보니 생긴 것이 비슷했다. 꿈쟁이 '게리링'은 야자나무 아래에서 그 문학작품들을 읽는 게 일이었고 날라리 '타셔'는 그 소니카세트를 들고 음악을 틀어놓고 온 동네를 돌아다니는 게 일이었다.

안경원숭이 Tarsier

안경원숭이는 세계에서 가장 작은 동물 중 하나로 보홀에서 4500만 년 전부터 살아온 보홀의 상징과도 같은 동물이다. 너무 작은 몸집에 어울리지 않게 비정상적으로 큰 눈을 가지고 있어 외모가 꽤 귀엽다. 안경원숭이는 거의 움직이지 않으며 눈동자를 180°도 돌리거나 머리를 360°로 회전하는 게 특기다.

다음날 장인 장모와 두 처남은(사위가 왔다고) 그 원두막 마당에 땅을 파고 양쪽에 Y자 나뭇가지를 꽂아놓고 새끼 돼

지를 대나무에 꿰어 걸쳐 놓고, 코코넛 열매 껍질로 불을 때며, 대나무에 꿰어진 새끼 돼지 몸뚱이에 야자 기름을 발라가며, 새끼 통돼지 구이를 돌려가며 굽기 시작했다. '레촌' 바비큐 요리 필리핀에선 고급 요리로, 서민들은 일 년에 한두 번 특별한 날, 특별 요리로 해먹는다.

코코넛 열매 껍질을 완전히 말려 땔감으로 쓴다. 코코넛 열매는 무엇 하나 버릴게 없는 참으로 신기하고 쓸모 있는 아열대 과일이다. 바나나나 파인애플, 야자는 우리의 시장, 마트, 백화점 식품 코너에서 볼 수 있지만 어른 머리통보다 더 큰 코코넛은 구경할 수가 없다. 그러나 코코넛 열매의 두툼한 껍질 속 '내피인' 딱딱한 검붉은 속껍질은 분말로 가공돼, 전세계에 판매되고 있다. 여기서 코코넛 열매 속을 한 번 들여다보자.

(코코넛 열매의)
∨ 겉껍질의 초기엔 녹색, 말기엔 누런색, 질긴 섬유질로 두께는 약 4cm
∨ 속껍질은 밤 색깔의 딱딱한 껍질로 두께는 약 5mm정도다.
∨ 속살은 하얀 색깔로 탄력 있는 '유지체'로 긁어 먹는다. 담백한 맛이다. 두께는 약 1cm다.
∨ 속 즙은 맑은 청량수 즙으로 달콤하다. 코코넛 열매 그 자체다.
∨ 겉껍질은 땅에 떨어져 완전히 마르거나, 인위적으로 걷어내 말려, 땔감이 된다. 굉장히 질긴 섬유질이다. 벗겨내는 게 보통일이 아니다.

∨ 속껍질은 분말가루로 가공, 코코넛 음료의 원재료가 된다. 버려진 속껍질도, 깨지거나 반 바가지 형태로 바다 속에서.

∨ 이른바 '코코넛 문어의' 보금자리가 된다.

※ <삼촌은 그 코코넛 속껍질 통으로 바둑통을 만들었다.> 딱이다.

(씨암탉 대신) 두 시간쯤 후, 부락민들이 찾아와, 겉껍질은

초등학교

바삭바삭하고 속고기는 담백하면서도 기름기가 찰찰 베어 나오는 새끼돼지 통구이 바비큐 살점들을 커다란 야자 잎에 받아 싸들고 갔다. 그중엔 40대 중후반의 필리피나도 있었는데, 그 필리피나는 그 커다란 판자 창고집의 주인이자 초등학교 교장이자 선생이었다. 그 커다란 판자 창고가, 바로 초등학교였던 것이다. 그 초등학교엔 그 산속 계곡 부락들(5곳)의 아

이들(80여 명)이 다니며 공부하고 있었다. 삼촌은, 그 초등학교를 방문 판자교실에서 그 똘망똘망한 50여 명의 초등학생들이 쳐다보는 가운데, 그 필리피나 교장 선생에게 대한민국을 대표해, 장학금 3,000페소를 전달했다. 대한민국 교육부장관이 쩨쩨하다고 꾸짖을지도 모를 각오로. 그때 아빠도, 초등학교 교장이셨다. 그 필리피나 교장 선생은 평일이면 그 판자 초등학교에서 숙식하지만 주말이면 세 시간 정도 걸리는 읍내에 있는 집으로 내려갔다가 월요일 새벽이면 다시 그 산속 계곡 초등학교로 돌아온다고 했다. 그리곤 6년 과정인 초등교육을 마치고, 무료인데도 졸업하는 학생들은 절반도 안 된다며 한숨을 내쉬었다. 삼촌도 같이 한숨을 쉬었다. 가슴이 아파왔다. 그 아이들은 배우고 싶어도 배울 수가 없었던 것이다. 그 아이들의 부모님은, 부락민들은, 그 계곡 산속에서, 고구마, 감자, 바나나, 코코넛을 아무데나 밭을 일궈 심고, 캐서 따서 먹고 살아가는 바로 화전민들이었기 때문이다.

그런데 놀라운 것은 큰 고구마는 그 크기가 자그마치 수박보다 더 컸다. 삼촌도 처음 그 큰 고구마를 캘 때는 하도 커서 바위 돌인 줄 알았다. 그때 누나도 그렇게 캐낸 큰 고구마 한 개를 등에 짊어지고 내려왔고, 삼촌도 두 개를 끌어안고 비틀거리며 내려왔다. 그런데 맛은 별로였다. 물만 먹고 컸는지 물고구마였다. 코코넛을 딸 때는 직접 올라가 따거나, 훈련시킨 원숭이가 올라가 따기도 한다. 누나가 찍어준 사진들 중엔 삼촌이 폼 잡고 찍힌 한 손에는 금방이라도 떨어질지 모르는 수박만한 코코넛 세 개를 붙잡고 있고, 한 손은 샛노란

몽키 바나나 다발을 어깨 높이로 쳐들고 있고 뒤에는 사방이 트인 조그만 움막과 함께 그 옆엔 두 눈이 똥그란 어린 소녀가 쪼그려 앉아 쳐다보고 있는 사진도 있다.

　말이 나온 김에 원숭이 바나나(몽키 바나나) 얘기도 한번 해보겠다. 우리들은 시장이나 마트에서 약간은 파르스름 한 노란 바나나들을 볼 수가 있다. 참으로 싱싱하고 절로 침이 넘어간다. 그로 말미암아 견물생심으로 애당초 생각도 계획에도 없는 그런 바나나를 몇 개 혹은 다발로 바구니에 담게 된다. 여기서 내가 주장하며 말하고자 하는 내용은 그 바나나들이 잘 익었으면서도 싱싱해 보인다. 그러나 그렇게 잘 익었고 싱싱해 보이는 바나나들은 결코 잘 익고 싱싱하지도 않다는 사실이다. 알고 보면 사실은 설익고, 설곯은 바나나들이다. 좀 더 노랗고 좁쌀 같은 검은 점들이 있는 바나나도 단지, 좀 더 익고 좀 더 곯은 바나나일 뿐이다. 명심할 것은 그런 바나나들은 절대 자연산 바나나들이 아니다. 자연산 바나나들은 좀 더 작다. 즉, 대단위 바나나 농장에서 좀 더 크게 대량 재배된 개량종 바나나들이란 얘기다. 따라서 익어서 딴 게 아니라, 익기 전에 시퍼럴 때 따서, 선별 세척한 후 방부제를 섞어 비닐봉지에 밀봉 BOX에 담아 컨테이너로 바다 건너 수출 최소 한 달 이상은 유통 수송기간을 거쳐 수입, 그나마 방부제를 세척 제거, 시장이나 마트에 진열된 바나나들이다. 그때쯤이면 그 시퍼렇던 떫은 바나나가 익은 게 아니라 곯고 변질된 것이다. 그러나 필리핀의 산이나 정글 속엔 분명 자연산 바나나 나무들이 자생한다.

그 자생 바나나들은 나무에서 떨어지지 않는 한 나무에선 절대로 곯거나 썩지 않는다. 그 바나나들이 샛노랗게 익었을 때 뿜어내는 향기는 그야말로 죽여준다. 샤넬향수는 차라리 역겨울 정도다. 또한 그 샛노란 껍질을 까서 알맹이를 입안에 넣으면 그냥 녹아 버린다. 그럴 때 하는 말로 둘이 먹다 둘다 죽어 버린다. 특히 그러한 산이나 정글 속엔 말 그대로 자생 바나나, 절반 크기의 '원숭이 바나나(몽키 바나나)' 나무들이 자생한다. 그 몽키 바나나의 맛과 향기는 더욱 기가 막힌다. 아마 시장이나 마트에서도 보았을 것이다. 삼촌은 그 몽키 바나나를 산속에서 정글 속에서 직접 다발로 따서 맛을 본 사람이다. 처음 그 향기를 맡았을 때는 코가 마비되었고 맛을 보았을 때는 혀가 정신을 잃었다. 이빨은 있으나마나 속수무책 쓸모가 없었다. 원숭이들이 정글 속에서 자기들 밥을 훔쳐 먹는다고 괘씸하다고 꽥! 꽥! 거리며, 훔쳐보는 가운데 그런

길길이 날뛰는 원숭이들을 같이 째려보는 장면이라도 찍어놓은 사진이 있었다면 더욱 좋았으련만 아쉽기만 하다.

몇 달 전엔 삼촌과 근로자들이 기거하던 숙소에는 새끼 원숭이 한 마리를 숙소에 있는 나무에서 키우고 있었다. 기다란 줄을 목과 나무에 연결해 놓고, 놀러 나갔다 올 때는 근로자들과 삼촌은 원숭이 바나나를 다발로 사서 갖고 와, 새끼 원숭이에게 하나씩 주면 삼촌의 어깨 위에 올라타고 받아서 두 손으로 껍질을 까서 냠냠, 짭짭 먹어 댔다고 했다. 말하자면 바나나는 맥주 안주도, 별미도 아닌 원숭이 먹이라는 얘기다.

그 새끼 원숭이가 삼촌의 어깨에 올라탄 모습의 사진도 나는 갖고 있다. 하루는 누나가 삼촌을 부락에서 좀 떨어진 계곡가로 데려갔다. 따라간 계곡 가엔 꽤 넓은 공터가 있었고, 허름한 판잣집과 판자 창고가 있었다. 그와 함께 공터에는 하얗고 기다랗고 넓적한 '천'들이 빨래들 같이 줄들에 걸려있었다. 그와 함께 건장한 필리피노들(3명)이 웃통을 벗어부치고, 푸르고 기다랗고 굵은 나무줄기들을 무언가 틀 속에 집어넣고 뽑아대고 있었다. 그때 그 틀은 마치 벼를 타작하는 것처럼 텅텅거리며 돌아가는 발동기의 피대 줄에 의해 돌아가고 있었다.

그들도 삼촌을 알아보곤 반갑게 맞이했다. 그때쯤엔 삼촌은 그 부락에서 소문난 사람이었다. 그들은 친절하게 설명해주었다. 이 바나나 나무처럼 생긴 마닐라 '삼'인 토착 식물의 기둥

아포산 / 위치 다바오 시내 남쪽
위치 다바오 시내 남쪽

과 줄기들을 틀 속에 집 어넣어 얇게 쪼개 계곡 물에 담가 불린 후 깨끗 이 세척해 말리면 천연 섬유 중에서 가장 질기 다는 마닐라 삼, 즉, 필 리핀의 특산물인 '아바 까'가 된 다는 것이었다. 창고도 보여주었다. 창고 속엔 그렇게 만든 '아바까'가 커다란 짐 묶음들이 20여 묶음 들어 있었다. 언뜻 보기에도 50여 kg 은 되어 보였다. 그럼 누가 사가느냐고 하자, 웃으면서 사가 긴 하는데 일단은 산 밑에 갔다 놔야 한다는 것이었다.

'아바까'는 필리핀 남동부 도시이름으로 필리핀의 특산물이 다. 천연섬유 중에서 가장 질기다는 필리핀의 토착식물인 마 닐라 삼으로 민다나오섬 일대가 주산지다. 특히 민다나오 남부 필리핀의 활화산이자 최고봉인 '아포산(2954m)'등 쪽 사면 기슭이 마닐라삼의 재배지였지만 유황 광맥이 발견돼 부근 일 대가 1936년 국립공원으로 지정되었다. 그 밖에도 민다나오섬 다바오, 북부 지역 미사비스 옥시덴탈, 주도 오르키에타 넓이 1939km2 인구 '42만 4000' 바카카이, 중북부, 알바이 '인구 4 만 4,000' 디폴로그 남부 삼보앙마 델노르테 주의 주도 인구 '8만' 등이 '주산지'다. 주로 밧줄 제조용으로 쓰인다.

'어떻게?', '그야 짊어지고, 내려가야죠.', '저걸?' 고개를 끄덕였다. 한번 그 덩치 큰 하얀 짐을 등을 기대고 묶인 줄을 양손으로 붙잡고 짊어져 보았다. 아이고, 다리가 비틀거렸다. 이걸 짊어지고 이 계곡 길을 두 시간이나 내려간다고? 알고 보니 그 산의 입구 도로가에 있던 커다란 판자 창고가 그 '아바까' 짐 뭉치들을 보관하는 창고였다. 때가 되면 구입 업자들이 그 '아바까' 뭉치들을 짐차로 싣고 간다는 것이었다. 가공 생사공장으로, 말하자면 그 '아바까'들은 가공 생사공장에서, 2차 3차 가공되어, 그 유명한 마닐라 삼 '사' 즉, '아바까' 원사가 되는 것이다.

그들은 그 계곡은 평소엔 바지만 걷고 건너다니지만, 시도 때도 없이 폭우라도 쏟아지면 순식간에 급류로 변해 꼼짝없이 그 계곡에 갇힌다고 한다. 삼촌은 그 산속 계곡 부락에서

15일을 지내는 동안 그렇다는 폭우는 한 번도 구경하질 못했다. 다행이긴 했지만, 한편으론 아쉽기도 했다. 도대체 폭우가 쏟아지면 그 계곡이 어떻게 된다는 지가. 그들, 누나 말로는 그냥 그 산속에 계곡 속에, 고립된다는 것이었다. 길게는 열흘이상, 한 마디로 물바다가 된다는 것이었다. 삼촌은 그 계곡물에서 물놀이를 즐길 수가 있었다. 그 계곡 물속에서 배꼽까지 차는 물속에서 발가벗고 폼 잡고 있는 모습이 찍힌 사진도 나는 갖고 있다.

그곳에서 약 500km 떨어진 민다나오엔 필리핀 최남단 도시인 '제네랄산토스(1990년 당시 인구 40만)'가 있다. 그 도시엔 '트볼리' 부족의 고향인 트볼리 마을이 있다. 그 마을의 트볼리 여자들은 최고의 직조공들로 t,nalak을 만든다. 그 트볼리 여 직조공들이 바로 그 천연섬유 중에서 가장 질기다는 마닐라 삼 '사' 원사로 정교하게 짠 빨갛고 검은 천이 t'nalak 트나락이다. 그 직조공들이 꿈속에서 보았다고 여겨지는 문양들의 패턴은 세대와 세대를 거쳐 전해진다. 필리핀의 여러 단체들은 이 무형문화유산을 보전하기 위해 많은 노력을 하고 있다.

더불어 트볼리 박물관과 매년 11월 둘째 주에 열리는 트볼리 축제 렘 루나이 페스티벌엔 현지 문화권, 왕족의 스포츠인 '말' 싸움이 열리면서, 축제는 최고조에 달한다. 이는 두 마리의 종마가, 암말 한 마리를 놓고, 치열하게 싸우는 스포츠다. 중국의 광시성, 인도네시아의 술라웨이, 한국의 제주도는 오늘 날까지도 horse fight이 열리는 곳이다. 승 말은 암말과 짝

짓기를 하고, 패 말은 말고기가 된다. 참으로 지구상에서 가장 잔인한 동물은 두말 할 필요도 없이 인간들이다.

아마도 필리핀의 '아바까' 생산, 원산지인 생산 공장을 최초 방문한 한국인은 삼촌이 최초일 것이다. 있다면 나와 보라! 만약 나라고 나온다면 그땐 누가 더 먼저냐가 될 것이다. 참고로 삼촌에겐 그 곳을 방문했다는 확실한 증거가 있다. 그 '아바까' 생산 공장과 계곡을 배경으로 그들과 함께 찍은 여러 장의 기념사진이. 또한 그들이 증언해줄 것이다. 머리털 나고 그 계곡에 발을 들여 논 외국인은 삼촌이 최초라고.

누나가 치마를 걷어 올려 묶고, 양쪽 옆구리엔 커다란 깡통을 하나씩 차고 한 손엔 잠자리 뜰채를 들고 나타났다. 영락없는 그 옛날 작년에 왔던 각설이 거지꼴이었다. 누나는 하여튼 '깅깅(억순 발바리)' 답게 하루도 가만있는 날이 없었다. 장인 장모가 일궈놓은 산속 밭에 가서, 고구마, 감자를 심고 캐고, 몽키 바나나와 코코넛을 따서 짊어지고 내려 왔고, 원두막 밑에서 놔먹이며 키우는 돼지 한 마리와 닭 몇 마리가 도망가기라도 하면 쫓아가서 잡아오기도 했다. 또한 틈만 나면 나가 노는 두 남동생들도 "아니 이 녀석들이 또 어디 갔나?" 하며 "게리링! 타셔! 타셔!" 하며 기어코 야자나무 아래 자빠져 책을 읽고 있는 '게리링과' 동네방네 소니 카세트를 들고 나다니는 '타셔'를 잡아오기도 했다. 그리곤 "야! 이 녀석들아 아빠 엄마가, 언제까지 네 녀석들을 먹여 살릴 줄 알아? 이, 한심한 녀석들아! 정신 차려! 또 그러면 죽을 줄 알아. 알았어, 몰랐어!" 그야말로 쥐 잡듯이 잡았다. 그 두 처남들은 장인 장모에겐 뺀

질이 베짱이들이었지만 누나 앞에선 고양이 앞의 쥐 모양 꼼짝도 못했다. 누나는 장인에겐 '둘째딸'이었지만, 장모에겐 명실상부한 첫째 딸, 즉, 장녀 필리피나였다. 다시 말하자면 집안의 실질적인 왕초이자 가장이었던 것이다. 그때까지만 해도 삼촌은 필리핀의 모계 사회에서 집안의 장녀인 누나가 어떠한 존재였는지를 사실상 잘 모르고 있었다.

어쨌든 누나는 그러한 거지꼴로 삼촌을 데리고 계곡을 타고 올라갔다. 부락 앞의 계곡은 꽤나 넓다. 약 30여m 올라갈수록 그 계곡은 점차 좁아지고, 계곡 양쪽은 가파른 절벽들이자, 태

굉장히 큰 거목이 쓰러져,
그 동굴을 가로막고 있었다

고의 신비를 간직한 울창한 원시림 정글이었다. 정말 원숭이 한 마리가 놀래서 삼촌도, 꺅꺅거리며 나무를 타고 도망가다 돌아서서, 삼촌과 누나를 쳐다보다 삼촌이 목에 걸고 있는 카메라를 들어 올리자 다시 도망갔다. 에이 그렇게 5~6m 정도 밖에 안되는 계곡을 타고 오르다보면 양쪽 절벽, 정글 속엔 음침한 동굴이 보이기도 했다. 그때 삼촌은 '레이떼'의 믿기지 않는 전설이 떠올랐다. '레이떼'는 길이 200km 폭 50km의 큰 섬이다. 태평양 전쟁 당시 인본군들이 옥쇄를 각오하고 밀림의 동굴 속에서 최후까지 버티던 격전지이기도 하다. 그때 그 밀

림 속에서 살아남아 십년이 지난 후에도 그 전쟁이 끝난 지도 몰랐다는 사실은 우리에게도 잘 알려져 있다. 혹시? 저 동굴 속에 과거 2차 대전 태평양 전쟁당시 일본군의 해골이라도 있지 않을까? 그를 말해주듯 굉장히 큰 거목이 쓰러져, 그 동굴을 가로막고 있었다. 그 동굴 입구와 그 거목은 수십 년 아니, 수백 년이라도 된 듯 푸른 이끼들이 잔뜩 끼어 있었다. 등골이 으스스하고 서늘해졌다.

그때 삼촌은 또 놀랐다. 맞은편 계곡 절벽 길을 타고, 웃통을 벗어부치고 반바지 차림의 장정 필리피노가 마치 식인종처럼 허리에 넓적한 무쇠장도를 차고 계곡을 내려가고 있었기 때문이다. 그도 잠시 삼촌과 누나를 쳐다본 후 손을 한번 흔든 후 내려갔다. 식인종은 아니었다. 그곳은 계곡도 얼마 남지 않은 산등성이었다. 삼촌은 그 계곡 산 너머로는 가보질 못했다. 뭐해? 누나는 한 깊어 보이는 웅덩이 가에서 깡통에 들은 떡밥을 웅덩이에 여기저기 뿌려댔다. 잠시 후, 작은 물고기들과 제법 큰 새우들이 떠올라 그 떡밥들을 입을 벙긋거리며 먹기 시작했다. 그러자 누나는 들고 있던 잠자리 뜰채로 잽싸게 그 물고기들과 새우들을 건져 올리기 시작했다. 그리곤 팔딱거리는 작은 물고기들과 중지 손가락만한 새우들을 나머지 빈 깡통에 담기 시작했다. 많이 해본 솜씨였다. 그렇게 그 좁은 절벽사이, 계곡을 내려가며 여기저기 웅덩이에서 두시간정도 잡은 크고 작은 물고기, 새우들은 빈 깡통 속에 꽉 찼다. 온 식구가 한차례 먹을 만한 매운탕 감이였다.

（필름 10통 중 8통이 동이 났다.） 누나의 친정집은 정확히는 코코넛 기둥, 대나무 기둥 석가래와 대나무살, 야자 잎새로 엮어진 '니파＋코코넛＋대나무＋야자 잎사귀, 짬뽕 전통오두막이다.' 그 니파 오두막, 집에 도착한지 열흘째 되는 날이었다. 한마디로 꿈만 같은 나날들이었다. 삼촌은 그동안 사귄 그 부락의 동생 벌되는 시한부 친구에게 필름 좀 사다 달라고 부탁했다. 그 친구에게 500페소를 주고, 필름 5통과 전지를 사고, 남는 돈을 가지라고 했다. 아마, 200페소면 충분할 것이다. 그 친구는 왕복 4시간은 걸리는 읍내까지 나는 듯이 달려갔다. 그에게 300페소는 꿈만 같은 큰돈이었다. 아마도 한꺼번에 300페소를 번 것은 그때가 처음이었을 것이다. 그 지방 사람들의(노동자) 평균 임금은 월 100페소가 채 못 된다. 그것도 일다운 일들을 하는 조건하에서.

그 부락 앞과, 계곡 사이에는 넓은 공터가 있었다. 그 공터에는 계곡을 등진 작은 가게가 있었고, 그 옆엔 농구골대가 서있었다. 그런가하면 다른 한쪽엔 지붕 가림막이 있는 곳엔 신기하게도 포켓 당구대도 있었다. 이를테면 그 공터는 그 부락과 이웃부락들의 두 처남 또래의 젊은 필리피노들의 놀이터인 셈이다. 명절 때면 그 공터에서도 그 산중 계곡 부락의 부락민들의 춤판 노래판 노래자랑이 벌어진다고 했다. 하여튼 필리핀은 어디든지 그러한 놀이터가 있는 놀이문화의 천국인 것만은 틀림없다. 어찌됐든 그들의 행복지수가 세계 상위권이라는 사실도 그런 점에서 엿볼 수 있고 확인할 수 있다.

우리도 추석 한가위, 정월대보름, 구정이면 전국 방방곡곡에서 비록 춥고 배는 고팠지만 그래도 연 날리고, 썰매타고, 팽이치고, 떡국 먹고, 세뱃돈 받고 밤이 되면 "쥐불여! 개불여!" 불 깡통 돌려대고! 노래자랑 벌어지던 아득하기만 한 정겨운 시절이 있었건만 지금은 온데간데없고, 이웃과 단절한 채 오로지 내 가족 내 새끼들만 지나칠 정도로 끔찍이 아끼며, 부모들도 나 몰라라 하는 삭막하고 메마른 삶을 우리는 살고 있다. 아무리 잘 먹고 잘 산다고 해서, 과연 우리가 그러한 그들보다 잘살며 행복하다 큰소리 칠 수 있을까? 어차피 아무리 아등바등 긁어모아 봐야 기껏해야 하루 세 번 먹고, 0싸고, 그러다 때가 되면 빈손으로 갈 텐데 그러한 인생들은 갈 때 하나같이 이런 말들을 한다.(실컷 쓰고 놀아볼걸) '오스카와일드'도 이런 비문을 남겼다. '내 우물쭈물하다 이렇게 될 줄 알았지.'

　그 공터에서 삼촌은 두 처남 또래의 필리피노들과 농구도 하고 포켓당구도 즐겼다. 농구는 그저 이리 뛰고 저리 뛰다 던지면 어쩌다 골 바구니에 들어가는 정도였지만 당구만큼은 애버러지 400의 일반 당구로는 당구 고수였다. 특히 그라운드 맛 세이나 백 맛 세이는 삼촌의 주 특기였다. 포켓 당구를 칠 때 삼촌이 큐대를 세우고, 그라운드 맛 세이나 백 맛 세이를 선보이면 그들은 박수를 치며 놀라워했다. 따라서 삼촌이 그 공터에 나타나기만 하면 그들은 좋아했다. 그러나 그들이 삼촌을 좋아하는 이유는 따로 있었다. 왜냐하면 그때마다 그 가게의 빵과 음료수 샨미겔 맥주가 동이 나기 때문이다. 삼촌

이 있던 보름동안 그 가
게의 매상은 자그마치 평
소의 3개 월 치였다. 따
라서 바나나 대여섯 개는
덤으로 주었다. 사실 바
나나는 필리피노들은 쳐
다도 보지 않는다. 산에
가면 지천으로 널렸기 때문이다. 굳이 돈 주고 사 먹을 이유
가 없다.

　단지 산에 가기도 귀찮고, 간다고 해도 자기들 밥을 뺏어먹
고 훔쳐 먹는다고 날뛰는 원숭이들과 싸우는 것도 귀찮아 가
끔가다 한두 개 사먹을 뿐이다. 바나나는 그들에겐 어디까지

나 원숭이 밥일 뿐이다. 참고로, 바나나 한 다발(10개)은 10페소, 샨미겔 맥주 한 병 값은 3페소이다. 마닐라의 '일류 나이트클럽, 바, 레스토랑, 카페'서 파는 샨미겔 맥주 한 병 값은 평균 30페소다.(당시) 도대체 필리핀 서민들의 주머니를 훑어가는 샨미겔 맥주 한 병의 생산 원가가 얼만지 참으로 궁금하기만 하다. 아마도 삼촌이 떠난 후, 그 필리피노들이나 그 가게 주인은 아, 옛날이여 하며, 삼촌을 그리워 할 것이다.

그 산속 계곡 부락, 누나의 친정집에 온지도 어느덧 보름이 되었다. 남은 체류 기간도 열흘이었다. 떠나야만 했다. 삼촌은 다시 한 번 장인, 장모에게 큰 절을 올린 후 장인 장모에게 3만 페소를 내놓았다.(90만원) 필리핀 서민 노동자가 일 년 동안 벌어서 먹지도, 쓰지도 않고 꼬박 모아야만 가능한 돈이다. (우리의 천만 원에 해당 한다.) 두 처남들에게도 각각 1,000페소씩 주었다. 그래도 4만 페소가 남아 있었다. 삼촌이 필리핀에 갈 때 가져간 돈은(10만 페소였다. 3백만 원) 장인은 어쩔 줄 몰라 했고, 장모는 울기만 했다. 두 처남은 1,000페소를 놓고 입을 벌리고 있었다. 떠날 때 장인 장모와 두 처남은 한동안 따라오다 서서히 하염없이 손을 흔들고 있었다. 그때까지도 장모는 흐느끼고 있었다. 만리타향으로 떠나는 하나밖에 없는 딸이 그저 불쌍하고 가엾기만 했을 것이다.

마닐라로 돌아오는 길은 올 때와는 좀 달랐다. 도로에 서있는 조그만 영락없는 참외 원두막 같은 간이 정류소에서 올

아가스 아가스 Bridge

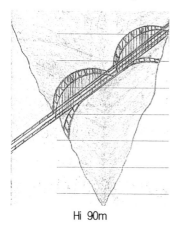

Hi 90m

라탄 장거리 버스는 민다나오의 중심도시 '다바오'를 출발해 마닐라의 외곽도시인 쿠바오의 종합버스터미널까지 가는 장거리 노선 버스였다.

'아가스 아가스 Bridge' 소콜레이 떼에서 그 아름답고 환상적인 대협곡의 장엄한(아가스, 아가스) 90m 높이의 아찔한 구름다리를 건너는 것은 여전했고 검문소를 지나, 따끌로반 터미널에서 한동안 쉰 후 그 아름답고 낭만스런 '산후아니코' 대교를 건너, 알렌항에서 페리로 바다를 건너는 것도 마찬가지였다. 다만 노선에 따라 돌아가기도 했다. 또 다른 볼거리였다. 물론 운전기사는 둘이었다. 또한 그 위험천만하기만 한 산고개도 넘어가지 않았다. 갈 때보단 전체적으로 평야지대였다. 물론 간간이 작은 산이나 계곡 고원지대, 강들을 건너기도 했다. 지방 도시들도 여러 곳 거쳐 갔다. 한마디로 갈 때는 산악지대, 올 때는 평야지대였다. 이틀째 되는 날 밤 버스는 '쿠바오' 종합터미널에 도착했다. 보름간의 꿈만 같은 누나의 친정나들이 여행이 끝난 것이다. 삼촌에게 평생 잊지 못할 여행이었다. 그러나 그때 삼촌은 그 여행이 마지막이 될 줄은 꿈에도 몰랐다. 까인따의 월세 방에 돌아온 삼촌과 누나는 다음날 마카티의 한국 대사관에서 누나의 한국 1차 체류

비자인 3개월짜리 패밀리 비자를 받았다. 이어서, 마카티에 있는 필리핀 항공여행사에 티켓 예매를 하러 갔다. 당시 필리핀 항공 편도 요금은 20만 원 정도였다. 물론 그보다 싼 저가 항공사도 있었지만 날짜가 맞지 않는 등 여러모로 불편했다. 보다 편리한 대한항공(KAL)이 있었지만, 항공 요금이 거의 두 배였다.

그런데 문제가 생겼다. 삼촌은 상관없었지만 누나는 리턴 티켓을 끊어야만 한다는 것이었다. 따졌다. "아니? 이 사람은 내 와이프고 이렇게 3개월 체류가 보장된 패밀리 비자도 있는데 왜 안 되냐고." 그래도 곤란하다는 것이었다. 한국은 동남아 여행자들을 잠정적인 불법 취업자로 간주하기 때문에 관광비자는 물론 취업비자, 연수비자, 초청비자까지 엄격히 심사, 조금이라도 의심스러우면 입국을 허용치 않기 때문에, 그럴 경우 항공사가 책임지고 데려와야 한다는 것이었다. 한마디로 자기들을 손해 볼 수 없다는 것이었다. 기가 막혔다. 또 따졌다. "아니 대한민국을 뭘로 보느냐. 그럼 이 패밀리 비자는 폼으로 내주는 걸로 아느냐. 더군다나 대한민국 사람인 남편이 보호자로 동행하는데, 그런 나를 무시하고 이 사람을 쫓아버릴 것 같으냐? 말도 안 되는 궤변 늘어놓지 말고, 빨리 원웨이 티켓 내놓으라."고 하자 할 수 없다는 듯 원웨이 티켓을 끊어주었다.

사실 동남아 여행자들은 관광비자로는 한국에 입국할 수가 없다. 처음에는 돈 좀 쓰고 가려나? 하고 입국시켜주면 쓰는 게 아니라, 어디론가 도망가서 불법 취업자가 되어 1년이고, 2년이고 쌍박고 무슨 힘들고 더럽고 온갖 궂은일들도 한국인 근로자들의 절반도 안 되는 임금에도 마다 않고, 돈을 벌어가기 때문이다. 그렇게 최소한 1년만 버티면 금의환향 할 수가 있기 때문이다. 더군다나 취업비자, 연수비자, 초청비자로 왔다가도 기한 중에 또한 기한 후에도 돌아가지 않고 사라져, 어디선가 불법 취업들을 하고들 있다. 따라서 지방, 또는 서울의 목동 출입국 사무소엔, 심심치 않게 잡혀온 불법 취업자들과 고용주인 공장주나 사업주가 언제까지 돌아가겠다. 보내겠다는 등의 각서를 쓰고들 있다. 심지어 국제 결혼해 살다가도 가출해 불법체류, 취업을 하는 사례들도 많다. 한마디로 맘대로 해라, 날 잡아 먹어라, 나는 무슨 수를 쓰든 돈을 벌고야 말겠다. 반면에 중국 사람들은 관광비자라해도 어서 오세요. 어찌됐든 돈을 쓰고 가기 때문이다. 바로 약소국의 설움이다.

그렇게 삼촌과 누나가 경복궁 정문 앞에 도착했을 때는 1990년 10월 3일 첫눈이 흩날리던 개천절이자 추석날이었다. 아빠 차로 상계동 아파트에 도착 한 후, 삼촌과 누나는 삼 개월을 아빠 집에서 보냈다. 그때 틈만 나면 누나가 거실 소파에 앉아 TV를 보고 있으면 옆에 달라붙어 누나를 쳐다보며 무슨 말이든 종알댔고 주방에 있으면 역시 옆에서 김치찌개는 이렇게 끓이고, 라면은 이렇게 삶고, 주접을 떨었고 근처

마트나 시장에 가면 따라다니며, 쇼핑 바구니도 들어주고 앞
장서서 수호천사가 되기도 했다. 그럴 때마다 작은 누나, 큰
누나는 또 지랄하고 있네. 째려보기 일쑤였고, 아빠 엄마도
아이고 저 녀석이 도대체 뭐가 되려고 저러나 근심스러워 하
셨다. 그러나 아랑곳하지 않았다. 누나가 무조건 좋기만 했다.
그때는 학교 계집애들은 내 눈에 차지도 들어오지도 않았다.
오히려 앞으로 누나 같은 누나를 마누라 삼아야지 하는 되바
라진 꿈을 꾸고 있었다. 큰 누나, 작은 누나는 시집도 안가
나? 하면서. 삼 개월 후, 삼촌과 누나는 안양의 평촌에 있는
작은 아파트로 이사했다. 전세였다. 그때 안양 평촌의 논밭에
는 대단위 아파트들이 들어서고 있었다. 그곳에서 삼촌은 근
처 목공소에서 '날일' 목수 일을 하고 있었다. 그때 나는 주말
마다 놀러가서 일요일까지 놀다오곤 했다. 그러다 2년 후, 삼
촌은 고향인 청주로 내려갔다. 살게 된 집은 청주의 율량동
너머 사천동의 시골집으로, 역시 전세였다. 삼촌은 그곳에서
근처의 아파트 공사현장으로 일을 다니고 있었다. 그때는 목
공 일들이 많았기 때문에 아무 아파트 공사현장에 가서 일 좀
하자고 하면 일을 할 수가 있었다. 삼촌과 누나가 살고 있는
사천동, 집 뒤편은 야산으로 그 야산에는 주인도 없는 야생
밤나무들이 많았다. 그때 누나는 무슨 일이든 하고 싶어 했
다. 그러나 뜻대로 되질 않았다. 왜냐하면 누나의 국적은 필
리핀으로 외국인이었기 때문이다. 누나는 과천 법무부 청사에
서 국적 포기 신고를 할 때, 한국 국적을 포기했기 때문에,

한국에선 2년이란 조건부 동거 체류 비자로 살 수 밖에 없는 필리핀 국적의 외국인이었다. 따라서 공식적인 취업은 할 수가 없었다. 설사 취업을 해도, 불법 취업일 뿐이다. 또한 체류 기간이 2년 되면 다시 2년의 연장체류 비자를 발급 받아야 한다. 물론 삼촌이 대행한다. 누나가 무슨 생각으로 한국 여자가 되기를 포기 했는지는 나로선 지금까지도 알 수가 없다.

어쨌든 삼촌은 누나의 소원을 들어주고자, 함께 식당이나 점포 요리 집 하다못해 봉제 공장에도 찾아다녀 보았지만, 누나같이 젊고 예쁜 여자는 얼마든지 좋은데, 외국인이라 곤란하다는 것이었다. 적발 되면 자기들도 벌금을 물거나 최소한 3개월 영업 정지를 당한다는 것이다. 그럴 때마다 누나는 안타까워했고, 삼촌도 답답하기만 했다. 그때 삼촌은 처음으로 돈 좀 벌어둘걸 후회했다. 따라서 2~3개월에 한 번씩 누나의 친정집으로 40~50만 원 정도의 생활필수품들이나 현금을 우체국에서 소포로 부치거나, 수표로 바꿔 송금해주기도 했다. 그럴 때마다 누나는 미안해했다.

누나는 점차 우울해져갔다. 시도 때도 없이 먼 하늘을 바라보며 고향을 그리워하며 눈물짓기도 했다. 마음대로 돈도 벌지 못하고 무엇보다 아무리 삼촌이 달래주고 위로해주어도 외로웠을 것이다. 누나는 그 시골집 뒷마당에 배추도 심고 무도 심고 파도 심고 닭도 몇 마리 사다 키우고 토끼도 한 쌍 사서 키웠다. 물론 닭 울타리 토끼장은 삼촌이 지어주었다. 그런가하면 늦가을이 되면 뒤편 야산의 밤 나물들에선 영글고 터진 밤송이들과 알밤들이 떨어져 동네 사람들과 외지 사람들도 찾아와 밤송이와 알밤들을 주어가기도 했다. 그럴 때면 누나는 삼촌과 함께 부지깽이와 자루를 들고 장갑을 끼고, 밤송이들과 알밤들을 줍기 바빴다. 그렇게 며칠씩 몇 시간씩 주워 담다 커다란 부대 자루로 꽉 찼다. 커다란 고무다라에도 꽉 찼다. 한 가마니는 되었다. 방학 때 놀러 가면 나도 신이 나서 밤송이는 까고 알밤들을 주워 담가 바빴다.

그런데 누나는 그 많은 알밤들을 먹는 게 아니었다. 삼촌이 그 많은 알밤들을 자루에 담아 자전거로 율량동 시장까지 실어다 주면 그 시장바닥에서 그 알밤들을 팔곤 했다. 삼촌이 그만 두라고 해도 막무가내였다. 삼촌도 처음엔 살림에 보태 쓰려나? 했지만 그게 아니었다. 누나는 삼촌이 버는 돈은 어디까지나 삼촌 돈이고, 자신이 버는 돈은 그 누구도 건드릴 수 없는 자기 돈이었다. 그렇게 누나는 알게 모르게 돈을 모으고 있었다. 물론 삼촌은 버는 돈은 용돈만 쓰고 모두 누나에게 갖다 주었다. 그래도 누나는 삼촌이 갖다 주는 돈은 살림 돈이고, 삼촌의 허락 없이는 함부로 쓰질 않았다. 알아서 쓰라고 하는데도. 그러나 자신이 번 돈은 꼭꼭 챙겼다. 말하자면 얼마 되진 않았지만 딴 주머니를 차고 있었던 것이다.

삼년이 되었을 때 누나는 한차례, 한 달간 친정에 다녀왔다. 그러나 다녀온 후에도 누나는 고향을 그리워했다. 친정에 다녀온 지 4년 후 즉 7년째 되는 해 그때까지도 어찌된 일인지 삼촌과 누나 사이에는 아기가 없었다.

누나는 또 한 번 친정에 다녀오겠다고 했다. 그때 삼촌은 직감했다고 한다. 부부는 좋든 싫든 일심동체다. 몇 년 만 살아도 눈빛 말투만으로도 서로가 무슨 생각을 하는지 본능적으로 알게 된다. 그때 삼촌은 그누 나가 이번에 가면 다시는 돌아오지 않으리라고 예감했다는 것이다. 누나 역시도 삼촌이 그런 예감을 하리라는 것을 알고 있었을 것이라 했다. 서로가 딱 부러지는 말은 안 했지만 이미 누나는 나는 가겠다. 선언한 셈이고 삼촌도 암묵적으로 받아들였던 것이다.

어찌됐든 누나는 그때 27살로 아직도 앞날이 창창한 나이였기 때문이었다. 그 무엇도 보장해 줄 수 없는 47살의 삼촌이 붙잡을 수 있는 입장이 아니었다. 삼촌은 그동안 모아놓은 약 천만 원을 달러로 바꿔 누나에게 주었다.

결코 친정에 한번 다녀오라고 주는 돈이 아니었다. 누나는 받았다. 그런데 누나는 별도로 200만 원을 갖고 있었다. 삼촌이 그 천만 원을 주지 않고 여행 경비만 주더라도 그 돈과 함께 가지고 갈 결심이었던 모양이다. 삼촌은 그 200만 원도 달러로 바꿔 주었다. 누나는 예상한데로 편도 티켓만 끊고.

1997년 12월 17일 필리핀으로 떠났다. 그때가 마지막이었다. 혹시나 행여나 했지만 2년이 지나도 돌아오지 않았다. 소식도 없었다. 삼촌도 굳이 편지를 보내지 않았다. 결코 잊을 수는 없었지만, 잊기로 했다. 세상이 허무했다. 그때 앞으론 두 번 다신 사랑 따윈 않겠다고 다짐했다.

그때부터 하던 일도 집어치우고 한마디로 될 대로 되라! 또 다시 건달이 되었다. 허구한 날 기원에서 죽치며 내기 바둑이나 카드 마작노름을 하며 날밤을 샜다. 그래도 기원에선 존경받는 지도사범이었다. 마찬가지로 카바레도 드나들었다. 그러나 이미 오십이 다 돼 총각 때처럼 인기가 있진 않았다. 카바레에선 수말이든 암말이든 늙은 망아지는 햇콩만 밝히기 때문이다. 그래도 늙은 암말들에겐 어쨌든 삼촌은 누구나 탐내는 멋지고 잘난 수말이었다.

따라서 삼촌은 카바레에서도 터줏대감이었고 돈 한 푼 없어도 술 걱정 밥걱정 용돈 걱정도 할 필요 없었다. 본래의 망아지로 돌아간 것이다. 잠잘 곳도, 사천동 집, 기원 말고도 많았다. 그야말로 세상천지가 내 집이었다. 술집, 밥집, 자는 집도 공짜였다. 혼자가 아니긴 했지만 13년이 되도록 그 모양 그 꼴이었다.

제9부. 정열의 여인, 나에게 손대지 말라

속(필리핀 편)

카지노의 세계

그런데 또, 별 볼일이 생겼다. 썩은 줄로만 알았던 '준치'가 다시 펄떡 거리고 말라비틀어진 고목인줄만 알았는데 다시 싹이 트고 꽃이 피기 시작했다. 삼촌의 전성시대는 아직 끝나지 않았던 것이다. '내 나이가 어때서' 2010년, 운명은 삼촌을 그대로 놔두질 않았다. 꿈도, 의욕도 없었던 삼촌은 될 대로 되라였다.

가고 싶은 곳도 하고 싶은 것도 없었다. 아무 의미가 없었다. 허구한 날 기원에선 지도 사범이면서도 카드 노름이나 마작으로 날밤을 지새웠다. 십 년 넘게 발길을 끊었던 카바레도 다시 드나들기 시작했다. 그러나 삼촌도 예전만큼은 인기가 없었다. 늙은 망아지들은 수말이든 암말이든 햇콩만 밝히기 때문이다. 그러나 삼촌은 비록 늙긴 했지만, 다 늙은 암말들에겐 여전히 선망의 대상이자 독보적인 존재였다. 세상이 허무하기만 한 가운데 될 대로 돼라. 카바레에선 터줏대감으로,

기원에선 지도사범으로 허송세월을 보내던 삼촌에게 2년 전, 매년 전남 강진에서 열리는 세계 아마추어 친선교류바둑대회에 함께 갔던 친구가 삼촌을 찾아왔다.

그때 그 친구는 독자적으로 강원카지노나 마카오와 홍콩까지도 크지는 않지만 소위 말하는 동남아 원정 도박을 다니고 있었다. 그러나 무슨 이유로든 해외여행은 아무리 경험이 많더라도 혼자선 무리며 문제가 많다. 더욱이 경험이 없거나 현지 사정도 잘 모른다면 위험천만하기 짝이 없다. 더욱이 동남아라면. 실제로 그 친구는 나름대로 조심했지만 큰 봉변을 당한 적이 있다고 삼촌에게 털어놓았다.

마카오의 카지노에서 몇 십만 원을 딴 후 카지노에서 놀던 젊은 여자가(필리피나) 가진 돈 다 잃고 오도 가도 못하게 됐다며 하소연 하며, 돈 좀 땄으면 술이나 한잔 사달라는 바람에 이게 웬 떡이냐며 근처 술집에 들어가 술을 시켜놓고, 옆에 달라붙어 있는 여자에게 작은 여행 가방에 멋으로 넣고 다니던 한국의 쥘 부채를 꺼내 부치며 자랑하고 있었는데, 잠시 화장실 좀 갔다 오겠다고 가더니 꿩 구워 먹은 소식인지라 그제야 아차 싶어 허리에 차고 있던 가방을 돌아보니 가방은 열려 있고 지갑은 온데간데없더란 것이다.

불이 낳게 나가봤지만 이미 버스 떠난 뒤로, 하소연 할 때도 없었다는 것이다. 다행히 여권과 신용카드는 몸 안쪽 주머니에 간직하고 있어 무사했지만 백만 원이 넘는 현금은 한마디로, 안녕하며 새로운 주인 따라 갔다는 것이다. 그리곤 창

피해 신고도 못했다는 것이다. 그때 삼촌은 경험자로서 이런 얘기를 해주었다.

〈참고〉 해외여행은 특히 동남아(필리핀 포함) 단체든, 친구끼리 든 무엇보다(혼자서는) 꼭 지켜야할 '명심십계'가 있다.
   1. 돈 자랑 하지마라
   2. 계란을 한 바구니에 담지마라.
   3. 무슨 이유로든 싸우지 마라.
   4. 적당한 바가지는 따지지 마라.
   5. 적당한 팁은 아끼지 마라.
   6. 늦은 밤에는 돌아다니지 마라.
   7. 될 수 있는 한 택시를 타라.
   8. 함부로 남, 여 따라가지 마라.
   9. 옷을 너무 잘 입지마라.
   10. 고액권은 '양말 속' 깊숙이 감춰라.

〈기본오계〉
주머니현금은 50만원 이내
   1. 관광, 숙소는 중급호텔(일류, 싸구려) 배제
   2. 항상 주위조심
   3. 필요 이상, 큰 가방 배제
   4. 대사관, 위치 전화번호 숙지
   경찰도 믿지 마라. 강도를 만나도 순응하라. 강도도 납치만 아니라면 가방이나 현금 주머니만 턴다.

괜히 찾겠다고 난리법석 떨어봐야 현지 경찰도 한통속으로 코웃음만 칠뿐 아무 소용없고 그런 여자들에겐 패거리도 있어 자칫하면 더욱 큰 봉변도 당할 수 있어, 재수 없었거나 액땜 한 정도로만 생각하는 것이 속 편하다고. 따라서 아무리 조심해도 혼자서는 타깃이 되기 십상이며 한번 타깃이 되면 별별 수단으로 접근하기 때문에, 용빼는 재주가 있어도 벗어날 수 없다는 말도 해주었다. 그러자 그 친구는 그래서 불안하긴 하지만 필리핀에도 꼭 좀 놀러가고 싶은데, 형님은 다른 곳은 몰라도 필리핀은 그곳에서 살기도 했고, 현지 말이나 영어도 잘하지 않냐며 모든 경비는 자기가 다 댈 테니 한 열흘이든 보름쯤, 같이 좀 놀러가자며 사정하기 시작했다. 그리곤 그전에 강원카지노부터 먼저 며칠 놀다오자는 바람에 삼촌은 그 친구와 함께 강원카지노로 놀러가게 되었다.

▲ 정선 스몰 카지노 전경.

▲ 럭서.

▲ 만달레이 베이.

▲ 뉴욕뉴욕.

▼ 라스베가스 야경.

게임을 할 수 있다. 배팅은 따로 따로 하. 단, 선택

강원카지노는 한마디로 돗대기 시장이자, 개판, 난장판이다. 겉으론 별세계지만 우선 입장권을 사야한다.(당시 7,500원) 신분증을 제시하고, 검색대를 통과 모자를 쓰고 있으면 벗거나, 챙을 뒤로 돌려써야만 한다. 현금으로 필요한 만큼 '칩'으로 바꾼다. 구경만 해도 된다. '칩'은 수시로 바꿀 수 있으며 현금으로 바꿀 수 있으며 밖으로 갖고 나갈 수도 있다. 또한 그 지역에선 할인만 해준다면 현금처럼 사용할 수도 있다. 그래서 어쩌다 개가 칩을 물고 도망가고 쫓아가는 희한한 구경도 할 수 있다. 별세계인 것만은 틀림없다. 하긴 지금은 옛말이 되었지만, 사북 탄광촌이 한창 전성기였던 시절엔 개도 만원짜릴 물고 다녔다는 곳이긴 하지만.

어쨌든, 수백여 명의 '꾼들이' 지금부터 카지노내 사람들은 어떤 사람들이든 꾼으로 호칭하겠다. 바글바글하는 가운데, (남 70%,여 30%) 게임 테이블, 장소마다 진풍경이 벌어진다. 차례차례 소개하겠다.(동남아 카지노도 마찬가지다. 아마 LA 카지노도.) 먼저 20여 군데 바카라 카드 테이블이다. 전체적으로 가장 많은 꾼들이 몰려있는 곳이다.

그 바카라의 베팅 규모는 여러 등급으로 테이블의 반원에 7명은 의자에 앉아 칩을 앞에 쌓아놓고 배팅하며 그 7명을 이중삼중으로 둘러싼 수십여 명은 각자, 칩을 손에 들고 어깨 너머로 테이블에 배팅한다.(미니멈-최소 배팅 , 맥시멈-최대 배팅)

미니멈 1,000원-맥시멈 50,000원, 미니멈 3,000원-맥시멈 150,000원, 미니멈 5,000원-맥시멈 250,000원, 미니멈 10,000원-맥시멈 500,000원 등이다

7명 각자와, 평균 열댓 명이 어깨 너머로 테이블의 목표 칸 칸이 배팅이 끝나면 딜러가 카드를 규정대로 놓기 시작하고 결과는 몇 분 만에 확인된다. 진 칸의 칩은 딜러가 파리채 같은 채로 모두 쓸어가고, 이긴 칸은 놓여진 '칩' 옆에 같은 액 칩을 같은 높이로 놓아준다. 그러면 각자 알아서 챙긴다. 그때 어깨 너머 배팅으로 이긴 칩은 의자에 앉은 꾼이 집어 어깨 높이로 들면 임자가 알아서 챙겨간다. 그 한판은 시간도 거의 일정하며 배팅하고 몫을 챙기는 동작들도 거침없이 능숙하며 일사불란하다.(평균 1분, 1시간 50~60판)

　바카라는 뱅커, 플레이어 중 배팅한 후, 결과에 따라 배팅한 만큼 따고 잃는 게임이다. 점수가 높으냐. 낮으냐. 빨강이냐, 하양이냐, 짝수냐, 홀수냐와 마찬가지의 찍기다. 9점을 기준 높으면 '승' 낮으면 '패'다.

　또한 '블랙잭'이란 카드 게임도 있다. 처음 두 장이 21점일 경우 블랙잭, 그러나 '블랙잭'이란 카드 게임은 교육 받고 훈련 받은 딜러들과의 승부에서도 이길 수 있다는 생각이나 자신감을 가진 소위 겜블러들이 도전하는 게임이다. 참고로 : 기본적인 규정과 게임 내용만을 소개하겠다. 상당히 복잡하다. 적용되는 점수는 2, 3, 4, 5, 6, 7, 8, 9, 10~JQK(10점) A(11점, 1점)이다. '블랙잭, 또는 내추럴'은 처음 받은 두 장의 카드 합이 21점 일 때만 적용, '10,A', '그림 JQK,A' 즉, 두 장 이후 한 장씩 '희망할 경우' 받은 이후의 석 장의 합이 21점이라도, 단순 최고 점수 일뿐 블랙잭은 아니다. 석 장과 후의 합 점수가 22점 이상이면 자동아웃 된다. '딜러, 꾼', '꾼과, 딜러 22점 이상은 꾼이 진다.' 21점 이내는 최종 같을 경우 비긴다. 21점 이내의 최종 결과는 높은 쪽이 이긴다. 꾼은 두 장부터 스톱 할 수 있다.(스탠드) 딜러는, 두 장의 합이 16점 이하면 의무로 한 장씩 가져가, 17점~21점이 돼야만 스톱할 수 있다. 꾼과 딜러는 두 장 이후 한 장씩 받는 과정에서 22점 이상이면 자동 아웃된다. 꾼의 경우 : 처음 받은 카드가 같은 경우 1장을 까놓고, 두 장을 받아 각기 두 장씩 두 패로 게임을 할 수 있다. 배팅도 따로따로 하며, 단! 선택.

 '딜러는' 처음 자신의 카드 두 장 중, 한 장은 공개. 최대 7명의 꾼들은 설사 같은 카드라도 공개하지 않아도 된다. 단, 카드를 받다 22점 이상이면 공개 아웃 돼야만 한다.

 딜러는 꾼들의 카드가 스톱되고, 자신의 카드도 17점 이상~21점이 확보돼 스톱된 상태에서 결과 확인 높은 쪽이 이긴다. 딜러의 경우 17~21점이 되면 '스탠드' 해야만 한다. 즉, 17, 18, 19, 20에선 카드를 더 이상 받을 수 없다.(진짜 기칠운삼의 게임이다.) <카지노 대 겜블러>

 꾼은 그냥 이기면 배팅만큼 받지만 처음 두 장 블랙잭으로 이기면 배팅의 1.5배를 받는다. 같은 블랙잭은 비긴다. 처음 딜러가 "A"를 공개할 경우 꾼들은 본 배팅의 1/2(최대) 사이드배팅 할 수 있다. 딜러의 카드가 블랙잭일 경우, 사이드배팅의 두 배를 꾼은 받을 수 있으며 아닐 경우 즉시 잃는다. 단! 그 판 게임은 계속된다. 일종의 보험 배팅으로 본 배팅을 져도, 본전이다. 본 배팅의 1/2이하도 된다. 사이드배팅 '인슈어런스.'

◀ 블랙잭 테이블.
▼ 룰렛 테이블(중앙 왼쪽)
호텔의 호화 쇼
(중앙 오른쪽).

◀ 고객들이 바카라
테이블에서 잠시
휴식을 즐기고
있다.

다음은 뺑뺑이다. 역시 수십 명이 운집한 가운데, 사각형의 널찍한 배팅 판이 놓여 있고 그 배팅 판은 수많은 칸으로 나눠져 있다. 그리고 그 앞엔 역시 둥글고 커다란 뺑뺑이판이 세워져 있고 역시 수십 칸으로 나눠져 있으며 넓거나 좁고 빨갛고, 하얗고, 검정 색깔들이며 숫자가 새겨져 있다. 그리고 꼭대기인 12시엔, 복숭아씨 같은 위는 방댕이 같이 둥글고 밑은 뾰족한 침의 모양인 작은 도구가 달려 있어 그 큰뺑뺑이가 사람이 혹은 꾼들 중 누구라도 희망만 하면 힘껏 잡아 돌리면, 그 꼭대기침은 다라라 거리며 그 큰뺑뺑이는 처음엔 빠르게 돌지만 결국은 멈추어, 멈추기 직전이 그야말로 하이라이트다. 멈추기 직전 그 복숭아씨 같은 뾰족한 침 끝이 뺑뺑이의 칸에 걸려 까닥까닥 대다, 두 칸 사이에서 넘어갈 듯 말듯 기우뚱 거리고 있기 때문이다. 따라서 그 두 칸 중 어느쪽이든 배팅한 꾼들은 그야말로 형무소 담장에 서 있어 바깥이냐 안쪽이냐 이며 또는 천당이냐 지옥이냐, 낭떠러지냐 평지냐의 순간이기 때문이다. 꾼들의 애간장을 다 녹이며 간 떨어지게 하는 순간이다. 그런 가운데 마침내 멈추면, 동시에 탄식과 환호가 터져 나온다. 왜냐하면 그 수십 칸들은 절반은 빨간색, 절반은 하얀색 그사이 아주 좁은 칸은 검정 칸, 빨간 칸도 넓고 좁고 하얀 칸도 넓고 좁고 또한 칸칸이 숫자가 있어 빨간색, 하얀색 칸에 배팅 했으면 2배, 그것도 좁은 칸이면 3배, 몇 군데인 좁고 검정 칸이면 15배, 숫자 칸의 숫자에 배팅이면 10배 등 선택이 여러 가지다. 최소 배팅은 1,000원부터며 최대 배팅은 50,000원이다.

▲ 블랙잭 레이아웃

▲ 블랙잭 테이블

다음은 빠징꼬다. 뺑뺑이와 비슷한 시스템으로, 그놈의 튀어나온 쇠구슬이 제멋대로 돌아다니다 어느 칸으로 들어갈지 종잡을 수 없는 그야말로 하늘만이 알 뿐 귀신도 알 수 없는 '운' 십인 도박이다. 진정 운을 시험해 볼 기회라 할만하다. 그런 점에서 룰렛이나, 주사위는 비슷한 도박이라 할 수 있다. 여간해선 같은 칸엔 들어가질 않는다. 한마디로 쇠구슬 맘 대로다. 사다리 타기나 마찬가지다.

이제 '블랙잭'의 규정과 게임 내용을 정리해보겠다. 딜러는, 새 카드 52장을 일단 반달 모양으로 오픈해 놓는다. 꾼들의 확인이 끝나면, 그 새 카드를 '셔플' 섞어 놓는다. 꾼 중 아무나 '희망자' 한두 번 커트한 후, 한 장을 빼내 확인, 그때 그 카드 한 장은 딜러에게 보여줄 수도 안 보여줄 수도 있다. 그 다음 그 카드를 오픈한 상태로 맨 밑에 끼워 넣는다. 딜러는 그 새 카드를 카드 통에 담아 패를 돌리게 된다. 보통 한 벌을 담는다. 참고 '맨 밑의 오픈 카드는 사용치 않는다.', '2벌~4벌도 담아 사용한다.' <딜링> 만약, 그 맨 밑의 카드를 합쳐 51, 53장이거나 게임 중, 그 한 벌 카드들 중 '오직 하나뿐인' 그 맨 밑의 오픈 카드가 또 발견되면, 그 카지노는 문을 닫아야 할 것이다.

딜러는, 먼저 두 장을 갖고 꾼들에게도 차례대로(시계 방향) 두 장씩 엎은 상태로 돌린다. 딜러는 한 장은 공개, 한 장은 엎어 놓는다. 꾼들은 패를 돌리기 전 '인슈어런스', '사이드베팅'을 제외한, 미니멈 이상, 맥시멈 이하 베팅을 할 수 있다. 꾼이 '베팅한 이후 베팅을 건드리면 부정행위로 간주한다.' <카드의 점수 계산> 꾼, 딜러는 A의 값을 1또는 11로 선택 할 수 있다. '나머지 카드는 숫자대로, J,Q,K, 10점' <내추럴(블랙잭)> 처음, 두 장의 카드가 (A,10) (A, 얼굴 그림) 이면 '블랙잭 내추럴' 이다. 꾼이 내추럴이고, 딜러는 아니면, 꾼은 베팅의 1.5배를 받는다. 반대면 꾼은 베팅을 잃고, 같은 내추럴이면 비긴다. <즉, 꾼은 1.5배를 받을 수 없다.> '석장 이상의 21점은 내추럴이 아니다.' 꾼은 두 장의 카드를 확인, (스탠드) 선택 또는 더 달라고 요구, 딜러는 한 번에 한 장의 카드를 공개해준다. 꾼은 석장의 합이 21점을 초과(버스트)하면 즉시 엎은 카드를 자진 공개 아웃된다. 베팅 역시 꾼들이 두 장으로(스탠드) 또는 한 장씩 받고 나면, 딜러는 나머지 한 장도 공개해야만 한다. 딜러의 두 장 합이 16이하면 한 장을 받아야 하며, 17이상이 될 때까지 계속 한 장씩 받아야 한다. 17이상 21이하가 되면 스탠드 해야 한다. 물론, 그 과정에서 22점 이상이면 딜러 역시 자동 아웃이다.(예 : 12점에서 10이 뜨면) <정산> 꾼은 21점 이하이며 딜러만 21점을 초과하면, 꾼은 베팅대로 돈을 딴다. 꾼과 딜러 21점 이내면 높은 쪽이 이기며 꾼일 경우 역시 베팅대로 딴다. 같은 점수면 비긴다.'단! 꾼이 먼저 21점을 초과 베팅 액을 잃은 후, 나중

에 딜러가 21점을 초과해도 그 베팅금은 돌려주질 않는다.'
<결과는 무승부지만 무승부가 아닌 경우다.>

　일부 카지노는 같은 점수라도 딜러가 이긴다는 규정도 있다. <페어스 플리팅> 꾼은 처음 받은 두 장이 같을 경우(페어 한 장) 공개한 후 각각 한 패씩 두 패로 게임할 수 있으며, 처음 베팅 금액과 같은 베팅 금액을 베팅, 양쪽으로 베팅 게임할 수 있다. 따라서 다시 두 장을 엎은 상태로 받아 양쪽으로 두 장씩 나눠 놓는다. 단! A.A일 경우는 한 장의 카드만을 더 받는다.
　'A', 'A'에서 10카드나 JQK를 받더라고 그냥 21점 일뿐 내추럴은 아니다.(3장) 마찬가지로 10카드, 그림 카드에 A를 받더라도 내추럴은 아니다.(3장) 또한, 또 다시 같은 카드를 받더라도 세 패로 만들지는 못한다. 참고, 'A, A'는 두 패로 나눠 게임하기에 더 없는 최상의 카드다. 따라서 '자동 블랙잭 기계는, 페어스 플리팅을 허용하지 않는다.' <인슈어런스> 딜러가, 처음 두 장 중 공개한 카드가 A인 경우, 꾼은 자신의 두 장 카드를 확인 후, 최초 배팅의 1/2(최대)을 추가로 사이드 베팅할 수 있다. 사이드 베팅이 끝나면, 딜러는 자신의 (홀) 카드를 본다. 딜러의 카드 두 장이 '내츄럴'이면 꾼은 사이드 베팅의 두 배를 딴다. '내츄럴'이 아니면 사이드 베팅을 잃고 게임은 계속된다.

　두 장, 결과가 딜러가 내추럴이며, 꾼은 아닐 때 사이드 베팅을 했다면 (1/2) 원래의 본 베팅은 잃지만, 사이드 베팅으

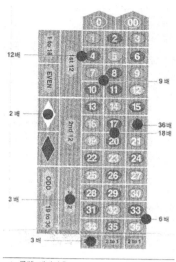

▲ 룰렛 레이아웃.

로 본전을 찾을 수 있다는 얘기다. 따라서 '인슈어런스', '사이드베팅'은 일종의 보험 베팅이라 할 수 있다.

LA.네바다주의 많은 카지노와 자동 블랙잭 기계는, "인슈어런스"를 허용하지 않는다. 결론, 블랙잭은 진정한 겜블러들이 도전하는 카드 게임이라 할 수 있다. 말하자면, 같은 카드 게임이라 할지라도 높은 쪽이냐, 낮은 쪽이냐와 같은 찍기 '운칠기삼인' '바카라'와 여타 도박들과는 달리, '기칠운삼'의 진정한 카드게임으로, 카지노와 겜블러들과의 머리싸움이라 할 만하다.

〈참고〉 카지노 : 도박장, 겜블러 : 도박꾼, 베팅 : 판돈

이상 소개한 블랙잭의 규정과 게임내용은 기본적인 경우의 한 예다. 실례론 수많은 경우와 그에 대처하는 기술과 전략들이 난무하며 야기된다. 또 다른 규정들이 있지만 겜블러들의 영역인지라 생략하겠다. 다만, 그런 점에서 룰렛은 뺑뺑이 보다 더욱 꾼들을 환장하게 만든다. 베팅이 끝나면 역시 수평으

로 놓여진 38칸으로 나눠진 둥글고 커다란 룰렛 판의 가장자리가 시계 방향으로 돌아가기 시작하고 동시에 경사진 바닥 판은 반대로 돌기 시작해 일정 회전속도에 이르면 조그만 탁구공을 사람이 룰렛 판에 던져놓는다. 그러면 탁구공은 회전에 따라 제멋대로 튕기며 회전을 따라 돌다 역시 사람이 무슨 장치를 작동시키면 어느 순간 튀어 올라, 가장자리의 돌아가는 칸들 위에서 통통거리다 어느 칸엔 가는 쪽 들어간다.

그런데 그게 다가 아니다. 또다시 튀어나와 다른 칸으로 들어가거나 혹은 두 칸 사이의 경계선에 올라 좌, 우로 기우뚱 기우뚱 하며 꾼들을 미치게 만든다. 결국은 어느 칸엔가는 들어가고 그때쯤은 얌전하게 칸 속에 들어앉은 탁구공과 함께 그 룰렛 판은 멈춘다. 그렇게 꾼들을 들었다 났다 한 시간은 불과 1분정도다. 단! 룰렛이나 주사위는, 심지어 뺑뺑이도 무작정인 '운'보다는 선택의 경우는 논리적 추론을 할 필요가 있다. 이를테면 빨강이냐, 하양이냐 숫자가 기준보다 높으냐. 낮으냐. 카드의 점수가 높으냐. 낮으냐. 짝수냐 홀수냐 등 그러나 어느 한쪽이 계속 한쪽만 세 번이라면 네 번째는 그 반대를 택할 필요가 있다. <비교> 가장자리가 수십 칸으로 나눠진 둥글고 커다란 물이 담긴 양철통에 '방개'가 돌아다니다 어느 칸엔가 들어가는 내기놀이도 "룰렛"이라 할 수 있다.

사실 벌어진 결과는 같은 현상이 세 번, 네 번 일지라도 이미 지나간 과거로 새로 시작되는 현상은 과거와 무관한 역시 확률 반반이라 할 수 있다. 그러나 이상하게도 실제론 그렇지가 않다. 그래서 '포우'는 듀팽을 앞세워 그의 작품 '마리로제

미스테리'에서 이런 얘기를 한다. 주사위의 6이 계속해서 세 번 나왔다면 다음엔 나오지 않는다에 내기를 해도 좋다고. 물론 주사위의 숫자 확률은 1/6이다. 그렇다 해도 확률 50%의 반반 게임도 운만 따를게 아니라 세 번 이상 같은 결과였다면 네 번째는 반대쪽에 배팅하란 얘기다. 절대적이진 않지만, 다만 그러한 현상은 흔치도 않을 뿐더러 때로는 그런 확률을 비웃듯이 6~7번이 계속 같은 경우도 있긴 하다. 그러나 그와 같은 확률과 경우를 살펴보며 베팅한다면, 얼마나 딸지는 모르겠지만 적어도 잃지는 않을 것이다. <주사위>는 수많은 종류의 게임들이 있지만, 여기서는 카지노의 게임 중 한 가지만 소개, "주사위" 두 개를 6회 던져, 총합이 41점 이상이면 (승), 단! 도중 10, 20, 30, 40이면 그 즉시(패) 그러나 도중 두 개의 주사위 수가 같을 경우 한 번의 기회가 추가 된다.

문제는 그러한 도박을 즐기는 게 아니라, 따는 게 목적이라면 그러한 확률을 철저히 지키지 못하고 탐욕으로 오버한다는 사실이다. 즉, 네 번째 베팅도 어디까지나 장기적 안목으로 합리적인 베팅을 해야 함에도 한 번에 본전을 찾고자, 또는 왕창 따려고 평소 베팅의 몇 배를 베팅, 성공해도 불행의 씨앗이며 실패하면 더욱 광분하게 된다. 확률은 어디까지나 일정한 베팅이 바탕이며 거기에 탐욕이 개입되면 아무 의미가 없게 된다.

카지노의 게임들은 통계상으로 볼 때도(경마도 마찬가지로) 믿기지 않겠지만 지킬 것만 철저히 지킨다면 꾼들의 베팅 승률은 70%라고 한다. 룰렛이나, 빠징고, 슬롯머신, 뺑뺑이도 기계 자체도 그런 승률이 나올 수 있도록 설계 제작되어 있고, 법으로도 지키게 되어 있다고 한다. 말하자면 카지노는 꾼들이 베팅한 돈의 30%만 운영비와 수익금으로 챙긴다는 것이다. 다시 말하면 꾼들이 베팅한 100% 중 70%는 돌고 돌아 꾼들에게 돌아가며 남은 30%가 카지노 몫이란 얘기다.(찍기의 경우) 문제는 꾼들이 일확천금을 꿈꾸며 분수와 주제에 맞지도 않는 베팅으로 카지노는 황금알을 낳는 거위의 둥지가 된 것이다. 카지노 세계와 경마 세계에는 이런 일화들이 있다. 카지노 세계의 일화는 비록 영화이긴 하지만 MIT의 천재들이 카지노의 카드 게임 내용을 철저히 분석한 데이터를 토대로 역시 철저한 규칙을 마련, 그 규칙을 철저히 지키며 라스베이거스의 카지노를 공략하는 영화다. 한때는 성공한다. 그러나 역시 조직원 중 탐욕 자가 생겨, 규칙을 위반, 문제가 발생하며 그 조직은 와해된다. 그러나 개과천선 다시 뭉쳐 결국 성공한 후 경험으로만 확인 한 후 다시금 MIT의 천재들로 돌아가 경제계의 거물들로 거듭난다는 영화다.(그런가 하면)

<경마는> 데이터에 의해, 우승마와 준우승마를 70~80% 맞출 수가 있다. 따라서 대부분이 데이터에 의해 베팅하며 베팅 배당금도 평균 3~5배 정도다. 경마 세계엔 역시 데이터를 분석 철저한 룰을 정하고 그 룰은, 1만 원 이상 베팅금지, 하루 10만원을 따면 그 즉시 중단, 3만원에서 4만원을 잃으면 역시 즉시 중단, 확률 0.01%의 배당 9999의 일확천금 베팅

▲ ICT사의 거기박스.　▲ 엘비스 프레슬리 슬롯머신.

은 단돈 1,000원이라도 NABER. 어느 한 가지라도 어길시 제명 처분에 동의 맹세한 10명은 경마 동아리를 결성, 각각 100만 원씩을 투자. 각자 하루 일당 7만 원을 목표로 한 경마 사업을 시작, 지금도 성공적으로 모두가 하루 일당 평균 7만 원씩을 벌고 있다고 한다. 자본금도 세배로 불리며, 따라서 그들은 정기총회에서 하루 일당을 10만 원으로 상향 조정할지는 놓고 심각히 고민 중이라 한다. 가히 직업 정신이 투철한 프로 선수들이라 할만하다. 회장이 또는 감독이 누군지 궁금하다.(결코 꾸민 얘기가 아니다.) 따라서 거의 모두가 외면한 꼴찌마가 1년에 한번 어쩌다 우승마가 될지 베팅 그 배당금은 천원이라도 소위 말하는 9999배로 얼마가 될지 알 수 없다. 전체 배당금일수도 있다.

▲ 4개짜리 릴과 3개짜리 릴.

자, 다시 강원도의 슬롯머신 구역으로 들어가 보자. 그야말로 온갖 군상의 꾼들 집합소다. 그 슬롯머신 구역은 500여 대의 기계들이 골목골목마다 20여 대씩 마주보며 세워져 있고 역시 20여 명의 꾼들이 골목마다 양쪽으로 등지고 줄지어 앉아 쉴 새 없이 코인을 바구니에 담아 코인 투입구에 집어넣고 있다. 왼쪽 손잡이를 밑으로 당기면 모니터의 그림들이 돌아간다. 그 그림들은 수박, 오렌지, 망고, 별, 달, 토끼, 거북이, 7장미, 금딱지 등 하여튼 골고루 이다. 그러다 그 그림들이 가로, 세로, 대각선 등 또는 가끔은 9그림 모두가 맞기도 한다. 이른바 올 수박, 올 장미다. 그때마다 한 줄이든 두 줄이든 많고 적은 코인들이 또로록, 따라락, 와르르 밑에 달린 코인 BOX에 뱉어낸다. 그러나 그런 코인들이 쏟아지거나 말거나 계속 코인을 집어넣고 그림은 계속 돌아간다. 아마 그 코인들만 착실히 생겨도 제법 짭짤한 돈을 딸 것이다. 그러나 그들이 노리는 것은 오로지 잭팟이다. 만약 잭팟이 터진다면 그야말로 대박이자 일확천금이다. 최소 수천만 원에서 억대다. 그러나 그러한 잭팟은 일 년에 한번 있을까 말까다. 그런데다 슬롯머신도 신형이 나와 코인이 아니라 일정금액으로 구입한 카드를 기계에 끼워놓고 버튼만 누르면 코인 대신 점수가 줄어들거나 적립된다. 그러다보니 버튼 누르는 것도 귀찮아 아예 버튼사이에 이쑤시개를 끼워 버튼이 튀어나오지 못하게 해놓는다. 즉, 손가락 대신 이쑤시개가 버튼을 누르고 있는 셈이다. 그래놓곤 비스듬히 누워 졸고 있거나 빵이나, 햄버거 또는 과자나 팝콘을 콜라와 함께 먹고 마셔댄다. 그 꾼들에겐 식사시간이나 잠자리, 쉼터가 따로 없다. 한마디로 돈 떨어지고 체력 떨어지면 할 수 없이 일어설 뿐이다. 완전 중독자들이다. 여자들도 마찬가지다.(돈 다 떨어지고 오갈 데 없으면 아무한테나 치마라도 벗으려나?) 또한 마치 엿장수 같이 담배, 캔 맥주, 음료수, 과자, 과일 등을 담은 목판을 어깨에 걸고 돌아다니는 카지노 걸들도 여럿 있어 노는 자리에서 '칩'으로 산다. 담배 한 갑은 만 원짜리 칩이다. 잔돈은 줄 생각도 받을 생각도 안한다.

그 강원카지노와 강원랜드가 자리 잡은 사북 골짜기는 강원랜드의 대규모 주차 시설과 본 건물인 호텔과 골프장, 전통 궁중 요리 집 등 부대시설의 규모는 대단하다. 로또에 1등 당첨된 것이나 마찬가지기 때문이다. 만약 잭팟이 터진다면 카지노를 뒤흔드는 팡파르와 함께 난리가 날 것이다.

또한 주변 모텔들과 한참 내려온 사북읍도 시장과 곳곳에 시골 읍의 모습은 남아 있지만 전체적으로 수많은 음식점들과 유흥업소들이 자리 잡고 있어 카지노의 꾼들을 상대로 그런대로 활기를 되찾고 있다. 어찌됐든 꾼들이 떡고물들을 흘리고 다니기 때문이다. 전국 곳곳에서 그 강원랜드, 즉, 강원카지노로 가는 교통편은 열차도 있고 관광버스들도 있지만 대부분은 자가용들이다. 또한 강원카지노에 상주하는 꾼들은 일 년 열두 달 매일 같이 평균 삼, 사백 명은 될 것이다.

삼촌이 그 친구와 함께 4일 동안 지켜본 강원카지노의 실상이다. 삼촌은 그 나흘 동안 매일 십만 원씩 칩으로 바꿔 돌아다니며 모든 게임을 즐겼으며, 손익 계산은 땄다 잃었다 하며 +20여만 원이었다. 반면 그 친구는 나흘 동안 오로지 '바카라'에만 매달려 말로는 나흘 동안 50만 원을 땄다고 하지만 꼴 새를 보아 본전 정도였다고 한다. 결국 왔다 갔다 하며 놀만치 놀고 쓸 만치 쓰고 온 셈이다. 그리고 그 친구의 성화에 못 이기긴 했지만 그 친구는 이번에야 말로 필리핀 카지노에서 제대로 놀아봐지, 삼촌의 짐작으론 신용카드 포함 천만 원 정도, 삼촌은 평생 결코 잊을 수는 없는 추억의 나라, 추억의 장소를 찾아보고자 하는 추억 여행으로 3백만 원을 갖고 15일 일정으로 일단 필리핀의 마닐라로, 그 친구는 원정도박, 삼촌은 추억 여행이란 동상이몽의 꿈을 안고 떠나게 되었다. 말하자면 그 친구에겐 삼촌은 마음 놓고 도박을 할 수 있는 든든한 보디가드이자, 필리핀 물정에 정통한 가이드이기도 했던 셈이다. 그러나 삼촌은 화장실 갈 때와 올 때 다르다는 사실을 누구보다 잘 알고 있다.

때는 2010년 8월이었다. 필리핀은 삼촌에겐 18년 만에 다시 밟는 제2의 고향 같은 나라이기도 했다. 다만 왕복 항공요금은 그 친구가 우겨서 신세졌지만, 카지노 게임 비, 팁, 특별히 사적으로 쓰는 돈 이외 모든 경비는 반씩 부담하기로 했다.(그 친구는 아이고 형님 제가 부담하겠다는데.) 삼촌이 그 친구와 함께 도착한 마닐라는 한 밤중으로 여전히 무더웠다. 삼촌은 벙어리나 마찬가지인 친구를 제쳐놓고, 능숙한 '따갈로(필리핀어)'와 영어로 택시를 집어타고 도착한 곳은 마닐라는 물론 한, 중, 일과 동남아 세계적으로 소문나고 유명한 '말라떼'란

SM 몰 오브 아시아 SM Mall of Asia

위치 말라테 남쪽 마닐라 베이 근처, 행정구역상 파사이 시
티 전화 02-556-0680 영업시간 10:00~22:00
홈페이지 www.smmallofasia.com

동남아시아 최대 쇼핑몰

몰 오브 아시아는 외관부터 보는 사람을 압도한다.
그리고 그 큰 공간에 사람들이 꽉 차 있어서 더욱
놀라게 된다. 필리핀에서 가장 큰 쇼핑몰이며, 세
계 3위의 규모를 자랑하는 SM 몰 오브 아시아는
총 4개의 공간으로 나눠져 있다. 중심이 되는 메인
몰에는 각종 패션 브랜드들이 입점해 있고, 아이스
링크와 푸드코트도 있다. 엔터테인먼트 몰에는 콘
서트홀, 극장, 식당가가 있으며, 사우스 윙에는 SM
백화점, 노스 윙에는 SM 하이퍼마켓이 있다. 열대
느낌이 물씬한 야외 레스토랑과 카페촌은 마닐라
베이와 이어지면서 쇼핑과 인파에 지친 사람들에
게 쉴 공간을 마련해 준다. 규모가 워낙 크고 다양
한 이벤트가 많아 언제 가더라도 새롭고 재미있는
곳이지만 고급 쇼핑을 즐기러 갔다가는 실망할 수
있다. 입점 브랜드는 많으나 중저가 현지 브랜드 위
주여서 외국 관광객보다 실용적인 쇼핑을 즐기려는
현지인들에게 인기가 많다. 최근 메인 몰을 중심으
로 중고가의 해외 브랜드들이 늘고 있는 추세다.

유흥 지역에 도착, 그야말
로 그 지역은 한바탕 놀아
보고자 하는 젊은 남자들
에겐 천국이나 마찬가지의
지역이기도 하다. 또한 걸
어가도 30분 정도인 곳엔
관광 필수코스이기도 한 리
잘파크(로리타파크)도 있
다. 국립공원, 그러한 '말라
떼' 지역엔 수많은 나이트클
럽과 술집, 미술관, 박물관
도(국립) 초대형 쇼핑몰인
'로빈슨'과 별 다섯 개짜
리 일류 호텔과 하루 숙박
료 3만 원 정도의 중급 호
텔, 1만 원정도의 게스트하
우스도 즐비하다. <말라
떼>는 우리의 강남 유흥
가나 명동쯤인 곳이다. 고
급 식당들과 마사지 업소
들은 물론, 그런가하면 간
판에 태극무늬도 선명한
(아리랑레스트런트호텔)
도 있다. 한국 음식 중 없

는 게 무얼까 할 정도다. 현지인에겐 좀 비싼 수준이지만, 한국 음식 가격과 비슷하다. 참고로 필리핀 돈 1페소는 한화 27원이었다.(2009-2010) 시대, 년도 별로 볼 때 필리핀 화폐는 평가절하 되고 있었다. 참고(1989-1992년) 1페소 33~30원, 그러나 물가가 많이 올라 실질적으론 필리핀과 한국 간의 상대적 경제 개념은 1/4정도다. 즉, 필리핀의 독과점인 '산미겔' 맥주 한 병이(1990년)초, 20년 전 일류 나이트클럽에서 15페소였지만 2010년엔 50페소란 얘기다.

다시 말하면, 1990년대 초에는 1불 900원으로 2병을 마실 수 있었지만 2010년엔 1불이 1200원 대로 한 병도 마시기 어렵다는 얘기다. 그만치 우리의 돈 가치가 없어졌다는 얘기다.

단! 호스티스(바바에)를 옆에 앉혀 놓고 사주는 맥주 한 병값은 100페소. 즉, 더블이다. '바바에(아가씨 팁은 별도)' 또한 1병을 사준 후 10분 정도 있다 또 안 사주면 화장실 좀하고 가서 안 온다. 따라서 한 시간 정도 앉혀 놓으려면 최소한 5~6병은 사줘야 한다. 그 호스티스는 한 병 값 더 받는 50페소의 1/2을 가진다. 확실한 순 수입원이다. 아마 100병이라도 사주기만 하면 죽기 살기로 마실 것이다. 화장실에서 토하기는 할망정 삼촌이 옛날에 겪은 얘기다.

사실 10병을 사줘도 1,000페소 27,000원이다. 20살도 안된 미녀에게 기분파이자 황금봉으로 소문난 한국 남자들은 잘도 사준다. 팁도. 전체 술값보다 기분만 맞춰주면 더 준다. 그밖에 관행들은 차마 얘기할 수 없다. 나중에 얘기 하겠다.

역시 참고로 2006년도 필리핀의 평균 월 소득은 다음과 같다. 1페소 : 20원

어학원 연수교사 : 8,000~12,000페소

국립대 교수 : 20,000페소

의사, 변호사 : 50,000페소

대졸 초임 : 8,000페소, 과장급 15,000페소

가정부 : 2,000~8,000페소

운전기사 : 7,000~12,000페소

시크릿(보안요원) : 5,000페소 미만

요리사 : 5,000~ 10,000페소

일반 근로자 : 5,000~6,000페소

집세(월) 방 4개 : 25,000페소 기준

그러한 말라떼의 유흥가 중심가의 중심거리가 바로 '마빈' 스트리트다. 그 거리는 낮에는 수많은 행인들과 마치 서커스의 차처럼 온통 울긋불긋 도배 칠을 한 버스 보단 작고, 찝차 보단 큰 '찌쁘니'란 최대 25명은 탈 수 있는 깡통차와 오토바이에 네 명도 탈 수 있는 천막 친 좌석 칸을 제작해 단(트라이시클) 오토바이 뒷좌석에 좌, 우로 널판을 얹어달아 세 명도 태울 수 있는 오토바이 택시 '하발하발' 마을 트라이시클 '풋풋, 포드약' 관광 말 마차 '깔레사', 자전거 인력거, 맨발 인력거 '페디켑', 택시 등 하여튼 가지가지다. 그러한 아무데서나 타고 내리는 수많은 차량들과 행인들을 보고 있노라면 정신이 하나도 없다.

그런데 그러한 그 거리의 구조는 좀 이상하다. 한쪽은 수많은 마사지 숍과 스파, 식당들과 상점 유흥업소들인 반면, 또 한쪽은 창곤지 가겐지 도무지 알 수 없는 문 닫힌, 판잣집 가게들과 건물은 건물인데 역시 문들이 닫혀 있다. 앞쪽과 비교하면 보기에도 한적하고 을씨년스럽기조차 하다. 그러나 새삼 살펴보면 각기 크고 작은 간판들이 달려 있다. 여러 가지 요상한 그림들도 그려져 있고, 그 간판들의 이름은 K가라오케, 한국식 KTV, 스트립바, 게이 바, 단란주점, 룸싸롱, 노래방, 라이브 밴드 바, 그런데 큼직한 가게나 건물의 간판은 바로 나이트클럽인 파라다이스, 플레이보이, 스타게이트 등이며 그 간판엔 로열, 디럭스룸 등의 이름도 새겨져 있다.

그 가게들이자 건물들은 바로 술집, 나이트클럽들의 퍼레이드였던 것이다. 비록 문들은 닫혀 있지만 사실 필리핀의 건물 구조는 현대식 빌딩이나 건물을 제외하면 오랜 기간 스페인과 미국의 통치 영향으로 낡은 건물들은 원래는 하얗었지만 빛바랜 회색의 스페인풍의 건물들과 블록 집, 판자 집들이다. 말하자면 말라떼는 현대적인 빌딩, 건물들과 중세풍의 낡은 건물, 판잣집들이 공존하는 지역이란 얘기다. 따라서 그 지역에선 어린아이들이 외국인들에겐 무조건 손을 내민다. 동전을 준비해두는 것이 필요하다. 또한 밤이 되면 얘기는 달라진다. 저녁 6~7시쯤 되면 그 볼품없고 허름하던 창고 같던 가게들이나 건물들의 현관이나 창문, 간판들엔 불이 켜지기 시작, 그 200여 미터의 한쪽길가는 그야말로 불야성, 즉 홍등가로 돌변한다. 그리곤 밤의 요화들이 피어난다. 늘씬한 드레스, 미니스커트, 핫팬츠 차림의 '바바에(아가씨)'들이 그 술집들 문 앞에 최소한 네댓 명이, 서 있거나 기다란 나무 걸상에 다리를 꼬고 줄지어 앉아 오가는 남자들을 붙잡거나 막아서서 가지가지로 호객행위를 한다. 그녀들은 용케도 한, 중, 일 관광객들을 알아본다. 껄렁껄렁 대는 한국 남자들에겐 아랫도리를 부벼대며, 너무도 또렷한 "오빠오빠 잘해줄게. 응? 놀다가. 나 부산항 부를 줄 알아. 같이 불러 응?" 기가 막힐 일이다. 분명 필리피나이며 말라떼 인데 강남도 아닌 곳에서 부산항이 나온다. 도대체 얼마나 많은 한국 사람들이 드나들었기에 그럴 만도 하다. 들어가 보면 겉과는 딴판이다. 바로 한국 노래방과 똑같다.(착각이 아니다.) 가요 책자도 그대로다. 한마디로 아가씨들만 필리피나일 뿐이다. 겉은 창고나 판자 가게지만, 속은 한국 노래방을 그대로 옮겨놓은 것이나 진배없다. 무대까지 있다.

이른바 KTV 한국형 가라오케다. 그런가하면 신사복을 차려 입은 호리호리한 남자에겐 자판, 자판 와다시, 긴자꼬, 긴자꾸 통통한 틀림없는 중국 남성에겐 가슴을 들이대며 미(영)~(나)떵호떵호(중) '좋아좋아', 마간당(필) '예뻐' 동시에 삼개 국어를 지껄여댄다. 그러나 그 정돈 보통이다. 그렇게 낮에는 썰렁해 보이던 제법 큰 건물은 온통 번쩍거리는 네온사인과 휘황찬란한 불빛들이 명멸하는 현관 앞엔 역시 십여 명의 늘씬한 '바바에'들이 쭈뼛거리거나 망설이는 남자들을 앞에선 당기고 뒤에선 밀며 끌고 들어간다. 일류 나이트클럽인 '스타게이트'의 초저녁 모습이다. 우리의 텍사스는 저리가라다. 그런데다 그 길가나 옆길, 또는 골목길에선 젊은 놈팡이가 다가와 달라붙으며 끝내주는 곳이 있다며 끌고 간다. 호기심에 따라가 보면 역시 술집이다. 들어가 소파에 앉으면 일단 5~6명의 바바에들이 들어와 앞에 줄지어 선다. 골라잡으란 얘기다. '필리피나' 뿐만 아니라 베트남, 태국, 싱가폴, 인도네시아, 미얀마, 심지어 서양 여자도 있다. 만일 누군가 앉혀놓고 몇 시간 술 마시다 갈 때까지 가면, 최소한 한 10,000페소 정도는 써야할 것이다. 그들 개념으로 한 달 치 월급은 쓰란 얘기다. 외국인들에겐 별것 아니겠지만 그들에게는 버젓한 직장이다.

그러한 말라떼 거리, 중심부에 자리 잡은 중급호텔 '레드플라넷'에 삼촌과 친구가 도착했을 때는 밤 8시였다. 택시에서 내려 호텔에 들어설 때 맞은편 인도에서 술집 앞에 네댓 명의 '바바에'들이 손을 흔들어대며 "오빠! 오빠! 짐 풀고 놀러와, 놀러와." 하는 소리를 떠들어대고 있었다. 친구는 "응?" 하며 돌아보며 서울인 줄 착각했을 것이다. 삼촌은 말없이 친구를 끌고 호텔로 들어갔다. 아마 혼자였다면 냉큼 길을 건너갔을 것이다. 어쨌든 그녀들에겐 주변의 남자들은 늙든, 젊든, 어리든, 잘났든, 못났든, 난쟁이든, 키다리든, 말라깨비든, 뚱뚱보든, 곰보딱지든, 심지어 검둥이든 남자기만 하면 먹을 것을 싸들고 암컷을 찾아 헤매는 수컷들일 뿐이다.

삼촌은 호텔 데스크에서 능숙한 영어로 하루 숙박비 1,200페소와 보증금 1,000페소를 지불 '보증금(디포짓)' 하고 체크인, 1실 2인용 룸의 키, 카드를 받아들고 LA,B로 오층으로 올라갔다. 친구는 LA.B안에서 "1,000페소는 또 뭐야?", "보증금.", "보증금? 하루 밤 자는데 무슨 보증금이야?", "아, 체크아웃 할 때 비품이 훼손되거나 없어졌으면 배상 받으려는 거지. 마카오나 홍콩에선 없었는데.", "그야 싸구려려니까 그랬겠지. 고급 호텔이나 싸구려는 보증금 없어." 친구는 아무 말도 못했다.

그 친구는 자신이 장담한대로 왕복 항공표를 예약할 때 우겨가면서 삼촌의 항공표를 끊어주면서 현지에서의 경비도 자기가 다 내겠다고 큰소리 쳤다는 것이다. 그러나 삼촌은 잘 알고 있다. 화장실 갈 때와 올 때 다름을. 따라서 그 친구와 이런 약속을 했다는 것이다. 항공료는 신세지겠지만, 그 외 교통비와 숙박비, 식사 값, 술값(카지노비와 팁을 제외한) 유흥비는, 절반씩 부담하기로. 또한 그 선택들은 내가 알아서 할 테니 될 수 있으면 따라 주고, 이의가 있거나 다른 생각이 있을 시는 서로 의논, 합의 하자고 다짐을 받았다는 것이다. 물론 개인적으로 기분 내는 것은 서로가 존중 또는 충고 정도 선에서 이해하자는 것도.

그러나 삼촌은 후회했다는 것이다. 세상 일이 자기 맘처럼 어디 되는 일이 있겠는가? 혼자라면 몰라도 또한 애당초, 동상이몽이었음에야. 어쨌든 그 친구가 좋아했음은 물론이다. 아이구형님, 저야 좋지만 그래도 했겠지만, 사실 중급 호텔에 들어도 그 숙박비는 싸구려 방값이나 마찬가지다. 각자에겐 극단적으로 따지자면 한 여자를 둘이 상대해도 경제적일 것이다.(이런 말을 해도 되나?)

자, 잠시 필리핀의 기본 정보를 알아보자.(시대, 년도 별로 변동)

〈기본정보〉
2009년~2010년 기준 인구 9000만,
마닐라 : 1200만, 세부섬 : 350만, 시부시티 : 80만.
필리핀 거주 한인 : 10만여 명.
마닐라 인근 : 35000명, 세부섬 : 18000명, 세부시 코리아타운 5000명
한인회 추정 / 남한의 3배, 국토 한반도 1.3배
북부 루손섬, 중부 비사야제도, 남부 민다나오섬 외 7000여 섬 중
4000여 섬 유인도.
환율 1P = 27원. 대미 : 한 1불 1,253원. 최고액 지폐 1,000P
모든 식당의 음식값엔 10%의 서비스 요금이 추가된다. 유흥업, 술
집 포함. 다만 빈민촌, 판자촌, 음식 술집들은 제외다.

〈교통〉
항공 : 인천~마닐라, 필리핀항공 편도(성수기 25만, 비수기 20만)
3시간 30분 직항. 국내항공 : 마닐라~세부 편도 4000P 1시간 10분.
장거리 버스 노선 : 마닐라~북부 바기오 6~8시간 325p.
장거리 버스 노선 : 마닐라~중부 세부, 버스 페리 1000p 2일 17시간
장거리 버스 노선 : 마닐라~중부, 남부 다바오시. 마닐라 버스 페리
다바오, 버스→ 페리→ 버스, 에어콘 버스 1800p 3일 이상
해상 : 마닐라~세부. 페리 직항 1300P 24시간. 최대 4000명 승선.
슈퍼 페리 1520P 14시간
(도시) 마닐라 단거리 경전철, 기본 10P. 정거장 마다 0.5P씩 증가.
택시 : 기본 30P(500m). 200m마다 2.5P 증가
버스 : 기본 10P 4km. 1km마다 1P씩 증가.
찌쁘니 : 기본 8P 구역별 증가 ()No 에어콘 절반)

트라이시클 : 1인 4P. 합승 4~5명. 1인 독점 12~15P
트라이시클 마을 동네 : 풋풋, 포드약 3P. 1인당 80원
하발하발 : 오토바이택시 3명 합승(뒤 2명 앞 1명) 3~4P
깔레사 : 관광 말마차 1시간 150~200P (300~500P는 바가지 요금)
인력거 : 페디켑 관광용 최하 50P
〈숙박〉 마닐라 인접지역
하얏트 호텔 : 고급, 스탠다드룸 157불
호텔 : 중급 1200~1500P
펜션 : 중급 1100~1300P
맨션호텔 : 중급 600~1000P (모텔)
게스트하우스 : 중급 400~500P
세부시티 호텔 : 상급 스탠다드룸 55불, 보홀, 다불룸 150P,
                싱글룸 800P. 리조트(오두막) 더블룸 1700P.
펜션 : 중급 450~650P. 남부 선풍기방 : 300P. 에어콘방 500P
유명관광지, 호텔, 리조트 등 천차만별.
〈한식당 현황〉 마닐라 지역 대표 메뉴, 가격.
가야 : 생갈비 750P. 된장찌개 250P. 토스트 편채 850P.
송도 : 점심뷔페 629P. 저녁 778P. 모듬 생선회 3500P.
        미국산 송아지구이 950P. 샨미겔 맥주 한 병 65P.
퀘손시티 / 한식당 : 김치찌개 170P. 비빔밥 170P. 냉면, 김밥, 해물탕,
        순대볶음, 콩국수 150~200P.
우리집 : 뼈해장국 250P. 짬뽕 250P. 묵은지 4인분 800P.
서울집 : 떡볶이 150P. 오삼불고기 400P. 소주 150P.
부자집 : 묵은지 삼겹살 500P. 육개장 220P. 소주 200P.
북부 / 송오브죠이 : 삼겹살 2인 500P. 김치찌개 280P. 샨미겔 39P.
곳간면옥 : 코리아타운 쟁반냉면 550P.
한국관 : 갈비 1인 450P. 김치찌개 280P. 황태정식 300P.

신비 : 참치회덮밥 250P. 계찜 1000P. 왕만두 200P.
한강(수빅만) : 김치찌개 200P. 두부김치 350P. 불고기 600P.
보라카이 중부
찹스틱 : 해물라면 250P. 비빔국수 200P. 튀김김치 350P.
　　　　 카레돈가스 280P. 칠리새우 300P. 소주 200P.
아리랑 : 김치찌개 300P. 족발 700P. 감자탕 1200P.
세부 / 조선갈비 : 냉면 250P. 소갈비 300P. 갈비살 500P. 산미겔 43P.
　　　　　 삼겹살구이 70~80P. 멧돼지스테이크 250P.
막탄 / 명가원 : 불고기 400P. 김치찌개 250P. 제육볶음 300P.

　세상일엔 '호사다마'가 따르기 마련이다. 물론 전화위복도 있긴 하지만 혼자 결정한 일은 본인이 받아들이고 책임지면 된다. 그러나 둘이라면 아무리 따르고 합의했다 할지라도 같을 수가 없다. 결과가 같을지라도. 그래서 겪어봐야 안다는 말이 있는지도 모른다. 결론적으로 삼촌은 믿을만한 사람이었지만 그 친구는 그렇지가 않았다는 얘기다. 어찌됐든 그날 밤은 샤워를 마친 후, 여독으로 곧바로 꿈의 나라에서 진짜 꿈속으로 곯아 떨어졌다. 삼촌은, 그러나 그 친구는 창문을 열고 오층 창문에서 그 오빠오빠 하던 '바바에'들과 손짓 해대며 떠들어 대고 있었다. 자. 잠시 필리핀의 기본 정보를 알아보자.(시대, 년도 별로 변동)

　다음날 오전 11시 체크아웃 삼촌은 그 호텔에서 5분도 안 걸리는 곳인 태극문양도 선명한 아리랑 레스트런트로 친구를 데리고 들어갔다. 삼겹살에 소주까지 한 잔한 삼촌은 나올 때 역시 식당 복도에 앉아 있던(시크릿) 경비원에게 팁으로 100페소를 주자, 권총을 허리에 차고 있던 그 경비원은 얼른 일어나 차렷! 자세로 그 100페소를 공손히 받았다. 사실 경비원들에겐 팁을 잘 주지 않는다. 그 용역 경비원들이 차고 있는 권총은 결코 폼으로 차고 있는 게 아니다. 실제로 실탄이 들어있다.

사실, 필리핀을 처음 방문 하거나 관광 차 놀러온 외국인들은, 처음엔 웬 식당, 상점에 권총까지 찬 경비원이 하며 놀라고 불안해 할 것이다. 그러나 그 정도는 아무것도 아니다. 은행이나 관공서 주요 건물들엔 권총이 아니라 기관단총을 어깨에 둘러매거나 손에 들고 경비를 서고 있는 여러 명의 무장 시크릿 보안 요원들을 볼 수 있다. 건물 안에서도. 결코 낯선 광경이 아니다. 또한 중상류층들이 거주하는 구획 정리된 구역의 담장을 넘는 좀 도둑이라도 발견 되면 사전 경고 없이도 발포한다. 필리핀만의 독특한 치안 형태다. 근본적인 원인은 뿌리 깊은 반정부 세력이나, 게릴라, 테러리스트, 강도들의 심심찮은 출몰들 때문이다. 또한 허약할 수밖에 없는 국가 국방력과 경찰력 때문이기도 하다. 참고: 군대 10만. 육군 6만 2천, 해군 2만 3천, 공군 1만 5천, 이 국방력의 전부다. <외교부>

그러나 금방 익숙해지고 적응하게 된다. 사실 그들은 겉으로 보기엔 살벌해 보이지만 의외로 친절하다. 국가가 보증하는 경비 용역업체에서 훈련받고 자격증을 취득, 비상시 총기사용을 허가 받은 자로, 관련 업체나 업소에 파견돼 근무하며 그들의 봉급은 대부분 관련 업체, 업소에서 부담한다.(그 봉급은 평균 월 5,000페소다.) 오히려 기념으로 사진이라도 한번 같이 찍자고 하면, 권총이나 기관단총을 내주진 않지만, 흔쾌히 포즈를 취해준다. 단, 100페소 정도는 꼭 팁을 줘야한다. 잊지 말도록, 그들은 감지덕지 할 것이다. 비록 100페소 2,700원이지만, 그들에겐 일당은 못 되지만 반당은 충분한 돈이기 때문이다. 생각해 보라. 월 150만 원 보수의 우리의 경비요원이 사진 한번 찍어주고 2만원의 팁을 받았다면 그들의 기분이 어떠하겠는가 말이다. 100페소는 그들에겐 그런 가치가 있는 돈이란 얘기다. 그렇다고 받들어총까진 않겠지만, 팁이 500페소라면 그럴지도 모른다. 마찬가지로 관광차 카지노에 들어가거나 나올 때, 궁전 같은 으리으리한 현관 로비에 서 있는 경비원이나 고객 맞이 안내녀 인, 미스 필리핀이라 해도 틀림없을 늘씬한 팔등신의 미녀에게도 기념사진 한방이라도 찍을 수 있겠냐고 하면, 무슨 섭섭한 말씀하시냐며 폼을 잡아준다. 그러한 필리피노, 필리피나들은 자신들에게 관심을 보이며 인정해주면 그렇게 좋아하며 친절할 수가 없다. 반면에 자신들을 무시하거나 자존심 긁는 말이나 행위를 했다간 무슨 봉변을 당할지 모른다. 어쨌든 그들에게도 역시 현금보단 차라리 미리 준비한 500페소짜리 칩을 한 개 주기라도 하면, 아마 뽀뽀라도 해주며 서로가 영원히 잊지 못 할 추억이 될 수도 있을 것이다. 당사자는 귀국 후 동네방네, 그녀는 미스 필리핀이었다고 자랑할 것이며 그들도 업무 태만이나 품위 손상이 아니라, 오히려 직분에 충실했고 카지노를 홍보하며 고객을 황제처럼 모셨다 해 표창을 받을지도 모른다. 짭짤한 수입 500페소 칩과 함께 즐겁고 추억에 남는 여행은 하기 나름이다.

대부분은 단체니 패키지니 하는 수박 겉핥기 여행이지만,

'호세리잘' 동상 앞에서

배낭여행은 괜히 하는 게 아니다. 삼촌은 친구에게 필리핀은 처음일 테니, 그 유명하다는 <로리타파크(리잘파크)>에 가보자며(국립) 걸어가도 되지만, 인력거를 잡아타고, 20분 후 '리잘파크(관광객들의 필수 코스다.)'에서 '호세리잘' 동상 앞에서 기념사진도 찍고 '호세리잘'은 필리핀의 국민 영웅으로 그들에겐 '안중근' 의사와도 같은 존재다. 바로 근처에 있는 박물관, 미술관에도(국립) 들러 구경한 후 다시, 마빈스트리트로 돌아와 그 거리의 끝자락에 자리 잡고 있는 대형 빌딩인 별 5개짜리 '하얏트호텔'의 1층 전체가 카지노인 하얏트 호텔 카지노로 그 친구를 안내 그 친구는 마침내 대망의 필리핀 일류 카지노에 입성하게 된 것이다.

<호세리잘> '문학대부' 1887년 첫 작품. '나에게 손대지 말라.' 스페인 통치에 저항, 민족투사, 1896년 처형, 마지막 작품으론 '마지막 인사'가 있다.

웅덩이, 냇물에서 놀던 물고기가 강으로 나오게 된 것이다. 강으로 나온 이상 바다로 갈 것이다. 미끼를 물거나 그물에 걸리지 않는 한, 그러나 바다로 나갔다 할지라도 냇물에서 태어나, 바다로 나갔다 돌아올 수밖에 없는 연어가 다시 태어난 맑은 냇물로 돌아올 숙명적인 생존 확률은 0.1%에 불과하다. 과연 그 0.1%에 합류할 수 있을지는 두고 볼일이다. 삼촌과

그 친구가 필리핀에서 드나든 카지노는 7군데로 10번이 넘는다. 그 7군데 중 입장료를 받는 곳은 한군데도 없다. 또한 신분증을 요구하거나 미성년을 따지는 곳도 없다. 어디까지나 돈 좀 쓰겠다고 제 발로 찾아온 고객들을 황제이자, 황금봉으로 모시겠다는 취지다.

기분 나쁘게 까다로울 리가 없다. 물론 옷차림이 이상하거나 행동거지가 수상하면 입장을 제한하거나 조사하긴 한다. 검색대도 있고 모자도 벗거나 돌려써야 한다. 유독, 강원랜드 카지노만 자국민을 보호한다는 말도 안 되는 명분으로 어차피 정신 나간 꾼들이 버릴 돈이라면 정신 있는 국민들을 위해 쓰겠다며 입장료까지 받고 신분증을 요구하며, 까다롭게 군다. 틀린 말은 아니지만, 입장료를 받았다면 차라리 그 돈으로 아이들도 즐겁게 놀 수 있는 오락시설을 만들어 아이들에겐 입장료를 면제 부모님들과 놀러 오라기나 하면 그나마 아이들도 놀러가 일찌감치 예방주사라도 맞을 수 있으련만, LA가 그 좋은 본보기다. 아이들의 천국이니 말이다.

그럼 이제부터 그 7군데 카지노 중 먼저 하얏트 호텔 카지노부터 소개하겠다. 하얏트 호텔 카지노의 모습은 1층과 2층으로 나뉘어져 있다. 2층은 따로 있는 게 아니라, 홀 전체가 그렇다는 얘기다. 2층 구역으로 오르내리는 계단뿐으로, 1층 홀 중앙엔 '바카라'와 블랙잭, 카드테이블과 한컨엔 '룰렛' 판이 자리 잡고 2층 홀도 카드 테이블들이 있긴 하지만, 전체적으론 '슬롯머신' 구역이며 가 쪽으론 별실들이 있다. 3~4층은 말할 것도 없이 고액 베팅 룸이다. 하얏트 카지노는 1층부터 4층까지가 카지노다. 33층 빌딩.(스탠더드 룸, 157룸)

하얏트 카지노 Hyatt Casino

위치 말라테 중심가, 로빈슨 백화점 근처 전화 02-245-1234 홈페이지 www.manila.casino.hyatt.com 가격 스탠더드 룸 157$

하얏트 스탠더드를 만끽할 수 있는 고급 숙소

2004년 문을 연 하얏트 호텔은 말라테 지역에서 가장 고급 호텔로 꼽힌다. 33층 건물은 인근에서 가장 높은 건물로 어디서든 눈에 띈다. 걸어서 로빈슨 백화점에 갈 수 있고 말라테 지역 중심에 있어서 위치적인 장점도 큰 편. 객실은 모던하면서도 세련된 스타일이다. 10층에 위치한 리젠시 클럽은 클럽 룸 이상의 투숙객에게 오픈되는데 조식

뿐 아니라 저녁에는 간단한 음식도 제공된다. 체크인, 체크아웃도 로비의 리셉션으로 가지 않고 이곳 리젠시 클럽에서 이뤄진다. 클럽 룸은 객실에 거실이 딸려 있고 욕실이 상대적으로 크다는 게 특징. 총 48개의 클럽 룸이 있다. 카지노는 1층부터 총 4개층에 있을 정도로 규모가 상당하다. 하얏트는 투숙객들도 많지만 카지노를 즐기러 오는 여행자들도 많다.

MAP 55-D $$

지 호텔 G Hotel

위치 말라테 로하스 블러바드 선상 전화 02-523-0888 홈페이지 www.g-hotel.com.ph 가격 디럭스 룸 110$

소규모 디자인 호텔의 강자

객실이 50개뿐인 작은 규모지만 디자인 호텔로 인기를 끌고 있다. 객실은 상당히 모던한 분위기로 깔끔하다. 디럭스 룸과 디럭스 스위트룸으로 나뉘어지는데 디럭스 룸에는 간단한 주방 시설이 딸려 있고, 디럭스 스위트룸은 거실 공간이 있다.

전형적인 카지노의 모습이다. 따라서 수백여 명의 꾼들 중 70%는 1층 중앙에 몰려 있고 30%는 2층에 몰려 있다. 또한 전체꾼들 중 70%는 내국인들이며 30%는 외국인들이다. 문제는 내국인들 중 10%가 새파랗게 젊은 놈팡이거나 야한 옷차림의 '바바에(아가씨)'들이란 사실이다. 말할 것도 없이 인접한 유흥가의 바람잡이 호객꾼이거나 밤의 요화들이란 얘기다. 낮에는 더욱 많다. 그 바람잡이나 밤의 요화들은 주로 외국인들의 옆이나 등 뒤에 붙어 있거나 알게 모르게 따라다니며 언제 수작을 걸까. 언제 유혹 할까. 기회만 엿본다. 상식으로 알아두어야만 한다.

친구는 말로는 오늘은 30만 원이 목표라며 일단 50만 원을 칩으로 바꿨고 삼촌은 10만 원을 바꿨다. 삼촌의 목표는 그 친구가 끝날 때까지며 그동안 즐기는 것이다. 따라서 삼촌의 베팅 한도는 미니멈에서 만 원까지다. 잃든 따든 하루 한 번에 10만 원 이상은 NABER다. 이미 말했듯 삼촌은 하면하고 안한다면 안한다.(카지노일지라도) 친구는 물 만난 물고기처럼 바카라 테이블을 돌아다니다 입맛에 맞는 자리에 앉아 게임하기 시작했고, 삼촌은 1층과 2층을 돌아다니기 시작했다. 구경도 하고 때론 지켜보다 베팅도 하며, 세 시간쯤 후 그 친구는 희희낙락, 돌아다니던 삼촌을 찾아가 30만 원을 땄다며 빨리 나가자는 것이다. 삼촌이 땄는지 잃었는지 물어보지도 않고, 우선되먹지가 못했다. 아마도 어젯밤 손짓해대던 그녀들에게 찾아갈 모양이었다. 삼촌은 두 말 없이 따라 나갔고 그 친구는 예상했던 대로 오히려 앞장서 서둘러 갔다. 그 친구 역시 한번 꽂히면 참지 못하는 성격이었다. 꽂히는 것도 나름이지.

마담녀와의 만남

　다시금 아리랑 식당에 들러 삼촌을 알아본 경비원이 벌떡 일어서 맞이한 가운데, 이번엔 소주 2병에 돼지갈비를 3인분 뜯고, 냉면까지 맛본 다음 나올 땐 그 친구가 그 경비원에게 호기롭게 200페소를 주자, 그 경비원은 황송해하며 받았다. 그러자 그 친구는 "눈먼 돈 200페소인데 뭘 그리 황송해하나?" 했더란다. 때는 밤 8시로 바로 지척에 있는 여지없이 오빠오빠 하는 전날 밤의 그녀들과 그 판자 술집으로 들어갔다. 사실 삼촌도 그러한 술집들이 어떤 술집들인지는 잘 알고 있었지만 그 술집은 처음이었다. 그 술집 안은 열댓 평 정도로 크진 않았지만 있을 건 다 있었다. 현지인 두 명과 중국인으로 보이는 손님도 몇 있었다. 또한 작은 무대도 있고 무대 옆엔 작은 별실도 있어 그 안에서 손님이 신청한 노래를 틀어주고 있었다. 한국 노래방과는 약간 다른 시스템이었다. 물론 TV모니터도 있어 신청곡과 함께 노래 자막과 그림 같은 화면이 뜬다.

　삼촌과 친구가 소파에 자리 잡자 오빠오빠 하며 따라 들어온 '바바에'와 또 다른 '바바에'까지 다섯 명이 앞에 서서 골라잡으라는 것이었다. 그 친구는 섹시한 '바바에' 삼촌은 나이 좀 먹은 그래봤자 27~28살 정도지만. 옆에 앉히고 술을 마시기 시작했다. 그런데 그때까지 짝이 없던, 그리고 유난히도 오빠오빠 하던 '바바에'가 삼촌 옆에 꼽사리로 앉아 아양을 떨기 시작했다. 사실 삼촌이 꿰찬 여자는 그 술집의 마담격인 여자였다. 그만치 행동거지도 세련되고 조숙했다.

반면 친구가 택한 아가씨는 그야말로 아양덩어리였다. 달라붙어 친구의 혼을 빼놓는 통에 30분도 안 돼 그녀의 가슴에 500페소짜리 한 장이 꽂혀 있었다. 그 술집 역시도 삼촌과 친구가 마시는 '산미겔' 맥주 한 병 값은 50페소이며 그녀들이 마시는 한 병 값은 100페소였다. 따라서 친구의 아양덩어리는 틈만 나면 홀짝홀짝 마셔대곤 원보틀 플리이스였고, 꼽사리 오빠녀는 삼촌의 눈치만 보고 있었다. 반면 삼촌의 정식 파트너인 마담녀는 삼촌의 한손을 꼭 잡고 마치, 늙은 망아지는 햇콩만 밝히기 마련인데, 퇴기이자 다 늙은 자기를 택해준 삼촌이 너무나 고맙다는 듯이 삼촌의 눈치만 살피며 보채질 않는다. 삼촌은 그런 마담녀가 기특하고 사랑스러웠다는 것이다. 참으로 뻔뻔한 소리지만 한편으론 왠지 부러웠다.

그러나 마침내 한국 가요 책자를 펼쳐 삼촌의 18번인 '울고 넘는 박달재'를 신청하고 별실의 음향기사에게 팁으로 100페소를 준 후, 무대의 마이크 앞에 서자, 곧바로 전주곡이 흘러나오고 모니터에도 한글 자막과 배경 화면이 펼쳐지고 어느새 따라 나온 마담녀의 개미 같은 허리와 손을 잡고 울고 넘는 박달재를 2절까지 불러 제끼자, 홀에 있던 현지 필리피노와 띵호들도 박수들을 쳐댔다. 삼촌은 노래도 가수 저리가라 할 정도로 끝내주게 부른다. 결국 삼촌도 기분이 나 자리에 앉은 후 마담녀의 가슴에 500페소 한 장을 넣어 주었다. 친구도 뛰쳐나가 온몸을 흔들어 대며 노래 불렀음은 말할 것도 없다.

아양덩어리를 끌어안고, 하여튼 그 판자 술집은 그날 밤 삼촌과 친구 세상이었다.

10시 넘어 나온 계산서는 '서비스챠지' 10%포함, 5,000페소였다. 팁은 별도로 나올 만치 나온 사실상 바가지는 아니었다. 모두 마신 술병이 몇 병이었을지는 상상에 맡기겠다. 그리고 나올 때 삼촌은 마지막 팁으로 500페소 한 장을 더 주었다. 그 친구가 아양덩어리에게 얼마의 팁을 주었는지는 알 수 없었다. 그런데 삼촌은 그녀들과 약속을 했다. 다음날 오전 11시에 만나기로 그 판자술집 앞에서.

그날 밤 숙소가 바로 앞의 레드플라넷 호텔이었음은 말할 것도 없다. 이튿날 아침, 친구는 걔들이 정말 나올까였고 삼촌은 설마 두고 봐야지였다. 10시 반 체크아웃 한 다음 호텔을 나와 맞은편 그 판자술집을 보았을 때도 그 판자술집은 닫혀 있었다. 그런데 11시쯤 되자 그 판자문이 열리며, 바로 그 마담녀가 얼굴을 내밀며 바깥을 살펴보다 맞은편의 삼촌과 친구를 발견하곤 손을 흔든 후 들어가더니, 잠시 후 그 아양덩어리와 꼽사리 오빠녀까지 데리고 나왔다. 기다리고 있었던 모양이다. 그런데 그녀들의 옷차림은 밤새 야하던 옷차림과 달리, 청바지, 반바지 그리고 마담녀는 숙녀복 차림이었다. 도저히 간밤의 술집 여자들이라곤 할 수 없는 차림들이었다. 카멜레온이 따로 없었다. 어쩌면 그녀들의 참 모습인지도 모른다. 필리피나들은 한 가지 원칙이 있다. 직업은 직업 일뿐이라는 그래서 그녀들은 당당하다. 직업에 따른 서비스 일뿐 그로인해 부끄러워하거나 자신을 학대하는 필리피나들은 하나도 없다. 먹고 살자고 하는 직업에 무슨 귀천이 있을 소냐.

단, 별종들이 있긴 하다. 필리핀의 교육제도는, 초, 중등의 의무과정(6년), '고등, 수업료 월 7만 페소(4만원)', '4년 유로자율' "대학과정(4년)"으로 초, 중등과정은 어찌어찌 교육받지만, 고등과정은 서민 자녀들은 꿈이지만 빈민 자녀들은 꿈조차 꿀 수 없다. 그러나 그들 중에도 악착같이 공부해 고등과정을 이수해 성공하고야 말겠다는 필리피나들이 있다. 고등과정만 이수하면 버젓한 직장이나 사무원으로 일할 수 있기 때문이다. 우리의 대학졸업에 해당한다. 즉, 학비를 벌기위해 아르바이트로 술집에 나오는 별종들이란 얘기다. '주경야독'이 아니라 '주독야경' 이다. 여대생들 중에도 술집 여자들이 있다. 그녀들의 몸값은 꽤 비싸다. 그러한 별종녀들은 악착스러운 게 아니라, 눈물겹다 해야 옳을 것이다.

술집 여자들은 따라서 술을 잘 사주지도 않고, 팁도 쩨쩨하게 주면 그럼 뭐 하러 왔냐며 상대도 않고, 그렇다고 분수에 맞지도 않는 술을 퍼마시고 팁도 큰돈을 준다 해도 별로 고마워하지도 않고 그저 골빈 남자로 볼 뿐이다. 따라서 직업이 아닌 놀러 가는데 그녀들의 모습이 참모습인 것은 너무도 당연하다 하겠다. 착각할일이 아니다. 그러나 어쨌든 그 마담녀와, 아양덩어리, 오빠녀는 삼촌과 친구가 맘에 들었던 모양이다. 그렇게 약속을 지킨다는 것은 그리 흔한 일이 아니기 때문이다. 더군다나 삼촌과 친구는 그녀들에겐 정말 오빠가 아닌 아빠 같은 존재들이었기 때문이다. 그런 점에서 필리피나들은 참으로 자유분방하며 낙천적이다. 한마디로 오늘은 오늘이고 내일은 내일 일뿐, 어제도 태양은 떴고, 굶어죽지 않고, 오늘도 태양은 떴으니 굶어죽지 않을 테고, 내일도 태양은 뜨겠지.

로빈슨 플레이스

어쨌든 삼촌과 친구는 그녀들이 앞장서 이끄는 대로 따라갔고, 간곳은 바로 20분 거리의 5층 초대형 빌딩인 '로빈슨' 쇼핑몰이었다. 그 쇼핑몰 앞에서 먼저 점심부터 하자며 삼촌은, 일식 요리 집으로 친구와 그녀들을 안내했다. 아무래도 모처럼 모든 근심걱정 놔두고 놀러 나온 그녀들에게 푸짐한 점심이라도 먹여주고 싶었기 때문이다. 무슨 의도로 나왔든지, 삼촌은 누구보다 그러한 필리피나들의 실상을 잘 아는 동시에, 삼촌은 가슴이 따뜻한 사람이다. 돈이란 바로 그럴 때 쓰라고 있는 것이다. 그 일식 요리집에서 삼촌은 그녀들이 독자적으론 결코 맛볼 수 없는 요리들과 맥주를 푸짐하게 먹고 마셨다. 특히 대왕 킹크랩은 맛이 일품이었다. 그녀들은 그 대왕 킹크랩의 왕발을 붙잡고 손뼉 치며 좋아했다. 그 점심값은 3,500페소였다. 짠돌이 친구는, 삼촌의 배포에 다소 놀라는 표정이었다. 그러나 좋긴 좋은 모양이었다. 그 친구도 여행을 어떻게 놀며 어떻게 즐기는 건지 차츰 깨달아 가고 있었다.

로빈슨 플레이스 Robinson's Place

위치 아드리아티코 거리 북쪽 전화 02-302-0109
영업시간 10:00~21:00
홈페이지 www.robinsonsmalls.com

말라테의 대표 쇼핑몰

말라테를 대표하는 쇼핑몰. 마닐라공항과 숙소가 밀집한 마닐라 시내와 가까워 시간이 많지 않은 관광객들에게 인기가 있다. 중저가 브랜드들 위주며, 극장과 대형 푸드코트도 있다. 계속적인 증축으로 나날이 규모가 커지고 있으며 식당, PC방 등 한국인 관련 상점들도 입점해 있다.

그 로빈슨 쇼핑몰은 그야말로 없는 게 없는 쇼핑천국이었다. 우리의 강남 한복판 롯데백화점과 동대문시장의 한 쇼핑센터를 합친 것쯤으로 생각하면 된다. 그러한 오층 초대형 쇼핑몰엔 수천 명의 쇼핑객들로 바글댔고, 그녀들은 먼저 오락실에 들어가 삼촌과 친구에게 마치 아빠에게 하듯이 돈 좀 달라고 하더니 돈을 꺼내들자, 그중에서 200페소를 뺏듯이 꺼내 코인으로 바꾸곤 자기네들끼리 나눠들고 기계 속에 연신 쑤셔 넣으며, 손잡이를 잡아당기며 그러다 그 기계 BOX속에서 온갖 잡동사니, 이를테면 사탕이나, 그림카드, 액세서리, 인형 등이 떨어지기라도 하면 손뼉치고 깔깔거리며 그렇게 좋아할 수가 없었다.

통양 Tong Yang

한국식으로 즐기는 샤부샤부 뷔페
미니 샤부샤부로 유명한 통양은 팬 퍼시픽 호텔에 위치해 있는 유명한 고기 뷔페이다. 원하는 종류의 고기를 원하는 만큼 담아 각 자리에 마련된 팬에 구워먹거나 샤부샤부로 먹는 스타일로 가격도 저렴해 한국인뿐만 아니라 현지인, 외국인에게도 인기가 높은 곳이다. 음료는 따로 주문해야 하는데, 한국인이 많은 만큼 소주도 준비되어 있다.

위치 아드리아티코 팬 퍼시픽 호텔 3층 요금 런치 뷔페 445페소, 디너 뷔페 595페소 시간 11:30~14:30, 17:30~22:30

도대체 간밤에 그렇게 야한 옷차림으로 온갖 아양을 떨어대

던 밤의 요화들이라곤 상상할 수 없는 한마디로 천진난만한 소녀, 처녀들일 수밖에 없었다. 삼촌은 가슴이 아려왔다. 그렇게 한바탕 극성맞게 놀고 나더니 다음엔 '뚜루뚜루, 골라골라', '사리, 사리, 잡화점'에 들러 무언가를 고르기 시작했다. 골라잡은 것이 볼펜인지 만년필인지 도무지 알 수 없는 볼펜 같은 플라스틱 용구였다. 알고 보니 볼펜은 볼펜이었다. 다만 그 볼펜은 글씨를 쓰기도 하지만 위 꼭지를 누르면 불이 들어오는 볼펜이었다. 그제야 간밤의 일이 떠올랐다. 어두컴컴 속에서 노래 책자를 펼쳐볼 때 옆에서 그 볼펜으로 불을 밝혀주던 일이.

말이란, 이름이란 알고 보면 그렇게 알맞을 수가 없다. 그들의 말로 '달리달리, 빨리빨리, 다한다한, 천천히 천천히, 까땀, 대패 빠꼬, 못마간다, 예쁘다, 빵잇!, 나쁘다, 못생겼다, 아사와, 마누라, 아얏꼬!, 아프다.' 참으로 그럴 듯하다.

참으로 쓸모가 있는 볼펜이었다. 우리는 왜 없는지 이상할 정도였다. 아니, 있는데 내가 모르고 있나? 만약 없다면, 발명 특허라도 내 '볼펜+라이트' 사업을 한다면 대박이 날 것만 같다. 한번 시장조사를 해봐야겠다. 왜냐하면 나도 노래방에서 노래 곡목과 번호를 찾을 때 어두워서 불편했기 때문이다. **"발명은, 불편의 산물이다." - 삼촌 조카 필자.**

그리곤 옷가게 코너를 찾아가더니 청바지 가게에서 청바지나 옷들은 얼마 안 된다.(50~100페소) 그러나 유명 브랜드가 상표가 붙은 옷들은 장난이 아니다. 아마 그녀들도 평소엔 엄두를 낼 수 없지만, 그 기회에 이름 있는 청바지라도 한번 입어보고 싶었던 모양이다. 'Lee'라는 상표의 그 청바지들은 최소 500페소이상이었다. 3~4천 페소 이상도 있지만 그녀들은 500페소짜리들을 만지작거리고 있었다.

고급 샵으로 가지 않은 것만도 다행이었다. 어쩔 수 없이 삼촌과 친구도 씁쓸하면서도 웃으며 사주었다. 다행이었다. 꼽사리 오빠녀에게도. 삼촌은 그저 요것들이 하면서도 즐거운 마음으로 사줬지만, 그 친구는 아마도 카지노에 한 번 들어갔다 나오면 그까짓 것 하는 마음이었을 것이다. 어찌됐든 그날 오후, 삼촌과 친구가 쓴 돈은 합쳐 5,500페소였다. 그러나 즐겁기만한 오후였다. 삼촌과 친구에겐 나이를 잊을 수 있었던 오후였고 그녀들에겐 잠시나마, 온갖 근심걱정을 잊고 맛있는 것도 먹고 입고 싶었던 청바지도 선물로 받으며 쌓인 스트레스도 마음껏 풀 수 있었던 오후였기 때문이다. 그녀들에게 삼촌과 친구는 결코 다 늙은 골빈 바가지의 대상이 아니라, 그녀들 말대로 응석을 떨며 매달려도 될 수 있는 아빠, 오빠들이었던 것이다. 그런데도 그런 그녀들에게 무엇을 더 바란다면 그 무엇은 톡톡한 대가를 치러야만 할 것이다. 신뢰의 무너짐도.

시작이 좋으면 끝도 좋아야 한다. 물론 끝은 아니었지만, 저녁때가 다 되자 그녀들은 돌아가야만 한다며 돌아갔고, 삼촌과 친구는 또 보자며 또 다시 하얏트 호텔카지노로 들어갔다. 도착한지 삼 일째 되는 날이었다. 삼촌은 추억의 장소를 찾아갈 틈도 없었다. 두 번째 카지노의 결과는 그저 그렇고였다. 친구는 여전히 '바카라'에만 매달렸고 삼촌 역시 여전히 10만 원의 칩을 들고 아래, 위층을 돌아다니며 구경하다 가끔씩 베팅을 하곤 했다. 삼촌의 베팅은 한결같이 100페소 만원 이하였다. 잃든 따든. 미니멈 50페소, 맥시멈 2,500페소도 있다.

물론 그 친구는 나름대로 원칙이 있다. 이를테면 하루 한 카지노에서 50만 원을 칩으로 바꿔, 30만 원 따면 끝내고, 최악으로 30만 원을 잃으면 역시 끝낸다는, 그러나 그 친구에게 있어 그런 원칙은 세우나마나 있으나마나다. 왜냐하면 그 친구는 카지노 도박을 운칠기삼으로 보지 않고, 기칠운삼으로 본다는 사실이다. 전설적인 겜블러라면 그렇게 볼 수도 있다. 그러나 그것도 '블랙잭'에서만 가능할 뿐 '바카라'에선 해당되지 않는다. 기칠운삼인 블랙잭은 겜블러가 운삼이 따르지 않아도 딜러보다 뛰어난 능력이면 이길 수도 있지만 '바카라'는 운칠이 따르지 않으면 겜블러 할애비도 결코 돈을 딸 수 없는 게임이다. 한마디로 '바카라'는 '찍기다.' 찍기에 무슨 기술과 머리가 필요하단 말인가? 물론 '데이터를 통해 판단할 필요가 있다 삼촌처럼.' 그런 점에서 '딜러'는 바카라는 참으로 편한 게임이다. 그저 결과에 따르기만 하면 되니까.

그런데 그 친구는 찍기인 바카라만 하면서, 기칠운삼만 믿고 큰 소리 친다는 얘기다. 그 친구는 땄을 때는 순전히 데이터와 경험에 의한 흐름을 기가 막히게 잘 포착해 맞춰 땄다고 큰소리치며 심지어 카지노는 자신의 유흥비를 책임지는 개인금고라는 망상에 빠진 헛소리를 서슴지 않는다. 물론 진실로 항상 딴다면 할 말이 없다. 그러나 그럴 리가 있겠는가? 큰소리도 정도껏 쳐야지. 카지노가 자신의 개인 금고라니, 자신이 잃었을 때는 아무런 말도 없고 잃었다 소리도 하질 않는다. 반면 개인 금고라니 눈치만 봐도 알 수 있는데, 문제는 그게 다가 아니다. 잃었을 때는 대놓고 말은 안하지만 꼭 핑계나 변명꺼리들로 정당화시키려한다. 첫째가 재수 없어서다. 자신은 기예만으로도 자신 있다더니. 다음이 핑계 변명이다. 사실 핑계, 변명, 정당화는 하려면 한도 끝도 없다. 그중에, 이를테면 머리 굴리다 한쪽에 베팅했을 때, 옆이든 등 뒤든 누군가 따라 베팅했을 때 이기면 나만 믿고 따라와. 이 돌대가리야. 졌을 때는 재수 없는 것들이 따라붙어 재수 옴 붙어 졌다고 그들을 탓한다.

카드는 순서대로 나오게 돼 있다. 결과는 이미 결정돼 있는데, 그들이 무슨 상관이 있단 말인가? 따라간 그들이 재수 옴 붙은 것이지. 적반하장도 유분수지. 삼촌이 모를 리 없다. 도대체 그 큰소리치던 기친은 어디로 갔단 말인가? 반면 삼촌은 그 반대다. 나름대로 판단해 베팅했을 때 누군가 따라해 이기면 그 사람이 운이 있어 자기도 땄으며 지면은 미안해한다. 운 좋게 맞을 수밖에 없는 쪽에 찍었고 따라온 사람의 운과는 상관없다. 또한 졌을 때도 따라온 사람이 운이 없었을 뿐이지 삼촌의 잘못이 아니다. 권유한 것도 아니고, 따라서 삼촌은 잃어도 그 누구도 탓하지 않는다. 자신도, 그냥 그날은 이래도 저래도 잃을 수밖에 없는 날로 치부해 버린다. 또한 즐기며 놀았는데, 놀은 값을 치른 것뿐이다. 오히려 따면, 잘 놀았는데 이래도 되나? 본전이면, 공짜로 놀았다다.

사실 인간은 천사와 악마의 양면성을 지닌 존재라 생각한다. 또한 '운'도 하늘에 달렸다고 그렇다면 행운은, 천사가 선호할 것이며 악마는 싫어할 것이다. 생각한다. 따라서 잃은 사람을 동병상련으로 배려하며 적당히 즐기며 천사님 좀 도와주세요. 하면 천사도 어여삐 여겨 비록 도박이지만 그래 도와줄게 할 것이다. 그러나 자꾸 도와 달라고 하면 천사도 등을 돌릴 것이다. 그 틈에 악마가 끼어든다. 내가 도와줄게 하며 문제는 인간은 천사와 악마를 잘 구별하질 못한다. 천사인 줄 알고 악마가 시키는 대로 한다. '말로'는 뻔하다. 삼촌은 누구보다 그런 사실을 잘 안다. 천사가 올 길은 항상 열어놓고, 악마에겐 빗장을 단단히 걸어 잠그고 들어올 틈을 주질 않는다. 따라서 잃는다는 것은, 천사가 너무 밝히지 말라고 경고하는 것이며 땄을 때는 봐줘서 고맙습니다. 천사가 미워하려야 미워할 수 없게 만드는 것이다.

삼촌의 카지노 베팅에 있어선 분명한 원칙이 있다. 어떠한 경우에도 안하면 안했지. 10만원에서 미니멈, 만 원 이상은 베팅 naber다. 경험에 의한 깨달음이다. 삼촌에겐 오히려 땄을 때가 문제다. 악마가 끼어들 틈이 생기기 때문이다. 그래도 초지일관 한결같은 배팅으로 그 틈을 메꾸긴 하지만 그러나 삼촌은 인간이다. 10만 원으로 시작한 돈이 천사가 정신이 없어 마구 도와줘, 30만 원이 되었을 때가 삼촌은 최대 고비라 한다. 바로 천사와 악마의 갈림길이라는 것이다. 그때 삼촌은 백만 원도 딸 수 있다는 악마의 속삭임을 딴 데 가서 속삭이라며 일어선다는 것이다. 그래야만 정신없던 천사도 아이고 내가 미쳤나? 그나마 그놈 참 기특하게도 천사 망신 면하게 해주네. 하며 또 도와준다는 것이다. 악마도 저놈은 안 되겠다 싶어 딴 데 가서 속삭인다는 것이다.

아마도, 별실에서 CC카메라의 모니터로 지켜보는 전문가들도, 저놈, 별종이네. 또는 전설의 겜블러가 납셨나 하며 언제 일차답사 또는 예행 연습게임을 마친 후, 돌변 고액 베팅으로 카지노를 거덜 낼지도 모르는 요주의 인물로 숨죽이며 지켜볼 것이다. 그런 사실을 잘 알고 있는 삼촌도 차비나 좀 벌어갈게요. 할 것이며 그들도 용돈도 줄 테니 좀 봐주라 할 것이다. 삼촌이 카지노에서 손을 뗀 후 다시는 본격적인 카지노 게임에 손을 대지 않는 것은 카지노의 허락 없이는 딸 수 없으며 설사 딴 다해도 무사하지 못하다는 사실을 깨달았기 때문이다.

'카지노'는 결코 젖과 꿀이 흐르는 약속의 땅이 아니다. 영광의 탈출도 할 수 없는 곳임을 잠시 젖과 꿀을 빨아먹을 수는 있겠지만 그것도, 명심해야만 한다. 악마가 주는 미끼일 뿐이다. 세상에 공짜가 없다는 말을 카지노는 대변해준다. 잃어도 놀은 값이고 따도 미끼라는 것이 삼촌의 카지노에 관한 최종 결론이다.

두 번째는 친구도 본전에서 왔다 갔다 하다. 포기하고 밤 8시쯤 나와 늦은 저녁을 근처 식당에서 해결 한 후, 이번엔 낮에 돌아다니느라 발도 피곤하니 발마사지 좀 받아보자는 친구의 제의에 역시 근처의 맛사지샵으로 들어갔다. 그 말라떼, 마빈 거리엔 맛사지샵이 한두 군데가 아니다. 한 시간 정도의 발마사지는 평균 500페소, 온몸 마사지는 1000페소정도다. 단! 끝나면 대부분 어린 맛사지걸에게 최소 50페소~100페소는 팁을 줘야한다. 맛사지걸들의 유일한 수입원이다. 지역 수준에 따라 더 싼 곳도 있다. 또한 넓은 목욕탕도 있어, 목욕한 후 별실에서 온몸 마사지를 받을 수 있는 이른바 '스파'도 많다. 고급 스파는 꽤 비싸다. 일반 스파는 역시 1000~1500페소로 한번 가볼만한 곳이다. 또한 현지 서민들이 즐겨 찾는 마치 시골 극장 같은 대중 마사지장들도 있다. 대합실도 있어 티켓을 끊어 대기하다 차례가 되면 수십 칸으로 나눠진 마사지 칸에 들어가 간단한 비닐 침대에 엎드리거나 누워 30분 정도 또는 1시간 정도 온몸 마사지를 받는 곳도 있다. 마치 대중목욕탕과 같다.(100~200페소 정도다.)

발마사지는, 받고나면 의외로 발이 그렇게 편할 수가 없다. 한번 받아본 사람은 받지 말래도 받게 된다. 몇 시간 걸어 다닌 사람에겐 그야말로 특효약이다. 편안한 소파에 절반쯤 누우면 어린 마사지걸이 대야에 따뜻한 물을 담아와, 누운 사람의 양말을 벗기고 바지를 걷어 올린 다음, 두 발을 대야에 담가 조물조물 발바닥부터 주물러대기 시작한다. 그렇게 양쪽 발을 씻기고 주물러대다 종아리, 무릎, 허벅지까지 주물러준다. 참으로 발의 피로가 싹 풀리고 시원해진다. 그 어린 마사지걸은 '팁'을 받기 위해 느낌으로도 정성껏 주물러준다. 어쩌면 유일한 직장이자 밥줄이기도 하기 때문이다. 불과 열대여섯 살의 어린 소녀들이다. 넘쳐나는 것이 그런 소녀들이기 때문이다.

필리핀의 대도시엔 특히 마닐라와 인접 도시엔, 수많은 청소년들이 넘쳐난다. 도시 출신들도 있지만 대부분이 지방이나 도시, 섬들이나 오지에서 오로지 먹고 살기위해 도시로, 도시로 밀려 나온 미래의 종살이 즉, 술집 종업원, 상점, 가게점원, 하녀들이며 그밖에 온갖 서비스 업종의 종사자들이다. 그나마 하녀들은 먹여주고 입혀주고 재워주며 참새 눈물 같은 월급이 있긴 하다. 그러나 그밖엔 먹여주고 입혀주고 재워주며, 용돈 정도만 주면 된다. 그래서 일반 가게나 상점, 쇼핑몰의 음식코너의 점포들엔 열, 서너 살의 소녀들이 최소 서너 명씩 일을 한다. 한 명만 있어도 되는데, 또한 중류층 가정도 하녀들을 세 명씩 부리는 게 하나도 이상할 것이 없다. 애보고 집안 청소하고 시중드는 각각의 마사지 걸이, 그 중 하나라는 얘기다. 월급이 있을 리 없다.

그런 소녀들 중 그나마 엄연한 '미성년자 보호법'이 있지만 몇 살 더 먹고 좀 예쁘고 몸매도 괜찮으면 성년도 되기 전 술집, 좀 더 예쁘고 몸매 좋으면 나이트클럽으로 풀린다는 얘기다. 따라서 수요와 공급의 시장 원리에 따라 제 아무리 예쁘고 몸매 좋다 해도, 술집 나이트클럽 '바바에'로서 스무 살이 넘으면 별 볼일 없고 스물 서너 살이면 퇴기 취급 받고, 스물다섯 살 이상은 찬밥으로 쳐 다도 안 본다는 얘기다. 외국인들이 특히 한국 남자들이 돌지 않을 수가 없다. 돌아야 정상이다. '봉'인 남자들은 나이 제한이 없기 때문이다. 돈만 있으면 되니까. 비정상이 정상인 나라인 것이다.

그날 밤 숙소는 근처에 있는 게스트 하우스였다. 게스트하우스는 1실 2인용으로, 1실 4~5인용도 있다. 2층으로 된 침대가 있다. 침대는 방의 절반을 차지한다. 그뿐 샤워실, 화장실도 공동 사용이며 TV도 작은 홀에서 공동 시청한다. 하룻밤 숙박비는 평균 500페소로 절차는 간편하다. 굳이 여권을 제시하거나 보증금을 맡길 필요도 없고 숙박비만 지불하면 곧바로 '키'를 내준다. 나갈 때도 키만 꽂아놓고 나가면 된다. 좀 불편하지만 오히려 편하고 자유로운 측면이 있다. 값도 싸고 숙박한 사람들과 어울릴 수도 있고, 한마디로 배낭 여행객들의 잠자리다.

그런데 그날 밤 10시, 삼촌은 이층 침대에 누워 있었다. 바닥 층에 누워 있던 친구는 잠시 나갔다 오겠다더니 꿩 꿔먹은 소식이었다. 아무래도 '또 카지노에 갔구나' 생각했다. 분명히 함께 하기로 약속하고 다짐했는데 문제는 삼촌 자신도 생각해선 안 되는 생각까지 들었다. 그때 처음 후회했다는 것이다. 어쩌면 그 친구는 내심, '혼자 가서 맘 편히 게임하면 따지 않을까?' 또한 어쩌면 형님은 편히 쉬라는 배려일 수도 있고, 이해해 주리라 믿고 혼자 갔을지도. 과연 그랬을까? 하나를 보면 열을 알 수 있다.라는 말이 있다. 그 친구는 그런 배려 심을 기대할 수 있는 친구가 아니었다. 그 친구가 돌아온 시간은 새벽 2시였다. 그래놓고 구구하고 늘어놓은 핑계이자 변명은 이러했다. 그 친구는 결과가 좋으면 자기가 잘나서이며 나쁘면 자신이 못나서가 아니고, 남 탓을 하기 때문이다. 그 남 탓 속엔 삼촌도 포함되어 있을 것이다. 그래서 괘씸하기만 하다.

피곤하실까봐, 이해해 주리라 믿고 그냥 나갔다는 것이다. 이해? 낯설고 물 설은 나라에서 서로 믿고 의지하며 보름 동안 즐겁게 놀다오자 했는데, 그래도 된단 말인가? 그러다 만약 둘 중 한 사람만 돌아올 수밖에 없는 돌이킬 수 없는 비극이라도 생긴다면 그때도 이 세상 사람은 저 세상 사람에게 이해해주길 바랄 수 있단 말인가. 배려나 이해는 그런 게 아니다. 왜! 형님 정말 몸이 근질거려 조금만 더 놀다 올게요. 생각 있으시면 같이 가시고 정 피곤하시면 쉬세요. 적당히 놀다올게요 하면 어디 덧나. 가서 도박을 하든, 술을 퍼마시든, 계집질을 하든 그나마 배려이자 이해가 아니겠는가 말이다.

삼촌은 그 친구의 보디가드이기도 하지만 그 친구도 삼촌의 보디가드이기도 한 것이다. 그냥 밖에 나가 놀 수 있는 곳이 아니란 얘기다. 낮살이나 쳐 먹어 가지고, 그 친구는 55세였다. 또한, 그럴 때 삼촌이 이 세상 사람이라면, 삼촌이 평생을 괴로워 할 것이다. 그때 소홀하고 그 나라는 언제 어디서 어떤 일이 벌어질지 모르는 나라다. (방관 한 것을) 벼르던 기둥서방에게 칼 맞아 죽는 사고도 있었고, 관광차 놀러가서 나이트클럽에서 잘난 체 하다 시비가 붙어 현지인에게 총 맞아 죽는 일도 있었다. 그밖에도 항상 조심해야만 하는 나라란 얘기다. 넋 놓고 있다 소매치기 당한 일은 다반사로 아무것도 아니란 얘기다. 조심했다 해도 재수가 없었을 뿐 카지노에서 돈 좀 잃은 것도 재수가 없었을 뿐이다. 그러나 그런 사고는 그냥 재수 없는 일이 아니다. 그냥 개죽음일 뿐이다. 배려하고, 이해할일이 아니라는 얘기다. 삼촌이 그냥 데리고 다니는 게 아니란 얘기다.

바로, 그날 밤이 그렇게 될지도 모르는 순간이었다는 사실이다. 알아! 카지노에서 두 시간쯤 놀다보니 5,000페소 쯤 땄다는 것이다. 그러다 1,000페소를 잃고 안 되겠다 싶어 나와 돌아오다, 처음엔 그 아양덩어리를 찾아가볼까? 하다 딴에는 그러면 안 되지, 그때까지는 좋았다. 그래도 술이나 한잔 하고 가자 들어간 술집이 스탠드바였다. 동그란 의자에 걸터앉아 술한 병을 마시고 있는데, 그야말로 끝내주는 '바바에'가 옆에 앉으며 술 한 잔 사 달라해, 냉큼 사주며 같이 마시게 되었다는 것이다. 그렇게 몇 병을 마셨을 때, 그녀가 이런 말을 하더란 것이다. 3,000페소어치만 술을 팔아주면 자기를 맘대로 데리고 나갈 수 있다고.. 리얼, 오브코오스. 친구는 2,000페소어치만 술을 마신 후, 3,000페소를 지불하고 그 끝내주는 그녀를 데리고 나왔다는 것이다.

그런데다 쓸데없이 호텔로 갈게 아니라 그 호텔비를 자기를 달라며 그럼 자기 집으로 데리고 가겠다는 것이다. 잘됐다 싶어 택시를 타고 십 분쯤 걸리는 판잣집에서 일단은 기분을 냈다는 것이다. 그런데 옷을 입다보니 역시 지갑이 없더란 것이다. 당장 내놓으라고 다그치자, 처음엔 자기도 모른다며 잡아떼다, 계속 다그치자 돌변해 되레 자신의 기둥서방은 이 거리를 주름잡는 암흑가의 보스라며, 으름장을 놓더란 것이다. 그래도 이미 이성을 잃은지라 마구 다그친 끝에 그나마 지갑을 되찾아 1,000페소를 던져놓고 황급히 뛰쳐나와 택시를 집어타고 횡설수설 겨우 찾아올 수 있었다는 것이다. 삼촌은 기가 막히기만 했다는 것이다. 이 물가에 내놓은 자식을. 어떻게 해야 할지.

한참 후, 그 친구를 진정시켜놓고 이런 말을 했다. 지난번에 당했으면서 아직도 이 동네를 잘 모르겠냐며 마카오나, 홍콩은

이 나리에 비하면 아무것도 아니라며 이번 일도 그 정도로 끝났기 망정이지, 혼자 밤늦게 돌아다니다 특히 카지노를 드나들다 정말 타깃이 되면, 납치라도 당해 여권은 돌려주겠지만 알거지가 될 것이며 반항이라도 했다간 쥐도 새도 모르게 골로 갈 텐데 흔적도 없이 알기나 하냐며 낮에만 해도 꼽사리 오빠녀가 괜히 따라온 줄 아냐며 그녀들도 언제, 어느 때, 어디서 무슨 일을 당할지 몰라 비상시에 보디가드이자 뒤처리를 할 수 있는 안전장치로 데려온 감시녀 임을 왜 모르냐며 외국인이라고 믿을 것 같으냐고, 정 혼자 다니고 싶으면 맘대로 혼자 다니라고, 나도 맘대로 혼자 다닐 테니, 따끔하게 일침을 놓았다는 것이다. 그제야 형님 정말 잘못했습니다. 이제부턴 혼자 다니래도 절대 안 다니겠습니다. 이었다. 식겁했던 모양이다. 사실, 위험천만 했던 일이다. 그 끝내주게 생겼다는 여자의 위협이 사실이었다면 친구는 무사하지 못했을 것이다. 아마 그녀도 들키고 곤경에 처하자 써먹던 수법대로 되나가나 해본 소리였을 것이다. 그럴 때 하는 말이 있다. 불행 중 다행이었다는.

나흘째 되는 날, 역시 아리랑식당에서 점심 식사를 하면서 또 나올 때 미리 정보를 입수했는지, 공항 근처에 생긴 지 얼마 안 되는 카지노가 있다는데, 가보자며 여전히 그 불로소득의 꿈을 버리지 못했다. 삼촌도 그럼 그곳에서 놀만치 놀고 나면 내가 가자는 곳으로 가야만 한다며 그 카지노를 찾아가게 되었다. 그 카지노는 친구 말대로 공항 근처에 있는 대형 카지노였다. 또한 근처엔 그와 같은 또 다른 카지노도 있었다. 아직 개발 중인지 그 지역은 드넓은 택지들이 늘어서 있어 몇 년 후엔 새로운 신도시로 탈바꿈할 지역이었다. 택시를 잡아타고 도착한 카지노는, 하얏트호텔 카지노보다 더욱 으리으리한 대형 카지노였다. 현관 로비도 궁전처럼 으리으리했고 전면도 탁 트여있어, 기념사진 찍기에 그만이었다. 또한 수백여 명의 꾼들이 바글대는 것은 그곳도 마찬가지였다. 그런 점에서 카지노는 어디나 똑같다. 별세계가 따로 없다. 게임 종목도 마찬가지였다. 친구는 역시 50만 원을 칩으로 바꿔 역시 바카라 테이블을 골라잡아 미니멈 200페소, 맥시멈 10,000페소 테이블에서 게임을 시작했고, 삼촌도 역시 10만 원을 칩으로 바꿔, 변함없이 돌아다니며 구경하며 지켜보다 베팅을 하곤 했다. 룰렛 판에서 승률 반, 반인 빨강 칸, 하양 칸에 서너 번 베팅한 후 슬롯머신에도 한동안 코인을 집어넣어 보기도 한다. '파이브 카드' 포커 테이블에선 앉아서 게임을 하게 되었다.

카지노의 포커 게임은 일반적인 카드 게임과는 좀 다르다. 꾼들끼리 하는 게 아니라 꾼들이 딜러와 하는 게임이다 찍기도 아니다. 쉽게 말하면 딜러와 꾼들 똑같이 5장의 카드로 승부하는 게임이다. 따라서 5장의 카드 중 '투페어'만 잡아도 승률 80%의 게임이다. 다만 카드를 받아가며 비전에 따라 베팅하는 게임으로, 운보다는 경험이 중요하다. 즉, 삼촌이 처음 두 장을 받았을 때 'A,A' 페어라면 만원을 베팅, 다섯 장을 받았을 때 '투페어' 혹은 '트리플'이라면 처음 베팅의 두 배, 즉, '이만 원~맥시멈'을 쳐야한다. 처음 베팅의 두 배 이상, 맥시멈을 그러나 삼촌의 맥시멈은 말했듯이 만 원이다. 따라서 처음 두 장 괜찮으면 오천 원 베팅, 아주 좋으면 만 원 베팅이란 얘기다. 삼촌의 입맛에 맞는 게임이다. 또 찾아올 카지노도 아니었기 때문에 삼촌은 작심하고 착실하게 돈을 따나갔다. 다섯 명의 꾼들 중 돈을 따고 있는 꾼은 삼촌뿐이었다. 끗발이 별게 아니면 작게 치고, 형편없으면 죽고, 괜찮으면 오천 원, 더 괜찮아지면 만 원치고, 처음부터 좋아도 만원치고, 자유자재였다. 자신의 카드 족보와 딜러의 추정되는 카드족보를 정확히 읽고 쳐대는 다른 딜러도 두 손 두 발 다 들 수밖에 없었던 것이다. 그렇게 삼촌이 30만 원을 따자, 딜러가 교체 되었다. 새로운 딜러가 오자, 삼촌은 500페소 칩 한 개를 테이블에 던져주고 일어섰다. 카지노에서 작심하고 나온 이상, 일어서는 것이 상책이었다. 사실, 삼촌은 마음만 먹으면 여행경비정도는 딸 수 있다. 다만, 그러려면 직업이 돼야만 한다. 그러나 삼촌의 직업은 목수이지, 겜블러가 아니다. 그래서 안하는 것뿐이다.

겜블러와 카지노의 승부도 겜블러가 이긴다는 보장은 그 어디에도 없다. 설사 전설적인 겜블러라 할지라도. 또한 '파이브 카드' 포커테이블은 카지노마다 있는 것도 아니다. 운도 좀 따라줘야 하고. 삼촌이 '블랙잭'을 하지 않는 이유는 일찌감치 겜블러의 길을 포기했기 때문이다. 적성에도 맞지 않고 말하자면 '기칠운삼'인 블랙잭에 있어서도 기칠은 절치부심 갈고 닦는다면 가능하겠지만, '운'삼은 그런다고 되는 것이 아니다. 골프의 '홀인원'은 프로 골퍼들보다 아마추어 골퍼들이 오히려 더 잘한다. 소 뒷걸음질에 쥐 잡듯이, 그러한 불확실성에 인생의 전부를 걸 수는 없었던 것이다.

친구는 그때까지 바카라 게임을 하고 있었고, 친구도 차분하게 베팅하며 5,000페소 정도 따고 있었다. 삼촌은 지켜보다 그만 가자고 툭 치자 알았다며 일어섰다. 친구도 삼촌이 어떻게 게임하는지 알고 있었던 모양이다. 아마 삼촌을 인정하고 있었던 모양이다. 왜냐하면 친구가 큰맘 먹고 1,000페소를 '뱅커 플레이어 중', '플레이어'에 걸자, 삼촌도 슬그머니 만원 '칩'을 같이 걸고 이겼기 때문이다. 그때 뱅커가 연속 세 번나와 친구는 내심 이번에는 하며, '플레이어'에 걸었고 삼촌도 그 이유로 걸었기 때문이다. 원칙만 아니었으면 십만 원은 걸었을 것이다. 그런데 친구는 1,000페소만 걸었던 것이다. 승부사로서, 갬블러로서의 자질은 애당초 없는 친구였다.

삼촌이, 그저 즐기며 장난처럼 하는 베팅이 결코 장난이 아니었던 것이다. 그런 삼촌이 그만 하자는 데는 다 이유가 있으리라, 그 친구도 깨달았다는 얘기다. 사실 그 친구는 그전에 500페소씩 두 번을 베팅했다. 두 번 다 지고 있던 상황이었다. 즉, 따고는 있었지만, 예감이 좋지는 않았던 것이다. 그럴 때 1,000페소를 베팅 이기자, 더할까 말까 하던 참에 삼촌이 가자고 하자 얼른 일어났던 것이다. 잘 됐다는 듯이 큰돈을 딴 것은 아니지만 아마 기분 좋게 일어났을 것이다. 사실 그 친구는 카지노의 밥이나 마찬가지였다. 어떻게든지 들어갔다 하면 30만 원을 따려고 아등바등했고 그러다 잃으면 본전 찾으려 또 아등대고, 어쩌다 따도 욕심이 생겨 20만 원 더 따 50만 원 따려다 백만 원을 처박는 스타일이었다. 삼촌이 볼 때 그나마 몇 번 딴것도 삼촌이 기다리고 있었고 한편으론 딴돈으로 삼촌에게 잘난 체하며 놀고 싶었기 때문이다.

그러다 이제 그나마 주제 파악을 좀 하게 된 것이다. 50만

원을 갖고 노는 것보다 10만 원만 갖고 노는 삼촌이 사실은 훨씬 실속이 있었던 것이다. 밑천이 많아야 따는 게 아니라 어떻게 해야 하는지를. 또한 삼촌은 호박씨를 까먹고 체하는 게 아니라, 까서 착실히 삼키고 있다는 사실 삼촌은 어쩌다 십만 원을 잃으면 천사님이 그만두라고 하시는구나. 일어서지만 그 친구는 30만 원을 잃으면 원칙대로 일어서. 하이고, 악마가 본전 찾아줄게. 해서 20만 원 마저 잃고, 천사가 하라고 해서 했다나 하는 친구다. 그 카지노를 나올 때 삼촌은 로비의 미스 필리핀 안내녀에게 기념사진을 부탁 그녀를 사이에 두고 친구와 함께 기념사진도 찍었다. 그리고 남겨둔 500페소짜리 '칩' 하나를 그 미스필리핀에게 주었다. 미스필리핀이라는 어깨띠는 없었지만 그녀는 방글방글 웃으며 좋아했다. 끝내주는 시간이었다. 꿩 먹고 알 먹고 여행이란 그런 것이다.

나온 후, 또 다른 카지노로 갔다. 걸어서 30분 거리였다. 그곳에서도 땄다. 믿기지 않겠지만 착실히만 하면, 잘 잃지 않는다. 경마와 같이 따도 많이 따진 못하지만, 그렇다고 십만 원 갖고 7만 원 땄다고, 백만 원 갖고 70만 원 딸 수 있다는 생각은 한마디로 망상이다. 그런 망상 때문에 거지꼴이 되는 것이다. 그 또 다른 카지노에선 1시간쯤 놀다 나왔고 그 친구는 3,000페소를 땄고 삼촌은 1,000페소를 땄다. 더 좀 놀자며 아쉬워하는 친구를 오늘은 여기까지라며 끌고 나와, 택시를 집어타고 삼촌이 그리던 추억의 장소를 향해 달려갔다. 어떤 곳인데? 그곳에도 카지노가 있어? 없어하며 있긴 있지만.

추억의 올티가스

　그 어떤 곳은 마닐라에서 40분쯤 걸리는 '올티가스'라는 마닐라의 인접지구로, 그 '올티가스' 지역은 마닐라 외곽을 흐르는 '파식' 리버(강)과 중심가는 금융가이자 상업지구로 'SM' 대형쇼핑 메가몰과 샹그릴라 프라자몰 등 나날이 발전해 가는 지역이기도 하다. 또한 한국 교민들과 학생들도 꽤 많이 6,000여 명이 거주하는 '퀘손' 시티도 인접해 있으며 '그린힐스(동대문시장 스타일)' 진주로 유명, '디비소리아(마닐라의 가장 큰 벼룩시장)'도 있다. 다만 '파식리버(우리의 한강)'가엔 한도 끝도 없는 빈민촌의 판잣집들이 마닐라까지도 강가에 늘어서 있어 현대적인 도시 빌딩들의 모습과는 딴판으로 대조를 이루는 야릇한 지역이기도 하다. 필리핀의 수도 마닐라의 참모습을 적나라하게 드러내고 있다. 전기, 수도가 들어올 리 없다. 따라서 생활용수나 식수원은 오로지 강물이다. TV가 있을 리도 없고, 불도 촛불이나 기름등잔일 뿐이다. 그것도 떨어지고 없으면 일찍 자면 그만이다. 또한 그러한 빈민촌과 판자촌에 사는 그들의 실상을 모르고선 필리핀을 논할 수 없다. 또한 그러한 빈민촌과 판자촌은 그 강가뿐만이 아니다.

SM 메가몰 SM Megamall

위치 올티가스 중심가 전화 02-633-5012~9 영업시간 10:00~21:00 홈페이지 www.smdeptstore.com

필리핀만의 매력이 가득

몰 오브 아시아가 생기기 전에는 필리핀에서 가장 큰 쇼핑몰이었다. 가로로 길게 늘어선 양날개 외관만 보아도 SM 메가몰이 얼마나 큰지 짐작할 수 있을 것이다. 마닐라 시민들에게 유용한 매장과 엔터테인먼트 시설이 있지만 관광객들에게는 크기만 하고 실질적으로 쇼핑할 거리는 없다는 인상을 줄 수도 있다. 단순히 물건을 산다기보다는 필리핀만의 매력을 느낄 수 있는 매장을 찾는다면 색다른 재미를 느낄 수 있다. 3층과 4층에는 세련되고 독특한 디자인의 부티크와 필리핀 스타일의 리빙 용품들이 많다. 퉁양, 사이사키 등 유명 레스토랑도 있어서 식사를 하기에도 좋다.

그린힐스 쇼핑센터 Greenhills Shopping Center

위치 올티가스 북쪽, 산 후안 시티 전화 02-722-4532 영업시간 09:00~22:00 홈페이지 www.greenhills.com.ph

진주 하나 잘 사면 비행기값 뽑아요!!

'그린힐스' 하면 진주다. 필리핀의 동대문시장이라 할 수 있는 그린힐스는 진주뿐 아니라 없는 게 없을 정도로 모든 물품을 취급하는 대형 시장이다. 그러나 크고 멋진 쇼핑몰들이 많은 마닐라에서 이미테이션 혹은 보세품인 그린힐스의 물건들은 관

더 홈 디폿 The Home Depot

위치 메트로 워크 남쪽 영업시간 09:00~20:00

인테리어, 가전, 시푸드 담파

메트로 워크 아래 쪽에 있는 쇼핑몰. 메트로 워크 아래 한인 상가 밀집 지역을 지나면 나온다. 가구, 인테리어, 조명, 가전 등을 취급하는 가게들이 도매 상가 형태로 밀집돼 있으며, 분위기 좋은 대형 레스토랑과 시푸드 담파(103쪽 참조)도 있다.

광객들에게 그다지 매력적이지 않다. 그래도 그린힐스에 꼭 가야 하는 이유는 몇 천원짜리 양식 진주부터 수십만 원이 넘는 대형 천연 진주까지 다양한 진주들이 있기 때문이다. 한때 그린힐스에서 진주를 잘 사면, 한국과 필리핀 왕복 항공권 요금을 건질 수 있다는 말이 돌 정도로 한국인들의 필수 관광 코스였다. 분명 최고급 진주를 취급하는 것은 맞지만 잘못하면 저급 진주를 비싸게 구입할 수 있으니 진주를 잘 아는 사람과 같이 가서 구입하거나 기념품 정도의 저렴한 진주를 사는 것이 좋다.

말하자면, 1,200만 울트라 마닐라와 수도권 지역의 국민들이자 시민들의 70%가 대부분 그런 극빈들이란 얘기다. 나아가 지방도시나, 오지인 도시 섬들과 원주민들의 삶까지 알지 않고선, 삼촌은 그 모든 실상을 두루 겪은 사람이다. 그래서 삼촌에겐 필리핀은 제2의 고향이란 얘기다. 그런 '올티가스'에 도착해 맨 처음 가본 곳은 20년 전 일했던 아시아 개발은행 ADB 본부인 대형 빌딩으로 당시 1,000여 명의 젊은 '필리피노', '필리피나'들을 데리고 일을 했던 당시 근로자들 100여 명의 숙소로 사용했던 민간 건물로 모습은 그대로였다. ADB 바로 옆이다. 삼촌은 만감에 젖은 채, 회상하며 친구와 함께 둘러보다 20분 거리인 중심가로 향했다. 중심가는 예전에도 요란했지만 더욱 발전해 비교가 되지 않을 정도로 발전해 있었다. 예전보다, 더욱 대형화된 'SM메가몰'과 인접한 '샹그릴라 프라자몰'은 말할 것도 없었다. 말라떼의 대표 쇼핑몰인 '로빈슨과' 쌍벽을 이루는 내부는 극장들은 물론, 티파니, 샤넬, 뷔똥, 로렉스, 판택스, 아디다스, 프로스펙스 등 세계적인 브랜드의 샵들이 입점해 있고, 그중엔 삼성, LG도 고급샵으로, 어깨를 나란히 하고 있었다. 없는 명품브랜드가 없다. 그밖에 수많은 고급 점포들과 레스토랑, 오락장, 음식점 코너 등 그런 초대형 쇼핑몰만 놓고 보면 결코 우습게 볼 나라가 아니다.

　그 중 삼촌은, 한 음식점 코너에 들러 친구와 의논 돈가스와 닭튀김을 맥주와 함께 시켜먹었다. 그 음식점 코너들엔 예전처럼 변함없이 서너 명의 어린 필리피나들이 일하고 있었다. 삼촌이 결코 꿈에서도 잊을 수도 없는 모습이기도 했다. 바로 돈가스와 닭튀김을 시켜먹은 그 음식점 코너에서 삼촌은 20년 전 그때로부터 남은 여생, 꿈엔들 있을 수 없는 역사가 이루어졌던 것이다. 삼촌이 가 보자고 했던 추억의 장소이자 꿈속의 장소이기도 하다. 도대체 무슨 사연, 무슨 추억의 장소인지는 감질나겠지만 '삼촌의 전성시대' <내 사랑 필리핀, 필리피나> 편에서 유감없이 자세히 밝혔다.

그 올티가스를 '나는 말로만 듣고, 가보진 못했지만' 이어서 찾아간 곳은 역시 잊을 수 없는 그 쇼핑몰에서 10분 거리의 '쓰리세븐' 나이트클럽이었다. 20년 전 100여 명의 한국인 근로자들인 황금봉들이 참새 방앗간 드나들 듯 하던 '단골, 전용나이트클럽'이었다. 당시도 일류였지만 여전했다. 밤 8시가 다 된 시간이었다. 피크 타임인지 전에는 없던 입장료 100페소를 내야만 했다. 친구는 그 나이트클럽의 규모에 은근히 놀라는 눈치였다. 그럴 만도 할 것이다. 그 쓰리세븐 나이트클럽은 극장식 나이트클럽으로, 전면에 커다란 무대가 있고 극장과 같이 이층이 있다. 또한 규모에 맞게, '필리피나', '바바에(아가씨)'들도 예전처럼 30명이 있었다. 삼촌이 아니었다면 잘 모를 것이다. 또한, 이층 양 옆엔 유리돔이 있어 초저녁인 오픈타임엔 30여 명의 아가씨들이 일층과 이층을 일렬로 퍼레이드를 벌인다. 양옆의 유리돔 안에서도 아가씨들이 반라로 율동을 하고 있다. 스트립쇼는 아니다. 따라서 오픈 타임에 들어가면 그러한 그녀들의 퍼레이드를 구경할 수 있으며, 그 중

아무나 지적하면 즉시 옆자리에 앉힐 수 있다. 물론 술을 사줘
야한다. 삼촌과 친구가 마시는 술인 샨미겔 맥주 한 병 값은
50페소 아가씨가 마시는 값은 100페소이다. 예전 1990년엔,
15페소, 30페소였지만 20년 전, 1989~1990년 당시 1페소는
33.30원이었다. 1불 900원 대미 : 한국.

1층 무대에선, 예전처럼 육
인조 밴드가 트럼펫, 색소폰,
리드기타, 베이스, 전자오르간,
드럼을 불고 쳐대고 두드려대
고 있었다. 그 밴드들은 예전
엔 한국 가요들의 전주와 멜로
디를 잘도 반주해주곤 했다.
삼촌도 그 무대에서 그들의 반
주 속에 신나게 노래를 불러댄
것이 한두 번이 아니다. 귀국자를 위한 송별 파티라도 벌어지
면 그땐 그 나이트클럽을 통째로 전세 낸다. 그리곤 무대 앞
으로 탁자들을 3열로 길게 끌어 모아 맞춰놓고 클럽의 모든
아가씨들을 불러 각자 옆에 앉혀놓고, 파티는 시작된다. 그때
그 밴드는 전속 밴드가 된다. 100여 명의 근로자들 중 한 80
여 명은 모인다. 그 탁자들 밑엔 수십 짝의 맥주 BOX와 탁자
들 위엔 수박, 메론, 바나나, 망고, 파인애플, 땅콩, 오징어,
치킨 등 상다리가 아니라 탁자 다리가 부러지게 차려진다. 그
날 밤 송별 파티비용은 회사가 부담한다. 어차피 말릴 수도

없어 근로자들의 사기진작을 위해 생색을 내는 것이다. 사실, 당시 현대건설은 추석, 구정, 명절날에도 마닐라의 '메인스타디움'을 통째로 빌려, 축구 시합과 노래자랑 등 명절 잔치를 벌이기도 했다.

필리핀은 한 때는 아시아의 맹주이자 선진국으로 큰소리치던 시절도 있었다. 그러나 그들은 한반도 1.3배의 국토와 8천만이란 한국인 두 배의 인구임에도 끊임없는 내란으로 외세에 의존하며, 오로지 상류층이자 기득권층인 자신들만 잘 먹고, 잘살자는 독재와 오만으로 국민들의 삶과 교육은 나 몰라라 등한시한 채 부정부패만 만연, 발전치 못하고 아시아의 삼등국으로 전락 한 채, 빈곤을 지금도 벗어나지 못하고 있다. 물론 놀기만 좋아하는 국민들도 문제는 있다. 어쨌든 그로 말미암아, 아무리 대한민국 굴지의 대 현대건설이었다. 할지라도 어쨌든 일개 건설회사다. 그런데 국가의 얼굴이자 자존심이라고도 할 수 있는 수도의 '메인스타디움'을 일개 건설회사의 명절 놀이터로 내줄 수 있단 말인가? 도대체, 그 하루 임대료가 얼마나 된다고. 참으로 돈의 위력은 놀랍다 아니할 수가 없다. 그러니 일류 나이트클럽도 그래봤자 노가다들인 100여 명의 한국인 근로자들의 파티장으로 감지덕지 내줄 수밖에 그렇게 초저녁부터 시작되는 송별파티는 송별은 핑계일 뿐 먹고 마시다 기분만 나면 무대로 뛰어나가 각자 오만가지 폼을 잡고 노래를 불러댄다. 그 밴드들도 이미 한국 가요에 익숙해 잘도 반주 해준다. 그렇게 한바탕 마치 가수기라도 한 냥 불러 제끼곤 밴드 마스터에게 500페소 한 장을 팁으로 주면 팡파르까지 올려준다.

그야말로 노가다들인 근로자들에겐 평생 잊지 못할 천국이나 마찬가지인 별세계였던 것이다. 따라서 그 당시 근로자들 중 그 나이트클럽의 '바바에'와 인연이 없었던 근로자는 젊든 늙든 하나도 없었으며 있었다면 한마디로 틀림없는 '고자'나 동성애자뿐이었을 것이다. 있지도 않았지만, 알고 보면(○○동서도) 수두룩했다. 심지어 방까지 얻어 주말이면 찾아가 놀다 월요일 새벽 숙소로 기어들어와 현장에선 당시 천여 명에 이르던 필리피노, 필리피나들에게 일을 시켜놓곤 구석에서 꾸벅꾸벅 졸거나 도둑잠을 자던 근로자들이 한둘이 아니었다. 그 바람에 그곳에서 번 돈은 도로 그곳에 다 꼬라박았지만. 그래도 후회는 없을 것이다. 참고로 당시 그 은행(ADB) 공사 현장에서 일하던 현지 단순 근로자(필리피노, 필리피나) 들의 월 소득은 평균 3,000페소였다. 그들은 그 공사가 영원히 끝나지 않기만을 바랬다. 반면 한국 기술자들의 월 소득은 평균 150만 원이었다. 말하자면(150만원 VS 9만원) 이었다. 그 당시 150만 원은 지금의 400만 원에 해당한다.

삼촌은, 두 명의 '바바에'를 앉혀놓고 친구에게 한 가지 주의를 주었다. 술 몇 병 사줬다고 함부로 대하지 말라고, 애네들은 판자 술집의 아양덩어리가 아니라고, 적당히 손을 잡아보거나 허리를 안아 보는 정도는 허용 하지만 그밖에 행위는 삼가라고, 망신당하지 말고(삼촌은 이런 얘기를 한 적이 있다.) 당시 같이 일하던 친구와 함께 휴일 날 그 쓰리세븐의 두 '바바에'를 불러내(애인들) 놀러 가자고 해 그녀들이 가자는 대로 택시를 타고 갔다. 도대체 어디로 가는지도 모르고 따라갔다. 산과 들, 고원 지대를 지나 한 시간 이상 달려갔다. 도착한 곳은 고풍스런 성당 앞이었다. 영문도 모르고 따라 들어가자 그녀들은 무릎을 꿇고 십자 성호를 긋고 성수를 몸에 찍고 뿌린 후, 제단의 예수상 앞에서 무릎 꿇고 경건한 기도를 올렸다. 그 기도를 올리려고 백리 길을 달려온 것이다. 술집 여자들이 물론 술집 여자들이라 해서 종교를 믿지 말라는 법은 없다. 문제는 남자 애인들이 휴일 날 모처럼 놀러 가자는데, 만만찮은 택시 값을 내며, 술집 여자들이 고작 10분 정도의 기도를 올리려고 백리 길을 갈 수 있느냐는 말이다.

반면 우리네 술집 여자들이 같은 조건에서 크리스천이라고, 보살들이라고, 10분 정도의 미사 올리려고, 불공드리려고, 백리 떨어진 성당으로 절간으로 갈 수 있겠느냐는 말이다. 그녀들은 결코 광신도들도 아니다. 부끄러워서라도 티도 안 낼 것이다. 여기서 그들의 종교 문화를 이해할 필요가 있다. 필리핀의 종교는 90% 기독교, 로마가톨릭 85%, 이슬람 5%로 (가톨릭 국가다.) 새삼스러울 게 없는 그저 삶의 일부일 뿐이다. 평소엔 가보지 못했던 유서 깊은 성당엘 그 기회에 차비 안 들고, 한번 가본 것뿐이다. 직업과 종교는 별개인 것이다. 따라서 낙태를 금기시하며 불법이다. 또한 필리피나들은 아기를 무척이나 좋아한다. 술집 여자들을 앉혀 놓고 술을 마시다

보면 가끔씩 화장실에 간다. 그런데 필요 이상 한참 있다 오는 경우가 있다. 바로 골방에서 키우는 갓난아기에게 젖을 물리고 온 것이다. 그렇다고 그녀들이 자신의 삶을 저주하며 학대 한다고 생각하면 오산이다. 알았다고 어쭙잖게 위로하고 동정하는 것은 한마디로 어불성설이다. 그네들에겐 웃기고 있네, 니가 뭔데다. 차라리 우유 한 병 사다주면 고마워 할 것이다. 그 당시 삼촌은 그런 '바바에'에게 선물로 선풍기를 사다준 사람이다. 아기가 시원하게 잠잘 수 있게. 우리네 여자들은 아이고 참으로 자상하셔라 품에 안길 것이다.

예나 지금이나 한 가지 변함없는 것이 있다. 희한하게도 안주가 없다는 사실이다. 그 흔한 과일 안주, 마른안주 땅콩들 말이다. 순전히 깡 맥주다. 술집인데, 한국 사람들은 안주 없이 무슨 술이냐, 그들은 술이면 됐지 무슨 안주냐.

여기서도, 그들의 음식 문화를 이해할 게 아니라, 납득할 필요가 있다. 납득에는 전제 조건들을 알아야만 한다. 우선 그 나라는 참으로 무덥고 습한 나라다. 우기 철엔 말할 것도 없고, 평소에도 시도 때도 없이 폭우가 쏟아진다. 다음은, 국민의 절반이 하루 2불 정도로 생활하는 극빈층이다. 따라서 서민들인 극빈층 아녀자들은 하루 한번은 꼭 근처 시장을 갔다와야한다. 왜? 굶지 않으려면, 냉장고가 없기 때문이다. 내일 먹을거리는 있을 필요도, 이유도 없다. 돈도 없고. 따라서 매일 같이 30~40분은 시장을 갔다 와야 한다.(우리네는 가끔 운동 삼아, 바람 쐬러, 수다 떨러가는 쇼핑 나들이다.) 그러나 그네들은 습한 무더위 속에, 빗속에, 폭우 속에, 마른 땅을, 물바다나, 진창 길을 양산, 우산, 장화도 없이 가는 시장 길은 생존이 걸린 고행 길일뿐이다. 그래서 생겨난 것이 그들만의 독특한 교통수단인 마을, 동네를 하루에 수도 없이 쥐구멍에 생쥐 드나들 듯하는 '트라이시클(풋풋, 포드약, 하발하발)' 등이다. 1회 3페소, 즉 80원이면 시장엘 갈 수 있다는 얘기다. 밥은 굶어도 그 교통비는 필수다. 이웃집이라면 모를까 걷는 법이 없다.

그래서 그들은 7만 페소의(4년 간) 수업료가 필요한 고등교육을 받을 수 없다.

그렇게 시장에 가서, 사는 먹을거리들은 보통 3인 가족이라면, 감자 2개, 양파 1개, 과일 1~2개, 밀가루 1봉, 쌀 1봉, 어쩌다 생선 1마리, 계란 1~2개, 닭다리 1~2개, 또는 반 마리, 특별한 날 돼지고기 등이다. 삼촌은 그렇게 몇 달 동안 시장에서 직접 사본 사람이다. 더 이상은 필요 없다. 그날 다 닦아 먹어야 하기 때문이다. 물론 단칸방에서. 단칸방은 부엌이기도하다.

그런 그들에게 배보다 배꼽이 더 큰 맥주 몇 병에 무슨 안주냐. 그것도 우리에겐 별미지만 그들에겐 콩보다 못한 땅콩이나, 냄새나는 오징어, 시장, 산에 가면 지천으로 널린 지겹기만 한 바나나, 오렌지, 망고, 파인애플, 수박, 멜론 등은 100페소면 시장에서 한두 개가 아니라 다발로 주는데 한 접시 까서 500~1000페소 팔수도 없고, 사 먹을 리도 없다.

말하자면, 필리핀의 술집, 나이트클럽에 안주가 없는 것은 필연적으로 당연한 음식문화란 얘기다. 로마에 가면 로마의 법을 따를 수밖엔 없다는 얘기다. 다시 말하면 그들에겐 술은 술일 뿐이며 찐빵도 찐빵일 뿐이다. 반면, 우리에겐 안주 없는 술은 술이 아니며 찐빵도 앙꼬 없는 찐빵은 찐빵도 아닌 것이다. 여기서도 '바나나'가 과연 어떤 과실인지에 관해서도 한번 얘기해 보겠다. 우리는 시장이나 마트에서 비닐봉지에 들은 2~3개의 보기에도 싱싱하며 약간은 파르스름 하면서도 노란 큼직한 바나나와 그보다 좀 더 노랗고 약간은 검은 점들이 있는 '바나나'에 입맛을 다시며 손길이 간다.(3~4천원) 150페소.

그러나 그 파르스름하며 싱싱해 보이는 '바나나'는 사실은 설익고, 설 곯은 바나나며 좀 더 노랗고 점박이들이 좀 더 익고, 좀 더 곯은 바나나들이다. 그런데 명심할 것은 절대 자연산 바나나들이 아니라는 사실이다. 또한 자연산은 좀 더 작다. 즉, 대단위 '바나나' 농장에서 재배된 좀 더 크게 개량된 개량종 바나나란 얘기다. 따라서 익어서 딴 게 아니라 익기 전에 시퍼럴 때 따서 선별한 후 세척, 방부제를 섞어 비닐봉지에 밀봉 BOX에 담아, 컨테이너로 바다건너 수출 최소 한 달 이상 유통, 수송 기간을 거쳐 수입 그나마 방부제를 세척 제거, 시장이나 마트에 진열된 바나나들이다. 그때쯤이면 그 시퍼렇게 떫은 바나나가 익은 게 아니라(곯고, 변질된 것이다.) 그러나 필리핀의 산이나 정글 속엔 분명 '자연산' 바나나 나무가 자생한다. 그 자생 열매들은 그 나무에서 자연적으로 떨어지지 않는 한 나무에선 절대로 곯거나 썩지 않는다. 그 열매들이 샛노랗게 익었을 때 뿜어내는 진한 향기는 샤넬향수는 차라리 역겨울 정도다. 또한, 그 샛노란 껍질을 까서 알맹이를 입에 넣으면 그냥 녹아 버린다.

그럴 때 하는 말이 바로, 둘이 먹다 둘 다 죽어 버린다. 특히 그러한 산이나 정글 속엔(몽키 바나나) 말 그대로 자생 바나나의 절반 크기의 원숭이 바나나 나무들이 자생한다. 그 원숭이 바나나의 향기와 맛은 더욱 기가 막히다. 아마 시장이나 마트에서 보았을 것이다. 삼촌은 그 원숭이 바나나를 산속에서 정글 속에서 직접 다발로 따서 맛을 본 사람이다. 원숭이들이 정글 속에서, 자기들 밥을 훔쳐? 먹는다고 괘씸하다며 꽥꽥거리며 훔쳐보는 가운데, 삼촌이 그 원숭이 바나나를 정글 속의 오두막 앞에서 한 소녀가 쳐다보는 가운데 다발로 어깨에 둘러매고, 손에 들고 있는 모습의 사진을 나는 갖고 있다. 원숭이도 같이 있었으면 더욱 좋았을 텐데. 이와 같은 내용들은 삼촌의 '전성시대' 제7부에서도 밝힌 바 있다.

당시 삼촌과 근로자들이 기거하던 숙소에는 새끼원숭이 한 마리를 숙소에 있는 나무에서 키우고 있었다. 기다란 줄을 목과 나무에 연결해 놓고, 놀러갔다 올 때는 원숭이 바나나를 다발로 사서 갖고 와 새끼 원숭이에게 한 개씩 주면 삼촌의 어깨위에 올라타고 받아서 두 손으로 껍질을 까서 냠냠, 쩝쩝 먹어댔다는 것이다. 결국 결론은, 바나나는 술안주도 별미도 아닌, 원숭이 먹이라는 얘기다. 그 사진도 나는 갖고 있다. 어쨌든 로마에 가면 로마의 법을 따르란 말이 있듯이, 안주 없는 술을 감수해야만 한다. 그러나 방법은 있다. 땅콩이나 오징어를 사갖고 들어가면 된다. 또한 통닭도 시키는 게 아니라, 부탁하면 연락해서 통닭집에서 배달해준다. 한 마리 100 페소, 당시 삼촌은 통닭 한 마리를 부탁했다.

그런데, 삼촌과 친구가 닭다리 한 개씩을 다 뜯기도 전에 그 한 마리의 통닭은 게 눈 감추듯 뼈다귀만 남았다. 내숭떨며 얌전하던 암고양이들에 의해 그리고도 입맛을 다시고 있었다. 할 수 없이 두 마리를 더 부탁했다. 우선 굶주린 그녀들을 살려놓고 봐야했기 때문이다. 그리고 두 마리가 도착하자, 이번엔 어느새 냄새를 맡고 달려와 언니, 오빠들하며 눈치보다 삼촌이 고개를 끄덕이자, 두 바바에가 합세해 그 두 마리도 오래가지 못했다. 그 바람에 어쨌든 분위기는 부드러워지고, 삼촌의 자신들은 존재하지도 않았던, 애달픈 그 옛날 사랑얘기에 그녀들은 한숨지으며, 어쩌문 어쩌문 하며 자칫하면 목 놓아 울기라도 할 기세였다. 홍도야 우지 마라가 아니라 필리피나여 울지 마라였다.

그녀들도 꿈과 낭만은 있었던 것이다. 그러나 그녀들과 그 쓰리세븐 나이트클럽은 삼촌에겐 추억일 뿐 현실에서도 같은 곳, 같은 '녀'들일 수는 없었다. 추억은 어디까지나 추억일 때 그립고 좋을 뿐이다.(첫 사랑처럼) 밤 10시, 삼촌은 친구를 재촉해 그 쓰리세븐 나이트클럽을 나왔다. 그녀들에게 팁 500페소씩을 주고, 모두 3,500페소였다. <20년 전> 그 쓰리세븐 나이트클럽에서 나올 때 500페소만 지배인에게 맡기면 그녀들을 데리고 나올 수 있었다. 지금은 아마 2,000페소 이상, 그 이름도 모르는 두 바바에는 그날 밤 그 클럽에서 가장 재수 좋은 필리피나들이었다. 그러한 추억이 있을 리 없는 친구는 입맛을 다시며 아쉬워했다. 삼촌은 정 그렇다면 우리다시 그 말라떼의 판자 술집에 가보자고 하자, 친구는 두말없이 따라 나왔다. 그 친구는 아양덩어리만 생각하면 안달을 하는 친구였다. 삼촌도 왠지 그 마담녀가 보고 싶어졌다.

택시를 잡아타고, 판자 술집에 도착했을 때는 밤 11시였다. 들어서자, 맨 먼저 마담녀가 미소를 띠며 반가워했고, 아양덩어리는 친구에게 매달렸다. 소파에 발라당 누워있던 오빠녀도 발딱 일어나, 아빠, 아빠 하며 깡충깡충 뛰며 매달렸다. 아무래도 삼촌이 볼 때 미성년이었다. 이미 파장이었는지, 방에 들어가 있던 음향기사와 두 '바바에'도 방에서 뛰어나왔다. 결국, 음향기사는 음향실로 들어가 음악을 틀어대기 시작했고, 일곱 명은 한자리에 합석을 하게 되었다. 무슨 일이든 첫인상은 인상에 남기 마련이다. 그녀들과 삼촌, 친구는 쌍방 모두 첫 인상이 좋을 수밖에 없다. 그런 쌍방이 다시 만났으니 더욱 각별할 수밖에 없다. 특히 삼촌은 그 마담녀가 왠지 모르게 정이 갔다. 마담녀 역시도 삼촌을 바라보는 눈길이 그윽하기만 했다.

사실, 삼촌은 비록 60이 넘긴 했지만, 그 당당함은 여자들에겐 로망의 대상이기도 하다. 겉모습만으로도 파장이라, 손님들도 없었다. 마담녀는 아예 출입문을 닫아걸었다. 즉, 밖에 걸려있던 'OPEN'이란 팻말이 CLOSED와 자리바꿈 한 것이다. 우리말로 영업 끝이다. 전세 낸 것이나 마찬가지가 된 것이다. 아양덩어리는 친구를 죽여 놓기 시작하고, 어느새 오빠에서 아빠로 변한 아빠녀는 마담녀가 잠시 화장실에, 술을 가지러 자리를 비우면 그 틈에 냉큼 삼촌 품을 파고들며 아빠아빠 하며 응석을 떨어댔다. 단순한 응석이 아니었다. 그 꼽사리 아빠녀는 부정에 목말라 있었던 것이다.(누군지도 모르는 친부의 정에) 분명 감시하러 따라 나온 혹 같은 자신을 개의치 않고 배려해주며 맛있는 것도 먹여주고 청바지도 차별 없이 사주고 한 삼촌이 그 어린 아빠녀에겐 삼촌은 정말 아빠였는지도 모른다.

어쨌든 그렇게 술판, 노래판, 춤판은 개판, 난장판으로 그야말로 끝내줬다. 노래판이 벌어졌을 때도 마찬가지였지만, 춤판이 벌어졌을 때는 그 좁은 무대 위에 모두 뛰어나와 흔들어댈 때는 춤 경연장이나 마찬가지였다. 고고, 디스코, 밸리, 막춤 난리 브루스였다. 그런데 문제는 삼촌과 마담녀였다. 삼촌이 무드타임에 흘러나오는 브루스 스텝을 마담녀의 개미 같은 허리를 부드럽게 안고 밟자, 놀랍게도 마담녀도 그 스텝을 따라 밟더라는 것이다. 삼촌은 이미 말했듯이 춤 도사다. 아니 도사 수준을 넘어 프로 선수 수준이다. 따라서 파트너를 잡아보면 수준이 어느 정도인지 정확히 알아본다. 그런데 마담녀의 자세와 스텝은 결코 하루아침에 배울 수도 익힐 수도 없을 뿐만 아니라, 정통이었다. 일개 술집 여자가 어중이떠중이들에게 배울 수 있는 춤이 아니었다.

사실 필리핀은 국민의 70%가 서민이자 빈민층이다. 그들은 초등교육이 전부다. 글씨도 쓸 줄도, 알아보지도, 곱셈도 못하는, 문맹률도 10%에 이른다. 문맹이라는 것은 초등교육을 못 받았다는 말이다. 중류층 이상은 되어야 겨우 고등교육을 받을 수 있고, 상류층만이 대학교육을 받은 사람들일이라 할 수 있다. 한마디로 교육제도 자체가, 소 팔고 논 팔아 대학을 졸업하고 개천에서 용 났다는 소리를 할 수도 들을 수도 없는 나라다. 또한, 상류층 사람들이 받는 고등교육은, 미국과 유럽의 교육제도 스타일로, 정통이다. 영어는 물론 모든 과목들도 최고 수준의 교육이며, 따라서 교양 과목인 사교춤 과정도 남녀 공히 정통 서양 사교춤 강습이다. 다시 말하면 그런 정통사교춤 과정을 거치진 않고선 출 수 없는 자세와 스텝을 그 마담녀가 잡고 밟고 있었다는 얘기다. 역사가 이루어지는 순간이었다.

선수는 선수를 알아보고 잘 만난 것이다. 마담녀 역시도 놀란 눈치였다. 삼촌의 그 말은 마담녀도 삼촌의 춤 솜씨를 알아보았다는 얘기다. 그 난리브루스 속에서도 삼촌은 새삼 자세를 고쳐 잡고 스텝을 밟아 나갔고, 마담녀는 삼촌의 품에 안긴 채 숨까지 새근거리기 시작했다. 잠시 후 음악은 흐르지만, 주변이 조용한지라 돌아보니 다들 넋을 잃고 쳐다보고 있었다. 한 폭의 그림이자 환상 같은 삼촌과 마담녀의 춤을 그들은 처음 보았기 때문이다. 아마 그녀들도 마담녀의 그런 모습을 처음 보았던 모양이다. 멋쩍은 웃음을 띤 채, 자리에 앉자 모두가 박수치고 환호하며 일제히 잔을 들어 브라보 하며 잔을 부딪쳤음은 말할 것도 없다. 삼촌의 본모습이 서서히 드러나기 시작했던 것이다. 뿌리칠 수 없는 성화 속에 다음엔 탱고와 차차차, 룸바를 한바탕 신나게 추어낸 후, 마지막을 우아한 왈츠로 장식하자 그 판자술집은 뒤집어졌다. 거기다 마담녀가 벨리댄스로 역시 한바탕 허리와 엉덩이를 흔들고 돌려대며 피나래를 장식하자, 친구는 발광하듯 했다. 그 통에 죽어나는 것은 아양덩어리였다. 친구가 숨도 못 쉬게 끌어안고, 발버둥 치고 있었기 때문이다. 새벽 2시, 나온 술값은 8,000페소, 팁 3,500페소, 그 중 팁 1,000페소는 음향기사가 받았다. 충분히 받을 자격이 있다.

판자술집을 나왔을 때, 마담녀는 삼촌에게, 아양덩어리는 친구에게 달라붙어 있었다. 그대로, 바로 레드플라넷호텔로 들어가 각각 짝, 방으로 들어갔음은 물론이다. 그날 밤 아니 다음날 새벽 마담녀는 세 번을 까무러쳤다. 후에 마담녀가 한 소리는 평생 세 번은커녕 한 번도 까무러쳐본 적이 없었다고 한다. 삼촌은 썩어도 준치가 아니라, 살아 있고 펄떡펄떡 대는 준치였던 것이다. 고목나무에 싹이 트기 시작한 것이다. 마찬가지로 시들어가던 꽃나무와 꽃잎도 다시금 활기를 되찾고 진한 향기를 내뿜으며 피어나기 시작했던 것이다. 삼촌의 품에 안긴 채 가쁜 숨을 몰아쉬며 그녀는 이런 말을 했다.
여기서, 마담녀가 과연 어떠한 여자였는지를 아니 밝힐 수 없다. 부모님은 상류층으로, 외동딸로 자신의 어린 시절은 행복했다고 한다. 그러나 고등교육을 마쳤을 때, 부모님은 정적으로 몰려 가문은 몰락했고 자신은 핑계이며 변명일 뿐으로 오늘에 이르렀다고. 하지만 삼촌이 볼 때 그녀는 선택의 여지가 없었던 비운의 여인이었다. 눈물짓는 그녀는 자신은 꿈을 잃은 지 오래라는 것이었다. 삼촌의 가슴에 불이 붙는 순간이었다. 꿈을 잃었다는 것은 삶을 포기한 것이나 마찬가지다.

어떠한 상황에서도 꿈이란, 인간이 포기할 수는 없는 마지막 희망이자 최후의 보루다.

그날 아침, 역시 지칠 대로 지친 친구와, 여러 번 죽다 살아난 아양덩어리와 한 방에 모인 넷은 이런 상의를 하기 시작했다. 무엇보다 친구가 설쳐댔다. 카지노는 뒷전이었다. 이대로는 끝낼 수 없다는 것이었다. 그럼 도대체 뭘 어쩌자는 것이냐 하자, 어디든지 함께 놀러가자는 것이었다. 참으로 몰라도 뭘 모르는 철없는 소리였다. 그러나 삼촌도 솔깃하긴 했다. 어차피 놀러왔는데 어딘들 못 가랴. 문제는 그녀들과 함께 가자는 것이었다. 저녁때까지? 무슨 소리냐며 감질나게 최소한 며칠은, 며칠? 말이 되는가? 그녀들이 어떤 여자들인데, 그러나 친구는 막무가내였다. 왜 안 되느냐. 사실 안 될 것도 없다. 결국 구체적인 의논에 들어갔다.

삼촌은, 먼저 마담녀에게 물어보았다. "술집 주인이 누구냐"고. 술집 주인이 따로 있다는 것이다. 그럼 당신은 어떤 상황이고, 자신은 보잘 것 없지만 사는 집이 따로 있고 프리랜서라는 것이다. 이를테면 얼굴 마담격으로 자유롭게 출퇴근하며 빚도 없어 언제든지 그만 둘 수도 있다는 것이었다. 그럼 아양덩어리는 쟤는 술집에서 생활하며, 낭비벽이 있어 빚도 지고해 매여 있고 나머지 애들도 마찬가지라는 것이었다. 삼촌은 계속해서 그럼 만약에 우리가 어디든지 같이 놀러가자고 하면, 예를 들어 우리도 일정이 있어 삼일, 닷새, 일주일이라도 함께 가자고 하면 갈 의향이 있느냐고. 그러자 마담녀는 쟤는(아양덩어리) 물어봐야 알겠지만, 자신은 얼굴을 붉히며 작은 소리로 일주일이라도 당신이 가자면 간다는 것이다. 벌써 당신이 되었다.

삼촌이 60이 넘는 늙다리임을 까먹은 모양이었다. 하긴 그게 무슨 상관인가. 간밤에 세 번이나 까무러쳤는데. 그럼 문제는 아양덩어리인데 한 번 물어봐. 아양덩어리의 대답도 좋다였다. 그 아양덩어리도 친구가 좋았던 모양이었다. 죽다 살았지만, 그 말을 듣자 친구는 입이 벌어졌다. 그렇다면 친구와 상의 끝에 일단 5일을 잡고, 삼촌은 마담녀에게 다시 말했다. "당신의 생각 판단으로(그녀도 삼촌에게 당신이 되었다.) 얼마면 아양덩어리를 5일 동안 놀러나오 게 할 수 있느냐"고. 아양덩어리가 5일 동안 벌 수 있는 돈은 좀 차이는 있지만 한 5,000페소는 되지만 어쨌든 공짜로 먹고 자고 놀 테니, 꼭 대가를 바라진 않지만 그래도 친구를 흘낏 보며 같이 잘 텐데, 그 정도는 생각해줘야 하지 않겠냐고 했다.

문제는 술집인데 아양덩어리가 5일 동안 빠지면 많은 손실을 볼 텐데, 아마도 10,000페소 정도는 요구할 텐데다. 또한 7만 페소의 빚도 있어 그냥 내보내 줄 리 없고 최소한 5만 페소 정도의 보증금을 맡기라고 할지도 모른다였다. 그럼 보증금은 꼭 돌려받을 수 있겠냐고 하자 마담녀는 간단한 계약서를 쓰고, 보증금 영수증을 받고 맡기면 틀림없다며 자신이 보증하겠다였다.

삼촌은 친구와 상의했다. 내 문제는 내게 맡기고, 친구는 아양덩어리를 5일 동안 데리고 나가 책임지고 함께 노는데 (교통비, 밥값, 술값, 유흥비, 방값) 말고도 5일 동안 벌지 못한 5,000페소와 술집 보상금10,000페소를 부담하고, 돌려는 주겠지만 50,000페소 정도의 보증금도 맡겨야 하는데, 그래도 좋냐고. 지금이라도 없던 일로 해도 돼. 없던 일? 하이고 보증금은 돌려받으면 되고, 경비는 어차피 같이 쓸 거고, 만 오천 페소도 어차피 하더니 그 다음 말은 차마 못하겠던지, 경비 만 오천 페소 별게 아니네. 그 열 배라도 쓸 텐데. 이미 그 친구의 눈엔 콩깍지가 씌어 있었다. 콩깍지가 한번 씌워지면 그 눈엔 뵈는 게 없다. 한번 콩깍지가 끼면 어떻게 되는지 삼촌은 너무도 잘 아는 경험자였기 때문이다.(20년 전에) "그래? 그럼 문제없네. 딴말 없기다.", "딴말이라뇨? 형님이나 딴 소리 마슈." 모든 문제는 해결됐다. 이제 어디로 갈 거냐다. 갑론 을론 속에 그 최종 목적지는 '세부'로 결정 났다. 5일 일정으로, 그녀들도 가보고 싶다는 곳이다. 세부는 세계적인 관광지자 휴양도시다. 삼촌과 마담녀와의 암묵적인 거래는 일단 5일 동안은 가고, 오고, 먹고, 자고, 놀고, 일심동체로 뭐든지 줘도 좋고 안줘도 좋고 가다말고 오다말고, 굶어도 좋고, 밤새 잠 안자도 좋고 그저 좋고 좋은 계약이었다. 단! 한시도 떨어져선 안 되는 일심동체라는 별도 계약조건이 있긴 있었다.

곧 바로, 판자술집으로 들어간 '넷'은 술집주인과 모든 문제를 해결하고 친구는 계약서와 50,000페소의 보증금 영수증을 챙겨, 남녀 네 명은 다시 나왔다.

계약서의 5일은, 다음날 아침부터 5일 후 밤 12시까지였다. 그 시간을 넘기면 보증금은 안 준다였다. 말하자면 데리고 살

던지, 돌려주던지 알아서 맘대로 하라였다. 아양덩어리는 친구가 준 5000페소를 마담녀에게 맡겼다. 아양덩어리는 갓 미성년을 넘긴 20세였다.

판자술집을 나온 넷은 우선 배부터 채웠다. 아리랑 식당에서 현관복도의 경비원은 그때도 벌떡 일어나 경례를 붙였다. 나올 때 경례 값을 줄 수밖에 없었다. 둘다~ 그 경비원은 눈이 빠지게 기다렸을 것이다. 또 안 오나 하고, 그리고 간곳이 로빈슨 쇼핑몰이었다. 그곳에서 삼촌은 마담녀에게 뭐든지 능력껏 사주고 싶었지만, 그녀는 복장자체가 요조숙녀였기 때문에 간단한 여행 필수품만 챙겼다. 36방짜리 필름 3통과, 삼촌은 작은 카메라를 갖고 있다. 친구는 아양덩어리에게 짠돌이였는데도, 브랜드 케쥬얼과 꿈속에서나 그리던 산뜻한 '아디다스'스포츠화도 사주자, 아양덩어리는 방방 뛰며 친구 볼에 키스까지 해줬다. 친구는 좋아서 어쩔 줄 몰라 했다. 그리곤, 근처에 있는 여행사에서 다음날 오후 2시 출발하는(마닐라~세부직항) 페리(편도 20시간, 일반 선실 1인 1300페소) 'RORO(로로)' 배표 4장을 예약 받아들고 나왔다.(20시간)을 가야만 하는 항로지만 여행은 빨리 가는 게 아니라 얼마나 많이 구경할 수 있느냐다. 힘들고 고생길 일수록 더욱 즐겁고 남다른 추억여행일 수 있기 때문이다. 수박 겉핥기 여행은 돈 자랑 일뿐이다. 그녀들의 안내로 모든 수속은 일사천리였다.

그래도 시간이 남아 친구는 또 하얏트 카지노에 가보자 했고, 삼촌도 왠지 천사가 미소 지며 손짓하는 것 같아 같이 갔다. 삼촌의 예감은 대부분 맞는다. 친구는 역시, 바카라 테이블에 앉았고 아마 여행 경비라도 보충할 생각인 모양이었다. 뜻대로 될지, 삼촌은 30만원을 '칩'으로 바꿔 마담녀와 아양덩어리에게 십만 원씩 칩으로 나눠준 후 어떻게 하는지 아느냐고 하자 자기들도 찍기는 할 줄 안다고 했다. 그럼 맘대로 찍고 놀으라고 했다. 다만 이런 말은 해줬다. 아무 생각도 계산도 하지 말고 그냥 마음 가는 대로 찍고 싶은 대로 찍으라고. 잃으면 어쩌나 내 돈도 아닌데 생각할 필요도 없이 딸 팔자는 따고, 잃을 팔자면 잃을 수밖에 없다며 삼촌은 돌아다니며 구경하다 찍기도 하며 시간을 보내기 시작했다. 그런데 마담녀는 삼촌을 따라다녔다. 왜? 하자 일심동체잖아. 아양덩어리도 그럼 나는 이였다.

삼촌의 예감은 적중했다. 그러나 그 적중은 마담녀에 해당되는 적중이었다. 천사는 잃었던 꿈을 되찾고, 행복해 하는 그녀에게 미소를 보내고 있었던 것이다. 두 시간도 안 돼 마담녀는 그 칩을 세 배로 불렸다. 삼촌도 이해할 수 없는 기현상이었다. 그녀도 겁이 나는지 울상을 하며 어쩔 줄 몰라 하며 삼촌을 쳐다보기만 했다. 아양덩어리는 본전에서 왔다 갔다 하고 있었다. 아무래도 요리 갈까 조리 갈까 머리를 굴리는 모양이었다. 삼촌도 자신의 운까지 마담녀가 다 뺏어갔는지 별 볼일이 없었다. 친구는 그래도 따고 있었다. 삼촌의 베팅을 보곤 느낀바 있었는지 확실히 달라져 있었다. 그때까지 딴 돈은 5,000페소였다. 배 값은 벌은 것이다. 그런데 삼촌을 돌아보는 친구의 표정은 왠지 불안해 보였다. 아마도 그런 적이 별로 없었던 모양이다. 말로는 항상 땄다고 하지만, 마음이 흔들리면 그 게임은 보나마나다.

그만 일어나라고 눈짓했고, 친구는 곧바로 일어났다. 아양덩어리는 그래도 천사가 봐줬는지 13만원의 칩을 들고 만지작거리다 삼촌이 쳐다보자 내밀었다. 삼촌은 웃으며 칩은 손에서 떠나면 이미 주인이 아니니 가진 사람이 임자라며 빨리 돈으로 바꿔 떡 사먹든 빵 사먹든 맘대로 하라고 했고, 마담녀가 들고 어쩔 줄 몰라 하는 30만원의 '칩'도 "뭐해? 바꾸지 않고? 칩은 칩일 뿐이야. 임자가 따로 있어? 가진 사람이 임자지.", "그래도.", "그래도는 뭔 그래도야. 정 그러면 뽀뽀라도 한번 해주던지." 아까는 서운했는데 그녀는 얼른 삼촌의 볼에 뽀뽀한 후 빨개진 얼굴로 아양덩어리의 손을 잡고 칩 창구로 달려갔다. 그러자 친구는 만 원짜리 칩 10개를 내밀며 내가 줘도 되는데, 그러나 삼촌은 말했다. 돈을 준 게 아니라 칩을 줬다고. 그리고 칩은 손에서 떠나면 그만이라고. 그래서 칩을 따야지. 돈을 따려고 하면 안 된다고.

친구가 처음 들어보는 말이었다. "얼른 가서 바꿔. 오늘은 날 샜어. 더 이상 욕심 부리지 말고." 그렇게 넷은 13,000페소를 따고 카지노를 나왔다. 가장 많은 돈을 딴 사람은 30만원을 딴 마담녀였고, 아양 덩어린 13만원, 친구는 13만 5천원. 잃은 사람은 삼촌뿐이었다. 20만원 중 딴 3,000페소를 뺀 (11만 9천원), 카지노에서 잃은 게 아니라 두 여인에게 그러나 보상을 받을 것이다. 몇 배로 마담녀에게(보상받느라 코피를 흘릴 진 모르겠지만.) 여기서 말하는 10만 원은 그들에겐

4~50만 원에 해당한다.

　오일 째 되는 오후 5시였다. 그러나 그날 밤은 어쨌든 그녀들은 술집에 있어야만 했다. 지킬 건 지켜야했기 때문이다. 자유란 권리는 의무를 지킬 때 한해서다. 그녀들이 비록 5일이지만, 자유로워질 수 있는 시간은 다음날 아침부터이기 때문이다. 다음날, 오전 10시에 만나기로 하고 삼촌과 친구는 이번엔 "스파"를 찾아 들어갔다. 데스크에서 각자 1,300페소씩 지불 한 후 여권과 주요 물품을 맡기고 금고에 넣는 것을 확인 후 금고 키를 받아들고 꽤나 넓은 욕탕실로 들어갔다. 옷가지들과 약간의 현금 등은 욕탕의 보관함에 넣으면 된다. 따라서 금고 키와 욕탕 보관함 키는 목이나 발목에 차면된다. 30분 정도 목욕한 후, 바스 타월을 걸치고 나오면, 안내원이 마사지실로 안내해준다. 뒤이어 들어온 '마사지사'가 마사지걸과 마사지사는 다르다.(마사지사는 자격증 소지자다.) 온몸을 마사지 해준다.

　처음엔 엎드려 다음엔 누워, 그때 얼굴은 종이팩으로 코만 내놓은 채 가린다. 물론 하체는 수건으로 가린다. 그렇게 한 시간 정도 발끝에서 머리끝까지 마사지 해준다. 다 끝나면 팁으로 최소한 100페소는 줘야한다. 또한 욕탕 보관함 지기이자, 안내인에게도(남자) 팁 100페소, 말하자면 기본이 1,500페소다. 명심할 것은, 마사지 과정에서 또 다른 요구나 협상도 할 수는 있지만, 삼가는 것이 좋다. 잘 들어주지도 않지만 들어준다 해도 굉장히 비싼 대가를 지불해야만 한다. 그나마 그대로 끝난다면 다행이다. 우선 불법이다.(있으나 마나 한 법이지만) 그러나 만약 상대가 미성년이며, 조직적인 함정에 걸리면 미성년 추행, 폭행으로 걸려 신세 망칠 수도 있다. 경찰도 한통속임을 잊지 말아야 한다. 필리핀 경찰은 '크록커다일(악어)' 이란 은어이자, 별칭이 있다. 한번 물면 놓지 않는다는 얘기다. 아무리 당했다고 주장해 봐야 소용없다. 한마디로 귀걸이 코걸이다. 대사관에 구원을 요청해봐야 어찌어찌는 되겠지만 합의금으로 감당할 수 없는 대가를 치러야만 하며, 나라망신만 시킬 뿐이다. 각자 조심해야만 한다. 우리 나라라고해서, 외국인이 미성년자와 엮어 당했다고 주장한다 해서, 그대로 놔주겠느냐는 말이다. 그래서 정 놀고 싶으면 상대가 성년인지 확인할 필요가 있다.

어쨌든, 그렇게 스파와 마사지를 받고 나오면, 온몸의 피로가 풀리고 몸이 가뿐 하긴 하다. 삼촌과 친구는 다시금 아리랑식당에서 소주에 삼겹살을 구워 먹고, 온돌방에서 모처럼 편하게 세부의 꿈을 꿀 수가 있었다. 아리랑식당은 숙소도 있다. 침대방, 온돌방 등 하루 방값은 중급호텔과 비슷하다.

세부로

6일째, 아침 10시. 다시 만난 마담녀는 그렇게 요조숙녀일 수가 없었다. 아양덩어리도 산뜻한 케쥬얼 차림과 "아디다스" 스포츠화를 신은 모습은 깜찍하고 귀여웠다. 친구가 환장할 만도 했다. 넷은 다시금 아리랑식당의 경비원에게 팁을 주러 갔다. 뭐니 뭐니 해도 한국음식이 최고였다. 그녀들을 배려해서 야들야들한 불고기와 맥주를 시켜 먹고 마신 후, 입가심으로 냉면을 시켜 먹었다. 필리핀은 알다시피 무더운 나라다. 식사 후 특히 고기를 먹고 난 후, 얼음이 동동 뜨는 시원한 냉면 맛은 일품이다. 그녀들도 냉면 맛에 껌뻑 죽었다. 식당을 나서며, 차렷 자세로 서 있는 경비원에게 300페소를 주며 '세부'로 간다고 손을 흔들자 세부, 세부 하며 부러워하는 눈치였다. 그러나 경례는 잊지 않았다.

그리곤 택시를 타고 가면 300페소면 갈 수 있는 RORO페리 전용 부두를 이왕이면 말 마차 좀 타보자고 기다려 '깔레사(관광용 말 마차)'는 말라떼 마빈 스트리트를 자주 오간다. 20분쯤 기다려, 지나가는 말마차를 세워 500페소에 합의, 넷은 말 마차 뒷좌석에 앉아 타고, 따그닥 따그닥 거리며 그 혼잡한 거리를 잘도 달려갔다. 페리 전용 부두에 도착한 시간은 오후 1시였다. 여러 칸으로 나눠진 부두 대합실은 짐 가방, 짐 꾸러미, 보따리 등을 들고, 메고, 이고, 안고, 있는 수많은 승객들로 붐볐다. 대부분 서민들이었다. 이윽고 출발 시간이 가까워지자 개찰이 시작되고 수백여 명의 승객들이 개찰구를 나가 대기한 셔틀버스에 올라타고 정박해 있는 엄청나게 큰 페리 옆에 도착했다.

셔틀버스에서 내려 줄지어 페리의 승선 트랩을 올라가 입구에서 배표를 검사한 후, 팻말이 가리키는 방향으로 들어갔다. 페리를 처음 타보는 사람은 그 규모에 놀랄 것이다. 삼촌 일행의 선실은 일반 선실로 굉장히 넓었다. 수많은 1인용 침대칸들(2층)이 골목골목 나뉘어져 있고, 그 칸들은 자리마다 매트리스하나와 베개 하나뿐이다. 아무나 먼저 차지하는 사람이 임자다. 물론, 특등 일등, 이등, 가족석 등 선실은 다양하다. 말하자면 삼촌 일행의 잠자리는 가장 싼 자리인 삼등실인 셈이다.

뿐만 아니라, 일반 선실용만큼 크고 넓은 식당을 겸한 휴게실도 있다. 무대도 있고, 그밖에 별도의 장소와 선실엔 꽤 비싼 "바"나 고급 식당도 있다. 그런가 하면 배 값에 포함된 저녁식사와 밤 12시 야간 식사도 마치 구내식당처럼 두 차례 제공한다. 그럴 때면 수백 명의 승객들이 줄서서 배식을 받는다. 물론 그 밖의 음식, 음료, 술 등도 별도로 판다. 하여튼 여행하는 동안(20시간) 아무 때나 먹고 마시고 잠 잘 수 있는 곳이다.

그런데 그 수많은 승객들이 대충 자리를 잡고 나자 갑판으로 몰려 나갔다. 무슨 구경났나, 따라 나갔다. 정말 구경이 났다. 수많은 승객들이 갑판 난간에 달라붙어 밑을 내려다보고 있는데, 그 틈을 헤집고 내려다보니 바로 출항 준비를 하는 중

크로커다일 섬
위치 : 보라카이 섬 남쪽

이었다. 여간 재미있는 게 아니었다. 정박할 때 배에서 내려뜨린 여러 가닥의 어른 다리통만한 굵은 밧줄들이 배 앞머리부터 뒤꽁무니까지 부두의 허리통만큼 굵은 쇠말뚝(앙카)에 묶여 있다. 여러 척의 예인선(다크 보드)들이 대기한 가운데 하나하나 벗겨지자, 그 딱정벌레 같은 예인선들이 달려들어 앞에선 끌고 옆에선 주둥이로 그 큰 페리를 바다로 밀어 붙이기 시작했다. 앞에서, 옆에서, 뒤에서 그러자 처음엔 꿈쩍도 않던 그 큰 배도 서서히 앞머리가 바다 쪽으로 돌아가며 점차 부두에서 떨어지기 시작했다. 참으로 재미가 그만이었다. 그렇게 딱정벌레들이 기를 쓰고 끌고 물고 뜯고 밀어 붙이는 가운데 그 큰 페리는 이윽고 부두에서 완전히 멀어져 항구를 벗어나, 망망대해로 방향을 잡고 나자 예인선들은 모두 물러났다.

(참조) 'RORO'의 페리의 최대 승선 인원은 4,000명이다.

<참조> 대형 여객선이나 상선들의 입출항 시는 항구 밖에서 정선, 예인선들에 의해 입출항한다. 그래야만 안전하기 때문이다.

잠시 후, 갑판 중심부의 색깔도 선명한 커다랗고 빨간 (RORO)

로고가 새겨진 웅장한 거대한 굴뚝에서 검은 연기가 피어오르며, 부웅부웅 우렁찬 뱃고동 소리와 함께 뒤꽁무니에선 세찬 물결과 포말이 일며 배는 서서히 망망대해로 나아가기 시작했다. 마침내 '세부'로 20시간의 항해가 시작된 것이다. 수많은 구경꾼들은 박수치며 난리법석이었다. 참으로 구경꺼리였다. 그동안 삼촌이 찍어댄 사진은 열방이 넘었다. 마담녀와 아양덩어리 친구와 번갈아 가며 넷이 함께 찍을 때는 승객에게 부탁하기도 했다.

필리핀 해양대학생들

하여튼 출발부터 신나는 여행이었다. 거기다 망망대해라 해도 연안인지라 신나는 여행이다. 점차 멀어지는 본토와 크고 작은 그림 같은 남국의 푸른 야자수들이 우거진 섬들이 앞, 뒤 사방으로 심심찮게 펼쳐지곤 했다. 삼촌은 사진 찍기에 바빴다. 그 풍경과 배경으로 갑판에서 또는 난간에 기대서서 비행기를 타고 한 시간 만에 가는 여행은 여행도 아니었다. 그런데다 일단의 청소년들이 30여 명쯤 갑판에 몰려 있었는데 좀 이상했다. 단체 복장이었다. 또한 몇 명의 어른들 목에는 호각을 걸고 있었다. 알고 보니 실습 차 나온 해양대학생들이었다. 목에 호각을 걸고 있는 어른들도 지도교사들이었다. 그 청소년들은 한데 어울려 웃고 떠들며 사진을 찍고 찍어대고 있었다.

삼촌은 그들에게도 다가가 같이 좀 기념사진 좀 찍자고 하자 그 청소년들은 쌍수를 들어 환영하며 저마다 삼촌과 친구, 마담녀와 아양덩어리를 가운데 두고 서로 얼굴을 내밀며 온갖 폼들을 잡으며 법석을 떨어댔다. 그들에게도 그 실습 수학여행은 꽤나 가슴 설레는 여행이었던 모양이다. 거기다 한국 사람과 끝내주는 큰 누나, 작은 누나까지 끼어들었으니 한창 꿈과 낭만으로 넘쳐있던 그 해양대학생들로선 더없이 몸살 나는 시간이었는지도 모른다. 지도교사들까지 삼촌과 친구에게 악수를 청하며 함께 기념 촬영을 하기에 이르렀다. 아마 그들도 찍어댄 사진들을 두고두고 자랑할 것이다. 해양대학 실습여행 중, 만난 한국인 삼촌과 친구와 큰 누나 작은 누나와의 추억 여행을 결코 잊지 못할 것이다. 여행이란 바로 그런 것이기 때문이다.

어느 덧 오후 5시가 넘어 남국의 짙푸른 바다는 황혼으로 물들어 갔고 그 노을 지는 남국의 바다는 간간히 떠 있는 푸른 야자수들로 뒤덮인 섬들과 어우러져 그 풍광은 그야말로 한 폭의 환상적인 그림이었다. 그러나 그 그림 같은 풍광도 점차 어두워지며 사라지기 시작했다. 대신, 까마득히 보이지도 않던 본토의 불빛들이 명멸하기 시작했다. 또 다른 환상적인 야경이 펼쳐지기 시작한 것이다. 페리는 연안 여객선이었던 것이다.

필리핀에 도착할 때 하늘에서 내려다보던, 마닐라의 야경과는 또 다른 별세계였다. 그 별세계도 점차 멀어지며 희미해질 때의 야경은 차라리, 은하수였다. 그러나 결국 그 은하수도 사라지고, 깜깜해진 밤바다에 빛나고 있는 것은 항로를 가리키는 부표의 깜박이는 불빛들과 남국의 밤하늘에 빛나는 별들뿐이었다. 마치 꿈에서 깨어난 기분이었다. 일행은 휴게실로 들어갔다. 사실 '세부'로 갈 수 있는 직항노선은 국내항공과 페리뿐이다. 마닐라에서 세부의 국제공항이기도 한 '막탄'국제공항까진 1시간 10분이면 갈 수 있지만, 서민들은 꿈도 꿀 수 없는 편도 4,000페소 정도다. 물론 장거리 노선버스도 있지만 어차피 한번은 페리로 갈아타야만 한다. 따라서 RORO페리는 마닐라와 세부를 오가는 서민들의 가장 편리한 직항 교통수단일 수밖에 없다. 그 밖에도 이십여 곳의 페리 선박회사들이 있다.(20시간이 걸려도.)

〈참고〉'세부' 직항 항공노선은, 인천공항, 김해공항이 있다.(4시간은 걸린다.) 대한항공, 아시아나, 필리핀항공, 세부 퍼시픽 등

휴게실엔 수백여 명의 승객들로 넘쳐났다. 제각기 음료, 맥주, 빵과 간단한 음식들을 마시고 먹고 있었다. 그러다 수많은 승객들이 줄을 서기 시작했다. 여러 줄로, 바로 저녁식사 배식이 시작된 것이다. 삼촌 일행도 줄을 서자, 한 승객이 삼촌의 어깨를 툭툭 치며 옆줄을 가리켰다. 그 옆줄은 짧았다. 알고 보니 경로 우대 줄이었다. 어느새 삼촌은 늙은이 취급을 받게 된 것이다. 로마에 가면 로마의 법을 따르면 된다. 삼촌은 웃으며 그 옆줄로 옮겼다. 그것도 앞줄에. 덕분에 빨리 배식을 받을 수 있었다. 친구는 긴 줄에 서 있어야만 했다. 마담녀와 아양덩어리는 물론, 식사는 그런대로 먹을 만했다. 입맛에 맞진 않았지만, 결국 통닭과 맥주를 사서 2차 저녁 식사를 마쳤다. 그것도 재미였다.

삼촌과 마담녀는 댄싱킹, 퀸

　그러나 진짜 재미는 따로 있었다. 그 휴게실 한편엔 무대가 있다. 드럼도 있고 색소폰, 기타도 세워져 있었다. 마이크도 서있고, 공연시간이 되자, 드러머와 기타리스트, 색소폰 주자가 나와 자리에 앉고 들고, 메고, 한차례 둥둥둥, 빰빠라 챠챠챠 기타 선율이 흐르고 나자, 남녀 사회자가 등장해 '레디스 젠틀맨' 후, 무어라 소리치자 동시에 두다당당, 빰빠라방, 챠자자작! 한바탕 팡파르가 울려 퍼지고, 두 사회자가 한바탕 떠들어댔다. 수많은 승객들은 이미 자리를 잡고 있었다. 항해 도중의 서비스 정기공연이다.(편도 2회) 그때부터 온갖 노래와 춤, 쇼들이 펼쳐졌다. 필리핀 사람들처럼 놀기 좋아하는 민족들도 없다. 한마디로 베짱이들이다.

　여기서도, 그들의 놀이문화를 한번 얘기해보겠다. 그 나라는 말했듯이 사시사철 무더운 나라다. 즉 반바지, 셔츠 한 벌이면 얼어 죽을 염려가 없다. 또한 정 굶어서 못 견디면 산에가, 지천으로 널린 과일들도 따먹고 달콤하고 시원한 코코넛 열매를 따, 그 즙을 마실 수도 있다. 말하자면 굶어죽을 염려도 없다는 얘기다. 그러한 천해의 자연 조건으로 베짱이들이 될 수밖에 없다. 그러나 그것은 어디까지나 필리피노들 얘기다. 그 나라는 생소하겠지만 '모계' 사회다. 즉, 여성들이 집안을 이끌어 가는 가장들이란 얘기다.

따라서 그 나라에선 시집가서 구박받다 보따리 하나 싸들고 울며불며 친정으로 쫓겨나는 것은, 어불성설로 별나라 얘기다. 오히려, 장가가서도 그 놀기 좋아하는 개 버릇을 못 고치고 무책임하면 가차 없이 보따리는커녕 알몸뚱이로 쫓겨나는 것은 바로, 필리피노들이다. 필리피노(젊은 남자), 필리피나(젊은 여자) '필리피노'의 본뜻은 본토 말인(따갈로그) 표준말을 의미한다. 따라서 집안의 장녀인 "필리피나"들은 우리의 장남들과 마찬가지로, 남동생들을 쥐 잡듯이 잡는다. 따라서 필리피노들은 큰 누나를 제일 무서워한다. 큰 누나가 한번 눈에 쌍심지를 돋으면, 벌벌 떤다. 그뿐만이 아니다. 오빠들만 있어도 시원찮으면 "이 밥버러지들아 집안은 내가 책임질 테니 걸리적거리지 말고 차라리 나가놀아라" 큰소리친다. 그러한 악착스런 필리피나들은 (2005~2006년도) 100여 만 명의 해외 취업자들 중 대부분으로 한해 벌어들이는 돈은 공식적으로도 160억불이 넘는 제1의 외화 수입원으로 필리핀 경제의 버팀목이기도 하다. GDP 10% 따라서 "필리피나"들의 파워는 대단하다. 그 대표적인 '필리피나'가 최초의 여성 대통령인 코라손C 아퀴노와(1983~1989) 6년 단임제, 두 번째 여성 대통령으로 글로리아 마카파랄 아로요가 있다.(2001~2010) 재임. 필리핀의 해외 근로자들은 국가적 영웅들로, 고향으로 금의환향하는 그들을(발리바얀) 성공해 고국으로 돌아온 사람들로 칭송한다. (GDP의 약 10%)

그러나 가장 대표적인 필리피나는 중부 '타클로반'에서 태

어나, 필리핀을 들었다 놨다 주무르며 한 시대를 주름잡으며
희대의 여걸로 불렸던 바로 이멜다 가문의 장녀, 페르디난도
E. 마르코스 '이멜다'다.(1965~1986년), 마르코스 장기 집권
어쩌면 그로 말미암아, '필리피노'들은 더욱 주눅 들고 '바할
라나(될 대로 되라)' 놀기 좋아하고 게으른 베짱이들이 되었
는지도 모른다. 그 베짱이들에겐 애당초, 얼어 죽고 굶어죽지
도 않을 뿐더러, 반면 우리는 봄, 여름, 가을, 겨울 봄에는 꽃
이 피고 여름엔 시원한 물놀이도 즐기며, 가을엔 오곡백과가
주렁주렁 결실을 맺고, 한겨울엔 함박눈이 내려 아이들은 썰
매타고 어른들은 스키 타며 즐길 수 있는 그야말로 끝내주는
금수강산이다.(단! 돈만 있다면)

그러나 만약, 없다면 봄, 여름, 가을, 부지런히 벌어놓지 않
으면, 엄동설한에 얼어 죽지 않고 무얼 먹으며, 어디 가서 잠
을 잘 수 있겠는가? 그로 말미암아 장남들에겐 너만은 기필코
성공, 평생 등골이 휘고 뼈 빠지게 일했으면서도 소 팔고 논
팔아 뒷바라지해, 그나마 대학을 졸업하고 성공해 개천에서 용
났다는 소리까지 듣게 된 장남들은 비록 성공했다 할지라도
평생 멍에를 짊어지고 살아야만 한다. 부모님을 모시고, 동생,
누이들을 보살피며 그렇지 않으면 인간 말종으로 손가락질 받
기 때문이다. 때문에 며느리는 시어머니에게 어떻게 키운 아들
인데, 구박 받아야 하며 올케는 공부도 못하고 밥만 축내는 쓸
모없는 애물단지 구박덩어리 찬밥 신세의 설움을 아무 죄 없
는 새 언니에게 화풀이 하게 되는 것이다. 그새 중간에 죽어나
는 것은, 소위 성공 했다는 장남들인 것이다. 그나마 시동생들

이 동병상련으로 마누라 편을 들어줘, 숨 쉬고 살뿐이다. 과연 그러한, 개미들과 베짱이들 중 누가 더 행복할지는 생각해 볼 일이다. 분명한 것은 그 베짱이들의 행복지수가 세계 상위권이라는 사실이다. 개미들로선 알다가도 모를 일이다.

따라서 그들의 놀이문화도 쥐뿔도 없는 것들이 비웃고 한심하게 볼 것이 아니라, 아 그래서 그렇구나 하며 같이 놀라는 얘기다. 그 나라에 갔으면 공연 중 승객들은 아무나 뛰어나가 노래도 부르고 광란의 춤을 추기도 한다. 그 노래와 춤도 보통 솜씨들이 아니다.(놀이의 달인들이다.) 도대체 무슨 소린지 알 수 없는 인터뷰도 한다. 그럴 때마다 승객들은 포복절도 환호한다. 그런가 하면 옷차림도 요란한 남녀 댄서가 무대도 아닌 승객들이 비워놓은 자리에서 현란한 춤을 추어대기도 했다. 분명 정기 공연 댄싱 커플이었다.

삼촌의 끼가 발동 되는 순간이었다. 물고기가 물을 만난 것이다. 망설이는 마담녀를 끌고나가 그 직업댄서들과 어우러져 삼촌의 그 놀라운 춤 솜씨로 현란한 춤을 추기 시작하자 처음엔 웬일인가 싶어 잠시 멈칫했던 밴드는 곧바로 삼촌과 마담녀의 율동에 맞춰 미친 듯이 불고 쳐대고 두들겨 대기 시작했고 한참 날뛰던 두 남녀 댄서도 함께 어우러져 그야말로 박수치고 환호하는 수백여 명의 승객들과 함께 그 휴게실은 광란의 도가니로 돌변하고 말았다. 음식 코너의 점원들도 하던 일을 집어치우고 달려 나와 넋을 잃고 구경하고 있었다. 또한 무대의 두 남녀 사회자도 처음엔 황당해 하다가, 곧 같이 발광하듯 무대에서 방방 뛰고 있었다.

초콜릿 힐 Chocolate Hill

보홀 투어를 '초콜릿 힐 투어'라 부를 만큼 초콜릿 힐은 보홀 투어의 하이라이트다. 마치 키세스 초콜릿처럼 생긴 언덕들이 옹기종기 모여 있는 모습이다. 총 1268개의 언덕은 산호초의 퇴적물이 오랜 시간 동안 융기와 부식을 반복하면서 빚어낸 것이 바로 지금의 모습이다. 우기인 6월~11월에는 진짜 초콜릿처럼 갈색으로 변한다. 전망대에서 계단 쪽으로 올라가면 초콜릿 힐을 한눈에 내려다볼 수 있는 지점과 만난다. 알로나 비치에서 차로 1시간 30분 정도 걸린다.

보홀 초콜릿힐스. 건기 때 갈색으로 물들면 키세스 초콜릿

그도 그럴 것이 삼촌과 마담녀의 춤은 흔히 볼 수 있는 춤이 아니었기 때문이다. 그들의 놀기 좋아하는 만치 춤의 수준도 알아볼 수 있었기 때문이다. 그렇게 한바탕 춤을 춘 후 나오려고 하자, 그 수많은 승객들과 그 두 사회자가 그대로 놔둘 리가 없었다. 난리법석들을 떨며 앵콜, 앵콜하는 가운데, 두 사회자가 달려와 밝은 바단데, 어디를 가시냐며 무대로 끌고 올라갔다. 정기공연은 뒷전이었다. 다행히 삼촌은 그들 말도 어느 정도 할 줄 알았고 영어도 웬만큼 했을 뿐만 아니라, 토박이 마담녀까지 있어 그 인터뷰는 일사천리로 진행됐고 그 공연의 정규진행은 제쳐 놓고 카메라의 포커스는 오로지 아시아의 노신사와 꽃 같은 마담녀에게 집중돼 있었다.

사실, 그렇게 공연 도중 뛰어나와 춤추고 노래 부르는 승객들은 하나둘이 아니다. 또한 그들의 노래 솜씨나 춤 솜씨도 보통이 아니다. 그러나 삼촌이 누군가? 또 마담녀의 미모나 몸매 춤 솜씨도 흔히 볼 수 있는 수준이 아니다. 그들로선 놀라고 광분할 수밖엔 없었던 것이다. 따라서 두 사회자의 인터뷰 내용은 도대체 정체가 뭐냐였다. 승객들의 관심은 말할 것도 없었다. 삼촌은 그저 유람 중이었다고 얼버무렸지만, 그 정도로 끝날 인터뷰가 아니었다. 오히려 정체를 숨기는 꼴이 되어 삼촌과 마담녀는 더욱 신비의 베일에 가려진 미스터리의 인물들로 증폭 되어 승객들을 환장하게 만들었다. 정체를 밝혀라, 어디서 왔냐, 어디로 가냐, 세부에서 세계무도선수권대회가 열리나? 참가하러 가냐? 아니면 세계 무도 댄싱 챔피언인 킹과 퀸으로서 순회공연 하러가나? 하여튼 난리도 그런 난리가 없었다. 삼촌이 벌집을 들쑤셔 놓은 것이다. 그럴 만도 했을 것이다. 삼촌의 춤 솜씨는 직업 댄서들의 춤과는 그 차원이 달랐기 때문이다.

결국 열화와 같은 앙코르 속에 삼촌과 마담녀는 무대에서 모든 승객들이 넋을 잃을 수밖에 없는 환상적인 스페셜 춤의 공연이 펼쳐졌다. 밴드들도, 세계적인 무용수들의 춤에 행여 책잡힐까 긴장한 채 연주들을 하기 시작했다. 삼촌의 요청에 따라 차례차례 나오는 음악에 맞춰, 폭스트롯, 퀵스텝, 차차차, 룸바, 비엔나 월츠까지 그야말로 세계무도선수권대회에서나 볼 수 있는 정통 무도였다. 더군다나 그 절도 있고 파워 넘치는 액션의 '베사메무쵸'의 탱고 춤과 마지막을 장식하는 '파소도블레' 춤은 승객들을 미치게 만들었다. 그 페리호가 뒤집어지지 않은게 다행이었다. 그들에게 삼촌과 마담녀는 틀림없는 세계 무도 댄싱 킹과 퀸이었다. 마침내 삼촌은 친구와 아양덩어리까지 무대에 올려 적당히 소개했지만 승객들은 보디가드와 시녀쯤으로 생각했을 것이다. 그날 밤 페리호에 승선했던 승객들은 두고두고 입방아를 찧어댈 것이다. 그 세부로 가는 '페리'에서 세계댄싱챔피언들을 만났었다고, 그리고 하나같이 싸인 받았고 사진도 같이 찍었다고, 전설로 남을 것이다. 그, 편도 두 차례의 정기공연은 마닐라, 세부 간 정기운항선인 'RORO' 선박회사의 트레이드 정기 공연이다. 아마도, 그 홍보 책자의 타이틀 표지 그림도 삼촌과 마담녀의 춤추는 장면과 모습으로 새롭게 바뀔지도 모른다. 세계적인 무용수들이 다녀갔다고 자랑할 것이다. 삼촌과 일행이 앉은 자리엔 승객들의 싸인 공세와 기념

촬영 요청으로 삼촌 일행은 시달려야만 했다.

분명한 것은 그날 밤 정기공연은 센세이셔널한 특별 공연이었다는 사실이다. 출연료는 승객들이 사다바치는 술과 음료, 식사 등이었지만 또한 금줄로 수놓은 제모와 제복을 차려입은 선장과 일등 항해사가 찾아와 삼촌 일행을 고급 식당으로 정중히 모셔갔고 식사가 끝나기를 기다려 고급 바에서 고급 술을 대접하며 누추한 곳을 찾아주셔 황송하다며, 어찌 일반 선실에서 주무시겠냐며 특등실로 안내했다. 그리곤 또 찾아주시고 연락만 주신다면 리무진으로 모시겠다는 것이었다. 본사 회장님의 엄명이시라며, 그 바람에 삼촌 일행은 승객들의 시달림에서 벗어날 수 있었다. 그 선장과 일등 항해사가 삼촌 일행을 안내할 때 카메라맨이 촬영 장비를 어깨에 둘러메고 촬영하며 따라다녔음은 물론이다. 그때 혹은 그 후 'RORO' 선박회사에서 무슨 섭외가 들어왔는지는 나도 모른다.

 국내선
막탄 공항은 마닐라나 보라카이, 클락 등 필리핀의 다른 지역들과 국내선으로도 연결된다.

마닐라~세부 구간 : 거의 모든 항공사에서 이 구간을 운항한다.
까따끌란(보라카이)~세부 구간 : 제스트에어와 세부 퍼시픽에서 운항한다.
탁빌라란(보홀)~세부 구간 : 필리핀 항공에서 운항한다.

● 공항에서 리조트로 이동하기
다음과 같은 여러 방법으로 이동할 수 있다.

도교 사원 Taoist Temple

위치 세부 시티 북쪽, 비벌리힐스 상단
개관시간 06:30~17:30 입장료 무료

어쨌든 '세부'항에 도착했을 때는 다음날 오전 10시였다. 20시간의 배여 행치곤 유별난 여행이었다. 뛰어난 재주는 역시 없는 것보단 있는 게 낫다. 대기하고 있는 리무진은 없어, 할 수 없이 승객들을 따라 나가 세부항 앞의 거리에서 택시를 탔다. 그렇게 세부의 첫날 여행은 시작되었다. 다음엔 리무진을 탈지도 모르지만, 그러나 삼촌 일행은 모르고 있었다.(누구들인가, 급파 되어, 자신들을 뒤 따르고 있다는 사실을) 세부는(인구 250만 명) 길쭉한 고구마 같이 생긴 섬이다. 그 길쭉한 길이는 200km에 이른다. 따라서 세부는 크게 세부시티와 또 다른 조그만 섬인 막탄으로 나뉘며 그 막탄은 세부시티에서 택시로 20~30분 거리로 세부와 두 군데의 '막탄(ISLAND 인구 34만 명)' 막탄대교로 연결되어 있다. 그 막탄대교의 길이는 600m 정도다. 또한 세부공항이자, 막탄 국제공항도 막탄에 있다. 그 막탄공항은 택시로만 갈 수 있다. 특이한 것은 세부엔 버스가 없다는 사실이다. 따라서 찌쁘니가 대중교통 수단이다. 트라이시클과 함께. 물론 택시는 숱하게 많지만.

세부시티는(인구 80만 명) 세부의 중심 지역으로 크게 다운타운, 업타운, 라훅지역으로 나뉘며 5,000여 명의 한국 교민들이 모여 사는 코리아타운도 있다. 세부 전체 교민은(2009년 기준) 18,000여 명이다.(한인회 추정) '필리핀'에 관한 기본 정보

워터프런트 세부 시티 Waterfront Cebu City

위치 아얄라 센터와 도보 5분 전화 032-232-6888
홈페이지 www.waterfronthotels.com.ph
가격 수페리어 룸 103$

카지노가 유명한 호텔
워터프런트 호텔은 호텔 자체보다 카지노로 유명
한 곳이다. 카지노 호텔답게 외관이 화려하고 들어
가는 입구도 꽤 길고 화려하다. 객실은 호텔 외관
에 비해 좀 떨어지는 편.

는 국내여행사나 도서관의 홍보 팸플릿이나 참고. 책자(여행)들을 찾아보면, 이름 모를 섬들, 오지들이 아닌 한 웬만한 곳은 알 수가 있다. 많은 도움이 될 것이다. 그와 같은 기본 정보들을 통해 20분 정도 걸려 도착한 곳은 세부시티의 라훅 지역에 있는 고급 한식당인 '조선갈비'였다.

넓따란 주차장과 한인이라면 누구라도 금장 알아 볼 수 있는 큼직한 입간판과 현대식 깔끔한 한옥집 건물과 푸른 기와지붕의 역시 커다란 간판엔 한글로 큼직하게 써 붙인 '조선갈비'란 상호와 그 밑 부분엔 korea, restaurant가 써 붙여져 있다. 세부에선 한인들에겐 잘 알려진 고급 한식당이다. 대표 주 메뉴는 냉면 250페소, 소갈비 300페소, 갈빗살 500페소 등으로 모두 주인이 직접 요리한

조선 갈비 Chosun Galbi

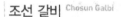

위치 라훅 지역, 살리나스 드라이브 선상
전화 02-233-3366 영업시간 09:00~24:00
가격 냉면 250P, 소갈비 300P, 갈비살 500P

직접 우려내고 뽑은 육수와 혼밥로 만든 쿨냉면

라훅에서 가장 큰 규모의 한식당
안으로 들어가면 유니폼을 깔끔하게 차려입은 종
업원들이 반겨준다. 깔끔한 내부와 정갈하게 나오
는 음식 때문에 저녁 식사 시간에는 사람들로 꽉
찬다. 주 메뉴는 불고기와 소갈비. 물냉면도 맛있
다. 모두 주인이 직접 요리를 한다.

다.(한인주방장) 09:00~24:00 내부는 여러 형태의 방들과 칸들로 나뉘어져 있어, 여러 명의 가족들이나 여행자들이 식사와 요리들을 즐기기엔 더 없이 좋은 한식당이다. 특히 방문들이나 칸막이들은 삼촌의 눈엔 너무나 정겹기 만한 그 옛날 조선의 '완'자, '아'자, '격'자, 거북문양의 살 문짝들이었다. 그밖에도 대들보나 석가래 등도 삼촌 일행이 맛본 한식요리들은 골고루 였다. 소주 150페소, 산미겔 50페소도 빠질 리 없다. 젊은 현지 남녀 종업원들도 깔끔한 유니폼 차림들이다.(4,000페소 정도였다. 10% 서비스 차지 포함)

세부에서 성공한 고급 한식 요리집 중 하나다. 조선갈비에서 점심 식사를 마친 후 향한 곳은 걸어서 10여분 거리인 결국 호텔보다 카지노로 유명한 '워터프런트호텔 카지노' 였다. '호텔수페리어룸'은 103달러. 워터프론트호텔, 카지노는 그야말로 한인들의 전용 카지노이자 천국이었다. 수백여 명으로 바글대는 60%는 한인 남녀노소들로 한켠엔 한인 상담 안내소도 있다. 젊은 한인 남녀 커플과 아이들도 수두룩하다. 따라서 역시 중앙 홀엔 '바카라' 카드테이블들과 한켠엔 룰렛판이 자리 잡고 있지만 다른 편엔 무엇보다 젊은 남녀들과 아이들이 좋아하는 뻥뻥이, 빠징고와 심지어 경마기계 놀이판도 있었다. 물론 수많은 슬롯머신들이 자리 잡은 구역도 있으며, 또한 중앙 한 편엔 높고 커다란 무대와 함께 그 앞엔 좌석들로 배치돼 있다. 그 무대에선 시간만 되면 커다란 유리통 속에 뒤섞여들어 있는 번호표들이 수천여장 들어 있으며, 수시로 사람들이 번호표를 여러 장씩 구멍 속으로 집어넣고 있다.

그 번호표들은 칩을 바꿀 때 액수에 따라 받는 번호표들이다. 즉, 추첨복권이다. 따라서 시간이 되면 수많은 남녀노소들이 운집한 가운데 무대에선 사회자가 아무나 불러내 그 유리통을 마구 회전시킨 다음 불러낸 사람의 눈을 가리곤 번호표를 뽑게 한다. 그러면 그 사람은 팔을 집어넣어 더듬거나 깊숙이 찔러 넣어 번호표를 한 장 뽑아낸다. 그 뽑아낸 번호표를 사회자가 뜸을 들이다 발표하면 누군가 절단된 같은 번호표를 들고 환호하며 뛰어 나간다. 그런 유리통 추첨은 십여 차례 반복된다. 경품은 각종 물품들이다. 10,000페소 쯤 되는 칩도 있고 하여튼 놀이 천국이다.

도대체 한인들 투성인지라 한참 놀다보면 서울인지, 세부인지 헷갈린다. 들리는 소리들도 또렷한 한국말인 자기야, 엄마, 아빠, 아, 여기다 찍으랬잖아, 등신같이 그럼 네가 찍어봐. 하는 등 가지가지다.(24시간 올나이트다.) 오픈된 이층도 있다. 당연히 별실들이 있으며, 고액 베팅룸이다. 이층의 '바카라' 파이브 카드 테이블에도 한국 사람들이 게임을 하고 있었다. 그때는 아양덩어리는 1층 홀의 '바카라' 테이블에서 게임하는 친구의 뒤에 붙어 있었고, 삼촌은 일심동체로 따라다니는 마담녀와 함께 이층으로 올라가 입맛에 맞는 '파이브카드' 테이블에 자리 잡고 앉아, 역시 10만 원을 칩으로 바꿨다. '칩'은 게임 테이블에서도 바꿀 수 있다. 단, 칩을 현금으로 바꿀 때는 창구로 가야만 한다. 그 파이브 카드 테이블에서 한 시간 반 만에 20만 원을 땄다.

딜러와 한국 젊은이들이 멍하니 지켜보는 가운데, 핏보스가

 찾아와 딜러가 교체되자 역시 1,000페소짜리 '칩' 한 개를 던져주곤 미련 없이 일어섰다.(30만 원의 칩을 들고) 즉, 8,000페소를 따고 일층홀로 내려온 삼촌은 마담녀에게 십만 원의 칩을 나눠 주곤 하고 싶은 대로 놀고 찍고 싶은 대로 찍으라며 뺑뺑이, 룰렛, 슬롯머신, 빠징고, 경마기계 등 돌아 다니며(미니멈 1,000원, 맥시멈 5만원) 게임들을 천원, 만 원까지 찍으며 즐기기 시작했다. 그런데 마담녀는 맘대로 찍으라고 했는데도 삼촌이 찍는 곳만 따라 찍었다. 왜 그래하면 맘대로 찍으라며, 죽어도 같이 죽고 따도 같이 따자는 배짱이었다. 하긴, 서로 반대로 간다면 하나마나 이며 일심동체도 아닐 테니. 그러다 보니 칩은 눈덩이처럼 불어났다. 그 칩은 자그마치 40만 원어치였다. 할 수 없이 쓰고 있던 모자에 담았다. 모자 속엔 빨갛고, 파랗고, 노란 동그란 과자 덩어리(칩)들이 수북이 쌓여 있었다. 끝내 주는 해변의 리조트에 놀러가서 하루 정도는 한바탕 놀 수도 있는 '칩'들이었다.

친구는 꼴 새를 보니 별 볼일 없어 보였다. 삼촌은 그 친구의 등 뒤에 붙어 안타까워하는 아양덩어리를 슬그머니 데리고 나와 카지노의 '바' 코너로 가 맥주를 마시며 아양덩어리에게 가르쳐 주었다. 그 친구는 놀 때는 기분파이며 화통 하지만 게임할 때는 옆에 있을 필요 없다고 따도 자기가 잘나서 땄을 뿐으로, 잘해주고 기분은 내겠지만 잃으면 너를 탓할지도 모른

사진 제공 필리핀 관광청

다며 차라리 없는 게 서로 좋을 거라며, 아양덩어리는 시무룩해졌지만 금방 명랑해졌다. 삼촌이 모자 속의 수북한 과자 덩어리들을 보여주었기 때문이다. 아양덩어리는 그 과자 덩어리들을 술안주로 깨물어 먹기라도 할 기세였다. 오후 3시였다. 잠시 후 삼촌은 좀 쉬자며 친구를 "바"로 데리고 왔다. 같이 술을 마시며 모든 일은 순리에 따를 수밖에 없다며 오늘만 날이냐고 하자, 친구도 알아듣는 눈치였다. 그 친구는 십만 원쯤 잃었다.

그런데도 그 친구는 미련을 버리지 못하고, 딴 데로 놀러가자는 것이었다. 그 딴 데도 카지노였다. 삼촌도 어차피 놀러왔는지라, 구경도 할 겸 카지노를 나와 택시를 잡아타고 무작정 알고 있는 카지노로 가자고 했다. 택시 기사는 알았다는 듯이 달려가기 시작했다. 마담녀와 아양덩어리도 세부는 처음인지라 잘 모르는 눈치였다. 어딘지도 모르는 곳으로 30분쯤 달려간 택시는 도심을 벗어나 바닷가가 보이는 곳으로 접어들더니 크고도 긴 다리를 건너기 시작했다. 바로 막탄 대교였다. 그 막탄 대교 입구는 커다란 아취가 세워져있고, 위에는 역시 굉장히 큰 그림판이 세워져 있었는데, 원주민 추장 같은 인물의 그림이었다. 바로 '라푸-라푸'라는 인물로, 필리핀사람들에겐 전설적인 민족 영웅이기도 하다.(동상은 막탄 안에 있다)

'라푸라푸'는 막탄섬의 옛 족장으로 1521년 3월 16일, 포르투칼 출신의 탐험가 '페르디난도 마젤란'이 '사마르'에 도착, 이 땅이 스페인령임을 선포, 가톨릭을 전파시작, 막탄아일랜드까지 진출, 그러나 1521년 4월 27일 결사적으로 버티는 '라푸라푸' 족장을 제압 하고자 60여 명의 병력을 동원했으나 "마젤란" 머리에 치명적인 창상과 다리의 독화살 부상으로 최후를 맞이한다. 그 마젤란이 사망한 날짜가 새겨진 초석 위에 지어진 막탄 사원에서 이 사건을 기념하는 거칠고 사나운 형상의 "라푸라푸" 동상이 서 있다. 이후, 필리핀은 400년에 걸친 스페인의 통치 속에 이 사건을 필리핀 역사의 기념비적인 사건으로 기억하며 '라푸라푸'를 민족영웅으로 추앙하는 것이다. 말하자면 '라푸라푸'는(우리의 '이순신' 장군과도 같은 존재다.)

  〈참고로〉 '라푸라푸'는 농어인 생선(다금 바릿과) 요리 이름이기도 하다.

  그러한 막탄대교(600m)를 건너 택시는 도무지 알 수 없는 마치 지방 동네와도 같은 잡다하고 요란스런 해안가 지역의 맨땅 도로를 달려갔다. 간간히 보이는 해변과 바닷가엔 그림에서 보던 '방카(나무배)'들이 떠 있기도 했다. 도대체 이런 곳에 무슨 카지노가 있다는 지 종잡을 수가 없었다. 이윽고 택시는 행인들과 또 다른 택시나, '트라이시클'들이 오가는 맨땅 도로와 복잡스런 지역을 벗어나 의외로 한적하고 깨끗하면서도 푸른 야자수들로 구획 정리 된 포장도로에 들어선 후 도착한 곳은 막다른 곳으로 입구는 검문소였다. 기관단총을 둘러멘, 무장 경비원이 택시를 세우곤 다른 경비원은 분명한 탐지기를 택시 밑에 집어넣고 한차례 훑어본 후 택시 기사가 내려준 유리 창문으로 삼촌 일행을 살펴본 후 물러나며 손을 들자 검문소의 가로 막대가 들려지고 택시는 안으로 들어갔다. 잠시 후 택시는 대형 빌딩의 제복을 입은 벨보이가 서 있는 현관 앞에 도착했다. 다왔다는 것이었다. 여기가 어디냐고 하자 '샹그릴라' 리조트 호텔이라는 것이다. 사실 그 호텔 뒤편은 푸른 바다였다. 기가 막혀 아니, 카지노로 가자했지 언제 리조트로 가자고 했느냐 하자 기사도 어리둥절해 하며 황당해 했다. 아마도 그 택시 기사는 삼촌 일행이 그 일류 호텔이자 카지노인 워터프론트호텔에서 나와 카지노 어쩌고저쩌고 하며 가자고 하자, 돈 많은 외국(눈치코치로) 관광객들이 괜찮은 리조트로 가자는 줄 알고, 제 딴엔 이왕이면 일류 리조트로 모신 후 팁이라도 두둑이 챙길 요량이었던 모양이다. 얼른 돌리라고 해 결국 택시는 왔던 길로 되돌아가기 시작했다. 삼촌은 도대체 이 지역에 카지노가 있기는 하냐고 캐묻자 있다는 것이었다. 그럼 무조건 그 카지노로 가자고해 왔던 길과는 딴판으로 그림 같은 야자수들이 가로수들로 늘어선 포장 대로를 따라 도착한 곳이 막탄 국제공항이었다.

공항 청사는 이층짜리 기다란 건물로, 여행사들과 레스토랑, 기념품 점포들이 들어차 있었다. 그러나 어쨌든 지방 공항인 만치 그리 복잡하진 않았다. 특히 그 공항 출입도로는 대중교통인 찌쁘니나 트라이시클 등은 출입할 수 없었다. 따라서 공항을 오가는 교통수단은 택시나, 자가용 여행사 버스뿐이다.

세부는 말했듯이 대중버스는 없다. 공항청사 앞에 도착 한 후, 여기는 또 어디냐며 누가 비행기 타는 대로 가자고 했느냐 하자, 택시 기사는 손가락으로 청사앞 도로 건너편을 가리키며 저곳이 카지노라는 것이었다. 가리키는 곳은 10여 층짜리 빌딩으로 커다란 빌딩 이름은 워터프론트호텔 카지노였다. 알고 보니 세부시티의 '워터프론트호텔 카지노'의 계열 부속 호텔 카지노였다. 돌고 돌아 어쨌든 카지노로 오긴 온 셈이다. 아마 그러한 우여곡절이 없었다면 삼촌일행은 막탄의 참 모습과 일류 리조트는 구경도 못해봤을 것이다. 여행이란 어쩌면 그러한 변수도 잊을 수 없는 추억이 될 수 있을 것이다.

워터프론트 막탄
Waterfront Mactan Hotel&Casino

막탄 국제공항 바로 옆에 위치하고 있는 호텔로서 카지노로 유명해 늘 사람들의 발길이 끊이지 않는 곳이다. 167개의 객실이 준비되어 있으며 거품 목욕 시설과 사우나 시설, 골프 시설이 있어 리조트 내에서만 편안하게 휴식을 취하고 싶은 사람들의 모든 편의를 봐 주고 있다.
카지노가 있어 조금은 붐비는 느낌이 들긴 하지만 한 번쯤 커플끼리 카지노에서 시간을 보내며 게임을 즐기는 것도 좋을 듯하다. 카지노 입장은 플리플랍이나 슬리퍼는 엄격히 제한하고 있으며, 카메라도 입구에 맡겨야 입장이 가능하다.

위치 막탄 국제공항 옆 주소 Salina Drive, Lahug, Cebu City 6000 요금 135달러~ 전화 032-340-4888

삼촌은 미터 요금 450페소에 50페소를 얹어주고, 택시기사도 군말 없이 받았다. 한 시간여의 별난 택시 여행이었다. 아마 직통으로 왔다면 미터 요금은 200페소도 안됐을 것이다. 삼촌 일행이 들어선 카지노 건물 안엔 별도의 레스토랑과 휴게실 등이 있었고 그 중엔 한식당도 있었다. 저녁때 인지라 한식당에 들어선 삼촌 일행은 돼지갈비와 소주, 마담녀와 아양덩어린 자신들의 입맛에 맞는 음식과, 맥주를 시켜 먹고 마신 후, 냉면도 한 그릇씩 비웠다. 휴게실에서 셀프 커피를 마시며 잠시 쉰 후, 카지노에 들어섰을 때는 오후 5시였다. 규모는 좀 작았고 꾼들도 백여 명 정도 많지 않았다. 아무래도 도심에서 멀리 떨어져 있고 일반인은 쉽게 접근 할 수 없어 아무래도 여행자들이 잠시 남는 시간에 즐기는 정도의 카지노였다. 게임 종목도 바카라와 블랙잭, 룰렛, 슬롯머신, 주사위 등 이었다. 아쉽게도 파이브 카드는 없었다. 사실 블랙잭, 파이브 카드는 꾼들이 많지 않다. 기본적으로 카드 게임의 실력이 있어야만 하기 때문이다. 따라서 '카지노'의 본질은 "운"을 기대하는 삼촌은 할 수없이 마담녀와 아양덩어리를 도박 (찍기라 할 수 있다.) 찍기 판으로 돌아다녔다. 친구는 그래도 아양덩어리에게 5만원 어치의 '칩'을 주곤 '바카라' 테이블들을 살펴보기 시작했다. 사실 바카라 테이블엔 매판의 결과가 전자 판에 기록 공개된다. 기본적인 참고 자료다. 마치 주식 현황판처럼.
　<카지노>는 규모만 다를 뿐, 대게는 비슷하다. 그러나 게임 종목은 각기 특색들이 있다. 있고, 없고의 필수적인 기본

종목은 바카라, 블랙잭, 룰렛, 슬롯머신, 뺑뺑이 등.

　삼촌은 역시 이십만 원을 '칩'으로 바꿔 마담녀와 절반씩 나눠 갖고, 돌아다니며 찍기도 하고 슬롯머신 구멍에도 코인들을 집어넣기도 했다. 마담녀와 아양덩어리는 여전히 삼촌을 따라다니며 같이 놀며 찍어댔다. 그런데 주사위 놀음이 참으로 재미있다. 주사위야 말로 찍기다.

　그 카지노의 '주사위'는 미니멈 100페소, 맥시멈 5,000페소 찍기는, 두 개의 주사위를 던져 두 주사위의 눈의 합이 짝수냐, 홀수냐 기준 수보다 높으냐, 낮으냐다. 또한 주사위는 꾼들 중 베팅 한 후 직접 던진다. 단, 직사각형의 넓은 판에 그어진 중앙선을 넘어가야만 한다. 굴리던지, 던지던지, 두 개 중 하나라도 중앙선을 넘지 못하면 아웃 즉 나가리다. 또 한 가지 특별한 규정이 있다. 만약 2개의 주사위가 빠구리가 된다면 즉, 올라탄다면 베팅의 '천'배라는 것이다.(있을 수 있을까?) 주사위는 카지노 것이다. 우연이 아닌 한 인위적으론 달라붙을 수가 없다. 카지노 역사상 주사위 판에서 두 개의 주사위가 上下로, 일심동체가 된 경우는 딱! 한번 있었다고 한다. 카지노계의 전설이다. 혹시나 하는 미끼일 뿐이다. 그러나 어쨌든 기대는 하게 된다. 따라서 던지는 자세와 폼들도 가지가지다. 두 개의 주사위를 손에 쥐고 흔들어 대거나, 입에 대고 맞추거나, 불거나, 뒤로 던지거나, 파트너와 함께 던지거나 심지어는 애인의 가슴에 비벼 대거나 양손으로 한 개씩 던지거나 참으로 구경거리다. 젊은 사람들 특히 아이들이 좋아한다.

삼촌과 마담녀 아양덩어리는 한동안 주사위판에서 놀았다. 번갈아 던지고 굴리면서 동서양을 막론하고 공기 돌 놀이는 역시 여자들이 재주가 있는 모양이다. 그녀들이 삼촌보다 승률이 높았다. 어쨌든 주사위는 직접 던진다는 점에서 또 다른 매력이 있다. 그러나 룰렛 판에선 오로지 삼촌의 손에 달렸다. 왜냐하면 삼촌이 찍는 대로 그녀들은 따라 찍었기 때문이다. 삼촌은 찍기에는 나름대로 원칙이 있다. 항상 지켜보며 기다리다, 두 번 이상 같은 쪽이면 다음엔 반대쪽에 건다는 사실이다. 물론 꼭 맞는 것은 아니다. 다만 통계상 승률이 60%라는 사실이다. 따라서 찍기는 기다림과 한결 같은 베팅의 일관성에 달려있다. 짧고 굵게는 알 수 없지만 가늘고 길게는 이길 수 있다는 얘기다. 문제는 탐욕인 것이다. 탐욕을 절제할 수만 있다면 굳이 카지노에 매달릴 필요 없다. 카지노가 탐욕 자체이기 때문이다.

두 시간 정도 놀았을 때 삼촌은 1,000페소, 마담녀는 2,000페소, 아양덩어리는 1,500페소를 땄다. 친구는 그때까지 5,000페소를 따고 있었다. 앞서 잃은 돈을 찾고, 덤으로 삼만 오천 원을 딴 셈이다. 삼촌은 그만 가자고 했고, 친구도 미련 없이 일어섰다. 사실 삼촌과 친구는 서울을 떠날 때의 주목적은 친구는 카지노였고, 삼촌은 어디까지나 추억 여행이었다. 그런데 이젠 얘기가 달라졌던 것이다. 친구에게 카지노는 0순위에서 선택으로 밀려났고, 삼촌도 일단 추억 여행은 끝났지만 새로운 추억 여행을 하게 되었기 때문이다.

시간은 7시로 어두워진 가운데 이젠 어디로 가느냐다. 바로 눈앞에 호텔이 있긴 하지만, 어중간한 시간이었고 정신도 말똥말똥한데다 호텔비도 스탠다드 룸이 100불이었다. 물론 한두 번쯤은 그런 호텔방에서 놀아도 보고 싶지만 삼만 원짜리 괜찮은 호텔방들도 널렸는지라 아깝기도 했다. 결국 술도 한잔 할 겸 의논 끝에, 다시 조선갈비로 가기로 했다. 조선갈비 앞에서 내렸을 때 택시의 미터요금은 150페소였다. 삼촌은 50페소를 얹어 200페소를 주고 내렸다. 그때 삼촌의 눈에 조선갈비에서 좀 떨어진 곳에 낮에는 보이지 않던 야경이 눈에 들어왔다.

불빛 속의 넓은 마당 한켠에는 보기에도 'ㄱ' 모양의 목조 건물엔 잡다한 가게들과 더불어, 그 가게들 앞엔 역시 'ㄱ'형태로 포장이 쳐있고 그 속엔 적당한 간격으로, 영락없는 드럼통들이 놓여있었고, 그 드럼통틀 마다엔 장작불인지, 연탄불인지, 숯불인지 알 수 없는 시뻘건 불길들이 타오르는 가운데 그 드럼통 앞에선 필리피노 혹은 필리피나들이 열심히 무언가를 뒤적이며 굽고 있었다. 또한 그 드럼통 앞엔 둥그런 탁자와 의자들이 놓여 있었다. 수십여 명의 사람들이 불빛 속에 둘러 앉아 먹고 마셔대고 있었다. 그 드럼통들은 대충 봐도 열댓 통은 되어 보였다. 바로 적당한 장소면 어느 곳에서든 저녁때부터 꼭두새벽까지 벌어지는 "바비큐 꼬치구이" 노점들로 이른바 그들의 전통 밤 음식 문화이자 '술' 문화의 현장인 <나르시안> 바비큐 골목, 노점, 가게, 마차 타운이었던 것이다. 삼촌 일행의 발길은 저절로 그곳으로 향했다. 빈자리를 찾아 앉아 좀 더 자세히 살펴보니 그 드럼통 주인인 '필리피노'는 숯불에서 구워지는 고기 조각들을 구워지는 대로 가느다란 대나무 꼬치에 십여 점씩 꿰어 한 옆에 늘어놓고 있었다. 얼마냐고 물어보자 그 돼지고기 꼬치는 개당 5페소였다.

사실 그 바비큐 꼬치구이는 종류가 다양하다. 없는 게 없다. 소고기, 돼지고기, 닭고기, 오징어, 게, 새우, 각종생선, 바나나 튀김, 옥수수 등 하여튼 가지가지다. 물론 가격도 '5페소~15페소' 등. 삼촌과 친구는 뒤편 가게에서 일단 산미겔 맥주를 10병 사갖고 나왔다. 병당 15페소였다.(그때로부터 15년 전엔 5페소였지만)

그러한 꿈과 같은 낭만과 떠들썩한 분위기속에 삼촌 일행이 마셔댄 맥주는 20병이 넘었고 빼 먹은 빈 대나무 꼬치도 20개가 넘었다. 그래봤자 전부 600페소(16,200원)였다. 배불러서라도 더 이상 먹고 마실 수가 없었다. 만약, 주변에 바나나 코코넛이 주렁주렁 매달린 야자수들과 오두막이라도 있었다면 그야말로 금상첨화였을 것이다. 야경 속에 찍어댄 사진만도 10방이 넘었다. 무엇보다 카메라 앞에서) 빈 꼬치들을 쳐

다보며 입을 찢어지게 벌리며 폼 잡는 필리 피노의 모습은 참으로 행복해 보였다. 진정 한 여행의 진수라 아 니할 수 없다.

불과 5~10분 거리 엔 일류 레스토랑과 휘황찬란한 호텔과 카지노가 있는 도심 한복판에 그러한 정취와 낭만 넘치는 나르시안이 있었던 것 이다.

'나르시안'에서 '바비큐 꼬치구이'와 맥주 파티 한번 못하고 돌아온 여행은 한 마디로, 수박껍데기만 핥다 돌아온 여행 일 뿐이다. 돈은 돈대로 쓰면서도. 그러면서도 별별 구경 다하며 놀아봤다고 여행사 버스만 타고 다니며 지정 기념품점에서 여행사 가이드와 짝짜꿍된 바가지 기념품들만 샀을 것이며, 그 흔한 '트라이시클'이나 인력거도 타보기는 했는지, 단체 여 행이니 패키지니 하는 여행은 다 그런 것들뿐이다.

바비큐 꼬치구이, 필리피노가 가르쳐준 중급 호텔에 들었을 때는 밤 10시였다. 그날 밤 각기 잡은 호텔방에서 삼촌은 코 피를 흘리며 마담녀를 또 다시 세 번 기절시켰다. 친구도, 밤 새 아양덩어리와 니가 죽나 내가 죽나 뒹굴었음은 물론이다. 그로 말미암아 삼촌은 그나마 마담녀가 매달렸지만 친구는 아양덩어리에게 매달리는 신세가 되고 말았다. 잘 알다시피,

남자는 한 번 여자에게 매달리기 시작하면 볼장 다 보게 된다. 다음날 아침 한 방에 모였을 때, 마담녀는 얌전하고 순한 꽃사슴이었지만 아양덩어리는 기세등등하고 암팡진 암고양이였다. 여자는 제 아무리 죽여주고 끝내주는 팔등신의 미녀라 할지라도 잔소리가 많으면 그 자체로 지옥이다. 그냥 아무리 못 생기고 좀 모자라도 그저 당신 말이 옳다는 여자가 최고다. 달을 보고 해라고 해도.

아양덩어리가 배고프다며 '조선갈비'로 앞장서 가자 친구는 두 말 없이 뒤따라갔다. 삼촌과 마담녀도 낄낄, 깔깔거리며 따라갔다. 계약 기간 5일 중 3일째 되는 날이었다. 그렇게 조선 갈비 집에서 아침 겸, 점심 겸, 해장 겸, 식사를 마친 후 일행은 또다시 워터프론트호텔 카지노로 갔다. 친구는 이번엔 아양 덩어리에게 십만 원어치의 칩을 쥐어준 후, 역시 바카라 테이블로 가 자리에 앉아 게임을 하기 시작했다. 이번엔 꼭 따겠다는 듯이. 삼촌도 마담녀에게 십만 원의 칩을 준 후 따라오지 말고 아양덩어리와 함께 놀라며 이층으로 어슬렁거리며 역시 파이브 카드 테이블로 갔다. 여전히 한인 남자들이 게임하고 있었다. 삼촌은 그들과 인사를 나눈 후 빈자리에 앉았다.

딜러가 삼촌을 유심히 살펴보기 시작하고 잠시 후 핏보스가 찾아와 역시 삼촌을 지켜보기 시작했다. 그런데 문제는 '핏보스'는 이를테면 게임을 감시하며 관리하는 말하자면 카지노의 테이블 매니저다. 말하자면 삼촌의 꿈은 물 건너 간 것이다. 카지노에서 한 번 요주의 인물로 찍히면 그 순간부터 볼 장 다 보는 것이다. 그래도 달라붙어 게임 한다 할지라도 잃지 않으

면 다행일 뿐, 설사 딴다 할지라도 몇 푼 안 된다. 모를 리 없
는 삼촌이 그 테이블에 앉아 있을 이유는 하등 없었다. 몇 번
게임한 후, 미련 없이 일어나 아래층 홀로 내려갔다. 동시에 핏
보스가 사라지는 것을 뒤돌아보며 '카지노'는 제 아무리 날고뛰
는 겜블러라 할지라도 그대로 놔두질 않는다. 모든 수단을 동
원해 그 겜블러들이 움치고 뛸 수도 없게 만든다. 변장을 한다
해도 그때 뿐 소용없다. 따라서 전설적인 겜블러가 쓴 책에는
그러한 '겜블러'들에 대처하는 카지노의 온갖 수단들을 적나라
하게 밝히고 있다. 이를 테면 카드 규정을 바꾸거나, 딜러를 바
꾸거나 한목만 사용하던 카드 목을 카드 통에 두 벌, 네 벌까
지 넣어 사용한다거나 심지어 무슨 트집을 잡아서라도 입장을
제한하거나 막기도 한다. 따라서 카지노의 블랙리스트에 오른
겜블러는 카지노에서 결코 자유로울 수가 없다.

결국 삼촌은 마담녀와 아양덩어리와 함께 찍기만 하며 돌아
다닐 수밖에 없었다. 뒤통수가 근지러울 수밖에 없었다. CC카
메라로 지켜보고 있을 테니 차비만 따갈게요. 사정할 수밖엔
없었다. 카지노도 그 정도는 허용할 것이다. 재주껏 그 정도
만 따가라고. 반면에 친구는 맛 좋은 먹이일 뿐이었다. 그러
나 오히려 자유로워 굼벵이도 구르는 재주가 있다고, 친구는
세 시간 동안 개 발에 땀났는지 10,000페소를 따고 있었다.
친구로 선 기록적이었다. 고액 베팅이야 한두 번에 왔다 갔다
하는 액수지만(미니멈 100페소, 맥시멈 5,000페소) 잔챙이
베팅으로 선 쉽지 않은 결과다. 삼촌과 마담녀, 아양덩어리는
바라던 대로 차비 정도인 합쳐 2,000페소를 땄다.

보라카이 트로픽스 Boracay Tropics

MAP 166-A $

위치 메인 로드 선상. 스테이션 2 비치까지 도보 5분
전화 036-288-4034
홈페이지 www.boracaytropics.com
가격 수페리어 룸 85$, 디럭스 룸 95$

화이트 비치에서 약간 떨어진 중급 숙소

화이트 비치가 아닌 메인 로드 쪽에 있는 숙소로 해변까지는 걸어 나가야 한다. 리조트 스타일의 제법 큰 수영장이 있어 휴양지 분위기를 내는 데는 부족함이 없다. 객실은 호텔 스타일로 깔끔한 편이며 욕실이 크다는 게 장점. 메인 로드 쪽이어서 트라이시클 등 차 소리가 들린다는 게 단점이다.

알타비스타 Altavista

MAP 166-A $

위치 보라카이 섬 북쪽 푸카셸 비치 방향
전화 036-288-9888
홈페이지 www.altavistaboracay.com
가격 디럭스 룸 2800P, 로프트 룸 3800P

300개가 넘는 객실을 갖춘 대형 리조트

알타비스타는 객실 수만 무려 329개에 달하는 대형 리조트다. 부지가 워낙 넓어 걸어서 돌아보기에도 부담스럽다. 객실은 디럭스 룸과 로프트 룸으로 나눠진다. 객실은 전형적인 콘도 스타일이며, 실용적으로 꾸며져 있다. 넓은 객실에 주방이 딸려 있는 스타일. 로프트 룸은 2층 구조로 되어 있는데 1층은 주방, 욕실, 거실이 있고, 2층에 침실이 있다. 하지만 화이트 비치 쪽과는 거리가 떨어져 있고 고지대에 있어 보라카이가 아닌 한국의 스키장이나 골프장이 있는 산속에 온 듯한 느낌이 든다. 비수기 때는 굉장히 저렴한 가격으로 프로모션하기도 한다. 디몰까지 셔틀버스가 운행한다.

보라카이 웨스트 코브 Boracay West Cove

위치 화이트 비치 북단과 이어지는 디니위드 비치. 화이트 비치 중심가까지 도보 20분 전화 036-288-4279/4579
홈페이지 www.boracaywestcove.com
가격 스탠더드 룸 5200P, 디럭스 룸 6100P

바다 전망이 아름다운 숙소

보라카이 웨스트 코브는 다른 평범한 숙소들과는 확연하게 구분된다. 일단 웨스트 코브까지 가는 길이 만만치 않다. 화이트 비치 쪽에서 걸어오게 되면 동굴 같은 곳을 지나 꽤 많은 계단을 올라야 웨스트 코브에 도착할 수 있다. 미로를 통과한 것치고는 꽤 인상적인 버섯 모양의 건물이 나오는데 이곳이 바로 웨스트 코브다. 바다를 바라보고 있는 이 화이트 톤의 건물은 스머프 집처럼 귀엽다. 2008년 필리핀 현지인이 지은 이곳은 대부분의 객실에서 바다 전망을 즐길 수 있다. 수페리어 스위트룸은 통유리 너머로 펼쳐지는 바다 전망이 인상적이다. 전용 비치가 없다는 것이 흠이지만 비치를 즐기려면 나미 리조트 쪽의 디니위드 비치로 나가거나 좀 더 화이트 비치로 걸어가면 된다. 웨스트 코브는 평범하지 않고 독특한 숙소를 찾는 이에게 추천할 만한 곳이다. 신혼부부들도 좋아한다.

샹그릴라 막탄 리조트
Shangri-La's Mactan Resort

가족 단위의 여행객과 허니무너에게 최고의 인기를 누리고 있는 리조트. 열대의 분위기가 물씬 풍기는 인공 해변과 대형 수영장이 샹그릴라 리조트가 인기 있는 가장 큰 이유다. 대형 수영장에서 수영을 하다가 해양 스포츠를 즐기고 싶다면 바로 해변으로 연결되는 계단을 따라 내려와 제트 스키는 물론 스노클링 등 원하는 스포츠를 즐길 수 있다.

어린아이들을 위한 키즈 풀은 물론 10m의 대형 미끄럼틀 시설이 있는 어드벤처 존이 있어 아이들이 있는 여행객들을 위한 편의 시설을 제공하고 있다. 전체적으로 유럽 분위기의 고급스러움이 묻어나며 내부에 조그맣게 쇼핑 시설도 갖추고 있어 여행객의 편의를 위해 애쓰는 모습을 엿볼 수 있다.

위치 막탄 섬 라푸라푸 시티 주소 Punta Engaño Rd, Lapu-Lapu City, Cebu 6015 요금 7,500페소~ 전화 032-231-0288 홈페이지 www.shangri-la.com/en/property/cebu/mactanresort

　　삼촌은 친구에게 눈짓을 해 카지노를 나왔다. 그리곤 호텔의 라운지 스넥바에서 커피와 맥주를 마시며 다음 행선지를 의논하기 시작했다. 오후 2시였다. 사실 해외 관광여행은 장기간이라면 모를까 입맛에 맞는 데로 모든 곳을 다 가볼 수는 없다.(단기간엔) 따라서 세부에서의 일정은 이틀밖엔 남지 않았다. 물론 삼촌과 친구뿐이었다면 놀 곳은 얼마든지 많았다. 카지노는 물론 마사지샵들과 술집들 천지였으니. 문제는 그녀들이었다. 호텔에만 쳐 박혀 있을 수도 없고, 그랬다간 몸도 성치 못할 테니 마침내 삼촌과 친구는 결단을 내렸다. 그 주눅 들기만 했던 리조트에서 한번 놀아보기로, 간이 배 밖으로 나온 결단이었다. 물론 삼촌의 삶에 있어 그보다 엄청난 놀라운 일은 수없이 많았지만 아마도, 짠돌이 친구에겐 생애 최대의 결단이었을 것이다. 호텔과 리조트의 하루 숙박비는 기본적으로 1실 2인이다. 즉 3인 이상은 별도다. 그러한 리조트에 가서, 하루 숙박비와 유흥비를 알고 나서 식겁하고 되돌아설 망정, 결단한 이상 삼촌 일행은 택시를 잡아타고 먼저 번에 들렀던 리조트호텔로 달려갔다.(까짓것 하며) 택시 기사도 알아듣고 일사천리로 달려갔다.

　그 리조트는 '샹그릴라 막탄리조트'였다. 생각보다 감당 못할 정도는 아니었다. 시설 사용 포함 하루 숙박 요금은 7,500페소이며, 열대 분위기가 물씬 풍기는 인공 해변과 초대형 수영장, 자연 해변으로 연결되는 계단을 따라 내려가면 '방카'놀이 배, 제트 스키는 물론 스노클링 등 바다 스포츠도 즐길 수 있으며 아이들이 놀 수 있는 10m의 대형 미끄럼틀과 어드벤처 존도 있다. 또한 내부엔 레스토랑과 조그만 쇼핑 시설도 있어, 가족 단위의 여행객과 허니문에겐 그만인 최고의 리조트라 할 수 있다. 물론 그러한 이용 요금은 별도로 있다. 오후 3시 그 '샹그릴라막탄리조트'에 체크인 한 후 다음날 12시까지의 시간은 삼촌 일행에겐 영원히 잊지 못할 꿈같은 시간이었다. 그 으리으리한 리조트 호텔방에서의 밤은 물론, 한차례긴 하지만 레스토랑에서의 산해진미와 제트 스키와 스노클링은 위험해서 못했지만 수영장에서의 물놀이와 원두막 속에 탁 트인 남국의 그림 같은 푸른 바다와 그 푸른 바다를 가르며 날아갈 듯 달리는 제트 스키의 모습을 감상하며 마시는 맥주맛과 해변의 모래사장에 누워 받는 마사지, 무엇보다 '방카'뱃놀이는 죽여줬다. 하와이의 와이키키 해변이 따로 없었다. 한마디로 영화 속에서나 보던 꿈의 휴양지였다. 마음 같아선 하루 더 놀고 싶은 곳이었다. 그 '상그릴라막탄리조트'에서 쓴 돈은 모두 23,000페소였다.(620,000원)

　문제는 시간이었다. 사실 5일 일정은 가는 날, 오는 날 빼면 3일도 빠듯하다. 따라서 삼촌과 친구는 갑론을박 했다. 페리로 갈 것이냐, 비행기로 갈 것이냐로. 비행기로 간다면 문제될 것이 없다. 그날과 다음날 놀고도 5일째 되는 날 오후에 출발해도 충분했기 때문이다. 그러나 페리라면 얘기가 다르다. 다음날 오후에는 출발에야 5일째 오전 10시쯤 마닐라에 도착할 수 있기 때문이다. 페리는 하루 1회 뿐이다. 호텔 데스크에 알아본 결과 페리로 갈 경우 오후에 배표를 끊어 놨다. 다음날 최소한 오후 1시까진(출발 오후 2시) 항구에 도착해야 하며, 항공일 경우는 다음다음날, 점심때쯤 공항에(막탄 공항) 도착하면 별 문제가 없었다. 항공편은 수시로 있기 때문이었다.(막탄에서 마닐라 1시간 10분) 다만 (페리 요금은 1300x4=4,800페소, 항공은 4000x4=16,000페소)란 차이가 있긴 하다. 결국 짠돌이 친구가 이겼다. 비행기를 타고 가기로. 하루라도 더 놀고 자고 싶었던 모양이다. 삼촌도 마찬가지긴 했지만 그녀들도 평생 타보지 못한 비행기를 타보게 된지라 좋아했다. 사실 그녀들로서는 세부 여행은 물론 비록 하루였지만 꿈과 같은 리조트에서의 즐김과 비행기까지 타 본다는 것은 어쩌면 평생 두 번 다신 없을지도 모르는 꿈의 여행이었을 것이다. 적어도 그때까지는. 어쨌든 비행기로 결정이 나자 시간은 널널해졌다.

삼촌 일행은 아쉽긴 했지만, 체크아웃한 후, 콜택시를 타고 일단 코리아타운으로 향했다. 5,000여 명이 모여 산다는 코리아타운은 한마디로 한인들 세상이었다. 시가지의 간판들도 하나같이 영문들이 섞여 있긴 하지만 한글들이었다. 없는 게 없었다. 반갑게 맞이하는 식당 주인의 첫 인사도 "놀러왔슈? 뭘 드릴까?" 하는 두메산골 아저씨 아줌마였다. 삼촌도 "그렇지유 뭐. 에, 된장찌개 좀 줘유. 어? 동동주도 있네? 거 동동주도 한동이 하고 빈대떡도 몇 점 귀줘유.", "그러지유. 뭐 그런데 이 숙녀분들은 워쩐댜? 옆집에서 시켜다 드릴까?" 옆집은 필리핀 식당이었다. 잠시 후, 옆집 필리피나가 찾아왔다. "마간다하프온?" 그들의 오후 인사말이다. 그리고 한참 후 쌀밥과 생선 요리가 나왔다. '라푸라푸'라는 필리핀 사람들이 가장 좋아하는 생선이다.

삼촌이 "미안해유." 하자 "뭘요 우리도 가끔 신세져유?" 그 아저씨는 충청도 공주 사람이었다. 필리핀으로 이민 온지 15년이 됐다고 했다. 타국에서 같은 나라, 같은 지역 사람을 만나는 것처럼 반가운 일은 없다. 삼촌은 "그래도 이렇게 모여 사니 외롭진 않겠네요?" 하자, "그렇지두 않아유.", "왜유?", "아, 한국사람 천지잖유.", "하긴 그러네유? 지겨운가?" 어쨌든 구수한 된장찌개와 시원한 동동주와 빈대떡은 먹을 만했다. 몇 점 맛본 라푸라푸 생선 요리도 의외로 맛이 있었다. 마담녀와 아양덩어리도 동동주를 마셔보곤 그 꽃잎 같은 입술을 혓바닥으로 핥아 댔다. 친구는 또 몸살이 나는 모양이었다.

　코리아타운의 시가지는 서울 시내와 별반 다를 게 없었다. 수많은 가게, 상점들과 노래방, 술집들과 그 중엔 주막, 룸살롱, 모텔 등 나이트클럽과 심지어 카바레도 있었다. 그러나 한낮이라 그런지 닫혀 있었다. 삼촌 일행은 노래방에 들어가 한바탕 노래를 부르고 나왔다. 또 갈 곳이 마땅찮았다. 삼촌일행은 다시금 공주식당으로 들어가 물어보았다. "어디 좀 놀만한데 없나유.", "글쎄요. 세부에 오셨으니 세부다운 곳을 가보셔야 할 텐데." 가르쳐준 곳이 해변가 리조트였다. "놀다왔는데, 어디서유.", "샹그릴라유.", "하이고 돈 줌 쓰셨겠네. 뭐 하러 그런데서 놀아유. 여기는유. 나도 몇 번 놀다온덴데유. 거저

노는데다 끝내줘유. 진짜 자연 리조트유. 정글 속에 방갈로두 있고 원두막도 있구. 원두막에서 자 봤슈?", "아주 옛날에는유.", "그래유?

별난 양반이네. 그럼 알면서 왜 그런데서 놀아유?", "그야 몰라서 그랬쥬. 세부는 머리털 나고 첨인데.", "아, 그러시구나. 그럼 잘 들어유?" 하면서 자세히 가르쳐 주었다.

택시가 내려준 곳은 정글 앞이었다. 가르쳐 준대로 야자수들이 우거진 정글 속으로 들어가 십분 쯤 들어가자 탁 트인 바다와 해변이 나타났다. 그야말로 한 폭의 그림이었다. 짙푸른 바다 위엔 돛을 단 요트들이 몇 척 떠 있고 널따란 모래사장과 해변 가엔 방카들이 떠 있고 한쪽 멀리로는 아담하면서도 제법 큰 하얀 현대식 건물과 주변으론 둥그런 방갈로들이 여러 채 보였다. 또한, 그 앞에도 방카와 카누, 바나나 보트도 여러 척이 떠 있었다. 바로 공주식당 주인이 가르쳐준 리조트가 틀림없었다. 그런데 공주식당 주인은 이런 말을 했다. 리조트로 바로 가지 말고, 가르쳐준 지름길인 정글로 가라고. 그럼 훨씬 실속 있게 놀 수 있다고. 그 말이 틀림없었다. 그 정글을 뚫고 나온 곳엔 조그만 구멍가게가 하나 있었고, 가게 앞엔 파라솔까지 꽂혀 있는 둥그런 탁자와 플라스틱 의자들이 놓여 있는 가운데 한옆엔 드럼통이 놓여 있었다. 바로 즉석에서 바비큐 파티를 벌일 수 있는 더없는 장소였다. 또한 그 구멍가게는 만물 가게였다.

맥주, 음료들은 물론, 온갖 열대 과일들과 소고기, 돼지고기, 여러 종류의 생선들도 양철 바닷물 속에서 헤엄치는 활어들이었다. 놀라운 것은 소주가 있다는 사실이다. 사실 소주는 한식당에만 있는 게 아니다. 소주는 180페소였다. 또 한마디로 즉석 구이들이었던 것이다. 식당 주인은 이런 귀띔을 했다. 원주민인 그 구멍가게 주인은 리조트에서 아무리 좇아내려 하고, 막대한 보상금으로 회유해도 꿈쩍 않고 벌써 몇 년째 그 장사를 한다고. 단골들도 많아 그 정글 부락에선 소문난 알부자라는 것이었다. 그럴 만도 했다. 더욱이 정글 속엔 고객들이 숙소로 사용할 수 있는 원두막도 몇 채 있다는 것이었다. 그 원두막들도 우습게 볼 게 아니라는 것이었다. 찬물, 더운물 다 나오고 전기도 들어온다는 것이었다. 변기도 있고. 비록 관광객들을 위해 개조해 원주민들의 진짜 토속 원두막은 아니지만 있을 건 다 있어, 원시림 속에서 하루 이틀 밤 지내기에는 그만이라는 것이었다.

사실 삼촌은 원주민들의 진짜 토속 오두막이자 원두막인 '니파' 오두막에 대해 한국 사람으론 그 누구보다 잘 아는 사람이다. '삼촌의 전성시대' 제7부를 보았다면 잘 알 것이다. 손님들을 맞이한 구멍가게 주인은 서둘러 드럼통에 숯불을 피우고 위에 그릴을 얹어 놓았다. 물론 마담녀와 아양덩어리가 알아서 다 했다. 음식들도 둥그런 탁자 위엔 금방 산해진미가 차려졌다. 수박, 바나나, 망고, 파인애플 등 그녀들은 신이 나서 고기와 생선들을 굽기 시작했다. 그야말로 끝내주는 야외 정글 바비큐 파티가 벌어진 것이다. 상상해 보라. 그 푸른 야자수들이 우거진 정글을 배경으로 그림 같은 남국의 집 푸른 바다 위에 한가로이 떠 있는 요트들과 좌, 우로 앞에서 뒤까지 널따랗게 나무 팔을 벌린 방카들이 떠 있는 백사장의 해변을 바라보며 끝내주는 미녀들이 팔을 걷어 부치고 구워주는 고기 조각들과 생선 조각들을 넙죽넙죽 받아먹으며 맥주를 병 채로 마셔대는 그 풍광이 기분을, 지상낙원이 따로 없었다. 친구는 아예 맛이 가서 제 정신이 아니었다. 고기와 생선을 굽고 있는 아양덩어리의 땀을 닦아준다, 부채로 연기를 휘졌는가 하면 수박 쪽을 먹여주기도 했다. 한마디로 점점 팔불출이 되어가고 있었다. 가관인 것은 아양덩어리가 당연해 한다는 사실이었다. 삼촌이 어이가 없어 쳐다보자 마담녀가 삼촌의 벌어진 입에 고기 한 점을 쏙 집어넣었다. 피장파장이었다.

그때, 정글 속에서 한 중년의 필리피나가 나타났다. 구멍가게 주인의 '아사와(아내)'였다. 그리곤 마담녀와 아양덩어리에게 "마간다하프온?" 하곤 뭐라 뭐라 떠들어 대기 시작했다. 아마도 어디서 왔냐. 여긴 어떻게 알고 왔냐. 이분들은 누구냐, 자고 갈 거냐 등등 일 것이다. 그리곤 고기와 생선들을 구워주기 시작했다. 그 바람에 마담녀와 아양덩어리도 자리에 앉아 먹고 마실 수 있었다. 그렇게 세 여자가 재잘재잘 거리는 소리들로 알게 된 사실들은 산미겔 맥주 한 병은 30페소이며 방카를 타 보려면 1시간에 1인당 200페소이며, 오두막에서 하룻밤 자려면 1인당 400페소라는 것이었다. 우리가 생각하는 샨미겔 맥주는 4홉짜리가 아니라 우리의 소주병과 맥주병의 중간쯤 되는 3홉짜리 병이다. 고기값이나 생선 값, 과일 값들도 별로 비싸지 않았다. 밥은 없느냐 하자 원한다면 해줄 수 있다는 것이었다. 삼촌은 구경도 할 겸 구멍가게로 들어가 양철 물통 속을 자세히 살펴보자 꽤나 큰 랍스터 한 마리가 구석에서 눈치를 보고 있었다. 이놈은 얼마냐고 하자 500페소라는 것이었다. 결국 그놈은 그릴위에 얹히는 신세가 되고 말았다. 소금을 살살 뿌려가며, 빨갛게 구워진 랍스터는 진미였다. 한동안 먹고 마시고 난, 삼촌 일행은 방카를 타보기로 했다.

방카는 원래 별로 크지도 않고, 사공들이 노를 저으며 해상교통 수단이나 고기 잡는 배였다. 그러나 지금은 리조트에서의 관광객들을 위한 놀이 배나, 가까운 섬들을 오가는 말하자면 수상 택시 같은 해상수단들이다. 따라서 20명 이상도 탈 수 있는 꽤 큰 방카들도 많고 지붕도 있다. 또한 프로펠러가 달린 발동선들이기도 하다. 다만 리조트에서 30분에서 1시간 정도 뱃놀이를 즐기는 관광객들을 위한 방카들은 지붕이 있기도 없기도 하다. 사공이 노를 젓거나 프로펠러 배이기도 하며, 크기도 작아 많아야 5~6명 정도 탈 수 있는 방카들이다.

그 구멍가게 앞 해변에 있는 방카들은 삼촌 일행(4명)이 타기엔 적당한 크기의 방카로 지붕도 있고 엔진을 돌려 프로펠러로 달리는 방카였다. 삼촌 일행은 방카에 구비된 방수 조끼를 입고 방카에 올라 자리 잡자 사공이 시동을 걸어 프로펠러를 물속에 집어넣고 손잡이로 조종했다. 방카는 물살을 가르며 그 리조트 앞바다를 누비기 시작했다. 그렇게 바다를 누비는 방카에서 바라보는 연안의 풍경은 또 다른 그림 같은 파노라마였다. 총 천연색 시네마는 저리가라였다.

푸른 야자수들로 우거진 연안의 정글과 리조트의 새하얀 건물과 리조트를 둘러싼 초가지붕 같은 방갈로들과 또 다른 방카들과 돛대만 세운 채 정박해 있는 요트들 등 그야말로 모두가 파라다이스였다. 방카는 흰 물살이 퍼지는 꼬리를 남기며 리조트 앞바다를 크게 원을 그리며 한바탕 신나게 바다를 누빈 후 돌아왔다. 그동안 찍은 사진 역시 열방이 넘었다. 필름도 한통밖에 남지 않았다. 그 방카 놀이는 팁까지 1,000페소였다. 어느덧 오후 5시가 되었다. 굳이 리조트로 갈 이유가 없었다. 오두막에서 그때까지 먹고 마시고 논 비용과 오두막 두 채의 임대비용은 모두 7,000페소였다. 자기로 했다. 오두막은 삼촌이 알고 있는 '니파' 오두막과는 좀 달랐다. 땅바닥에서의 높이도 1m 정도로 낮으며 계단으로 돼 있어 쉽게 오르내릴 수 있으며 오두막 안에는 더운물 찬물이 나오는 세면대도 있고, 변기도 있고 침대도 있었다. 선풍기도 있고, 전기도 들어오고 있었다.

단, 전기 사용은 10시까지라는 것이었다. 그에 대비해 석유 등 잔도 있었다. 참으로 낭만이 넘치는 잠자리였다.

한차례 오두막을 둘러본 후, 일행은 다시 구멍가게 앞에 모여 앉았다. 구멍가게와 파라솔에도 전등불이 들어왔다. 정글에서 바라보는 해변과 서서히 불이 밝혀지는 리조트와 앞바다의 야경은 또 다른 정취와 낭만의 별세계였다. 다시금 이차 야경 바비큐와 맥주, 소주 파티가 벌어졌다. 쌀밥도 부탁해 먹을 수 있었다. 불 솥에 밥을 했는지 누룽지까지 나왔다. 아마 한국인들이 심심찮게 놀러와 한국인들의 취향을 잘 아는지 익숙해 있었다.

삼촌은 혹시 냉면도 할 줄 아느냐고 하자 웃으며 가게로 들어가더니 메밀 냉면이 들어 있는 비닐봉지를 들고 나왔다. '메이드 인 코리아'인 평양 메밀 냉면이었다. 할 말이 없었다. 신라면은 이미 봐두었지만 설마 칼국수는 없겠지였다. 아마 놀러온 한국 아낙네가 냉면 조리법도 전수해 주었을 것이다. 고명으로 쇠고기도 얇게 썰어 삶은 계란도 반쪽씩 올려놓은 평양냉면을.

그 남국의 바닷가, 정글에서의 야경 파티는 밤 8시까지 계속되었다. 4,000페소가 추가 되었다. 구멍가게의 고기와, 생선, 맥주가 동이 날 정도였다. 그날 밤 오두막에서의 꿈같은 밤은 열대만큼이나 불타는 밤이었다. 그 와중에도 어디선가 꽥꽥거리는 원숭이의 울음소리가 들려왔다. 밤새 결코 조용한 정글의 밤이 아니었다. 밤하늘엔 남십자성이 빛나고 있었다. 지리적으로 맞긴 맞나? 하여튼 남쪽나라 밤하늘의 별들이니 맞긴 맞겠지?

다음날 점심때 삼촌 일행은 다시금 구멍가게에서 간단한 점심 식사를 마친 후, 이번엔 해변을 따라 리조트 앞으로 가 리조트 카페에서 앞바다를 바라보며 커피타임을 가졌다. 구멍가게는 보이지도 않았다. 미리 알지 않고는 찾아갈 수 없는 곳이었다. 코리아타운의 공주식당 아저씨와 아줌마의 귀띔과 도움 없이는 즐길 수 없는 실속 있는 하루, 하루 밤 리조트 여행이었다. 삼촌 일행은 그 리조트를 드나드는 택시를 잡아타고 다시금, 워터프론트호텔 카지노로 갔다. 행여나 비행기 값 좀 따지 않으려나 하고. 그러나 천사님이 이제 그만 하라고 하셨는지 모두가 별 볼일이 없었다. 세 시간 동안 그나마 겨우 본전을 건져 나왔다. 친구도 지쳤는지 5만 원을 잃고 나왔다.

도박은 특이한 점이 있다. 피곤하거나 컨디션이 안 좋을 때는 결코 딸 수가 없다는 사실이다. 아마도 판단이 흐려지거나, 귀찮아 승부를 서두르는 탓이 아닌가 싶다. 카지노에서 십여 분 거리의 조선갈비 근처의 동네시장 앞은 일찌감치 자리 잡은 '나르시안'들이 활기를 띄고 있었다. 오후 다섯 시쯤이었다. 이틀 전의 드럼통 앞에 앉자 고기를 굽던 필리피노가 반갑게 맞이했다. 두 시간이 넘도록 느긋하게 꼬치구이들을 빼 먹으며 맥주를 마시며 놀았다. 그때는 다른 드럼통들을 잠깐씩 돌아다니며 또 다른 별미인 꼬치구이들을 맛보기도 했다. 여러 드럼통 앞에서 먹고 마시는 필리피노, 필리피나들과 얘기도 나누고 사진도 찍고 하며 사진을 찍을 때는 그들은 하나 같이 온갖 폼들을 잡았다. 더 없이 즐거운 시간이었다. 그들의 순수한 참 모습이었다.

세상에 그들처럼 근심걱정 없는 사람들도 없을 것이다. 적어도 겉으로 보기엔.

밤 8시쯤, 역시 같은 중급 호텔에 들어 모처럼 푹 쉬고 싶었지만 그래도 놔둘 마담녀, 아양덩어리가 아니었다. 친구는 어땠는지 모르지만, 삼촌은 결국 마담녀에게 깔리고 말았다. 그날 밤 죽다 살아난 것은 삼촌이었다. 놀랄 노짜였다. 매일 밤 그랬을 테니, 무슨 비결이라도 있나? 믿을 수가 없었다. 잘 먹긴 하겠지만.

마침내 5일째가 되었다. 삼촌 일행은 '조선갈비'에서 어쩌면 마지막 일지도 모르는 세부에서의 점심 식사를 마친 후 역시 택시를 잡아타고 막탄 국제공항으로 향했다. 마닐라로 향하는 '필리핀에어'의 출발 시간은 오후 세 시였다. 두 시까지는 대기실로 들어가야만 했다. 잠시 카지노에 들렀다. 한 시간 반 정도의 게임에서 친구는 2,000페소, 삼촌과 마담녀, 아양덩어리는 3,000페소 정도 땄다. 천사님이 눈감아 준 모양이었다. 마담녀와 아양덩어리는 비행기를 생전 처음 타는지라, 삼촌과 친구 옆에 꼭 붙어 있었다. 비행기가 뜰 때는 아예 삼촌 품에 꼭 안겨 있었다. 그러나 금세였다. 사실 1시간 10분의 비행은 뜨고 내리는 게 전부다. 복잡하기만 할뿐, 간단한 기내식 서비스가 끝난 후 얼마 안 돼 '플리이스, 세프티 벨트' 하는 기내 멘트와 함께 어느새 마닐라 상공에 다다른 것이다. '항공여행'은 뜨고 내릴 때가 가장 긴장 된다. 자기도 모르게 두 손으로 무릎을 꼭 잡게 된다. 마침내 비행기가 활주로에 사뿐히 내려앉자 승객들은 하나같이 손뼉을 쳐댔다. 어쩔 수 없는 착륙할 때의 모든 여객기의 기내 풍경이다. 삼촌 일행이 마닐라 공항에서 택시를 타고 도착한 곳은 말라떼의 마빈 스트리트의 판자 술집이 아니라, 말라떼에서 근거리에 있는 '마닐라 베이(만)'이 환히 바라다 보이는 회색으로 바랜 낡은 스페인식 건물, 바로 마담녀가 세 들어 살고 있는 옥탑방이었다. 그러나 그 옥탑은 마담녀가 직접 칠한 하얀 페인트로 눈부시게 빛나고 있었다. 신데렐라가 살고 있는 동화속의 옥탑이었다. 마담녀는 어쩌면 그 옥탑에서 '마닐라' 만의 푸른 바다를 바라보며 매일 같이 밤마다 백마탄 왕자님을 꿈꿔왔는지도 모른다. 삼촌에게 그 옥탑은 신데렐라가 살고 있는 동화속의 옥탑이자 펜트하우스였다.

그 옥탑이자 펜트하우스에 들어앉은 삼촌은 결정했다. 승부수를 띄우기로, '바둑'에는 '승부수'라는 게 있다. 바둑에 있어 승부수는 전세가 불리한 쪽에서 전세를 만회 하거나, 이미 절망적인 승부를 뒤집고자 두는 수로 사실상 한 집 지나 만방지나, 굶어 죽나, 맞아 죽나 이판사판으로 두어 보는 수로 성공 확률은 극히 회박하다. 승부수 자체가 무리수이기 때문이다. 따라서 아무리 승부를 직업으로 삼는 승부사들인 프로 기사들이라 할지라도, 그래도 명분이 있어야 둘 수 있는 수가 바로 승부수다. 그나마 자신도 아리까리한 수 정도는 되야 상대도 인정하고 고심하며, 실수라도 할 여지가 있기 때문이다. 너무나 뻔한 되지도 않는 수는 승부수라 할 수도 없으며 상대에 대한 모욕일 뿐이기 때문이다.

그러나 그러한 승부수는 바둑에 있어서는 그나마 여지가 있다. 즉, 다음이 있다는 얘기다. 아무리 목숨을 걸고 둔다. 바둑은 삶의 전부다. 바둑은 내 인생의 전부다. 뿐이다 해도 그 숱한 승부수를 밥 먹듯이 두고서도 실패한 뒤 바둑을 포기하고, 사라진 기사들은 하나도 없다.(토혈지국의 주인공이라면 모를

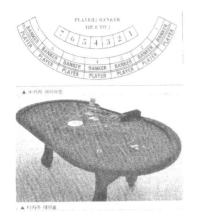

▲ 바카라 레이아웃

▲ 바카라 테이블

까?) 어쨌든 여전히 멀쩡하게 바둑을 두며 승부수들을 두고 있다. 여지가 있고 다음이 있고 마지막이 아니기 때문이다.

그러한 승부수는 바둑에만 있는 것이 아니다. 삶에도 인생에도 승부수가 있다는 얘기다. 그렇다면 오직 한 번뿐인 삶과 인생의 승부수에도 통하지 않고 실패해도 여지가 있고 다음이 있고, 마지막이 아닐 수도 있단 말인가? 그렇지는 않을 것이다. 분명 그런데 삼촌은 승부수를 바둑도 아닌 삶과 인생에 있어서의 승부수를 두기로 결정한 것이다. 삼촌은 말없이 일어나 친구와 마담녀, 아앙덩어리를 데리고 앞장서 하얏트호텔카지노로 갔다. 심상찮은 삼촌을 영문도 모른 채 따라온 친구와 마담녀, 아앙덩어리는 숨넘어가는 가운데, 삼촌을 지켜볼 수밖에 없었다.

삼촌은 25,000페소를 칩으로 바꿔 하지도 않던 '바카라' 테이블에 가 섰다. 20여 분을 지켜본 후 천사가 가리키는 '뱅커'에 맥시멈 25,000페소를 모두 걸었다. 순간 앉아 있거나 서있던 수십여 명의 탄식이 터져 나왔고 곧 쥐 죽은 듯이 조용해졌다. 사실 고액 베팅 룸에선 별 것도 아닌 베팅이다. 그러나 미니멈 500페소에서 맥시멈 25,000페소 베팅에선 좀처럼 아니 거의 없는 베팅이다. 그것도 하루 종일 베팅한 후 수백만 원이라도 잃고 이성을 잃었거나 광분해 이판사판 쳐대는 베팅도 아니다. 난데없이 나타나 처음 한 베팅이 멕시멈 25,000페소였기 때문이다. 미리 알고 있거나 제 정신으론, 칠 수 없는 베팅이다. 그러나 맥시멈 25,000페소를 베팅하곤 팔짱을 낀 채, 묵묵히 서 있는 삼촌은 누가 봐도 멀쩡한 사람이었다. 딜러도 놀란 채 확인했다. '분명 맥시멈이냐고.' 삼촌은 말없이 고개만 끄덕였다. 모두가 숨죽인 가운데 딜러의 손에서 카드들은 공개됐다. 순간 환호가 터져 나왔다. 뱅커였다. 딜러는 똑같은 칩 1,000페소짜리를 똑같은 높이로 옆에 맞춰주었다. 그런데 친구와 마담녀, 아양덩어리는 물론 수십여 명의 꾼들을 더욱 기절초풍 시킨 것은 삼촌이 딜러가 갖다 놓은 칩만 챙겼을 뿐 처음 베팅한 칩은 여전히 뱅커에 남겨 두었기 때문이다. 더군다나 뱅커는 연속해서 세 번째였다. 그러나 삼촌의 눈에는 천사의 손은 여전히 뱅커를 가리키고 있었다. 꾼들은 의심스런 눈초리로 뱅커에 따라 거는 꾼들도 있었지만 대부분은 플레여에 걸고 있었다. 그때 핏보스가 달려왔다. 핏보스가 무섭게 지켜보는 가운데 딜러는 다시 한 번 확인했다. 틀림없냐고, 삼촌의 고개는 마찬가지였다. 역시 수많은 꾼들이 숨죽여 지켜보는 가운데 카드를 카드 통에서 가져오는 딜러의 손은 가늘게 떨리고 있었다. 마침내 가져온 카드들의 공개된 합 점수는 '9' 이상으로 뱅커였다. 그때는 환호가 아니라 탄식뿐이었다. 삼촌은 모자를 벗어 이번엔 백만 원의 테이블칩을 모두 쓸어 담았다. 두 손에 들고 있던 25,000페소 칩까지. 삼촌은 "더하시겠습니까?" 하는 딜러와 핏보스에게 1,000페소짜리 칩 한 개씩을 던져주곤 돌아서 칩 창구에서 현금으로 바꾼 후 서둘러 카지노를 나섰다. 카지노로선 마른하늘에 날벼락을 맞은 것이다. 백만 원이 문제가 아니었던 것이다. 만약 그런 겜블러가 VIP룸에서 사상초유의 맥시멈 혹은 만에 하나라도 무제한 베팅이라도 변호사를 앞세우고 하겠다면 어쩌겠냐는 말이다. 치욕적인 거절을 할 수도 없고. 아마 다행으로 생각했을 것이다. 삼촌의 승부수가 통했던 것이다.

사실 삼촌은 남겨놓은 얼마간을 제외하면 베팅한 돈이 전부였다. 실패하면 어차피 큰 도움도 못될 돈인지라 마음만 남겨두고 떠날 작정이었다. 성공하면 어쩌면 마담녀가 새 출발 할 수도 있는 밑천이 될 수도 있는 바람이었기 때문이다. 사실 7만 5천 페소는 그들에게 꽤 큰돈이다. 작은 가게나 점포들은 얼마든지 차릴 수 있는 돈이다. 그녀의 선택에 달렸지만 서너 가족이 평생 먹고 살 수 있는 '트라이시클'도 오토바이와 3~4명이 탈수 있는 좌석 칸을 제작 매다는 것도 '백만(4만 페소) 원'이면 충분하다.(그러한 '트라이시클' 한대 마련하지 못해, 차주의 종살이를 하는 트라이시클 운전사들이 부지기수다.) 결과적으로 삼촌의 승부수는 삼촌뿐만 아니라 모두의 운명을 바꿔놓았다. 옥탑 방으로 다시 돌아온 삼촌은 마담녀가 앉은 자리 앞에 그 75,000페소를 밀어 주었다.

마음대로 하라고, 그 아양덩어리는 친구의 무릎에 엎드려 울기 시작했다. 마담녀는 자신의 앞에 놓인 돈을 물끄러미 내려다보며 맘대로 하라고, "당신은 맘대로 떠나고? 이젠 일심동체가 아니니 이돈 먹고 떨어지라고? 나는 아닌데. 다시 꿈을 꾸기 시작했는데, 어쩌라고, 나는 어쩌라고, 내 꿈은 어쩌라고." 닭똥 같은 눈물이 돈다발 위에 뚝뚝 떨어지기 시작했다. 20년 전 20살 어린 필리피나가 흘리던 그 닭똥 같은 눈물 앞에 삼촌은 무너진 사람이었다.

　다시는 두 번 다시 그런 사랑을 하지 않으리라. 맹세한 삼촌 앞에 또 다시 선택을 해야만 하는 시련이 닥쳐온 것이다. 운명은 자! 이제 어떡할 테냐를 강요하고 있었다. 한동안 닭똥 같은 눈물을 흘리던 마담녀는 어느 순간 얼굴을 바짝 쳐들며 삼촌을 말끄러미 바라보며 내 맘대로 하라고 했으니 그럼 이 돈을 돌려주면 일심동체는 유효하냐고, 삼촌은 흔들리고 있었다. 삼촌은 말없이 일어나 그녀가 수없이 바라보았을 옥탑방의 창문으로 바라보이는 '마닐라'만의 푸른 바다를 응시하기 시작했다. 마닐라 만에는 아득히 그림 같은 페리 여객선이 떠 있었고 몇 마리의 갈매기가 날고 있었다.

　그때 풋풋한 살 내음을 풍기며 그녀가 등 뒤로 다가와 등 뒤에서 두 손으로 삼촌의 가슴을 껴안으며 속삭였다. 이젠 당신과는 떨어질 수 없는 일심동체라는 속삭임을. 결국 삼촌은 또 다시 무너졌다. 그리고 결심했다. 그 옛날처럼 신데렐라가 탄생하는 순간이었다. 그녀는 프리트 우먼이었던 것이다.

　삼촌은 다시금 옥탑 방에 앉아 그녀에게 이런 약속을 했다. 열흘 후에 돌아오겠다고. 삼촌은 지키지 못할 약속은 하는 사람이 아니었다. 삼촌은 20년 전에도 그런 약속을 하고 지킨 사람이었다. 다르다면 그때는 사흘 후였지만, 마담녀는 그럼 이 돈을 갖고 가라고 그래야만 믿고 기다리겠다고, 아예 삼촌의 발에 족쇄를 채우는 한마디였다. 삼촌은 말없이 그 돈을 거둬들였다. 그녀는 이미 삼촌을 꿰뚫어보고 움치고 뛸 수도 없게 삼촌을 옭아맨 것이다.

　그때 놀라운 일이 벌어졌다. 그때까지 가만히 있던 친구가 돌연 이런 선언을 한 것이다. 자기도 열흘 후에 삼촌과 함께 돌아오겠노라고. 그동안 그 누구도 아양덩어리를 건들지 말라며 그리곤 더욱 놀라운 일이 벌어졌다. 친구가 가슴에서 보증금 영수증을 꺼내더니 모두가 보는 앞에서 찢어 버렸다. 그리곤 한다는 소리가 이젠 아양덩어리는 내거라는 것이었다. 삼촌 찜 쩌 먹는 결단이었다. 아양덩어리에겐 물어 보지도 않고. 아양덩어리는 "그럼 나 책임질 거야?", "암만, 사달라는 것도 다 사주고 암만, 더 이상 말이 필요 없었다." 고작 한다는 소리가 "그 대신 여기서 꼼짝 마, 돌아올 때까지 알았지?" 미쳐도 단단히 미쳤다. 아양덩어리는 마담녀만 쳐다보고 아무 말도 못했다. 친구는 "아, 알았어 몰랐어." 아양덩어리는 마담녀의 눈치만 살피다 고개를 끄덕였다.

인천을 떠나온 지 11일째 되는 날이었다. 삼촌 일행은 판자 술집을 찾아 친구는 술집 주인에게 찢어진 보증금 영수증과 남은 빚 20,000페소를 건네 준 후 계약서를 받아 그 자리에서 찢어버린 후 다시는 아양덩어리를 건들지 마라며 판자 술집을 나왔다. 화끈했다. 그때 꼽사리 오빠 아니 아빠녀가 삼촌을 애처롭게 쳐다보고 있었다. 삼촌은 걱정 말라는 듯이 미소를 보냈다. 결코 그대로 놔둘 수는 없는 소녀였다.

삼촌과 친구는 일정을 앞당겨 귀국했다. 삼촌은 열흘 동안 집을 담보로 삼천만 원을 대출 받았다. 친구도 이천만 원을 마련, 열흘째 되는 날 함께 옥탑 방을 찾아갔다. 그리고 마담녀와 아양덩어리를 앉혀 놓고 삼촌은 오천만 원을 꺼내놓고 삼천만 원은 내가 조건 없이 주는 것이지만 이천만 원은 이 친구가 아양덩어리를 책임진다는 조건하에서 투자하는 것이니 이 돈 한도 내에서 하고 싶은 사업이 있으면 해보라고 했다. <참고> 우리의 오천만 원은 그들에겐 이억 원에 해당한다. 사실 오천만 원은 필리핀 사람들에겐 굉장히 큰돈이다. 서민들은 평생 만져볼 수도, 구경도, 꿈도 꿀 수 없는 돈이다. 믿을 수 없는 큰 돈 앞에 마담녀도 겁이 나는 모양이었다. 이 정도 돈이면 웬만한 사업은 뭐든지 할 수 있다며, 필리핀에서 그 백만 페소는 옛날 얘기지만 흔히 말하는 백만장자다.

결국 머리를 맞대고 마담녀가 할 만한 사업을 진지하게 의논하기 시작했다. 하다못해 술집 얘기도 나왔다. 그러나 마담녀의 생각은 달랐다. 술집을 해도 돈을 벌겠지만 그럴 바엔 차라리 고급 카페를 해보고 싶다는 것이었다. 가능하냐고 하자 대형 카페는 어렵지만 소규모의 고급 카페는 가능 하다는 것이었다.

마침내 카페 자리를 알아보기로 했다. 마담녀가 눈독을 들이는 곳은 바로 로빈슨 쇼핑몰이었다. 한국이라면 어림도 없었지만 필리핀에선 가능한 모양이었다. 그 즉시 로빈슨 쇼핑몰을 찾았다. 사실 필리핀엔 크고 작은 사업을 하는 한인들이 꽤 많다. 이민을 가 영주권을 얻은 사람들은 별 문제가 없지만 일반적인 외국인은 공식적인 사업은 할 수가 없다. 따라서 현지인의 명의를 빌려 바지사장을 앞세워 사업을 하거나 심지어는 위장 결혼을 해 아내의 명의로 사업을 하는 외국인들이 많다. 물론 그중엔 한국인도 포함돼 있다. 말하자면 삼촌과 친구가 그런 꼴이 된 것이다. 물론 직접적인 사업 참여는 아니지만.

로빈슨 쇼핑몰 사무실에서 알아본 결과 점포를 내놓거나 빈 점포도 있다는 것이었다. 문제는 빈 점포는 자리가 마땅찮았고,

내놓은 점포는 권리금이 있다는 사실이었다. 어찌됐든 어떤 점포든 내장 시설을 하거나 구조 변경을 해야만 했기 때문에 점포의 보증금과 고급스런 카페 시설이 과연 가능 하나였다. 처음 운영비도 필요하고 경우에 따라선 권리금도 필요하고, 일단 권리금을 요구하는 점포들을 알아보았다. 감당할 만 했다. 자리도 괜찮고 마담녀도 마음에 들어 했다. 다음은 인테리어 공사였다. 사무실의 소개로 득달 같이 카페 전문인테리어 업자가 찾아왔다. 각종 인테리어 시설 공사한 팸플릿을 들고. 삼촌은 알다시피 일류 목수이자 인테리어 전문 목수다. 마담녀와 함께 팸플릿을 꼼꼼히 살펴보며 그 중 꽤나 고급스럽고 마음에 드는 몇몇 모델들을 결정 한 후 공사비를 알아본 결과 인테리어 비용만 1,500만 원 정도였다. 그야말로 최고급 카페 수준이었다. 결국 점포 보증금과 권리금 등 모두 합치면 그 밖에 필요한 영업 집기는 별도로 최소한 삼천만 원은 투자해야만 했다. 실로 마담녀로서는 간이 배 밖으로 나온 결단일 수밖에 없었다. 놀고 먹어도 될 만한 돈인데. 그런데 마담녀는 의외로 당찬 필리피나였다. 본격적으로 흥정을 하기 시작했다. 점포 보증금도 깎고, 권리금도 깎고, 인테리어 비용도 깎고, 시작부터 사업수완이 보통이 아니었다. 타고난 사업가였다. 그런데다. 그녀는 배울 만치 배운 인텔리이기도 했던 것이다. 한마디로 물고기가 물을 만난 것이다.

결국 주사위는 던져졌다. 모든 계약은 일사천리로 진행 됐고 인테리어 공사도 시작됐다. 물론 공사감독은 삼촌이었다. 업자는 처음엔 난감해 했지만 삼촌이 일류 목수이자 인테리어 전문가임을 알고는 작업 내용만 감독 한다는 조건하에서 받아들였기 때문이다. 경험적으로 볼 때 날림 공사가 되면 골치 아프기 때문이다. 그 인테리어 공사는 삼촌의 철저하고 꼼꼼한 감독 하에 하자 없이 일사천리로 진행됐다. 그 공사는 15일 만에 끝났다. 카페의 테이블과 의자, 장식품, 소품들과 집기, 소파들도 완비되고 진열장과 진열대에도 맥주, 브랜디, 죠니워커 등 고급 위스키들이 진열돼 모든 준비가 끝나자 카페는 그야말로 일류 고급 카페로서 손색이 없었다. 일류 바텐더는 물론 원두커피 전문가와 요리사가 딸린 주방장도 고용했다. 과연 감당할 수 있을지, 의문이 갈 정도로 그녀의 배포와 사업 수완은 놀라웠다. 그녀는 당연히 카페의 주인이자 사장이며 얼굴 마담이었다. 아양덩어리는 수석 카페녀였고, 또 한 명의 카페녀는 바로 깜찍하고 귀염둥이인 꼽사리 아빠녀였다. 삼촌과 마담녀가 이미 꼽사리 귀염둥이의 모든 빚을 청산해주고 데려왔기 때문이다. 마담녀에겐 두 동생이 생긴 것이다.

삼촌에게 그 꼽사리 아빠녀는 그 옛날 판자촌의 소녀였다. 삼촌은 무심하지 않았던 것이다. 그 꼽사리 아빠녀는 그때부터 삼촌을 아빠로 부르기 시작했다. 그 판자 술집의 두바바에도 앞으로 카페 사업이 번창하면 데려올 생각이었다. 이제 남은 것은 '화룡점정'이었다. 카페의 타이틀을 무엇으로 하느냐다. 카페의 얼굴이자 상징인 카페의 상호는 매우 중요한 의미를 갖는다. 소홀히 할 문제가 아니다. 삼촌과 마담녀는 고심할 수밖에 없었다. 그녀는 삼촌에게 이 카페의 실질적인 주인은 당신이라며 한국식 이름으로 해도 좋다고 했다. 그러나 삼촌은 단호히 거부했다. 이 카페는 어디까지나 당신이 주인이며 당연히 필리피나로서 그에 걸맞은 이름이자 상징이어야만 한다고, 동시에 삼촌은 한 가지 아이디어가 떠올랐다.

나에게 손대지 말라

　바로, 필리핀 문학의 대부이자 민족 투사였으며 국민 영웅으로 추앙받고 있는 '호세리잘'이 1887년에 발표한 그의 첫 작품인 '나에게 손대지 말라였다(Noli Me Tangere).' 호세리잘은 의사, 시인, 소설가, 조각가, 화가, 언어학자, 자연주의자였으며 펜싱 애호가이기도 했다. 동시에 스페인의 400여 년의 통치에 맞서 싸운 민족 투사이자 국민 영웅으로, 문학 대부이기도 하다. 결국 스페인에 체포 되어 1896년에 처형되었다. 그는 처형되기 전날 밤 국민들에게 이런 말을 남겼다. 나는 조국의 해방을 간절히 원한다. 그러나 그 이전에 우리 국민들이 교육을 받아 우리 조국이 고유한 인격을 갖고 자유의 가치를 누릴만한 자격을 갖추기를 바란다. 그의 첫 작품 1887년 소설 '나에게 손대지 말라' 이후 1891년 스페인을 날카롭게 비판한 책 '체제전복(El Filibusterismo)' 그를 기리는 기념관이기도 한 당시 그가 투옥 되었던 산티아고 요새의 '리잘' 기념관 안엔 리잘의 척추 뼈 하나가 든 유골함과 그의 첫 작품 소설 '나에게 손대지 말라'의 초고와 당시 기름등잔 속에 몰래 숨겨 나갔던 '나의 마지막 인사' 원본이 전시돼 있다. 이와 같은 투쟁의 결과로 고귀한 구국청년 결사대 이른바 까티푸난(KKK)이 결성 혁명을 결의 마부 하이앙 필리피나스(필리핀 만세)라는 외침은 오늘날 '발린타왁'의 외침으로 불린다. 이후 혁명 지도자(에밀리오 아기날도) 장군이 필리핀의 초대 대통령으로 1898년 6월 12일 독립을 선포한 날 필리핀의 국기가 역사상 처음으로 게양 되었다. 물론 그 혁명 과정에서 많은 필리핀 국민들이 피를 흘리고 희생되었음은 물론이다. '호세리잘'의 처형 2년 후였다.

<안중근 의사> 마지막 유언은 내가 한국 독립을 회복하고 동양 평화를 유지하기 위해 3년 동안을 해외에서 풍찬 노숙을 하다가 마침내 그 목적을 달성하지 못하고 이곳에서 죽노니, 우리들 2천만 형제자매는 각각 스스로 분발하여 학문을 힘쓰고 실업을 진흥하며 나의 끼친 뜻을 이어 자유 독립을 회복하면 죽는 여한이 없겠노라.

필리핀, 한국 양국의 격변기인 동시대의 인물인 호세리잘과 안중근 의사의 삶은 물론 리잘의 '마지막 인사'와 안중근 의사의 "마지막 유언"마저 어쩌면 그리도 똑 같은지 참으로 시사 하는 바가 크다 하겠다.

1879. 9. 2.~1910. 3. 2. 황해도 해주, 본관 순흥, 아명 웅칠, 천주교 세례명 토마스(도마)이다. 안웅칠 역사(자서전) 동양 평화론(거사의 이유)를 저술 사후 1962년 건국훈장, 대한민국장을 추서 받았다. 안중근 의사는 고려 말 대유학자 '안향'의 후예로 조부 안인수, 부친 안태훈과 그 부인 "조"씨 사이의 3남 1녀 중 장남이었다. '모(조.마리아)' 조부는 진해 현감 부

친은 소과에 합격 진사로 수천 석지기의 대지주였다. 그의 부친 안태훈은 어려서부터 '해서' 일대에서 신동으로 문명을 날렸다. 안중근은 8살 때 1886년 약 8~9년 동안 조부의 훈도로 유교경전, 한학, 조선 역사 등 민족의식을 키우며 말 타기, 활쏘기 등 무예를 연마하며 호연지기를 길렀고 숙부와 포수꾼들로부터 사격술을 배워 명사수로도 이름을 날렸다. 그와 같은 근대적 사고와 승무적 기상을 지닌 민족 청년으로 성장, 이를 바탕으로 역사의 현장에 뛰어들었던 것이다. 이후 만주에 삼흥학교를 세워 인재 양성에 힘쓰며 한편으론 의병 참모 중장으로 1908년 6월, 7월 당시 '홍범도' 장군과 긴밀히 연락하며 일본군 수비대를 여러 차례 격파하기도 했다. 그러나 그는 당시 일본군 포로들을 석방하는 박애주의자이기도 했다. 그로 인해 의병부대의 오해와 불만 등으로 분열 일본군의 보복 공격으로 대패하기도 했다. 그러다 '이또히로부미'가 시찰 온다는 정보를 입수, 여러 해 소원한 늙은 도적이 여기가 어디라고 겁도 없이(이제 내손에 끝나는구나.), 1909년 10월 26일 새벽 하얼빈역에 잠입, 9시 30분경 부라우닝 권총 3발의 총탄을 발사(이또히로부미, 이등박문)을 사살했다. 이때 안중근은 러시아 말로(코레이우라!) 대한만세를 연호했다고 한다.

1910년 3월 26일 순국 5분전 사형이 되거든 당당하게 죽음을 택해서 속히 하느님 앞으로 가거라 하는 말과 함께 어머니가 지어 보낸 한복을 입고 순국했다. 안중근 의사는 '이또히로부미'를 단순한 개인이 아닌 반드시 처단 해야만 하는 민족의 원흉으로 간주했던 것이다. 안중근 의사의 오른손인지 첫마디는 절단돼 있다 그녀는 깜짝 놀랐다. 당신이 그 말을 어떻게 아냐고, 삼촌은 왜 모르겠냐고, 우리에게도 그와 같이 조국의 독립을 위해 투쟁하다 목숨 바친 영원한 민족투사이자, 국민 영웅인 '안중근'의사가 있다며 그가 일제의 법정에서 마지막 남긴 말은 당신들은 나를 테러리스트로 볼지라도 나는 조국의 독립을 위해 그대들에게 당당히 맞서 싸운 애국투사로, 우리 민족은 기억해줄 것이다. 따라서 나는 당신들에게 심판 받을 하등의 이유와 잘못도 없으며, 내 스스로 죽음을 선택한 것뿐이다. 그의 어머님도 아들아, 장하다. 당당히 죽거라. 하셨다면서 그와 똑 같은 호세리잘과 그가 남긴 첫 작품을 어찌 모르겠냐고, 그녀는 삼촌의 이마에 뜨거운 입술을 갖다 댔다.

카페가 오픈하는 날, 그 카페 앞에 운집한 수많은 사람들의 눈길은 하나같이 카페의 간판에 쏠려 있었다. 그 간판은 한손은 허리를 집고, 또 한손은 손바닥을 쫙 편 채 앞으로 쭉 내밀고 있는 그녀의 카리스마 넘치는 요염한 모습과 'Noli Me Tangere cafe', '나에게 손대지 말라'였다.

그녀의 트레이드마크이자 상징이 그들에게 각인되는 순간이자, 필리핀의 새로운 위대한 역사가 탄생되고 시작되는 순간이기도 했다. 그녀의 사업수완은 실로 놀라웠다. 동시에 로빈슨 쇼핑몰 앞에 마담녀가 섭외한 지상파 방송국인 'GMA'의 방송 차량이 들이 닥치고 카메라맨들이 방송 장비를 둘러메고 카페 앞에서 아나운서가 멘트 하는 가운데 방송이 시작되고 그 카메라들의 포커스 역시 그 카페의 이름에 집중돼 있었다. 잠자고 있던 그들의 가슴에 불이 붙었던 것이다. "GMA"는 글로리아 마칼파갈 아로요. 대통령의 약자다.

마침내 정오 12시 카페의 현관문이 활짝 열리고, 그야말로 죽여주는 천하일색의 마담녀가 기품 있으며 세련된 늘씬한 드레스를 빼입고 나타나자 탄성과 더불어 카메라들의 플래쉬가 터지기 시작했다. 그녀가 필리핀의 대중들에게 각인되고 어필하는 순간이었다. 그녀는 단순한 카페 주인이 아니었던 것이다. 오픈된 카페는 밀려들어오는 손님들로 순식간에 꽉 들어찼다. 센세이셔널한 오픈식이었다. 삼촌의 가슴은 뿌듯했다.

그녀에게 삼촌은 해줄 만큼 해준 것이다. 그러나 삼촌은 그녀를 과소평가하고 있었다. 한시도 빈자리가 없을 정도로 카페는 번창하기 시작했다. 시작일 뿐이었던 것이다. 그때쯤엔, 판자 술집의 두바바에도, 카페녀로 합류했다. 판자 술집은 걱정할게 없었다. 젊고 예쁜녀 늘씬한 바바에들이 필리핀에선 하늘에 별 따기가 아니라 강가의 조약돌처럼 널려 있었기 때문이다. 그녀는 그 네 명의 동생들에게도 옥탑 건물의 아래층에 일단 방을 얻어 살게 해주었다. 그때쯤엔 그 카페의 하루 평균 매상은 최하 30,000페소였다.

그러나 그 정도는 시작에 불과했다. 그녀는 보통 여자가 아니었다. 은연중에 자신의 정체를 흘리기 시작했다. 그녀가 억울하게 정적으로 몰려 몰락한 상류 가문의 장녀 필리피나로서 고등교육을 마치고 사라졌다 새롭게 나타난 비운의 여주인공이란 사실이 알려지자 세인들의 폭발적인 관심은 그녀에게 쏠리기 시작했다. 더군다나 그녀의 죽여주는 미모와 몸매는 물론 세련된 매너와 기품 있는 옷차림과 자세는 대중들을 매료시키기에 충분했다. 한마디로 그녀는 비운의 여인이자 베일에 가려진 신비의 여인이었으며 신데렐라였던 것이다.

상류층 사교계와 경제계, 정계의 거물들이 그녀에게 눈독을 들이기 시작했다. 그들은 대중들의 관심에 민감할 수밖에 없다. 그 카페에는 점차 상류 사회와 사교계의 인사들과 경제계, 정계의 거물들이 드나들기 시작했다. 그들은 어떻해서든 그녀와 함께 있는 손을 잡고 있는 술잔을 나누는 사진이라도 한번 찍고자 안달들을 하기 시작했고, 그들은 한 병에 1~2만 페소가 넘는 최고급 위스키를 물마시듯 팔아줬고, 한두 잔만 마시고도 병술을 그냥 두고 나가곤 했다. 그녀는 그 고급병술을 잔으로 팔고, 그녀는 페소를 자루로 쓸어 담고 있었다. 그러나 그녀는 눈도 깜짝하지 않았다.

그녀는 석 달도 안 돼 그 옥탑건물을 통째로 사버렸다. 그리곤 알람브라 궁전으로 완전 리모델링 탈바꿈 시켜 버렸다. 옥탑방도 완전 펜트하우스가 되었다. 그 펜트하우스엔 그녀와 삼촌의 허락 없이는 그 어느 누구도 드나들 수 없었다. 친구도 마찬가지였다. 그러나 친구는 개의치 않았다. 또 다른 궁전방에서 아양덩어리와 놀기 바빴기 때문이다. 다만 유일하게 귀염둥이만이 시도 때도 없이 그녀가 질투 날 정도로 드나들며 삼촌의 품을 파고들며 아빠! 아빠! 하며 아양과 응석을 떨어댔다. 그 알람브라 궁전에는 다섯 명의 하녀들이 상주하며 그 궁전을 쓸고 닦고 관리하고 있었고, 최고급 승용차의 운전기사와 일류 요리사도 상주하게 되었다.

또한 궁전의 정문엔 기관단총을 둘러멘 두 명의 무장 경비원과 권총을 옆구리에 찬 경비대장이 근무를 하고 있었다. 그 경비대장은 바로 아리랑 식당에서 경비를 보던 녀석이었다. 그 녀석은 삼촌이 마담녀과 함께 그 정문을 출입할 때마다 차렷 자세로 거수경례를 붙였다. 삼촌은 그럴 때마다 미소를 짓곤 했다. 삼촌은 애당초 비굴하지도 않고 꾸밈없는 그 녀석이 마음에 들어 특채를 했던 것이다. 그런데 그 녀석은 그렇게 삼촌이 미소를 지으며 출입을 하고 나면 그 녀석은 두 부하에게 내가 바로 저분의 보디가드로 목숨을 지켜 드렸던 몸이라고, 얼토당토 않는 헛소리를 늘어놓으며 위세를 떤다는 사실을 잘 알고 있었다. 그러나 개의치 않았다. 그 녀석은 주는 것 없이도 미운 놈이 아니라, 주는 것 있어도 정이 가는 녀석이었기 때문이다. 기관 단총을 둘러멘 두 경비원의 월봉은 각각 7,000페소다. 반면 경비대장인 그 녀석의 월봉은 10,000페소다. 그 녀석이 기고만장 할만도 하다. 왜냐하면 보통 경비원들은 기껏해야 5,000페소이기 때문이다. 일류 기사도, 일류 요리사도, 대졸 초임도, 어학원 연수교사도, 10,000페소가 못 된다. 따라서 그 녀석은 만약 삼촌이 탄 차가 뒤집히기라도 한다면 물불 안 가리고 뛰어들어 삼촌을 목숨 걸고 구해낼 녀석이 틀림없다.

마담녀는 친구를 마땅찮아 한다. 따라서 친구가 투자한 2천만 원은 벌써 몇 배로 갚았다. 삼촌에겐 VIP무제한 골드 카드를 만들어 주었다. 그 골드 카드는 천만 페소 이상 예치해야만 발급이 가능하다. 그러나 어쨌든 은인이므로 깍듯이 대하긴 한다. 하지만 아양덩어리에겐 잔소리를 한다. 안에서나 밖에서나 몸가짐 함부로 하지 말고 손님들에게 항상 예의범절과 매너를 지키라고, 두 바바에 동생들에게도 마찬가지다. 다만 막내인 귀염둥이에게만 각별하다. 그 귀염둥인 카페 일도 그만 두게 하고, 고등교육을 시키고 있다. 그녀는 명실상부한 집안의 장녀 필리피나였던 것이다. 만약 남동생들이었다면 쥐 잡듯이 잡았을 것이다.

그 알람브라 궁전에선, 시도 때도 없이 정기적으로 파티와 무도회가 열리곤 한다. 그때마다 파티와 무도회와 관련된 업체의 전문가들이 총동원 된다. 그녀는 어느덧 사교계에선 퀸이며 경제계와 정계에서도 주목받는 유명 인사이자 귀부인이 되어 있었던 것이다. 피는 못 속인다는 말을 실감케 하는 여인이 된 것이다. 무엇보다 놀라운 것은 그녀가 잠자리에서 삼촌에게 속삭이는 말들이다. 그 파티와 무도회의 비용은 장난 아니라는 것이었다. 한 번에 최소한 수백만 페소라는 것이었다. 그러나 그 정도는 미끼에 불과하다는 것이었다. 왜냐하면 그 파티와 무도회에 초대받기 위해 안달하는 수많은 상류사회 사교계 인사들과 경제계, 정계의 거물들이 그 초대장 값으로 거액을 기부한다는 것이었다. 따라서 그녀는 전문가들과 상류 사회와 사교계의 동향과 경제계, 정계의 돌아가는 상황을 수시로 체크하며 적절한 시기에 파티와 무도회를 연다는 것이었다. 따라서 여간 골치 아픈 일이 아닐 수 없다는 것이었다. 그러나 그럴 때마다 들어오는 기부금은 그 비용의 몇 배라는 것이었다. 말하자면 또 다른 알짜배기 사업이라는 것이었다. 그에 비하면 카페 사업은 구멍가게 수준으로 조족지혈이라는 것이었다. 놀랄노짜였다.

그러나 그 카페는 이젠 그녀의 트레이드마크이자 상징으로 없어선 안 되는 진짜 보물 상자이자 황금알을 낳는 거위라는 것이다. 왜냐하면 '나에게 손대지 말라'는 이젠 호세리잘이 아니라 자신의 상징으로 등록도 해놓았기 때문에, 자신의 허락이 있지 않는 한 어느 누구도 도용할 수 없다는 것이었다. 따라서 최고급 살롱이나 명품 브랜드 점포, 유명 카페, 레스토랑, 나이트클럽, 호텔 카지노, 리조트 등의 사업주들이 거액을 제시하며 그 이름 좀 사용하게 해달라고 목을 맨다는 것이었다. 허락만 하면 수십만, 수백만, 수천만 페소도 언제든지 한순간에 굴러 들어온다는 것이었다. 그러나 아직은 생각 중이라는 것이었다. 카페 체인점이라도 내볼까 하는 생각도 있지만, 그들이 그렇게 자신의 상징인 그 이름에 목메는 이유는 마담녀의 우아하며 섹시한 그 상호를 내걸기면 하면 대박 나는 것은 시간문제이기 때문이라는 것이었다. 계속해서 그녀는 수천만 명이 매일 같이 마셔대는 권력의 비호 아래 경쟁 업체가 있을 리 없는 독과 품목인 샨미겔이 벌어들이는 돈은 그야말로 누워서 떡 먹고 땅 짚고 헤엄치기로 페소를 쓸어 담고 있다는 것이었다. '산미겔'은 필리핀의 국민 맥주로 독과 품목이다. 우리의 대형 마트에서도 판매되고 있다. 산미겔의 브랜드 가치는 상상을 불허한다. 필리핀의 실상을 정확히 꿰뚫어 보고 있었고, 자신의 존재 가치도 정확히 평가하고 있는 알고 보면 무서운 여인이었다.

그러나 그녀는 이 모든 것은 당신 덕분이라며 사실은 당신을 처음 보았을 때 그리고 당신과 인연을 맺었을 때 마지막으로 당신에게 자신의 모든 것을 걸었다는 것이다. 당신은 남자이기도 하지만 자신의 꿈을 이루게 해준 백마탄 왕자님이기도 했다는 것이다. 예전의 옥탑 방에서 언젠가는 그런 왕자님이 나타나리라 꿈꾸며, 믿으며, 기다렸다는 것이다. 따라서 자신은 추구하는 길이 있으며 그 길을 가고야 말 것이며, 당신도 일심동체로 꼭 같이 가야 한다며 삼촌의 품을 파고들었다. 그녀는 진정한 신데렐라 이자 귀여운 여인이었으며 워킹우먼이었다. 그러한 그녀의 속삭임 중엔 나에게 손댈 수 있는 사람은 당신뿐이라는 말도 있다.

그런가하면 삼촌도 그 나라 상류층, 사교계, 경제계, 정계의 인사들과 거물들에게도 한국인이란 사실 외엔 베일에 가려진 신비의 인물일 수밖에 없었다. 왜냐하면 그녀는 동생들과 알람브라 궁전의 모든 종사자들에게 삼촌에 관한 그 무엇도 알려고 하지도 말고 일체 함구할 것을 엄명해 놓았기 때문이다. 그들에겐 알람브라 궁전의 여왕은 하늘같은 존재였기 때문이다. 따라서 어쩌다 파티장에서 점잖고 풍채 좋고 자기네 나라 말도 할 줄 아는 멋들어진 한국인 노신사가 그녀와 손을 잡고 있거나 무도회장에서 그녀와 환상적인 춤이라도 출 때는 넋을 잃을 수밖에 없는 가운데 온갖 추측이 난무했다. 숨은 후원자인가, 혹시 서방인가, 그럴 리가 그럼 혹시 실질적인 막후 실세, 큰손 하여튼 별별 소문들이 떠돌았다.

어찌됐든 그녀는 마침내 내심 바라고 있던 정계와 각 정계의 거물들로부터 하의원이 아니라 상의원에 출마하라는 러브 콜과 종용 압박 회유를 받기에 이르렀다. 그녀의 대중적인 인기는 이미 타의 추종을 불허하고 있었다. 설사 그녀의 판자술집에서의 과거가 밝혀진다 할지라도 오히려 부정부패에 넌더리가 나있던 그들로선 선택의 여지가 없었던 비운의 여주인공으로 자신들과 같은 고난의 삶을 살았음에도 극복하고 꿋꿋이 일어나 자신들의 빈곤과 고통을 해결해주고자, 나에게 손대지 말라는 슬로건을 앞세운다면 그러한 대중들의 폭발적인 지지로 그녀는 상의원은 물론 나아가 세 번째 여성 대통령 이 될지도 모른다. 필리핀의 역사가 말해주고 있다. <필리 핀>은 대통령 6년 단임제, (의회)하원 3년 236석, 상원 23 석, 필리핀 최초의 여성 대통령인 '코라손 코리 아키노'도 정 적에 의해 암살된 '베니그노 닌노이 아키노 주니어'의 미망인 이다. 마담녀인 그녀는 권력과 호사에만 집착했던 이멜다와는 근본적으로 다른 장녀 필리피나다.

그녀가 새로운 여성 대통령이 된다면 필리핀은 분명 새롭게 재탄생 하게 될 것이다. 기대가 된다. 그때가 되면 새로운 여 성 대통령인 그녀와 삼촌과 함께 나 역시 역사적인 필리핀의 새로운 여성 대통령의 취임식에 어깨를 나란히 할 것이다. 삼 촌에게 있어 필리핀과 필리피노, 필리피나들은 사랑하는 조국 대한민국과 코리아노, 코리아나들 만큼이나 사랑하는 나라 사 람들이었다. 필리핀 필리피노, 필리피나 피플들이여 영원하라.

삼촌은 필리핀과 한국을 자주 오가며 지금은 필리핀에 계신 다. 친구는 결국 마누라에게 잡혀갔다. 미래의 필리핀 여성 대통령이자 상원의 원인 과거의 마담녀인 그녀와 함께 알람 브라 궁전의 펜트하우스에서 현재 진행형이다.

어쩌면 삼촌은 그 알람브라 궁전의 옥탑이자 펜트하우스에 서 말라카냥 궁의 옥탑으로 이송 될지도 모른다. 그럴 경우 나 는 면회를 갈 것이다. 이제 지금까지의 내가 알고 있는 '삼촌 의 전성시대'는 어디까지나 과거 얘기다.

기원의 공식적인 수입원

※ 기원의, 공식적인 수입원은 '기료'다. 그러나 그 수입만으론 기원을 운영할 수가 없다. 바둑도장이나, 바둑교실, 일부기원을 제외한 일반적인 기원으로선 따라서 기원의 비공식적인 수입원은 여러 가지다. 실상이므로 소개하겠다.

첫째(공식) : '기료', 1인 1일 5,000원. 둘째 : '고스톱', 통상 점당 1,000원 '고리.' 셋째 : 카드 노름 통상 뼁바리 '고리.' 넷째 : 내기 바둑 '특별 기료' 통상, 십만 원 이상 땄을 때의 10%. 다섯째 : 마작 노름, 통상 판당 1,000원, '고리', 마작은 점수가 아니라 판수로 계산한다. 위와 같은 공식, 비공식 수입은 그 규모와 횟수에 따라 우열을 가릴 수 없으며 매일 같이 변동된다. 즉, 수입이 들쭉날쭉 하다는 얘기다. 그 중 '마작' 이야말로, 열려라 참깨다. 효자노름이다. '마작'은 중국 사람들이 한마디로 사족을 못 쓰는, 민족, 국민 놀음이다. 밥은 굶어도 마작은 해야 하며 집집마다 마작이 없는 집이 없을 정도다. 우리들의 집에, 화투목이 있듯이 그만치 재미있는 놀음이다. 따라서 중국에선 TV에서도 정기 마작 강습이 있으며 사설 마작 강습소도 많다. 왜냐하면 "104"개의 마작 패로 이루어진 마작은 족보도 수십 가지며, 게임 내용도 복잡하다. 따라서 쉽게 배울 수가 없기 때문이다. 정상적인 마작게임을 즐기려면 최소한 매일 같이 한다 해도 한 달 이상은 필요하다. 그러나 한번 배우고 마작에 빠지면 헤어 나오기가 쉽지 않다. 그만치 마작은 아기자기하며, 104개의 마작 패 중 14개의 조합으로 완성되는 수십 가지의 족보들로 펼쳐지는 천변만화의 조화들로 정신을 못 차리게 만든다. 오죽하면 집에 불이 나고 마누라가 죽었다고 해도 하던 판은 끝내고 일어설 정도다. 따라서 헤매기만 하는 아둔한 사람은 판에 끼워주지도 않는다. 답답하기 때문이다. 또한 마작에는 이런 말들과 일화들이 있다. 마작은 한번 시작되면 돈 떨어지고 체력 떨어지고 멤버 떨어져야 비로소 끝난다는 말이 있다. 그로 말미암아 명절 때 중국집 사장과 종업원들이 몇날 며칠이고 마작을 한 끝에, 사장과 종업원의 신분이 바뀌었다는 일화는 비일비재한 한 예에 불과하다.

마작은 공식적인 명칭 일 뿐, 실제로는 '짱'이라고 부른다. 즉, 짱치러 갈래? 짱 한번 칠까? 짱들하고 있나? 짱들 치고 있네 하는 식이다. 흔히 하는 말로 맞짱 한 번 뜰래? 하는 말도 한번 붙어 볼래? 싸워보자는 뜻도 있지만, 본뜻은 둘이서라도 마작 한 번 할래? 하는 말이다. 일본 사람들도 마작이라면 빠징꼬 만큼이나 좋아하는 대중 놀음이다. 동남아에서도 마작은 서민들의 대중 놀음이다. 빈민촌의 가게 앞에서 여러 명이 둘러 앉아 마작을 하는 모습을 심심찮게 볼 수 있다. 심지어 카지노에서도 마작 도박이 성행한다. 중국에선 마작 노름이 합법화 되어 대중적인 마작 도박장에서 규모에 따라서 수십여 명 이상이 십여 군데 이상의 마작 판에서 마작 노름들을 하기도 한다. <마작>은 각자 13개씩 갖고 시작해 한 개씩 가져다 맞추며, 맞추면 끝나고 상대가 내줘도 끝난다. 단, 상대가 내줘도 선택으로 안 받을 수도 있다. 또한 가져온 한 개가 맞지 않으면 반드시 한 개를 선택해 내야만 한다.

유독 우리나라만이 마작이 활성화 되지 못하고 있다. 도박이라는 인식과 규제보다는 역사적으로 볼 때, 접할 기회도 많지 않았으며 무엇보다 쉽게 배울 수 없다는 것이 원인이라 할 수 있다. 또한 맘먹고 마작판과 마작 패 등을 세트로 장만하는 것도 만만찮다. 물론 기존 의자들이나 아무 탁자나, 마작판으로 활용할 순 있지만 마작패 만큼은 최소 20만원은 줘야 살 수 있다. 멤버도 확보돼야 하고.

또한 104개의 마작 패에 음각된 문양과 글자 중 통수패들 36개와 일곱 가지 종류의 '글자'자, 패 중 글자도 없는 민판인 백판 4개와, 꽃 패 4개인 44개를 제외한 만수 패 36개, 자 패 24개, 60개는 모두 한문으로 음각돼 있다. 따라서 한문에 익숙지 못한 것도 대중화 되지 못한 한 원인이라 할 수 있다. 마작 패는 같은 패가 4개씩 26종류로 이루어져 있다. 마작은 일 년 열두 달 기원의 평균 수입 1/5을 책임지는 고정 수입원이다. 왜냐하면 한번 마작의 멤버들이 짜여 지면 매일 같이 '짱(마작)'이 벌어지니까. 삼촌은 마작도 귀신이다. 참고로 진짜 마작 귀신은 바로 바둑 황제 조훈현 9단이다.

어쨌든 나는 그때 '현현기경'이란 바둑 비급을 앞에 놓고 상상도 하지 못했던 기오막측한 묘수풀이에도 빠져 있었는데, 참으로 재미있는 것은 살았다 싶으면 죽어 있고, 죽은 것도 다시 살려낼 수 있다는 사실이었다. 유사이래, 죽었다 살아난 것은 예수님인 줄만 알고 있었는데 그것은 또한 결코 기적이 아닌 앎의 힘이란 사실도. 그러나 한 일 년 반 정도 기원을 운영하던 삼촌은 그 기원마저 돈벌이도 별로였는지 아니면 그렇게 기원에만 쳐 박혀 지내는 것도 답답했는지, 그도 아니면 그 고질병인 방랑벽이 또 도지기라도 했는지, 예전 목공소를 때려치우듯 집어치우곤 아빠 엄마가 이참에 결혼해서 자리 잡고 살면 어떻겠냐는 하나마나 한 소리에도 형님, 형수님 잘 아시잖아요 하며, 그럼 가볼게유 하곤 내겐 가서 편지할게 하는 말만 남기곤 쌍과부와 색녀, 꽃뱀은 어떡하라고 운명처럼 또 다시 바다 건너 훌훌 날아가 버리고 말았다.

제10부. "돌고 도는 세상"(마지막 편)

필리핀에서 돌아온 삼촌

　　2015년 삼촌은 필리핀에서 돌아왔다. 물론 매년 서너 번씩은 한국을 다녀갔지만 이번엔, 다시는 필리핀으로 건너가질 않았다. 아니 못 갔다. 떠나올 때 삼촌은 마담녀 이자 상원의원이 된 그녀에게 이런 말을 남겼다. 더 이상은 당신에게 짐이 되거나 부담스런 존재로 남을 순 없다고. 삼촌은 공 과 사가 분명한 사람이다. 그때 그녀는 당신과 나는 일심동체인데 당신이 원한다면 이까짓 상원의원? 그까짓 대통령? 포기 할 수도 있다고, 그러나 삼촌은 말했다. 당신은 이젠 이미 꿈을 포기하거나 거역 할 수는 없는 몸이며 무엇보다 당신만큼이나 꿈을 꾸게 되고 희망을 갖게 된 수많은 사람들을 위해서라도 그 꿈을 포기해선 안 되며 그러한 당신을 나로선 독차지 할 수도, 해서도 안 된다고 했다.

　　서로가 나에게 손대지 말라처럼 당신은 어쩔 수 없는 '필리피나'이며 나 역시 '코리아노'로서 운명을 따르자고 했다. 다만 당신이 앞으로 진정한 말라카냥 궁의 여왕이 된다면 축하 해줄 겸, 한 번쯤은 찾아오겠노라고, 단! 비공식적으로 그녀 역시 더 이상은 삼촌을 붙잡을 수 없다는 사실을 잘 알고 있었다. 그러나 그렇게만 되면 납치를 해서라도 내 옆에 앉히고야 말겠다고 했다. 당신은 그만한 그때 아빠 여(女)는 고등과정을 마치고, 대학과정을 공부하며 어엿한 숙녀로서(자격이 있다고) 상원의원인 그녀의 보좌관으로 활약하고 있었다. 삼촌은 떠난다고 하자 울먹이는 경비대장에게도 어깨를 두드려 주며, 이제부터 너는 상원의원님을 목숨 걸고 지켜드려야 하며 부탁해 놓았으니 장차 여왕님이 되시면 옆에서 밀착 경호해야 한다며 그만한 능력과 자격을 갖추도록 노력하라고도 당부했다. 그렇게 상원의원의 전용 승용차를 타고 그 알함브라궁전을 떠날 때 두 명의 경비원은 기관단총으로 받들어 총을 하고 있었고 경비대장(미래의 말라카냥궁의 경호 대장)은 부동자세로 거수경례를 한 채 삼촌의 떠나는 모습을 지켜보고 있었다.

돌아 온지, 일주일 쯤 후, 낯선 사람들이 삼촌을 찾아왔다. 고급 승용차에서 내린 두 사람은 보기에도 선글라스를 낀 날카롭게 보이는 젊은 신사들이었다. 그 두 신사는 삼촌에게 초대장을 내밀며 어르신을 무슨 일이 있어도 모셔가야 한다는 것이었다. 만약 거부하면 납치라도 할 기세였다. 할 수 없이 끌려가면서도 도무지 어찌된 영문인지 알 수가 없었다. 도착한 곳은 한강이 내려다보이는 강남 평창동의 으리으리한 삼 층짜리 대저택이었다. 대충 봐도 300여 평의 대지에 절반이 저택이었으며 나머진 자연 암석들로 꾸며진 정원과, 그 정원은 수십 그루의 정원수들이 심겨져 있었다. 그 저택의 재산 가치만으로도 수백억은 족히 되어 보였다. 무엇보다 그 평창동은 강남에서도 부호들이 모여 사는 노른자위로 꼽히는 땅이다.

삼촌은 그 평창동과는 추억과 인연이 있는 곳이기도 하다. 군대에서 제대한 후 잠시 프리랜서로 목공일을 하다, 강북 수유리의 신일고등학교 앞에 조그만 목공소를 차렸다. 그때, 그 목공소 건물의 50대 여주인은 집장사를 하고 있었다. 그 당시 한창 개발되던 강남 평창동의 택지를 구입해 당시로서는 고급주택 세 채를 짓고 있었다. 지금은 기업화되었지만 당시에는 그러한 개인 집장사꾼들이 꽤나 많았다. 말하자면 그 목공소 건물 여주인은 당찬 여장부였다. 또한 그때부터 그와 같은 고급 주택들에 걸 맞는 온갖 디자인의 원목 문짝들이 최신 목공용 공작 기계들을 설치, 맞춤형으로 제작, 납품 되고 있었다.

문제는 시공이었다. '지금은 고급 주택이나 아파트의 경우 아예 설계부터 원목 문짝과 그 프레임(틀)까지도 맞춤형으로 세트로 일괄 제작돼 시공된다.' 즉, 공사 시 '틀'까지 세트로 끼워 시공하면 별도의 문짝 시공이 필요 없다는 얘기다. 그러나 당시에는 그렇지가 못했다. 공사 현장에서 일일이 '문, 창'틀을 제작 시공한 후 집구조가 완성되면 맞춤으로 제작된 원목 문짝 창들을 전문 문짝 목수들이 시공하곤 했다. 목공 분야는 타 직종과 마찬가지로 여러 분야가 있다. 크게는 가구, 문짝, 인테리어, 건축(한옥 포함), 형틀(토목 포함) 등이다. 그 중 문짝 분야는 가구와 마찬가지로 최소한 다년간의 수련 과정과 경험을 거친 십여 년 이상의 전문 문짝 목수라야만 일류 문짝 목수라 할 수 있다. 따라서 그와 같은 고가의 원목 문짝과, 창들은 그와 같은 일류 문짝 목수라야만 시공할 수가 있었다. 특히 한국 전통 문짝들은 제작과 시공이 까다로웠다. '아'자, '완'자, 거북살문 등. 시장의 원리는 공급과 AS가 균형을 이루어야만 한다. 그런데 그렇게 제작 납품되는 고급 원목 문짝들은 많았지만 그 많은 원목 문짝들을 제때 시공할 수 있는 일류 문짝 목수들은 턱없이 부족하기만 했다. 따라서 당시 그와 같은 고가의 고급 원목 문짝들을 제작 납품하던 중견 기업이자, 회사 공장들에선 일부는 시공까지 책임지지만 대부분은 맞춤으로 제작 납품만 할 뿐 시공은 집주인이 알아서 하라는 식이었다. 결국 그 당시 그와 같은 고급 주택들을 지어 파는 집장사꾼들은 자체적으로 일류 문짝 목수들을 구해 시공해야만 했다.

그때야말로 일류 문짝 목수들의 몸값이 천정부지로 치솟던 시절이었다.(다 옛날 얘기지만) 그때 그 목공소 건물 여주인은 삼촌이 일류 인테리어 목수이자, 일류 문짝 전문 목수임을 알아보곤 삼촌에게 그 강남 평창동에 짓는 세 채의 고급 주택 거실 천정을 원목으로 인테리어 해줄 것과 세 채, 150여 짝의 원목 문짝들을 시공해 줄 것을 부탁했다. 삼촌은 한 달에 걸쳐 그 거실 천정 인테리어와 원목 문짝 시공을 깔끔하게 시공해 주었다. 그때 받은 기술 값은 일반 목수들의 3배였다. 그 후에도 여러 채를 시공해 주었다.

그때 그와 같은 고급 원목 문짝들을 제작 납품하던 회사에서 삼촌에게 스카우트 제의가 들어왔다. 공장장으로 또는 시공 전담 팀장으로. 그러나 삼촌은 현재 목공소를 운영하고 있다며 용꼬리보단 뱀 대가리로 남겠다고 거절했다. 그 후, 이 년 후 그 목공소도 때려치우고 생애 첫해의 취업지인 '바레인'으로 떠나갔던 것이다. 삼촌은 참으로 부르는데도, 잡는 곳도 많았지만 그때마다 스스로 선택해 자신의 갈 길을 갔던 것이다.

선녀와의 만남

　어찌됐든 그 으리으리한 저택의 응접실에 들어섰을 때, 40대 초반의 중년 남자가 삼촌을 유심히 살펴보며 정중히 맞이했다. 나이로 보아 집주인은 아닌 것 같았다. 집산가 하면서도 왠지 모르게 그 중년 남자가 그 집사가 낯설지가 않았다. 자리에 앉자 곧바로 깔끔한 유니폼 차림의 하녀가 차를 가져왔다. 차를 마시고 있는 삼촌에게 그 집사는 삼촌이 건네준 초대장을 들고 다음과 같은 말을 하기 시작했다. 첫마디는(나중에 알았지만 그때 집사가 하기 시작한 말은 이미 짜인 각본대로였다.) "여기 적힌 존함이 어르신의 존함인 장 자, ○자, ○자가 맞습니까?" 였다. "그렇소!" 하자 "연세도 67세 맞습니까?", "그렇소!" 뒤이어 그 집사는 격앙된 목소리로 "그럼, 어르신이 42년 전 3년 동안 복무하셨던 군부대가, 경기도 양주군 봉양리에 있는 26X 신병보충교육대 맞습니까?" 그때 그렇게 묻는 그 집사의 두 눈엔 눈물이 그렁그렁 맺히고 있었다. 동시에 삼촌의 심장이 내려앉았다. 결코 있을 수 없는, 들을 수 없는 말이 낯이 익긴 했지만 생전 처음 보는 집사의 입에서 터져 나왔기 때문이다.

　이 세상에 그와 같이 삼촌이 40여 년 전 복무했던 군부대의
위치와, 부대 이름까지 그처럼 정확히 알고 있는 사람은 삼촌
자신과, 대한민국 병무청 병무기록 관계 담당자 외, 내 아빠와
나밖엔 심지어 엄마, 친 누나들조차 잘 모르는 사실이다. 그런
데 그 집사가, 그 중년 남자가 그러한 사실을 정확히 알고 묻고
있었던 것이다. 그제야 혼란스런 가운데서도 삼촌은 그 집사를
그 중년 남자를 뚫어지게 살펴보기 시작했다. 그리곤 그 집사의
눈물 젖은 모습이 자신의 젊은 날의 모습과 판박이라는 사실을
깨달았다. 벌떡 일어서며 떨리는 목소리로, "그럼, 니가 니가."
하는 순간, 그 집사는 앉아 있던 소파를 뒤로 밀쳐내곤 그대로
바닥에 엎어지며 두 어깨를 들먹이며 흐느끼기 시작했다. 아무
런 말도 없이. 그 흐느끼는 모습에선 40여 년의 그리움과 원망
이 묻어나고 있었다.

　그때였다. 응접실의 큰 방문이 조용히 열리며 한복 차림의
기품 있고 단아한 모습의 마치 "신사임당"과도 같은 노숙한 여
인이 조용히 삼촌 앞으로 걸어와 엎드려 울고 있는 집사를 일
으켜 옆의 소파에 앉힌 후 밀려났던 소파를 끌어당겨 앉은 후
서 있는 삼촌을 말끄러미 그러나 그윽하게 쳐다보기 시작했다.
선채 마주 내려다보는 삼촌의 두 눈에 비친 신사임당과도 같은
단아한 얼굴 모습 속엔 비록 잔주름이 나 있었지만, 영락없는
그 옛날의 선녀의 모습이 남아 있고 살아 있었다. 기적 아닌
기적이 일어난 것이다. 삼촌은 선채로 떨리는 목소리로 "당신

은, 당신은." 그러다 여전히 소파에 앉은 채 탁자에 엎드려 울고 있는 집사를 가리키며 "이놈은, 이놈은." 하며 떠듬거리자 그제야 선녀는 홍, 콧방귀를 뀐 후 한다는 소리가 "그래! 그동안 40여 년 동안이나 온 세상을 개 모양 잘도 쏘다니더니 그래도 나하고 지 새끼는 알아보네?" 그리곤 선녀는 40여 년의 한 많은 삶의 사연을 천천히 털어놓기 시작했다.

여기서 '삼촌의 전성시대' 군대 이야기가 수록된 '제6부' 에어베이스 '타북편'을 보지 않고는 도대체 '선녀'가 무슨 소린지 잘 이해할 수 없을 것이다.

이미 애기 했듯이 삼촌이 군복무 중 휴가를 나와 남산 팔각정에서 처음 만났던 선녀는 한 달 후 겁도 없이 산 넘고 물 건너 삼촌의 군부대를 찾아와 불타는 면회를 마친 후 동시에 여러 명의 군바리들을 한탄스럽게 만들어 놓고 다시금 하늘나라로 돌아갔었다. 몇 달 후 선녀는 자신이 임신했다는 사실을 알았다. 그때 선녀는 서울에 살고 있었지만 고향은 경남 진주였다. 그로 말미암아 진주의 양반 집안에선 어디서 족보도 모르는 놈의 애를 배왔냐며 난리가 났다. 결국 선녀는 감금당하는 신세가 되고 말았다. 삼촌의 제대 6개월 전이었다.

그러나 선녀는 내 새끼만은 결단코 지키겠다며 버틴 끝에 아들을 낳게 되었다. 처녀의 몸으로. 그때부터 선녀는 삼촌을 찾기 시작했다. 먼저 삼촌이 복무했던 부대를 찾아갔다. 그러나 그때는 삼촌이 제대한 후였다. 다시금 시간을 내서 수소문 한 끝에 삼촌이 목공소를 하던 서울 강북의 수유리와 삼양동에도 찾아가 보았다. 그러나 삼촌을 만날 수는 없었다. 그때 삼촌은 바레인으로 떠났었고 그 후에도 아빠가 임지에 따라 이사하는 곳이 여러 곳이라 찾기가 힘들었다. 아빠는 처음 교편을 잡으셨던 서울 삼양동에서 정릉, 방배동, 상계동, 등으로 이사 다니셨다. 그에 따라 삼촌도 아빠 따라 옮겨 다녔고, 그 와중에도 중동의 여러 곳과 필리핀까지 돌아다니고 있었다. 선녀가 그렇게 세상천지로 도망 다니는 삼촌의 개꼬리를 잡기란 하늘의 별 따기였다. 또한 선녀도 살아야만 했다. 그러나 선녀는 한편으론 마담녀 못지않은 당차고 놀라운 여인이었다. 벌리기 시작한 사업이 날로 번창해 그룹 차원으로 발돋움했다. 그녀 역시 경제계에 은근히 소문난 큰손이었고 패션 업이었다. 그때쯤 그녀는 패션 업계의 거물이었으며 그녀가 벌리는 패션쇼는 일류 디자이너들과 모델들이 총 출동하는 패션쇼로 소문나 있었다.

그로 말미암아 선녀의 부모님들은 물론 그 잘난 양반가문의 어른들은 그 족보도 근본도 모르는 놈을 하루속히 잡아와 무릎 꿇리라고 성화를 해댄다. 그리고 그 어른들은 비록 훗날이긴 하지만 그래도 그 족보도 근본도 모르는 놈이 충청도 양반가문은 아니었지만 그 집안 선조 어른이 세종대왕이 그렇게나 아끼셨다는 장영실 어른이란 사실과 그 놈의 큰 아버지가 도교육감이었고 형도 평생교육계에 몸담고 대통령의 교육부장관으로 수고 좀 해달라는 말씀에도 더 훌륭한 분들이 많으시다며 사양했다. 대통령의 표창과 함께 정년퇴직한 교장선생이었으면 그 놈의 조카도 서울대학교 국문과를 나와 잘나가는 유명 작가라는 사실 등 교육자 집안의 둘째 아들이라는 사실에 '흠' 그래도 선녀가 쓸 만한 놈을 물긴 물었구만 하며 다들 흡족해 하셨다고들 한다.

어찌됐든 그때부터 선녀는 뒷전으로 물러나 전문가로 꾸려진 수색 팀을 만들어 본격적으로 삼촌의 동선을 쫓기 시작했다. 그리곤 삼촌이 주로 해외로 돌아다닌다는 사실을, 삼촌의 출입국 사실증명서를 통해 확인했다. 사실 출입국 사실 증명은 본인이 아니면 (단, 판사의 명령서 외) 확인할 수가 없다. 그러나 돈이면 안 되는 것이 없다. 삼촌이 5년 전, 필리핀으로 출국한 후 뻔질나게 한국과 필리핀을 오간다는 사실을 확인하기에 이르렀다. 마침내 삼촌의 꼬리를 잡게 된 것이다. 그런 줄도 모르고 삼촌은 멋대로 돌아다니고 있었던 것이다. 한마디로 온갖 재주를 부리는 손오공으로 싸돌아 다녔지만 결국 부처님, 아니 선녀의 손바닥 안 이었던 것이다. 그러나 선녀는 동시에 삼촌이 어떠한 존재인지도 잘 알고 있는 현명한 선녀였다. 날뛰는 손오공을 잡는 게 그리 쉽지마는 않다는 사실도. 따라서 40년을 기다렸는데 좀 더 못 기다리겠냐며 날뛰다 제풀에 지쳐 돌아올 때를 노리고 있었던 것이다. 결국 삼촌은 스스로 돌아와, 선녀가 쳐놓은 그물 속으로 들어왔던 것이다. 사실 삼촌이 마담녀와 함께 세부에서 카지노 등으로 놀러 다닐 때도 알게 모르게 따라다니던 현지 사람들도 선녀가 고용한 비밀 정보요원들이었다. 그렇게 선녀는 때만 기다리며 삼촌의 동선을 낱낱이 파악하고 있었던 것이다. 삼촌은 할 말이 없었다. 그런 삼촌에게 선녀는 이제부턴 꼼짝 마라고 못을 박았다. 단! 그 마담녀가 필리핀의 세 번째 여성 대통령이 된다면 딱 한 번만 보내주겠다고 했다.

〈참고〉 〈출입국 사실 증명〉은 기본적으로 개인정보보호법에 따라 설사 배우자라 할지라도 본인의 동의 없이는 확인 할 수가 없다. 그러나 사건과 관계된 피고가 거부 내지 소재 불명 시 판사의 직권으로 원고가 확인할 수 있는 발급 명령서를 발부한다.

삼촌은 65세가 되었을 때 동사무소에서 가족관계 증명서를 떼었을 때 놀라운 사실을 알게 되었다. 20년 전에 헤어진 필리핀 누나가 버젓이 '처'로 기재되어 있었기 때문이다. 삼촌은 그동안 한 번도 가족관계 증명서를 떼어 본적이 없었다. 20년 동안 홀아비로 살면서도 법적으론 유부남이었던 것이다. 등잔 밑이 어둡다고 밤눈 어두운 고양이었던 것이다. 할 수 없이 법률 사무소를 찾아 삼 년 이상 배우자가 가출하면 동거 의무를 위반한 것으로 간주, 이혼 사유에 해당, 이혼 청구 소송이 가능하다는 사실을 확인, 1년여의 개고생 끝에 담당 판사로부터 이혼 판결을 받아 진정한 자유인이 될 수 있었다. 그때 삼촌은 누나의 마지막 출국 사실을 증명하고자, 담당 판사로부터 필리핀 누나의 출입국 사실 증명서를 원고인 삼촌에게 발급해 주라는 담당 판사의 명령서를 첨부하여 신청, 누나의 출입국 사실 증명서를 발급 받아 서울 양재동 가정법원 사건 담당부에 제출할 수 있었다. 그때 삼촌은 가정법률 상담소에서 도대체 왜 이런 사실조차 몰랐는지 참으로 한심 하다고 자신을 한탄하자, 그 상담 법무사는 우리들에겐 상식이지만 일반 사람들은 평소엔 관심도 없다가, 자신의 발등에 불이 떨어지면 그제야 호들갑을 떨기 마련이라며 당연 하다는 것이었다. 덕분에 법이 무엇인지는 잘 알게 되었을 것이란 말도 했다는 것이다. 삼촌은 '법'이란 있어도 불편하고 없어도 불편하다는 사실을 새삼 깨달았다고 한다.

기적 아닌 기적

선녀는 아들에게 "여기 서 계신 뻔뻔한 분이 바로 네 아버님이시다. 정식으로 인사 드려라. 애들아! 이제 나 오거라." 그와 동시에 선녀가 나왔던 방문이 열리며 한 정숙한 여인과 열두 서너 살로 보이는 남자 아이와 여자 아이가 따라 나왔다. 바로 삼촌의 며느리와 손자들이었다. 비로소 삼촌에게도 토종 마누라와 아들, 며느리 손자들이 생긴 것이다. 선녀님이 지켜보는 가운데 앉게 된 삼촌에게 그들은 아버님, 할아버님, 절 받으세요. 하며 다 같이 큰절들을 올렸다. '성경에는 이런 말씀이 있다. 뿌린 대로 거두리라.'

결국 삼촌은 선녀님에게 붙잡혀 또 다시 이번엔 평창동 저택의 삼 층에 갇히는 몸이 되고 말았다. 그러나 그렇다고 삼촌이 개과천선을 했거나 딴 사람이 된 것은 아니었다. 틈만 나면 나가 놀았고 노는 곳은 뻔했다. 선녀님도 그런 어쩔 수 없는 삼촌에게 최소한의 자유는 허락했다. 따라서 삼촌이 새롭게 드나들기 시작한 강남의 단골 기원에선, 삼촌은 여전히 타의 추종을 불허하는 바둑의 초고수로 터줏대감이자 지도 사범으로 존경받고 있었다. 그 삼촌의 단골 기원엔 강남에서 내로라하는 부호 영감들이 드나들고 있었다. 그러나 삼촌의 상대가 될 리 없었다.

바둑은 물론 카드 노름과 마작 노름에 있어서도 그 부호 영감들은 삼촌의 들러리들이자 맘대로 가지고 노는 한 마디로 '밥'들일 뿐이었다. 그러나 가끔은 바둑을 한두 판 져주거나. 물론 몇 점씩 접고 두곤 하지만. 카드 노름과 마작 노름에서도 조금은 잃어준다고도 한다. 그래야만 삼촌을 더욱 좋아하고 따른다나 어쩐다나. 그 밥들은 그럴 때면 좋아서 조금 딴 돈의 수십 배로 술도 사고 밥도 산다는 것이다.

또한 드나들기 시작한 단골이 된 강남 카바레에서도 삼촌은 다 늙었음에도 더욱 멋진 모습으로 강남의 뭇 할머니들에겐 선망의 대상이자 서로 차지하지 못해 안달을 하는 최고의 인기남이자 춤 도사였다. 사실 삼촌의 밥들도 춤 솜씨는 보통이 아니었다. 그러나 그러한 밥들의 춤 솜씨도 삼촌의 차원 높은 춤은 언감생심, 흉내 낼 수 있는 춤들이 아니었다. 따라서 그 밥들은 춤 좀 제대로 가르쳐달라고 사정했지만 그럴 때마다 야! 이 밥들아, 다 늙어가지고 어디 뼈마디 부러지지 말고 그냥 나 따라다니며 꼽사리끼면 괜찮은 할머니들 얼마든지 만날 테니 그냥 놀던 대로 놀라며 이런 소리도 했다. 아, 그 억수같이 쌓아놓은 돈 죽을 때 갖고 갈 것도 아니면서 그렇게 쩨쩨하게 놀지 말고 그럴 때 좀 팍! 팍! 쓰라고. 그때부터 그 밥들은 팍팍 쓰기 시작했다. 돈은 많으면 많을수록 더욱 짠돌이가 된다.

그로 말미암아 강남에서 아니 대한민국에서 제일가는 그 강남 카바레에 삼촌이 그 밥들을 거느리고 나타나기라도 하는 날은 그 강남카바레는 노 나는 날이었다. 그렇게 폼 잡고 놀다 들어오면 선녀님은 "그래 할머니들과 잘 놀다왔수?" 하면, "잘 놀긴 그래봤자 할머니들인데.", "하이구, 당신은 할아버지 아닌가?", "뭐야? 이래도 할아버지야?" 안아주면 선녀님도 부끄러워하면서도 꼭 안긴다고 했다.

그러다, 그만 해서는 안 될 말을 하고 말았다. "용봉탕 좀 먹어야 되겠는데?"라고. "용봉탕이 뭔데요?", "응, 먹어보면 알아." 하곤 대청호로 데려갔다. 용봉탕은 자라(용), 잉어, 닭(봉), 메기, 가물치 등 짬뽕 탕이다. 꽤나 비싸다. '중국에선 패왕별희'라고도 부른다. '자라+닭 탕 요리.'

그때부터 삼촌은 청남대는 물론 괴강, 금강, 추풍령휴게소, 화양구곡과 충주호반과 달래강. 달래강가엔 올갱이들이 꽤 많다. 삼촌은 젊어서 충청도 일대를 돌아다니며 일할 때, 한여름에 일하다 지치면 같이 일하던 팀 동료들과 피서 겸 하던 일도 잠시 때려치우곤 화양구곡이나 그 달래강에도 놀러 다녔다고 한다.

한여름 그 살인적인 무더위 속에서 아파트 공사현장의 슬래브 바닥에서 일하다보면 숨이 턱턱 막히고 죽어난다는 것이다. 그럴 땐 일이고 뭐고 집어치우곤, 그 화양구곡 계곡들이나 충주호반, 달래강가로 도망들 간다는 것이다. 그럴 때는 당시 삼촌이 몰고 다니던 언제 분해될지 모르는 완전 고물 자가용이자 트렁크 속엔 온갖 공구연장들과, 휴대용, 가스 곤로, 부탄가스통, 화덕, 석쇠, 쌀라면까지 물론 고추장, 김치까지, 언제 산골

짜기에 가서 일할지 모르기 때문이다. 말하자면 삼촌의 고물차는 굴러다니는 살림집이었다. 조그만 '절' 공사라도 하게 되면 산속에서 한두 달씩 '일'할 때도 있다. 팀 동료들도 마찬가지였다. 듣기에는 돈도 벌며 산천구경하며 꽤나 낭만스러울 것 같지만 한마디로 부평초 같은 떠돌이 목수들이다.

그렇게 놀러들 갈 때면 정육점에서 생 돼지고기를 두툼하게 썰어 사고 소주와, 번개탄을 열댓 개 사서, 그 화양구곡이나 금강, 괴강, 달래강가에서 번개탄을 쌓아놓고 불을 붙여 석쇠를 놓고 두툼한 생 돼지고기를 구워 소주와 함께 마시고 먹어대면 그야말로 죽여주고 끝내준다는 것이다. 그와 같은 추억이 깃든 호반과 계곡 강가들로 그 용봉탕으로 말미암아 선녀님에게 개 끌리듯 끌려 다녀야만 했다. 아마도 선녀님도 40여 년 동안 누리지 못한 행복을 원 없이 마음껏 누리고 싶으셨던 모양이다. 물론 삼촌이 노는 곳은 그 뿐만이 아니었다. 시도 때도 없이 평생 한 번도 가보지 못한 롯데월드, 놀이동산도 두 손자 녀석들에게 끌려 다녀야만 했다. 그때 아빠 엄마는 강원도 원주 치악산 자락의 전원주택에서 두 분이 조용히 살고 계셨다. 그러나 두 분은 조용히 살고 싶으셔도 도무지 조용히 살 수가 없으셨다. 아빠는 개를 무척이나 좋아하신다.

아빠는 청주사범고등학교를 교생 실습을 거쳐 수석으로 졸업하신 후 서울로 발령이 나셨다. 당시 사범고등학교를 수석으로 졸업하면 원하는 곳으로 갈 수가 있었다. 또한 그해가 마지막으로 사범고등학교 제도는 폐지되고, 2년제 사범교육대학이 신설됐다. 말하자면 아빠는 사범고등학교 마지막 졸업생이셨다. 처음 발령 받은 곳이 삼양초등학교였다. 당시는 국민학교.

당시 할머님과 아빠, 삼촌이 세 들어 살던 곳은 삼양동의 달동네였다. 달동네가 어떠한 곳인지는 굳이 얘기하지 않겠다. 단지, 그 당시 달동네의 몇 군데 밖에 없는 공동수돗가와 우물가엔 지금은 구경할 수 없는 물지게와 함석 물통들이 진짜로 매일같이 수십 m는 선착순 늘어서 있었다. 1960년대 초 서울 아니 전국의 달동네 풍경이자 모습이었다.

삼촌은 군대서 제대한 후 목공소를 해 보겠다고 해서 국도에서 벗어난 삼양동 대로변에 가게가 딸린 집을 전세를 얻었다. 그 목공소 건물에서 할머님과 아빠 엄마가 두 누나와 삼촌, 거기다 두 마리 개와 함께 살았다. 그 당시, 그 두 마리 개는 세 살짜리들로 한 놈은 '순둥이'였고, 또한 놈은 '깐돌이'였다. 그런데 '순둥이'는 털도 별로 없는 회색 빛깔에 이름그대로 '순둥이'였다. 그저 쳐 먹기만 해대며, 낯선 사람이 지나 가거나 목공소 가게를 기웃거려도 멀뚱멀뚱 쳐다보며 짖지도 않고 혹시 뭐 먹을 거라도 주려나? 하며 꼬리까지 흔들어대며 날로 커지는 반면, '깐돌이' 놈은 한마디로 악바리였다. 낯선 사람만 지나가도 이빨까지 드러내고 짖어대며 쫓아가 바짓가랑이도 물고 늘어졌다. 생긴 것도 온몸이 새까만 털로 뒤덮인 이미 성견이 됐는지 크지도 않았다. 한마디로 새까만 발바리였다. 그래도 목공소를 찾아오는 손님들은 용케도 알아보고 짖지는 않았다. 만약 손님들한테도 그랬다면, 아무리 개를 좋아하시는 아빠라도 벌써 옛날에 없애버리셨을 것이다. 거기다 그 깐돌이 녀석은 개 주인이 튼튼한 목줄을 맨 채 데리고, 주위를 두리번거리며 따라가는 도

사견이나 주름덩어린지 같은 불도그한테도 겁도 없이 따라가며 마치 여기가 어딘데 허락도 없이 지나 가냐며 대들어 짖어대기도 했다. 그러면 도사견이나 불도그는 뭐 이런 놈이 다 있나 하며 같잖고 귀찮아, 흘끔흘끔 쳐다보며 그냥 지나간다. 그런데도 쫓아가며 어딜 도망 가냐며 쫓아간다. 한마디로 자기 영역은 확실히 지키는 놈이다. 따라서 그 '깐돌이' 녀석은 그 동네에선 소문난 악바리이자 동네 개들의 왕초였다.

그런데, 아빠 엄마는 그 당시 그 목공소 가게 옆 제법 큰 골목에, 처음엔 엄마가 반찬값이라도 벌겠다고 하셔서, 아이들이 타고 놀 수 있는 어린이용 중고 자전거를 몇 대 갖다놓고 동네 아이들에게 한 시간에 지금의 천 원 정도 받고 빌려주기 시작했다. 그런데 반찬 벌이가 아니었다. 자전거들이 자꾸 늘어났다. 나중엔 중고등 학생들이 타고 노는 사이클들과 어른들이 빌려가는 신사용 자전거도 갖다놓았다. 반년쯤 지났을 때 그런 자전거들이 수십대로 불어났다. 오히려 아빠가 받는 쥐꼬리만 한 봉급보다 더 많았다. 따라서 엄마는 아빠가 출근하시면 그 자전거들을 그때 두서너 살이었던 나를 들쳐 업고 장부를 들고 빌려주고 받느라, 바쁘셨다. 아빠도 퇴근해 오시면 또는 일요일이면 목공소 한켠에서 또는 골목에서 고장 난 자전거들을, 이를테면 펑크를 때우시거나 체대가 녹슬었으면 긁어내고 갈아내고 페인트칠을 하시거나, 바퀴가 휘거나 하면 아예 빼서 바이스에 물려 놓고 살들을 풀거나 조이며 바로잡기도 하셨다. 그야말로 자전거 수리 기술자가 되셨다. 아빠는 기계나 공구들을 고치거나 만지작거리며 사용하시는 일을 개만치나 좋아하신다. 아빠와 삼촌이 어릴 때 돌아가신 할아버님은 철공 기술자셨다.

그 바람에 할머님은 참으로 많은 고생을 하셨다고 한다. 지금도 아빠는 전원주택에서 은퇴 생활을 하시면서도 엄마가 시장이나 마트에 가 사 올 물건이 많은데 같이 가서 좀 도와달라고 해도, 당신이 차를 몰고 가서 사 오던가 배달시키라며 들은 채도 않으시고, 쳐 다도 안 보신다. 그런데 "주희 아빠!('주희'는 내 큰누나 이름이다.) 저기, 불이 안 들어와. 보일러가 시원찮아. 가스가 왜 안 나오지?" 하면 "그래?" 벌떡 일어나 공구들을 챙겨들고 몇 시간이고 주무르며 기어코 고쳐 내신다. 그리고 "또 없어? 말만해." 하신다. "아무리 엄마가 힘들면 기술자 부르시지." 하시면 "그럼 나는 무슨 재미로 살라는 거야?"다.

어쨌든 그렇게 부업으로 자전거 대여를 하실 때 참으로 별일도 많았다. 가장 골치 아픈 일이 자전거를 빌려가서 시간이 됐는데도 꿩 구워 먹었을 때다. 동네 아이들에겐 그냥 빌려주지만, 중고등 학생들에겐 하도 거짓말을 잘해서 학생증을 맡아 놓는다. 그런데도 함흥차사다. 그동안 자전거 여러 대를 잃어버렸다. 한 번은 신일고등학교 학생이 학생증을 맡겨놓고 사이클을 그것도 새 것으로 빌려가 그 모양이었다. 그럴 때는 삼촌이 나선다. 학교로 찾아가자 문제 학생으로 이미 퇴학을 당해 다른 곳으로 이사 갔다는 것이었다.

이사 갔다는 곳까지 찾아갔는데 강 건너. 그때는 시골이었던 강남 대치동이었다. 결국 찾아내 부모들한테 자전거 값을 받아왔다고 한다. 그런데 그건 아무것도 아니었다. 삼촌이 집수리를 마치고 돌아왔을 때 엄마가 울며불며 "삼촌! 주희 아빠가 경찰서에 잡혀갔다"며 어쩌면 좋으냐고 삼촌에게 매달렸다. 알고 보니 아빠가 장물아비로 잡혀갔던 것이다. 알다시피 아빠는 선생님이시다. 그야말로 난리가 난 것이다. 삼촌이 북부서로 쫓아갔을 때 아빠는 유치장에 갇혀 있었다.

그때 그 사연은 이러하다. 삼촌이 일하러 나간 사이에 한 고등학생이 사이클을 빌려 타고 놀았는데 지나가던 사람이 그 사이클이 도둑맞은 자기 사이클이라며, 그 사이클과 학생을 끌고 목공소를 찾아와 확인한 끝에 신고해 형사가 찾아와 아빠를 장물아비로 잡아갔던 것이다.

그때 삼촌은 형님은 선생님으로 그 자전거 대여는 자신이 하는 거라며 대신 유치장에 들어가고 아빠는 풀려났다. 그때부터 아빠는 그 사이클을 샀던 청량리에 있는 자전거포를 찾아가 그 사이클이 도대체 어떻게 된 사이클이냐고 캐묻자, 그 자전거포 주인도 지나가던 사람이 그 사이클을 돈이 급해서 싸게 팔겠다고 해서 샀다는 것이다. 결국 아빠는 그 사실을 신고하고 북부서 담당형사는 그 자전거포 주인을 불러, 캐묻곤 사실 확인을 한 후 그 자전거포 주인을 최종 장물 취득 혐의로 붙잡아 넣고 삼촌은 허가 난 자전거포에서 정당한 상거래로 풀려나올 수가 있었다.

물론 그 사이클 값도 그 자전거포 주인에게서 배상받았다. 가장 억울한 사람은 자전거포 주인일 것이다. 그러나 여기서 명심할 것이 있다. 물건을 사고파는 데는 반드시, 정당한 상거래로 해야만 한다는 사실이다. 그 자전거 주인은 그저 괜찮겠지 하며 잔머리를 굴렸거나 아니면 아무것도 모르는 멍청이였거나 둘 중 하나다. 전자라면 혼 좀 나야 하며, 후자라면 그 기회에 정신 차려야 할 것이다.

그 후부터 아빠와 삼촌은 아무리 신삥 고급 사이클을 싸게 판다고 해도 쳐 다도 안 봤다.

그때 삼촌은 무허가집도 많이 지었다. 옛날옛날 그 한 많은 미아리 고개 넘어 삼양동은 서울에서도 소문난 가난한 동네였다. 그런 그 당시 삼양동엔 빨래골이란 곳이 있었다. 그 빨래골은 한마디로 자고 나면 무허가집이 우후죽순처럼 생겨나는 한마디로 무허가 계곡이자 동네였다. 하도 그런 무허가 집들이 많이 생겨 단속 공무원들은 철거반원을 데리고 다니며 눈에 띄기만 하면 그냥 때려 부수곤 했다. 그런데 건축법엔 일단 지붕이 있는 집은 철거 할 수가 없게 돼 있다. 당시로선 그랬는데 지금은 어떤지 모르겠다. 지금은 무허가 집은 짓지도 않겠지만 아마도 건축법은 비슷할 것이다. 다만 벌금을 왕창 때리면 있다 해도 자진해서 철거 할 것이다. 그때는 벌금은 내라고 해도 있지도 않지만, 있어도 배 째라하고 버틸 것이다.

따라서 그때 그들은, 나름대로 수단들을 부린다. 낮에는 집지을 '블록'이나 목재들을 준비했다. 그 단속공무원과 철거반들이 돌아가 퇴근한 5시부터 블록들을 번개같이 쌓기 시작해, 세멘 몰탈이 굳기도 전 한밤중에 지붕까지 올려놓는다. 그러면 그 이튿날 오전에 단속공무원이 철거반들을 데리고 기세 등등이 왔다가도 지붕이 올라가 있으면 할 수 없이 그냥 돌아간다. 그렇게 몇 년 만 전기세, 수도세, 오물세, 상하수도 세를 내며 버티다, 이제 불하해 달라고 단체로 떠들어 대기 시작하면 결국 못 견디고 국유지를 시유지로 개인들 땅으로 불하해준다. 지금의 번듯한 서울 변두리 지역은 그때 그 시절 어디나 다 마찬가지였다. 그때 삼촌은 그러한 무허가 집들의 지붕들을 무너질지도 모르는 블록 벽 위에 올라 밤새 지붕을 만들어 주었던 것이다. 춥고 배고프기만 했던 시절의 산 증인인 셈이다. 이 이야기는 삼촌이 제대한 후의 일이다.

아빠는 그렇게 삼양초등학교에서 맨 처음 교편을 잡으신 후 임기에 따라 발령 나는 곳으로 옮겨 다니셨고 그럴 때마다 아빠 엄마는 이사를 다니셨다. 정릉으로 이사 갔을 때 얻은 전셋집은 정릉 일대와 길음동이 내려다보이는 미아리 고개와 연결된 산등성이었다. 그 전셋집은 비록 초라했지만 경치만큼은 그만이었다. 그때 삼촌은 청소년으로 길음동 맨 꼭대기에 있는 돌산에 조성된 주택 단지의 빈 축대 터에 천막을 쳐놓고 집장사들이 짓는 주택의 문짝들을 맡아 만들고 시공까지 해주는 문짝 전문 목공일을 하고 있었다. 그때 삼촌은 기타를 배워 밤이면 그 정릉 전셋집의 언덕배기에 앉아 정릉과 길음동 일대의 야경을 내려다보며 자기 딴엔 꿈과 낭만에 빠져 기타를 쳐대곤 했단다. '엘리제를 위하여', '로망스', '소녀의 기도' 등 그 당시 청소차들이 새벽마다 돌아다니며 울려대던 노래들이다. 그러다 '진주조개 잡이 처녀들', '기타맨', '역마차', '상하이 트위스트'를 노래까지 흥얼거리며 쳐대기도 했다. 어찌 보면 달밤에 체조하거나 꼴값 떨고 청승떠는 꼴같잖은 모습이기도 했다. 그런데 어찌된 일인지 그럴 때면 꼭 그 언덕배기에 사는 삼촌 또래의 계집애들이 나타나, 마치 지들이 무슨 비련의 여주인공이라도 된 양 듣고 있다. 그런 계집애들 중엔 용기를 내서 슬그머니 그런 삼촌에게 다가가 "오빠! 어쩜 그렇게 기타를 잘 쳐?" 하며 아양을 떨기도 했단다. 그럼 삼촌은 "그래? 그럼 이건 어때?" 하며 '베사메무쵸'를 쳐대기 시작한다. 그럼 계집애는 손뼉까지 치며 "어쩜 어쩜." 하며 아주 장단을 맞춰 준단다. 상상 해보면 그저 얼씨구 놀고 있네다. 사실 삼촌은 그때는 기타를 배우는 중이라 그리 잘 치는 실력은 아니었을 텐데. 나는 그때 세상에 존재하지 않았다.

그 후, 삼촌이 군대를 갔다 와 목공소를 하다, 바레인으로 떠나서는 버는 돈은 모두 아빠와 엄마가 마음대로 쓰라며 집으로 모두 송금했다. 엄마는 그렇게 삼촌이 매달 송금해주는 돈과 아빠가 받는 봉급까지 알뜰살뜰 모아 조그만 단독 주택을 사셨다. 마침내 그 서러운 남의집살이에서 벗어날 수가 있었다. 그런데 그렇게 산 집이 절터로는 딱 이라며 중이 찾아와 달라는 대로 줄 테니 제발 좀 팔라고 하도 졸라대서 엄마는 시세의 두 배를 받고 파셨다. 어차피 아빠의 임기가 다 돼 또 다른 곳으로 이사해야 할 때였다. 이사한 곳이 이번엔 방배동의 빌라식 연립주택이었다. 그렇게 엄마는 이사할 때마다 조금씩 큰집으로 옮겨갔고, 그 후로도 상계동, 30평짜리 아파트에서 여러 해 살다 태릉의 35평짜리 아파트로 옮겨간 후, 아빠가 정년이 되어 은퇴할 때까지 사셨다.

은퇴하신 후, 지금의 강원도 원주 치악산 등산로 입구 자락에 조성된 전원 주택단지의 전원주택을 구입해 살고 계신다. 그 전원주택은 몇 평은 뻥 튀겨, 대지 약 150평에 건평 60여 평짜리 목조 주택으로 처음엔 1층이었지만, 삼촌이 그 목조 주택에 붙여 똑같은 모양으로 아빠의 '서고'를 만들어 주었고, 차고도 만들어 주었다. 또한 그 목조주택 위에 아담하고 예쁜 이층집도 만들어 주었다. 품값도 받지 않고, 그 공사비는 재료비만 이천만 원이 들었다. 만약 업자한테 맡겼다면 삼촌의 말로는 최소한 5천만 원은 들었을 것이라 했다.

그런데다 튼튼하고 예쁜 개집도 울타리까지 쳐 만들어 주었다. 왜냐하면 아빠는 은퇴 하시고 그 전원주택으로 이사 가신 후, 소원이던 새하얀 진돗개 순종 강아지와 그와는 반대로 머리부터 꼬랑지까지 온통 새까만 다 큰 그러나 진돗개 순종강아지와 크기는 똑같은 그 녀석도 악바리다. 진돗개 순종 강아지와 새까만 녀석은 삼양동 목공소에서 키우던 '순딩이'와 그 새까맣던 악바리 녀석과 이름도 똑같은 '깐돌이'다. 성질머리도 똑같다. 낯선 사람이 나타나면 순딩이는 꼬리까지 흔들어 대며 깡충깡충 뛰며 재롱떨지만 깐돌이 녀석은 새하얀 이빨까지 들어내며 주둥이 윗살을 주름까지 지어가며 짖어 대며 물어뜯을 듯이 대든다. 아빠가 뛰어나와 "깐돌아! 조용히 못해!" 하면 그제야 좀 조용해지지만 그래도 아빠 뒤에서 아빠 다리 사이로 얼굴과 주둥이를 내밀고 으르렁 거린다. 그 낯선 아저씨는 가스통을 둘러맨 채 꼼짝 못하다 그제야 "하이고 그 놈 참 악바리네." 하며 가스통을 바꿔놓고 빈 통을 들고 얼른 가버리신다. 그럼 그 깐돌이 녀석은 차에까지 쫓아가 그 차가 떠날 때까지 또 짖어댄다. 그리고 돌아와서 아빠를 쳐다보며 마치 "어때요? 나 밥값 잘하지요?" 하는 표정이다. 그럼 아빠는 "에라 이 녀석아." 발로 한번 걷어차곤 방으로 들어가신다. 그러나 아빠는 엄마가 아무리 맛있는 고기반찬을 해주셔도 꼭 남겨서 꼬리를 흔들고 있는 그 녀석들에게 갖다 주신다. 세상에서 제일 행복한 녀석들이다.

육 개월쯤 지났을 때, 그 복슬 강아지였던 순덩이도 겁나게 커져서 그 복슬 거리던 털도 매끈하게 다듬어지고 두 귀도 빳빳하게 세워져 누가 봐도 늠름한 진돗개 순종으로써의 위용을 갖추었다. 낯선 사람이 나타나면 강아지 때처럼 꼬리를 흔들며 재롱떠는 게 아니라, 깐돌이 녀석은 사납게 짖어대지만 순덩이는 강아지 때의 순덩이가 아니었다. 짖지는 않지만 꼬리를 세우고 두 귀도 더욱 빳빳이 세우곤 낯선 사람을 유심히 지켜본다. 누구라도 그런 위협적인 진돗개 순종에게 꼼짝 못한다 아빠만 쳐다본다. 사실 상대가 요란하게 겁주며 설쳐대도 그건 어디까지나 방어 본능이다. 오히려 짖지도 말도 없이 노려보는 짐승이나 사람이 더욱 무서운 법이다. 어쨌든 두 녀석은 착실히 밥값을 하긴 한다. 한 번은 야밤에 깐돌이 녀석이 하도 요란히 짖어대는데다 순덩이까지 으르렁거리는지라, 아빠가 불을 켜고 조심스럽게 창문을 열고 내다보자 어둠속에 시커먼 사람 두 명이 도망가고 있었다.

아빠는 그렇게 평교사로 교육계에 몸담으신 후 성균관대학교 야간 법대를 수료하신 후 교감, 장학사, 마침내 학교의 꽃이자 최고봉이라 할 수 있는 초등학교 교장으로 계시다, 정년이 되셨을 때 대통령으로부터 교육부장관으로 수고해 주시면 안 되겠나는 요청에 저보다 훌륭하신 분들이 많다며 정중히 사양하신 후 대통령 표창과 함께 은퇴하신 후 존경받는 교육자로서 말년을 평소에는 조용히 살고 계신다.

그러나 매년 추석이나 구정이 되면 아빠와 엄마 두 분의 조용한 전원주택은 물론 그 전원 주택단지는 그야말로 뒤집어진다. 내 가족,(나도 원주에 살고 있다. 작은 누나도, 큰 누나만 서울에 살고 있다.) 따라서 처음엔 꿈에 그리던 여인인지라 그 주먹만 한 ○○조개까지 바친 지금은 암팡진 마누라와 순서로는 딸내미와 아들 녀석, 큰 누나와 김서방, 두 아들 녀석, 작은 누나, 하서방, 아들, 딸과 거기다 홀로이던 삼촌마저 선녀님과 나보다 한 살 밑인 아들 내외와 두 손자 녀석들까지 거느리고 들이 닥치면 모두 합쳐 스물 한 명의 대가족들로 그 조용하던 전원 주택단지와 아빠 엄마 두 분의 전원주택은 한마디로 그 순덩이와 깐돌이까지 어우러져 그야말로 정신없는 시끌벅적하고 요란한 놀이터가 되고 만다. 또 거기다 역시 원주에 살고 계시는 외삼촌 가족들까지 놀러 오시면 일개 소대 병력이 된다. 야구, 축구 시합도 풀 멤버로 할 수가 있다.

그야말로 할아버님과 할머님만 살아계셨다면 완벽한 4대가 다 모였을 것이다. 그러나 차례를 지낼 땐 할아버님 할머님도 비록 사진으로나마 함께 하신다. 할아버님은 젊을 때 사진이시다. 할머님은 나이가 드셨지만 그렇게 인자하시고 고우실 수가 없다. 선녀님도 신사임당도 저리가라다. 일제 강점기 할아버님은 어릴 때 일본으로 건너가 철공 기술을 배워 기술자로 사셨다. 그런데 사진에서 보듯이 기모노를 입고 찍으신 젊을 때의 할아버님 모습은 잘생기셨지만 그 모습은 너무나도 일본 사람과 똑같으시다. 따라서 당시 일본 사람들도 할아버님을 누구나 일본 사람으로 알았다고 한다. 때문에 그 당시 조선 사람들은 여행을 다니려면 신분증을 지참하고 일일이 검문을 받아야 했지만 할아버님은 그 생긴 모습만으로도 '프리패스'였다는 것이다. 심지어 같이 일하는 일본 기술자들도 할아버님이 조선 사람이라는 사실을 몰랐다고 한다. 그러다 결혼할 때가 되자 결혼만큼은 한국 여자와 하겠다고, 자신이 조선 사람임을 밝혔다고 하신다. 그때 동료들은 놀랐다고 한다. 그렇게 만난 조선 처녀가 바로 할머님이셨다. 할아버님은 5형제 중 셋째이시다. 고향은 청주며 충주 엄정면에 집안의 선산이 있다.

할머님도 역시 마찬가지로 어릴 때 다만 부모님과 오빠들과 함께 일본으로 건너가 여학교까지 나오셨다. 당시 조선 처녀로선 드물게 보는 신여성이자 인텔리셨다. 따라서 할머님은 처녀 시절 부모님과 오빠들이 꽤 크게 운영하시던 공사 현장의 이른바 '함바'집에서 인부들의 밥값, 술값, 외상값들과 물건 구입 등 함바집 살림을 도맡아 하셨다. 할머님은 일본 말은 물론 계산도 아주 잘하셨다. 그렇게 만나신 두 분은 한국식 전통혼례를 올리셨고 그때의 혼례 모습 사진 중 족두리를 쓰고 연지곤지를 찍고 사모관대를 쓰고, 차고 계신 할아버님과 함께 서 계신 할머님의 처녀 때의 젊은 모습은 너무나도 예쁘시고 고우시다. 그렇게 일본에서 몇 년을 사시다 해방이 되어 두 분은 고향으로 돌아오셨다. 맨 처음 두 분이 자리 잡은 곳은 충주였다. 그러다 할아버님은 아빠와 삼촌이 6살, 3살 때 심장마비로 돌아가셨다. 할머님으로선 하늘이 무너지는 순간이셨다. 그때부터 할머님은 한 많은 삶을 사셔야만 하셨다.

할아버님의 산소는 충주 호암저수지에 있었다.(할머님이 살아 계실 때까진) 지금은 그 '호암저수지'는 관광지로 개발되었다. 할머님은 할 수 없이 시댁들이 사는 청주로 두 어린 아들을 데리고 이사하셨다. 그 후 청주의 옷 도매 집에서 옷들을 외상으로 받아 청주, 음성, 미원, 괴산, 진천 등의 '오일장'을 트럭을 타고 돌아다니시며 그 오일장 시장 바닥에 옷 보따리를 풀어놓고, 한마디로 떠돌이 옷 장사를 하셨다. 그러다 그나마도 같이 다니던 홀아비가 할머님의 고운 자태에 반해 자꾸만 들이대는 바람에(새끼들은 어떡하라고.) 그 옷 보따리 장사도 그만두셨다.(그때 옷 도매상은 기차 집이었다.) 아마도 할머님의 옷 외상값이 다소 얼마라도 남아있을 것이다.

다음으로 하신 것이 앞서 얘기한 번데기, 고구마, 붕어빵 장사셨다. 그럼에도 할머님은 그 고생을 고생으로 생각지 않으셨다고 한다. 할머님에겐 나날이 무럭무럭 자라나는 새끼들을 키우는 것은 고생이 아니라 낙이셨고 그 새끼들도 혹이나 애물단지가 아니라 오로지 세상에 둘도 없는 보물덩어리들이었다. 위대한 어머님으로서의 사랑이 아니고선 결코 할 수 없는 낙이자 고생이셨다. 그러한 어머님이 없는 사람은 그 누구라도 이 세상에 존재할 수 없다. 명심해야만 할 것이다. 할머님은 독실한 천주교 신자셨다. 세례명은 '마리아'시다. 지금은 미원 못 미쳐 천주교 공원묘지에 할아버님과 함께 잠들어 계신다. 나는 매년 아빠, 엄마와 삼촌과 함께 그 공원묘지에 다녀오곤 했다. 지금은 마누라와 두 딸, 아들과 선녀님과 삼촌의 아들 내외와 두 손자까지 공원묘지를 다녀온다. 할머님의 친정이자 고향은 충주 산척면이다. 삼촌은 할머님과 함께 그 산척면 과수원에도 갔다 왔다고 한다.

그러한 위대한 콩 나무엔 쭉정이 하나 없이 알찬 콩들이 열릴 수밖에 없다. 그런 작은 콩들이 모이면 큰 콩이든 작은 콩이든 서로 잘났다고 심지어 울며불며 싸운다. 나 역시도 삼촌의 아들 녀석과 싸운다. 그 녀석은 누가 삼촌 아들 아니랄까봐 꼭 나와 맞먹으려고 한다. 나만 만나면 "흥, 삼촌 팔아. 베스트셀러 작가가 되고 유명 작가가 됐다고 큰 소리 친다"며 "아빠 말을 들어보면 꽤나 그럴듯하게 뻥쳤던데, 그것도 재주냐."며 대든다. 그래서 "어쩔 건데?" 하면 "그래도 그것도 뻥이라고 쳐? 나 같으면 전 세계를 돌아다니며 숱한 미녀 여왕들을 거느렸다고 뻥칠 텐 데.", "그럼 좀 더 뻥쳐볼까? 이 말은 믿지 않을까봐 말 안하려고 했는데, 현재 '바레인' 국왕은 그 옛날 삼촌이 덧셈도 구구단도 모르던 그 한심하던 왕자를 왕도의 길로 이끌어준 '알파드 사이드'다.", "정말?", "참! 속고만 살았나? 정 궁금하면 가서 물어보면 되잖아.", "그걸 어떻게.", "그럼 그냥 그런 줄 알아. 따지긴.", "정말 가서 물어본다.", "정말? 그럼 곤란한데.", "그럼 그 아라비아 공주는 어떻게 됐대?", "그걸 내가 어떻게 알아. 삼촌도 모른다는데. 사우디나 어디로 시집갔겠지. 괜히 사람 짜증나게 만드네."

참으로, 세상은 돌고 돈다. 따라서 삼촌에겐 아직도 때가 되면 놀라운 일이 벌어질 수도 있지만 이제 삼촌의 전성시대는 갔다고 본다. 또다시 삼촌의 전성시대를 쓰게 된다면 그 타이틀 앞 두 글자는 바뀔 것이다. 아니 그래야만 한다. 조카의 전성시대, 또는 우리들의 전성시대로, 언제까지 삼촌만 처다보며 살 수는 없다. 삼촌도 어디까지나 삼촌 시대의 전설로 남아야만 한다. 미래는 내 것이자 우리들의 것이다. 나와 우리들의 전성시대로 만들어가야만 한다. 할 수만 있다면 삼촌을 뛰어넘는 스승의 은혜는 스승을 뛰어 넘음으로서 갚는다고도 했다. 삼촌은 내게는 삼촌이기 앞서 스승님이셨다. 지금까진 삼촌만 처다보며 삼촌처럼 되자, 되고자 했지만, 지금부턴 삼촌을 뛰어넘고자 노력할 것이며, 반드시 내 방식대로 뛰어넘을 것이다. 나뿐만 아니라 우리들의 사명이다. 이제 진짜 마지막으로 그 옛날 3개월을 함께 살았고 그 후로도 7년 동안이나 자주, 가끔 만났던 앵무새 같던, 짝사랑만 해야만 했던 4년 연상의 필리핀 누나의 이름은 지금은 또 무슨 이름으로 바뀌었는지 모르겠지만, 처녀 때는 '죠슬린 C 루비오'에서 삼촌과 결혼함으로서 '루비오'란 성이 바뀐 JANG. 죠슬린C 루비오였다. 다른 것은 몰라도 이 사실만은 100% 진실이다. 아무쪼록 필리핀국 레이떼 소고드 그 산속 계곡, 아니면 그 어디서라도 행복하게 살고 계시길 진심으로 바라마지 않는다.(삼촌과 같은 마음으로) 이제 진정한 필자인 삼촌에게 펜을 넘겨드리겠다. 다음엔 나만의 전성시대로 찾아뵙겠다.

"여러분, 인사드리겠습니다. 필자입니다. 그러나 유구무언 죄송하단 말밖에 할 말이 없습니다. 다만 제 이야기는 90%는 사실입니다."

"야!", "네?", "그럼 니가 그때 홍해바다에서 그 '○○조개를'

잡아 나한테 팔아먹었던 바로 그놈이구나.", "아이구 살아계셨군요. 그래 그동안 잘 계셨습니까?", "잘 지내긴, 개뿔!", "그럼 그 ○○조개는 잘 갖고는 갔습니까?", "물론이지.", "아니 어떻게요?", "그야 죽기 살기로 뱃속에 집어넣었지.", "네? 아니 그걸 어떻게. 여자도 아니면서? 어쨌든 팔지는 마세요. 둘도 없는 보물이니까. 평생 기념이기도 하구요.", "팔긴 어떻게 팔아! 이미 옛날에 마누라한테 뺏기고, 마누라는 딸내미, 딸내미는 아들녀석에게, 손자 녀석은 쫓아다니는 계집애한테 뺏길지도 모르는데.", "아, 그러시구나. 어쨌든 그때 받은 돈 대신 연락주시면 이 책 9권 모두 공짜로 보내드릴게요. 동네방네 노인정에 돌아다니면서 무지하게 재미있다고, 그때 나도 같이 있었다고 자랑좀 하세요."

돌고 도는 세상

　"야! 너, 야? 너?", "또 누구신데요.", "너, 나몰라? 나이롱.", "나이롱? 나이롱이 어디 한 둘이었어야지요.", "아! 바레인에서 나이롱이 들통 나니 데모도로 함께 일했었잖아.", "아, 그 나이롱, 그래 그동안 어떻게 지내시구 지금은 뭐 하셔유?", "나도 너처럼 온 세상을 쏘다녔지.", "지금은요?", "뒷방늙은이 신세지. 그래서 나도 너처럼 옛날 얘기 좀 써볼까? 했는데 니가 선수 친 거지.", "에이그. 진작 쓰시잖쿠. 장땡도 먼저 잡아야쥬. 아, 버스 떠난 뒤에 손들면 뭐해유? 다 처음이 끝내주고 재밌는 거에유. 아무리 재밌어도 두 번째 세 번째는 별 볼일 없어유. 첫사랑이 괜히 첫사랑유? 그리구 아예 꿈도 꾸지마유, 글 쓰는 게 일하는 것보다 훨씬 힘들어유. 우리 한번 만나서 소주라도 한잔 해유. 한잔하면서 무슨 기가 막힌 일이라도 겪으셨다면 얘기 해 줘유. 내가 대신 써 드릴 게유.", "별 볼일 많았지.", "그래유? 그럼 당장 만나유. 얘깃거리가 바닥나 고민 중인데. 픽션을 아주 초치고 간장치고 고춧가루 뿌리고 깨소금도 뿌려 아주 논픽

션을 픽션처럼 그럴 듯하게 써 드릴 게유. 대신, 나 7대 3이에유, 아셨죠? 놀문 뭐 해유?"

　"오빠야~ 오빠야? 나 옥희예요.", "옥경이?", "아니 옥희.", "그 옛날 그 쌍문동, 방석집에서 손가락 걸고 맹세한 그 옥희? 참으로 세상은 돌고 도는 요지경이다. 그 옥희라니, 지금 어디서 전화하는 거야? 설마 희미한 불빛 아래는 아니겠지?", "그럴 리가요. 여기요, 청와대 뒤편 아리랑고개 북악스카이웨이 속에 있는 삼청각이예요. 아리랑고개 아시죠? 이 삼청각엔 드나드는 VIP들을 황진이는 저리가랄 일류 기생들이 VIP들을 모시는 곳이에요. 아니 당신이 지금 몇인데, 아이참 무슨 말씀하셔요. 제가 이 삼청각 주인이에요. 당신과 헤어진 후 떠돌다, 이 삼청각 주인을 만나 양녀로 지내다 돌아가실 때 제게 물려주신 거에요. 한번 오세요. 당신도 이젠 유명인사가 되셨잖아요. 아마 제 사연 아시게 되면 10편은 또 쓰셔야 할 거에요. '게이샤의 추억', '홍도야우지마라' 찜 쪄 먹을 거예요."

　"그런데 그 선녀님인가 하시는 분 몰래 혼자 오세요. 좀 쑥스럽잖아요. 오시면 제가 직접 잘 모실게요. 설마 모른 체 하진 않으시겠죠?", "그럴 리가 있나. 강화도까지 찾아갔었는데.", "정말요?", "그럼.", "아이고 보고 싶어라.", "알았어. 곧 찾아갈게.", "또, 오빠야! 여보야!(꽃뱀) 변광쇠 이놈아! 나 옹녀야!(색녀?) 아이구 못살겠다." 하여튼 그동안 '삼촌의 전성시대'를 사랑해주신 모든 분들께 감사드린다. 돌고 도는 세상 끝이자 삼촌의 전성시대 전편 대미. 2020년 필자 장호주.

제11부. 바둑 이야기

바둑

대답은, 1에 0이 백만 개가 붙어도 모자란다는 것이었다. 즉, 그 이상은 자기도 모른다. 다이미 얘기했지만 인간이 2000년 전부터 상상하고 이름까지 붙인 가장 큰 수는 '무량대수'인(10의 68)이다. 우주의 끝이라는 200억 광년을 km단위로 환산하면 1광초~30만km x 2백억 광년으로 '0'이 몇 개나 되는지 계산해 보시라. 63,072,000,000,000,000km로 '예'인 '10의 24'의 1/10정도에 불과하다. 미터로 환산해도 0세 개만 더 붙이면 그만이다. 그런데 0이 백만 개도 모자란다니 따라서 바둑의 경우의 수는 차라리 알 필요 없이 무한대로 생각하는 게 속 편할 것이다. 바둑은 명실상부한 최고의 지능게임이다.

드디어, 뚜껑을 열어본 결과 첫판은 어! 봐줬나? 둘째 판은 어라, 그게 아닌 것 같은데? 셋째 판도 어떻게 된 거야였다. 네 번째 판에서야 와! 이겼다. 마지막 판도, 이길 수도 있겠는데, 그러나 다섯 번째 마지막 판은 조용했다. 알지 못할 두려움에

휩싸였기 때문이다.

　사실 바둑의 세계 최정상 기사라면 인간 지능의 대표라 할 만하다. 그런 인간 대표가 비록 스스로 진화한다는 인공지능이긴 하지만, 어쨌든 기계인 것만은 분명하다. 또한 기계는 계산만큼은 인간보다 빠르고 잘할 순 있겠지만 결코 상상이나 창조력, 더욱이 감정이 있을 수 없다는 것이 인간이 생각하는 기계의 개념이다. 적어도 현재까진 그렇다 할지라도 만약 이세돌 9단이 전패했다면 인류는 어쩌면 절망 했을지도 모른다. 그나마 1승을 함으로써 인류는 안도하고 일말의 희망을 가질 수가 있었기 때문이다. 비록 그동안 AI인공지능의 출현으로 말미암아 알지 못할 두려움으로 설왕설래 말이 많았고, 이윽고는 그 가공할 능력과 위력이 현실화되었음을 확인했지만 그래도 아직은 완벽하지마는 않다는 사실도 동시에 확인되었기 때문이다.

　'AI인공지능 알파고'는 이세돌 9단과의 5번 기를 마지막으로 그동안 정상급 프로 기사들과의 대국에서 '74전 73승 1패'의 전적과 함께 보다 업그레이드를 위해 잠정 은퇴 사라졌다 다시 나타났을 때의 진화된 알파고의 능력이 어떠할지는 상상만 해도 두렵다. 따라서 이세돌 9단은 어쩌면 인간이 인공지능과의 대결에서 유일하게 1승을 거둔 마지막 인간이 될지도 모른다. 참고로 현대 프로 기사들과 알파고와의 기력 차이는 두 점 치수 정도로 프로기사들 스스로 자인하고 있다. 그러나 그것조차 확실치가 않다. 프로기사들은 이런 장담을 해왔다. 두 점은 자신 없지만 석 점이라면, 바둑신과도 둬볼만 하다고.

과연 그럴까? 미래의 알파고에게 석 점에도 못 이긴다면?

인간은 알다시피 자연적으로 생겨났거나 신이 창조했거나 둘 중 하나다. 따라서 인간이 생각하는 특권인 상상력과 창조력, 감정도 생겨날 때 또는 창조될 때 이미 주어졌거나, 아니면 '다윈'의 진화론처럼 나중 진화한 결과로 볼 수 있다. 그렇다면 창조주가 인간이긴 하지만, 인공 지능도 진화는 할 수도 있다는 논리가 성립된다. 문제는 인간의 본성이 탐욕 덩어리 그 자체라는 사실이다. 탐욕의 결과는 양육강식이다. 인류역사가 말해준다. 어떠했는지를. 그나마 비슷비슷한 탐욕덩어리였기에 공존할 수 있었을 뿐이다. 그런데 인공지능이 진화해 인간과 똑같은 상상력과 창조력, 무엇보다 감정(탐욕)까지 갖추게 된다면 그야말로 몸만 기계일 뿐 정신은 '인간'인 기계인간이 탄생한다는 얘기다. 그때 그 능력은 결코 인간과 같을 수가 없다.

우선 인간의 한계 수명은 120년 이다. 반면 기계 인간의 수명은 천년이 될지 만년이 될지 알 수 없다. 늙지도 병들지도 않고 또한 계산 능력은 상대도 되지 못한다. 신체도 마찬가지로 공존은 대등할 때만 가능하다. 월등한 능력의 기계 인간이 인간과 평화롭게 공존하려 할까? 인류는 멸종되거나 노예가 될 수밖엔 없을 것이다. 따라서 인류가 살아남는 길은 아예 인공 지능의 싹을 잘라 버리거나, 인공 지능을 뛰어 넘는 슈퍼맨으로 재탄생 하거나 진화하는 길밖엔 없다.

바둑은 인간 지능과 인간 정신의 한계가 어디까지인지를 극명하게 보여준다. 그 극명함을 그대로 나타내고 보여주는 것이

'토혈지국'이란 고사와 현재의 '초읽기'다. '토혈지국' 중 한 가지는 중국 북송의 최고수였던 유중보가 산속에서 무명의 노파와 바둑을 두어 패하자, 하도 분해 피를 토했다는 일화와 또한 가진 일본 도쿠가와 바쿠후(덕천막부) 말기 '이노우에가'의 기린아 인데쓰 7단이(이건 어디까지나 "내" 사견이다.) 일찍이 기성 오청원 9단은 '바둑은 조화다'라고 설파했다. 나 역시 그 말에 공감한다. 이창호 9단과 이세돌 9단은 한 때는 누가 뭐래도 세계 최고 기사였다. 조남철, 조치훈, 조훈현 9단, 묘하게도 모두 '조'씨다. 서봉수 여성으로선 루이나위(9단)도 마찬가지다. 그러나 후자들은 누가 봐도 기량이 녹슬었다기 보단 어쩔 수 없는 나이의 한계성이라 볼 수도 있지만, 이창호 9단은 아직도 젊은 나이라 할 수 있는 현역 기사다. 그의 독보적인 끝내기 능력은 타의 추종을 불허 했었다. 마찬가지로 이세돌 9단 역시 그만의 깊은 수읽기를 바탕으로 한 현란한 공격력 역시 웬만한 기사들은 버텨낼 수가 없었다. 지나칠 정도로 그런대도 은퇴까지 했다. 왜 그럴까? 왜 그랬을까? 나름대로 이유가 있을 것이다. 그러나 객관적으로 볼 때 그 시대에는 그와 같은 '타'에 추정을 불허하는 독보적인 능력들이 가능했지만 그에 못지않은 기사들이 절치부심, 따라 붙었고 새로운 신성들의 등장으로 빛을 잃었고, 특히 AI 인공 지능의 등장으로 스스로 한계성을 절감한 결과인지도 모른다.

그러나 반면 기성, 오청원 9단은 그 모든 것을 극복하고 은퇴했음에도 바둑사에 영원한 기성으로 추앙 받는 것은 결국 그가 주장한 조화로움에서 기인하지 않았나 싶다. 물론 능력이 있었기에 가능했으리라 본다. 따라서 위와 같이 전설적인 기사들도 조화로움을 구현할 수만 있다면 훗날 기성 오청원 9단과 같은 존재로 추앙받을 수 있으리라. 그래도 현재로선 아쉽기만 하다.

인간의 능력은 무궁무진하며 무한하다 할 수 있겠지만 역설적으로 인간이기에 결코 진정한 '입신'이 될 수는 없었나 보다. 수많은 입신(9단)들이 있음에도 그런 점에서 AI 인공지능은 현재 입신들을 압도하지만 그렇다고 인간보다 우위에 있다고는 보지 않는다. AI인공지능은 인간이 만든 기계일 뿐 결코 인간은 아니기 때문이다. 논리적으로 볼 때 신이 인간을 만들 때 결코 자신 보다 뛰어날 수 없도록 만능 중에 단, 한 가지만이라도 빼고 만들었다면 따라서 인간은 AI인공지능을 극복 할 수 있을 것이다. 스스로 보다 진화하거나 못한다 할지라도, 그때는 AI인공지능의 싹을 아예 잘라 버릴 것이기 때문이다. 인간들은 잘 알다시피 자신들보다 잘난 꼴은 그대로 용납 할 수 있는 존재들이 아니기 때문이다. '신'만 빼놓고는 과연 그럴 수 있을지 두고 볼 일이다. 이세돌 9단은 알파고와의 대국 후 이런 말을 남겼다. '내가 패한 것일 뿐, 인류가 패한 것은 아니다.'

▲ 명인, 혼인보 죠와에게 패한 후 피를 토하고 불귀의 객이 되었다는 고사에서 토혈지국이라 전해진다. 얼마나 심혈을 기울였는지를 극명하게 말해준다.

피 말리는 초읽기

　'초읽기'도 얼마나 피가 마르는 제도 인지를 역시 극명하게 보여준다. 아마, 프로를 막론하고 공식 대국에서 불러대는 초읽기 소리는 프로 기사들조차 그야말로, 악마의 속삭임이나 귀신의 흐느낌이나 호곡 소리로 들린다고 한다. 심지어 시한폭탄의 마지막 10초의 카운트다운의 초침 소리나 마찬가지라는 것이다. 따라서 최소한 수천만 원, 또는 억대의 우승 상금과 수천만, 수억 명 자국 국민들의 승리 해주길 염원하는 기대 속에 메이저 대회 결승 마지막 단판 승부에서 한두 집, 반집을 다투는 그 피 마르며 살 떨리는 가운데 그 악마의 속삭임과도 귀신의 흐느낌과도 시한폭탄의 카운트다운과 같은 그 진저리나는 소리를 극복하고 우승 한다는 것은 범인으로선 상상도 극복할 수도 없는 인간 정신의 한계로 삼촌은 한마디로 이런 말로 표현했다. '그들은 사람도 아니다'로.

　삼촌도 공식 대국에서 그 초읽기로 말미암아, 이긴 적도 패한 적도 있다고 한다. 즉, '시간패, 승' 했다는 얘기다. 인터넷 바둑에선 수없이. 고수들인데도, 아무리 지긴 져도 시간패는 당하지 말아야지 하면서도, 고심하다 깜박 하면 여지없이 열. 말짱 도루묵으로 시간패를 당한다는 것이다. 물론 상대도 마찬가지다. 따라서 프로기사들은 애당초 바둑공부 만큼이나 초읽기 훈련도 병행해서 한다. 아예 시작부터 10초 바둑을 둔다는 얘기다. 그렇게 수백, 수천 판을 두다 보면 단련이 되어, 하나에서 부터 열까지의 숫자 소리에 자동으로 반응 한다는 얘기다. 따라서 관전자들이 TV로 시청하다 보면 그런 장면을 많이 보게 된다. 계시원이 일곱, 여덟 해도 대국자는 태연한데 정작 관전자들이 애가 닳아 아이구 아이구 하며 숨넘어가는 소리를 낸다. 하지만 신통하게도 아홉 하면 어김없이 돌을 놓긴 한다. 심지어 여, 어 할 때 놓기도 한다. 그럴 때 관전자는 숨이 넘어간다.

그 대표적인 기사들이 바로, 산전, 수전, 공중전의 달인인 서봉수 9단과 조치훈 9단이다. 그 두기사의 대국을 관전하다 보면 혼이 달아날 수밖에 없다. 왜냐하면 초읽기가 시작되면 어김없이 그런 상황이 벌어지기 때문이다. 먼저 조치훈 9단이다. 조치훈 9단은 우선 머리 모양이 항상 까치집이다.(삼촌의 말로는) 그리곤 툭하면 그 까치집 머리를 두드려 대거나 쥐어뜯기도 한다. 그럴 때마다 상대 기사는 내가 묘수라도 둬서 그러나? 하지만 진짜일 때도 있지만 대부분은 버릇이나 엄살이다. 그런데도 머리칼이 남아 있는 게 용하다. 그런데다 관전자들의 애간장을 녹이는 것이 바로 그 초읽기다. 조치훈 9

단은 유명한 장고파일뿐만 아니라 한수 두는데 한나절이 걸린 적도 있다고 한다. 결코 잠을 잔 게 아니다.

　제한 시간 8시간. 참고로 '일본에선 이틀 걸이 대국도 있으며, 옛날엔 1년이 걸린 대국'도 있었다고 한다. 어쨌든 초읽기가 시작되면, 그는 하나, 둘엔 아예 둘 생각도 없고 다섯, 여섯 하면 둘까말까 하다 여덟, 아홉 하면 아슬아슬하게 놓긴 놓는다. 그건 그래도 보통이다. 아홉 했는데도 놓지 않다. 여, 하면 허겁지겁 놓는 일이 비일비재하다. 그야말로 관전자들의 혼을 빼놓고 애간장을 다 녹인다. 사실 아홉이 끝난 즉시 놓았다면 인정할 만하다. 그러나 여, 할 때 놓는다면 사실상 시간패라 해도 할 말이 없다. 바둑의 초읽기 규정은 반상에 돌을 착 점한 후 손이 돌에서 완전히 떨어졌을 때다. 따라서 확실한 열은 아닐지라도 사실상 여, 할 때 놓은 돌에서 손이 떨어졌을 때는 인간의 시각적인 손가락 반응으로 볼 때 거의 불가능이라 볼 수 있다. '인지상정으로 따지지만 않을 뿐 따라서 앞으론 잡음을 없애기 위해, 아예 바둑판에 감지기를 장치한다는 계획도 세우고 있었다. 'I.T강국다운 발상이다.' 어쨌든 그러한 곡예를 벌이다 결국 원숭이도 나무에서 떨어진다고 시간패를 당하고 만다.

　그런가하면 서봉수 9단은 한술 더 떠 본인은 어떨지 모르겠지만 관전자들을 초죽음으로 몰고 간다. 초읽기가 시작될쯤이 되면 먼저 안절부절 하기 시작한다. 따라서 관전자들도 불안해지기 시작한다. 아니나 다를까. 초시계를 흘깃흘깃 보기 시작하며, 이윽고 계시원이 다섯, 여섯 하면 엉덩이를 들 썩거리며 손가락까지 떨기 시작한다. 그러다 여덟아홉 하면 그야말로 간 떨어지게 만들어 놓고 허겁지겁 놓는다. 그러다 심지어 믿기지 않겠지만 허둥대다 돌을 떨어뜨리기까지 한다. 사실 할 말은 아니지만 서봉수 9단은 시간패를 많이 한 기사 중 한사람 이다. '천하의 서봉수 9단 임에도. 그만치 초읽기의 위력이 어떠한지를 잘 말해준다. 그러나 조치훈 9단이나 서봉수 9단도 젊은 전성기에는 그 정도는 아니었을 것이다. 다 나이 탓으로 돌릴 수밖에 없다. 아무리 정신력으로 버텨도 체력이 받쳐줘야만 한다. 사실, 프로 기사들은 상대와의 싸움이기도 하지만, 초읽기란 또 다른 상대와도 피 말리는 싸움을 하고 있다고 해도 과언이 아니다.

삼촌도 그와 같은 초읽기와 관련된 대국에 관해서도 이런 이야기를 내게 들려주었다. 삼촌은 60살 때 동생뻘 이었지만 바둑은 막상막하인 친구와 전남 강진에서 매년 개최되는 김인배 세계 아마추어친선교류바둑대회에 바람도 쐴 겸 참가하러 내려간 적이 있었다. 그 대회는 국내는 홍보를 통해 아마 기사들의 참가를 독려하며, 사전에 접수와 2만 원의 참가비를 내야 했지만, 중국이나 일본, 유럽의 아마 기사들에겐 양국 공관에 홍보 책자들과 초청장을 발송, 적극적으로 참가를 유도하며 한국과 한국 바둑을 알리며 친선을 도모하는 목적의 대회다. 비록, 우승 상금은 없지만 우승 트로피와 입상 상패와 상장과 참가자 전원에게 기념품을 선물하며 프로 기사와의 다면기 등 그런 대로 풍성한 대회이기도 하다. 따라서 초청된 중·일 아마 기사들은 강자도 있긴 하지만 대부분 기력도 약한 노년들이며, 반면 유럽 기사들은 비교적 젊지만 어쨌든 바둑은 둘 줄 알지만 유단자는 드물었다. 모두 합쳐 70여 명(그 당시) 정도였다. 물론 유럽에도 "마이클레드먼트"(아마 7단) 수준의 기사가 있긴 하다. 7, 8급들도 있지만 말하자면 바둑 대회에 참가할 목적도 있지만 겸사겸사 관광차 내한 한 기사들이 대부분이란 얘기다.

따라서 참가하는 국내 기사들도 비록 세계 아마추어 바둑대회이긴 하지만 어디까지나 친선 교류가 목적이기 때문에, 명실상부한 '세계아마바둑선수권대회'라 할 수 없어, 우승해도 프로 입단 특혜도 없고 상금도 없어 '공인 6,7단'의 강자들은 잘 참가하질 않는다. 대부분 경험을 쌓기 위해서나 놀러온 기사들로 자칭 아마 3단, 5단 정도의 기사들이 대부분으로 50여 명 정도였다. 말하자면 삼촌과 친구는 우승 후보인 셈이었다.

그 당시 그 대회의 경기 방식과 진행 내용은 다음과 같다. 지금은 어떤지 모르겠다. 참가 기사 120여 명일 경우. ① 스위스룸 적용. 제한시간 : 초읽기 없이 1시간, 승패 없을 경우 프로 기사 판정. 단 ② 오전 중 예선 3판 대국(1국) 중, 일, 유럽 자국끼리 대국 배제(결승전 초읽기 적용). 2국, 3국, 승자끼리, 패자끼리 대국 결과 승률로 본선 진출, 승률 동일 시 승자 승 원칙 ③ 오후 본선 진출자 16명 : 토너먼트. 역시 경기 진행상, 제한 시간 1시간. 승패 없을 경우 프로 기사 판정. 결승전 : 제한 시간 10분, 초읽기 10초, 3회 적용. 외국인 일 경우 통역인 배치, 초읽기 도움 '대진' 추첨(주최 작성).

삼촌은 작은 태극 깃발을 옆에 세워 놓고, 역시 오성기를 옆에 세운 노년의 중국 기사(8급 추정)에게 싱겁게 1승. 같은 태극 깃발에 쉽게 2승(3단 추정). 역시 같은 태극 깃발에게 의외로 힘겹게 3승(강 5단 추정). 본선 진출 확정, 친구 역시 오후 본선 토너먼트 16강전 용케 올라온, 그러나 불운한 유럽 기사에 KO승(불계) '손님 대접 드문 3단 추정' 8강전 깐깐한 일장기에게 역시 판정 우세승(왕년의 일본 아마 강자로 추정 6단 정도) 4강전. 문제의 대국이었다. 강 5단의 40대 한국기 사였다. 40분까지는 그런대로 두고 있었다. 그때 형세는 확정 가에 있어선 좀 부족했지만 세력과 가능성에선 월등 우세였고, 삼촌은 승리를 확신하고 있었다. 그런데 그때부터 상대가 두질 않더란 것이다. 처음엔 불리한지라 장고하나 했지만 커피 한 잔만, 화장실 좀 하며 왔다 갔다 하다 돌아와선 잠시 들여다보다 또 아이구배야 화장실 좀 하고 가서 한참 후에야 오고, 그제야 삼촌은 그와 같은 꼴새를 보곤 이놈의 자식이 지연작전을 쓰는 구나 눈치 챘다는 것이다.

사실 바둑 고수들은 자부심과 자존심이 대단한 존재들이다. 따라서 그런 별것도 아닌 대국에서 그와 같은 치사한 짓을 할 줄은 생각지도 못했다는 것이다. 당시 대회의 판정 기준은 프로 기사의 형세판단이다. 확정가와 확실한 예상 확정가의 가능성이다. 따라서 이미 절망적인 판세인지라 확정가 하나만으로 희망을 가지고 한 시간이 지나기 만을 기다리고 있었다는 삼촌의 얘기다. 결국 판정 프로 기사가 찾아왔고, 당시 판정프로 기사는 '김성룡 9단'이었다. 형세를 살펴본 김성룡 9단은 난처해하며 이런 말을 했다는 것이다. 삼촌이 우세한 것만은 사실이지만, 가능성일 뿐 어쨌든 확정가면에선 상대가 몇 집이라도 많이 양보하면 안 되겠냐고 했을 때 그런 법이 어디 있냐며 규정에도 없고, 솔직히 누가 더 우세하냐며 따졌다는 것이다. 또한 상대도 자신이 불리함을 인정 커피 한 잔, 화장실 좀 하는 바둑께나 둔다는 기사로선 진정 되먹지 못한 치졸한 계획적인 지연을 30분 전부터 쓰고 있었다며 항의하자, 난감해진, 김성룡 9단은 그럼 지금부터 초시계 갖다 놓고 초읽기를 시작하겠다고 선언 그 무서운 10초 초읽기, 그것도 마지막 단 한번으로 대회 진행상 어쩔 수 없다는 것이다. 그것도 20분 동안만.

20분 지나도 안 끝나면 직권 판정 하겠다며, 그렇게 시작된 초읽기의 위력은 그대로 드러났다. 삼촌은 수많은 초읽기를 경험한 만치 판세도 유리 한지라 대마를 몰아가며 제꺽제꺽 두어 나갔고, 상대는 대마가 사경을 헤매는지라 결국 10분도 안 돼 은근히 짜증이 나있던 김성룡 9단은 사정없이 열, 삼촌의 준결승전은 '1시간 10분 만에 시간 승으로 끝났다'는 것이다. 그러나 초읽기의 위력은 그 대국만이 아니었다. 결승에서 맞붙은 기사는 비록 70대의 노신사였지만 왕년에 일본 아마 국수이자 한, 중, 일(전 일본) 아마 대표 선수로 활약하기도 했던, 삼촌도 신문 지상과 매스컴을 통해 알고 있었던 ○○○ ○○○○ 아마 7단으로 그분의 명예 상 이름은 차마 밝힐 수 없다. 또한 기량도 녹슬지 않았는지, 썩어도 준치라고 비록 공인 6

단은 아니었지만 바로 삼촌과 막상막하의 실력자였던 친구를 준결승에서 판정 우세승으로 꺾고 올라온 장본인 이기도한 노기사였다. 한마디로 60대 초반, 70대 초반의 한·일 기사들이 어찌됐든 태극기와 일장기를 옆에 세우고 양보할 수 없는 한 판 승부를 벌이게 된 것이다. 그때 삼촌은 처음으로(상징이긴 하지만) 국가 대표 선수의 중압감을 실감 했다는 것이다.

형세는 종반전에 접어들기까지는 치고 박는 가운데 막상막하였지만 삼촌은 스스로도 불리하다고 판단하고 있었다는 것이다(초읽기가 시작될 때까지는). 그러나 역시 세월엔 장사 없다고 그 왕년의 최절정 아마 고수도 초읽기가 시작되자 흔들리기 시작, 마지막 초읽기에 몰리자 실수를 연발 무사히 끝까지 두긴 했지만 삼촌은 백을 들고 반면 3집. 즉, 9집 반으로 우승할 수 있었다.

삼촌은 초읽기가 없었다면 아마 이기지 못했을 것이라고 회고하고 있다. 친구는 그러한 점에서 당시 초읽기가 적용 되지 않는 준결승에서 초읽기 덕도 보지 못한 한 마디로 재수 없는 친구였던 반면 삼촌은 준결승과 결승전에서 초읽기 덕을 톡톡히 본 재수 좋은 케이스라 할 만하다.(그것도 실력이지만.) 아울러 어쨌든 바둑 좀 두고 좋아하는 분들은 한두 번쯤 가볼만한 대회다. 가슴에 꽃을 단 김인 9단도 만나볼 수 있으며, 막간을 활용하는 다면기에서 프로기사에게(미녀 기사)한 수 배울 수 있고, 돌아올 땐, 기념품인 청자도자기도 얻어 올 수 있다.(우승컵이나 입상 상패 상장 대신.) 또한 그뿐만이 아니다.

바둑 대회장은 강진 메인스타디움의 체육관 특설 대국장으로 메인스타디움의 뒤편에는 대궐 같은 전통 궁중 한식요리 집들과 고급요리 집들이 즐비하게 자리 잡고 있다. 다만 전통 궁중 한식요리 집들은 값이 좀 비싸고 예약을 해야 하지만. 따라서 전통 전주비빔밥이나 온갖 궁중 요리들을 손쉽게 맛볼 수 있을 뿐만 아니라 '운'까지 따른다면 아빠 손에 이끌려 온 아리따운 10급짜리 꾸냥 기사나, 이렇게 재미있는 바둑 선진국인 한국이란 나라는 어떤 나라일까? 신비의 나라이자 온 천지가 금수강산이며 그 속에 백마 탄 왕자님이 바둑도 두고 계신다는데, 꿈꾸며 날아온 똑똑하기도 해. 초단까지 된 늘씬한 유럽의 미녀 기사와 마주 앉을지도 모른다.

　서투른 한국말로 "옵빵! 살살 둬주세요." 하면 친절하게 가르쳐 주며 바둑은 뒷전이라도 살살 봐주며 꼬셔서 금수강산엔 임금님들이 즐겨 잡수셨다는 산해진미가 가득 차 있는 용궁 같은 대궐들이 있다며 홍보대사가 되어 부모님이나 일행들까지 데려가 그 이후는 바가지를 쓸지 아니면 공짜로 얻어 먹고 또 무슨 인연이 맺어질지는 나도 모르겠지만 어쨌든 가 본다면 그런 기회도 생길 수도 있다는 얘기다. 그냥 하늘에서 뚝, 떨어지는 게 아니다. 쩨쩨하게 괜히 기원 골방에서 내기 바둑으로 돈 따먹을 궁리만 하지 말고 한마디로 대해로 나가란 말이다. 바둑 격언으론, 구석에서 생불여사 하지 말고 중앙으로 뛰어나가란 얘기다. 설사 키워 죽을지라도, 이상이 삼촌의 바둑 철학이자 강의 내용들이다. 물론 강진 얘기는 나중에 들은 얘기다.

또한 알파고도 당시엔 존재하지 않았음은 물론이다. 삼촌이 기원을 운영하던 시기는 1982년부터 83년으로 삼촌의 기원엔 언제부터인가 이○호, 강○일이란 두 아저씨가 드나들기 시작했다. 삼촌의 말에 의하면 그중 이○호 아저씨는 명문 집 자손으로 사대부고를 나와 전도양양한 청년이었으나 바둑에 빠져 기원에서 살다시피 하는지라 결국 집안에서도 내놓은 자식이었지만 그래도 뛰어난 기재로 아마 국수를 삼연패하며 한·일 아마 대항전에서도 한국 대표로 활약하기도 한 기사였다. 그 당시의 과거라는 얘기다. 반면 강○일 아저씨는 내가 보기에도 족보를 알 수 없는 한마디로 깡 건달이었다. 그러나 바둑은 단짝인 이○호 아저씨와 우열을 가릴 수 없을 정도로 숨은 고수로, 삼촌도 그 두 사람에게만 쩔쩔매며 세 판 두면 한 판 이길까말까? 할 정도였다. 특히 강○일 아저씨는 노름에도 '마작, 트럼프' 등 도사였다. 한마디로 삼촌도 노름이란 노름은 모르는 것이 없이 잘했지만 '강' 아저씨 보단 반수 아래였다. 삼촌도 마작이나 카드 놀음에 타짜는 아니지만 귀신이다. 삼촌이 고백한 말이다. 따라서 나중엔 정선 카지노나 필리핀의 카지노에도 여러 번 드나든 전력이 있다. 앞으로 카지노세계에 관해서도 얘기하겠다.

어쨌든 두 아저씨는 삼촌의 기원에서 죽치며 뭣도 모르는 하수들의 돈을 따 먹거나'(정당한 치수로 세 급 이상 기력을 속인 내기 바둑은 사기도박으로 간주, 처벌된다)' 노름들을 하며(주로 마작, 카드) 고스톱, 툭하면 날밤들을 새곤 했다. 따라서 삼촌이 집에 안 들어오는 날은 틀림없이 기원에서 같이 노름을 하거나, 노름 멤버가 꽉 차면 관리하며 날밤을 세우고 있다고 봐야한다. 물론 예외가 있긴 하다. 무슨 예외인지는 이미 수없이 얘기했다. 입 아프게. 그러면서도 나는 두 아저씨에게 바둑은 많이 배웠다. 그렇게 삼촌의 기원에서 건달 생활을 하던 두 아저씨 중 '강' 아저씨는 훗날 KBS 아마 바둑 대회에서 초대 챔피언이 되어 그때 받은 우승 상금으로 마장동에 기원을 차려 건달 생활을 청산 한 후 계속 정진해 아마 공인 7단의 최고수 반열에 올라 지금은 분당에 번듯한 기원의 원장으로 만년을 보내고 계신다. 어릴 때 바둑을 가르쳐주시며 "어라, 이놈 봐라 기재가 있네." 하시던 말이 떠오른다. 그 아저씨가 그때는 날건달이었지만 내게는 스승님이나 마찬가지다. 진심으로 날건달이라 했던 점 죄송하게 생각한다. TV의 고교 동문 전에서 가끔 볼 수 있다.

삼촌은 중졸 인지라 구경만 할 뿐이다. 혹시라도 이 글을 보신다면 '아하! 그때 그 꼬마로구나' 하시며 용서해 주시리라 믿는다. 사실 건달이었는데 뭘, 하시며 기회가 있으면 한번 찾아뵙겠다. 삼촌도 함께.

바둑에 빠지다

삼촌이 바둑을 처음 배웠다기 보단 둔 것은 여섯 살 때부터였다. 이제야 밝히지만 아빠와 삼촌은 고향이 충청도 청주다. 충청도는 예로부터 양반의 고장이었고 청주는 한때 교육 도시로도 불리기도 했다. 즉, 우리 집안은 양반 집안일 수도 있다는 얘기다. 사실 아빠 말씀으론 우리 집안 조상은 '장영실'이란 분으로 양반은 아니었다고 하신다. 아니 그럼 세종대왕께서 그렇게 아끼셨다는데 양반은 따로 있나?('성'까지 밝혔네) 그런데다 내게는 제일 큰 할아범님 되시는 분은 당시 도교육감이셨다.

말하자면 오늘날 국무총리가 종일품 영의정이라면, 교육부 장관은 판서격의 종2품으로 바로 밑인 도교육감은 종3품의 큰 어른이셨다는 얘기다. 그래서 그게 어떻다는 얘기냐고 하신다면 그저 그냥 그렇다는 얘기다. 나도 아버지가 회장이라고 해서 나도 회장인양, 땅콩 안준다고 XX발광 떠는 졸렬한 가시나는 아니란 얘기다. 하지만 굳이 그러신다면 아무래도 충청도 분은 아니신가 보다. 충청도 분이시라면 아암. 그랬었지 하셨을 텐데. 가만 땅콩 집안이 어디더라?(충청도면 곤란한데.) 그래도 이 정도는 틈나는 대로 아부를 떨어놔야 혹시라도 나중에 등 떠밀면 못 이기는 체 충청도 청주 지역구로 국회의원 출마라도 해보지.(개꿈은 그만 꾸자)

어쨌든 당시 큰 할아범님 댁은 일본식 적산 가옥으로 큰 사랑방은 '다다미'가 깔려 있었고, 삼촌의 기억으론 두께가 한자(30cm)나 되는 네 발 달린 바둑판이 놓여 있어, 큰 할아범님은 찾아오는 손님들과 바둑을 두시곤 하셨다고 한다. 그럴 때마다 삼촌은 사촌형과 같이 어깨 너머로 구경하며 얽히고설킨 돌들을 따먹고 따먹히는 게 그렇게 재밌고 신기할 수가 없었다는 것이다. 그 당시 큰 할아범님의 기력은 삼촌의 기억으론, 아마 3단 정도가 아닐까 했다. 다다미는 2장을 합치면 한 평 1.8x1.8 제곱미터가 된다. 절이나 암자의 장방도 다다미방을 말한다. 다다미가 뭐냐고요? 아이고, 밀짚이다!

그때부터 삼촌은 틈만 나면 놀러가 사촌형과 말하자면, 돌 따먹기 바둑을 두기 시작했다. 그런데 문제는 그때 사랑방에서 두던 바둑돌은 지금과 같은 기계로 찍어낸 바둑돌이 아니었다. 조개껍질로 크기는 납작하지만 들쭉날쭉하고 모양도 동그랗거나 네모, 세모 등 제각각이고 색깔도 하얗고 노르스름하며 무늬도 있고 없고 했다. 흑 돌도 역시 비슷한 크기지만 동골동골 하고 길쭉하고 네모, 세모인데다 색깔 역시도 까맣고 파르스름하며 점 백이들도 있어 두다 보면 제자리에 놓여 있는 돌은 하나도 없다. 그렇게 놓여 있는 얽히고설킨 돌들로

말미암아 삼촌과 사촌형은 둘 때마다 무던히도 싸웠다고 한
다. 서로가 아니 두 집이 났는데 왜 따 먹냐. 이게 옥집(가짜
집)이지 무슨 집이냐. 또는 아니 연결 돼 있는데 왜 끊어먹느
냐. 분명 여기 됐는데 왜 그 옆을 됐다고 하냐는 등 사실 그
럴 만도 했을 것이다. 알다시피 조개껍질이나 그러한 흑돌 들
은 자연산이다. 똑같을 수가 없다. 헷갈릴 만도 했을 것이다.
따라서 자연산 바둑돌이 나던 지금의 경남 양산군 기장읍의
남쪽 포구가 옛 이름은 '기포'로 불리기도 했다. 조선 시대 추
사 김정희가 이곳 바둑돌의 오묘한 생김새에 감탄 '자연기'라
는 '시'를 남겼다.

바둑판에 대해서도 얘기해 보겠다. 바둑판의 표준 규격은
42cm x 45cm다. 그러나 두께가 여러 가지다. 문방구에서 파
는 합판 1.2cm부터 1치 3cm 기원이나 바둑 대회장에서 사용
하는 상업용 두 치 6cm, 3치, 5치, 8치 한자(30cm) 최대 한
자 두 치 36cm까지 다양하다. 네 발도 달려 있다. 또한 재질
은 대부분 '아가디스'란 수입목이다. 색깔이나 무늬도 그런대
로 무난해 바둑판으로 적합하다. 그런가하면 대나무로 만든 상
자 같은 바둑판도 있다. 앞뒤 측면엔 작은 서랍이 있어 바둑돌
을 담을 수 있으며 바닥은 대나무 조각을 얇게 가공 정교하게
결을 엇갈리게 붙여 그 자체로 바둑판이 된다. 지금의 희귀한
바둑판이라 할 수 있다. 다만 바둑 둘 때 통통거려 좀 신경은
쓰인다. 그런가하면 가장 오래된 바둑판 그림, 순장 바둑판인
목화자단기국과(일본 동대사에 소장) 돌 바둑판으로는 1953
년 중국 하북성 부근에서 '한' 대로 추정 되는 17도 석제 바둑

판이 출토(887~896년). 신라 말기 최치원이 즐겨 사용했다는 해인사의 돌 바둑판(1340년대), 충북 단양군 대강면의 사인암의 암반에 새겨진 조선 시대, 암각 기반과, '사로암 암각기반' 충주시 살미면 공이통 계곡엔 집채만 한 암, 수 바위 중 수 바위인 수마 반석엔 1853년경의 조선 순장바둑, 바둑판이 음각되어 있다. 가장 오래된 바둑판은 서기 182년으로 추정되는 후한 광화 5년으로 크기는 사방 변 길이 69cm에 높이 14cm다. 작은 바둑판으론 중국 하남성 안양에서 수나라 장군묘에서 출토된 19로 반 소형 청자기반 사방 10cm, 높이 4cm인 '수나라 청자기반'으로 역사상 두 번째 오래된 기반으로 '하남성 박물관에 소장' 되어 있다.

반면 세계 최대 바둑판은 대륙답게 중국 후난성 남방장성의 전경 길이 31.7m로(1004,9평방미터의) 석판 바둑판으로 2003년 9월 조훈현 9단과 창하오 9단의 이벤트 대국이 벌어진 장소, 또한 얼마 전 그 석 바둑판에서 흰 도복과 검정 도복차림의 수백 명의 동자승들이 무술을 펼치는 모습이 전 세계에 실황 중계 된 바도 있다. 아울러 차라리 전설이길 바라는 다음과 같은 이야기도 전해진다.
'두 고관이 그 바둑판의 양쪽 높은 자리에 앉아 들고 있는 깃발이 놓을 자리를 가리키면 바둑돌 대신 흰옷이나 검정 옷을 입은 사형수가 그 자리에 앉는다.' 죽는 순간을 알고 죽는 것과 모르고 죽는 것은 천지차이다. 그 바둑판에 앉아 있던 사형수들의 심정이 어떠했을지 상상하면 참으로 살 떨리고 소름끼치는 전설이길 바랄 뿐이다. 장기판의 기물들도 사형수

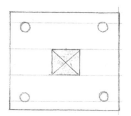

들이었다는 얘기가 있긴 하지만 바둑 둘 때 이런 말들을 한다. "돌이 죽지 내가 죽나?" 그런데 그렇지가 않았던 모양이다. 토혈지국도 있고.

그러나 고금을 막론하고 최고의 명품 바둑판은 바로 <비자반>이다. 특히 오래 되고 유서 깊은 밑바닥에 유명 장인의 붉은 낙관이나 유명인의 친필 서명이라도 쓰여 있는 두께 한자, 또는 한자 두 치짜리 최고급 '비자반'은 구경도 할 수 없지만 귀하며 부르는 게 값이다. 아마도 있다면 집 한 채 값은 될 것이다.

'비자반'은 그야말로 그 은은하면서도 그윽한 유백색의 색깔과 무늬뿐만 아니라 재질까지도 단단하지만 무르지도 않으며, 바둑돌을 힘주어 놓으면 약간의 자죽도 생기지만, 그 자죽들은 씻은 듯 사라지고 흔적도 없이 원상 복귀될 정도로, 신축성과 탄력성을 겸비한 나무다. 만드는 사람도 장인으로 밑바닥엔 붉은 장인의 낙관이 찍혀 있으며 가운데엔 사방 2치의 정사각형 '홈' 직각으로 한 치 깊이 그로부터 정중앙을 향해 사면이 비스듬히 깨끗하게 파여져 있다. 비자반의 균열을 방지하기 위함이다.

만약 조선 고종 때의 문신이자 정치가였던 김옥균(1851~1894) 일본 망명 시절 애용하던 바둑판이 그와 같은 비자반이었으며, 당시 혼인보 '본인방' 수에이와 둔 6점 접바둑 기보는 현존하는 최고의 현대 바둑 기보로 전해지고 있다. 230수 끝 흑 불계승, 1886년 2월 20일. 따라서 그 바둑을 그 비자반으로 두었고, 서로의 친필 서명까지 있는 그 비자반이 경매장에 나타나기라도 한다면 그 입찰액은 상상을 불허할 것이다. 다행히 김옥균이 생전에 사용하던 바둑판이 바둑 연구가 '이승우'에 의해 발견, 1995년 7월에 일본으로부터 돌아왔다. 백여 년 만에.

어쨌든 비자반은 말 그대로 비자목이다. 따라서 비지반의 비자수는 예전엔 무분별하게 벌목돼 바둑판으로 제작되었지만 지금은 세계적으로도 귀한 나무로 모든 나라들이 보호수로 지정 관리 감독하고 있으며 금지벌목으로 지정되었다. 따라서 현재 비자반 제작은 쉽지가 않다. 다만 중국의 비자수산지인 운남성에선 역시 보호수로 관리하곤 있지만, 당국의 특별허가를 받아 한정수량 벌목, 비자반을 제작 보급하고 있다. 바둑돌도 운남성에서 세트로 만들어 낸다. 따라서 국내에서 판매되는 비자반 세트가 있다면, 운남성에서 수입한 비자반일 것이다.

물어보았다. 그럼 그때 큰 할아범님 댁에 있던 두께가 한자나 된다는 그 바둑판도 비자반이었어? 삼촌은 어릴 때라 잘 모르겠다며 갸우뚱거렸다. 돌 따먹는데 만 정신 팔려 있었던 모양이다. 그러다 바둑이 돌 따 먹기가 아니라 집짓기라는 사실을 깨닫고 기원을 드나들기 시작, 18살 때쯤 기원 2급이 되었다. 지금으로 치자면 아마 3단 정도다. 사실 기원 2급은 아리송한 기력이다. 3급보다는 분명 세지만, 1급들에겐 만년 하수다. 물론 자칭인 물 일급과는 도토리 키 재기지만 진짜 일급에겐, 꼼짝 못하는 한마디로 밥이다. 거기다 강 일급에겐 석 점 넉 점을 깔아도 안 된다. 같은 일급끼리도 기력이 천차만별이다. 왜냐하면 프로가 되지 못하는 한 영원한 1급일 수밖에 없기 때문이다. 또한 목공일을 하며 틈틈이 두는 바둑인지라 삼촌이 명실상부한 1급이 되었을 때는 스물두 살 때였다. 군대 갈 때쯤이었다.

그 당시 자주 가던 기원은 길음동에 있는 서라벌기원이었고 그때 터줏대감 노릇하던 강 일급이자 유난히도 뒷맛을 밝히던 유○○ 1급은 나중에 프로기사가 되었다. 또한 같이 마땅한 바둑책도 없어 신문기보나 신문기보 난에 별도로 나있는 묘수풀이 문제들을 오려내 스크랩을 해 열심히 풀어보던 단짝친구도 훗날 프로기사가 되었다. 갈 길을 간 것이다. 그리고 삼촌은 목공일을 하랴, 춤을 추랴 왔다 갔다 하다 기원 원장까지 되었던 것이다.

그런 가운데, 삼촌이 본 바둑책 중엔 '방랑기객이란' 당시 1973년~1975년까지 월간 바둑지에 연재되기도 했던, 에자키 마사노리의 바둑소설이 있다. 삼촌의 기억에 남는 것은, 주인공인 하다 겐스케(프로 지망생)가 본의 아니게 내기 바둑에 연루되어 퇴출된 후 전국을 떠돌다, 지방 유지의 식객이 되어 지내던 중, 찾아온 유지들이 난해한 사활 문제를 놓고 옥신각신 하는 장면에서, 그 문제를 풀어나가는 과정이다.

사실 사활 문제는 부분적인 단일 문제가 대부분이다. 또한 보통, 흑선백사, 백선, 흑사, 또는 흑선, 백선 결과 여하 등 이다. 드물게는 흑선흑활 문제도 있으며, 실제 현형기경에는 흑선흑활 문제가 있다. 따라서 삼촌도, 현현기경 사활 376 문제를 포함한 관자보, 기경중묘, 발양론 등 쉬운 문제들도 있지만 기기묘묘하며 기상천외하며 도무지 풀 수 없는 난해한 수많은 사활 문제에 매달려 기어코 풀어낸 다음에야 해답을 볼 정도로 심취한 적도 있었지만, 그 문제만큼은 참으로 희한한 문제였다는 것이다. 그 사활문제는 이러하다. 바둑판의 대각선상의 양쪽 귀퉁이에 있는 '흑' 일단을 동시에 살리라는 문제로, 그 사이는 허허벌판 '바둑판'이다.

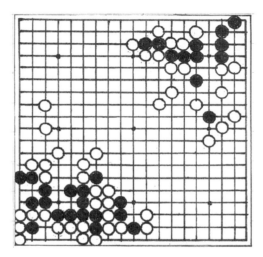

■ 그림 〈방랑기 객 수록〉 A

본 문제는 대각선상의 양쪽 '흑' A., B를 일단을 동시에 살리라는 문제다. '흑선 흑활' 상식적으로 말이 안 되는 문제다. 어떻게 동시에 양쪽을 다 살리란 말인가? 한쪽을 살리고 나면 상대는 반대쪽 말의 급소에 착 점 죽을 수밖에 없는데 아마 전제 조건이 없는 실전이라면 웬만한 기력으론 죽었다 깨나도 두 곳 다 살릴 수는 없었을 것이다. 프로 기사라면 몰라도.

여기서 경험자로서 조언을 해주겠다. 이 조언은 삼촌이 며칠 동안 고심하며 추론한 끝에 풀어낸 문제로 주인공이 그 지방 유지들에게 설명해 주는 내용과 거의 일치한다. 삼촌은 사활 문제의 귀재다. '본 문제'는 원기보와는 다를 것이다. 삼촌이 기억에 의존 작성했기 때문이다. 그러나 검토 결과 배석은 다르겠지만 내용과 결과는 같을 것이다. '다만' 원문제의 수준에 '누'가 되진 않을까 신경이 쓰이긴 한다. 만약 '패'가 아니냐 하면 패감이 있느냐다. 그런 점에서 사실 사활 문제는 모호한 점이 있다. 만패불청이라 해도 '패는 패니까.' 따라서 '흑선흑활' 할 게 아니라 '흑선 살면 된다.'가 보다 확실할 것이다. 또는 '흑선 결과 여하.'

사활 문제는 : ① 절대수를 찾아 나간다. ② 둘 수 있는 곳은 다 두어 본다. ③ 필연 수순을 밟는다. ④ 놓여 진 돌은 다 이유가 있다. ⑤ 상식이나 고정 관념에서 벗어나야 한다.

이 문제는 고정 관념에 빠지면 포기하기 쉽다. 그러나 '흑선흑활' 이란 전제가 있다. 즉 A, B. 두 곳 다 살릴 수 있다는 얘기다. 이 말은 'A'와 'B'가 연관성이 있다는 얘기다. 여기서 과연 그 연관성은 무엇일까? 하는 논리적 추론이 요구된다. 사실 40여 년 전에 방랑 기객이 연재 되던 바둑 월간지나, 그전에 발간된 방랑 기객을 찾아본다는 것은 쉽지 않을 것이다. 따라서 이 문제를 알고 있는 고수들도 드물 것이다. 하지만 절망할까봐 '힌트'를 드리겠다.

잘 알다시피 바둑은 혼자 두는 게 아니다. 따라서 한참 동떨어진 말들이 '동수상응' 할 수 있는 수단은 오로지 '축' 밖에 없다. 다만 오로지라는 개념은 실전이 아닌 사활 문제이기 때문이다. 일단 한쪽을 살려놓고 다른 쪽도 '축'이 성립 된다면 다른 쪽도 살릴 수 있기 때문이다. 자, '축'이란 말이 나왔다. 그러나 문제는 어떻게 '축'을 만들어 내느냐. 살고자 하는 필연 수순을 거쳐 '축'을 만들어 낼 수 있다면 그 자체만으로도 훌륭하다. 그제야 비로소 고목나무에 붙어 있는 매미 같은 쓸모없는 너댓 점의 '흑' 돌에 눈길이 갈 것이다. 아하, 이것들이 다 존재 이유가 있었구나, 하며 그러나 그 자체로는 '축'이 될 수 없다.

'축'은 모는 쪽은 성립된다고 확신할 때 몰며 나가는 쪽은 무슨 소리냐 할 때다. 그런데 '축'이 해결 방법이며 성립된다고 했다. 이 말은 사전에 '축'이 성립될 수 있는 필연적인 수순이 필요하단 얘기다. 다시 말하면 한쪽 말을 살릴 때 반대쪽에서 시작 되는 축이 성립될 수 있는 수순을 밟아 살아 놓으란 얘기다. 그 수순이 이 문제에 있어 앞을 내다본 백미라 할 수 있다. 그러나 바로 그 수순이 쉽지 않다는 것이다.
사실 사활 문제는 '패'인 문제가 많다. 패감 상관없이 분명할 필요가 있다.

바둑에는 상식이나 고정 관념을 뛰어넘는 기발하고 기상천외한 '수'들이 수없이 많다. 따라서 자유로운 발상이 필요하다. 만약 비록 이와 같은 힌트의 도움을 받았다 할지라도 풀

수만 있다면 그 과정 그 자체로 기력 향상은 물론 비단 바둑
뿐만이 아니라 당신은 보다 한 차원 높은 논리적 세계로 발돋

   길이는 같다.　　이다. 이제 마지막 힌트다. 축의 결말은 '양
환격'이다. 명심할 것은 일방적인 수읽기는 금물이다.

  다음은 376문제가 수록된 '현현기경' 문제들로 비교적 초,
중급 문제들이다. 모든 문제들엔 각기 이름이 붙어있다.　그
러나 간결하면서도 의외로 난해할 뿐만 아니라, 그 기발한 발
상과 깊은 교훈이 담겨 있어, 수천 년 전에 집대성되었다곤
믿기지 않는 걸작들이라 할 수 있다.

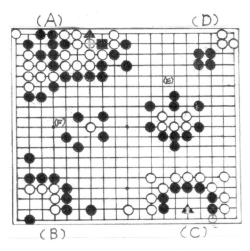

■ 그림 〈현현기경 수록〉

  'A'는 '기산묘수'로 참으로 그 기발한 착상이 놀랍다. 정해
는 '백선, 백활'이다.
  아울러 이러한 일화가 전해진다. 야바위꾼이 이 문제를 펼쳐

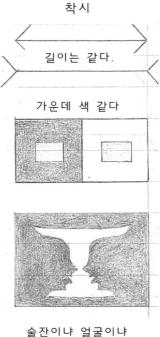

착시

길이는 같다.

가운데 색 같다

술잔이냐 얼굴이냐

놓고 백선, 결과 여하를 묻는다. 야바위꾼들은 그렇게 불릴 뿐 절대 사기꾼들이 아니다. 박보 장기의 경우에도 기물을 하나 빼놓고 결과를 묻는다. 즉, 연장군으로 이길 수 있다가 아니다.

또한, 작은 잔 세 개를 엎어놓고, 그 중 공기돌이 들어있는 잔을 열어 보여준 후 네댓 번 왔다 갔다 옮겨놓은 후, 내기를 유도한다. 구경하던 사람들은 확신을 하게 된다. 어느 잔에 공기돌이 들어 있는지를 그런데 사실은 아니다? 결코 사기가 아니다. '착시'란 말이 있다. 눈으로 분명 보았지만 실은 '잔영'으로 뇌가 실체로 느낀다는 얘기다. 야바위꾼이 수많은 훈련을 통한 신기의 결과다. 톰크루즈가 주연한 '마이너 리포트'란 영화가 잔영의 실체를 잘 보여준다.

사실, 야바위꾼이 펼쳐놓은 '기산묘수' 문제는 원기보와 동일하다. 단! 그 대신 백선으로 결과를 묻는다. 그때 '유가무가'라고 하면, 내기를 허용하며, 활이라고 하면 문제를 걷어버리거나 그렇게 말한 사람을 쫓아버린다. 알다시피 야바위꾼에겐 패거리들이 있다. 따라서 어쩌다 이 문제를 알고 있거나 알 수 있는 바둑 고수는 묵묵히 구경만 할 뿐 그러한 내기에 휘말려 들질 않는다. 자존심상 허락지 않을뿐더러 설사 내기에 이겨도 무사할 수 없다는 사실을 잘 알고 있기 때문이다. 그러나 만년 7급은 아무리 봐도 '유가무가'인지라 더욱이 야바위꾼이 10만 원을 내놓고 1만 원을 걸어 이기면 건 돈의 십배를 준다는 말에 욕심까지 나고, 2만 원까진 받아주겠지만 그 이상은 안 된다는 약한 모습까지 보이면 더욱 확신해 결국 내기를 하게 된다. '유가무가'로 이길 수 있다며. 결과는 야바위꾼이 백을 들고 시작해 만년 7급은 죽었다 깨나도 상상할 수 없었던 '기산묘수'란 한수로 만패불청을 당해 백 일단은 거뜬히. 오히려 귀의 '흑' 일단을 잡아버리고, 살아버린다.

여기서 '기산묘수'가 어떤 수인지는 스스로 깨우치길 바란다. 그 수를 알지 못하면 모든 해설은 도무지 무슨 소린지 들으나 마나다.

그렇게 되자, 만년 7급은 이런 소리를 하게 된다. 햐, 유가무가커녕 되레 내 말 '흑'이 다 죽네? 그러자 야바위꾼은 정말 흑 돌이 다 죽을까요? 만년 7급은, 아니 방금 만패불청으로 속수무책, 죽었잖아요. 그럼 제가 살려볼까요? 해서 두 번째 내기가 벌어진다. 두 번째는 만년 7급이 백을 들고 배운 대로 두어 나간다. 그런데 만패불청이 한 수 되기 전 흑인 야바위꾼이 '흑'돌로 옆에 있는 백돌 일단에 한 수를 둔다. 그 수를 받지 않으면 백 일단이 먼저 죽게 된다. 즉, 만패불청을 할 수 없게 된다는 얘기다. 할 수 없이 그 팻감을 받자 '흑'은 패를 따내며 거꾸로 만패불청 살아버린다. 그렇게 두 번째 내기도 지게 된다. 그로 말미암아 만년 7급은 또, 이런 소리를 하게 된다. "햐. 결국 백돌이 죽네? 처음 백돌" 그러자 야바위꾼은 "그렇다고 백돌이 죽을까요?" 아니 하게 되고, 세 번째 내기가 벌어지게 된다. 처음으로 돌아가 야바위꾼이 백선수로 두기 시작한다. 똑같은 수순을 거쳐 백이 만패불청을 하기 전, 만년 7급은 역시 배운 대로 팻감으로 옆의 백 일단에 단수를 친다. 앞서 받았다 해도 단수는 성립된다. 그러나 야바위꾼은 계속 1에의 '흑' 돌을 따내며 같이 귀의 '흑' 일단을 단수 치며, 흑은 어쩔 수 없이 옆의 백 일단을 따낸다. 따라서 귀의 백 일단은 마지막 2의 二인 '흑' 돌을 따낸 후 만패불청, 살아버린다. 기산묘수의 '정해'다. 여기서 어떻게 '패'가 발생하며 만패불청이 성립되는지가 기산 묘수풀이의 포인트다. 그 과정에서 규정에 어긋난 수는 하나도 없다. 말하자면 처음 내기는 만년 7급으로선 능력 부족으로 어쩔 수 없었지만 두 번째, 세 번째는 내기의 본질을 파악하지 못한, 야바위꾼의 말장난에 놀아난 어리석음의 소치라 할 수 있겠다. 이러한 일화는 실제라기 보단 '기산묘수'의 절묘함을 상징적으로 잘 표현해준다 하겠다. 만약 실제로 그러한 만년 7급이 있었다면 조금도 억울해하거나 분해 할 일이 아니다.

또한, 또 다른 만년 7급 또는 3급, 1급에게도 기산묘수를 잘 기억했다 써 먹는다면, 본전이 아니라 열배, 백배로 뻥튀기를 할 수도 있을 것이다. 기산 묘수란 상상치도 못했던 기상천외한 수를 알게 되었다는 사실만으로도 진정 바둑을 사랑한다면, 기뻐하고 즐거워해야 할 것이다.

나아가 벅차더라도 '현현기경'을 구해, 열정과 끈기로 376 문제의 마지막 문제까지 풀든 못 풀든 섭렵한다면, 그 과정 그 자체로 만년 7급이 아니라 어느덧 유단자가 되어 있을 것이다. 천재는 노력하는 자를 당할 수 없고 노력하는 자도 즐기는 자를 이길 수 없다는 말이 있다.

'기산 묘수'는 그 수를 발견할 수 있느냐다. 요령이라면 어떤 곳도 모두 두어보라. 고정관념에 사로잡혀 있는 한 결코 풀 수 없는 문제 중 하나다. 참고로 '현현기경'은 웬만한 서점에도 구경하기가 어렵다. 따라서 주문신청하면 구입할 수 있을 것이다. '관자보, 기경중묘, 발양론 등도.'

'B'는 '귀구궁'으로 일명 됫박 형으로도 알려진 사활문제다. 정해는 그림과는 달리 원기보는 '흑' 선수일 경우 2의 二에 치중이 정수로 '패'가 최선이다. 따라서 이 문제의 −의 2에 놓여진 '흑' 돌은 일종의 승부수이자 변칙수로, 프로 수준의 바둑에선 있을 수 없는 이적수라 할 수 있다. 왜냐하면 최선이 '백, 빅활' 또는 '백 활'이기 때문이다. 말하자면 스스로 패수단을 없애는 이적수란 얘기다. 상대에 대한 모욕적인 '수'이기도 할뿐더러, 그러나 아마추어 바둑에선 두어지기도 한다. 웬만한 고단자도 최선으로 응수하기가 쉽지 않다. 물론, 공인 6,7단들은 거의 모두 알고 있다. 다만 자칭 4,5단 심지어 6단들도 2의 二치중이 정수이며 패가난다는 사실 정도는 알고들 있지만 막상, 그림과 같이 −의 2에 '흑' 돌이 실전에서 놓이면 고심하다 처음 몇 수는 그런대로 최선으로 응수한다. 그러나 마지막 수를 생각지 못해 맥없이 죽어 버리는 일이 허다하다. 뒷박형, 즉, '귀구궁'에 관해 모든 변화를 충분히 알고 있지 못했다는 증거다.

또한 바깥에 공배가 있느냐, 없느냐에 따라 또 다른 변화가 야기된다. 한마디로 골치 아픈 문제다. 그래서 뒷박형만 잘 알면 유단자란 말이 있다. 그래서 원기보와는 달리, 제시해 보았다. 아마 고단자라면 망신당하지 않도록 확실히 알아두자. 결론은 '백선 백활 이다.' 어떠한 형태로든, 최악은 끝까지 잡으려다 '힌트' 백돌 2점은 잡지만, '흑' 돌 3점을 내주고 살려주고 만다. 손익계산은 −4집으로 미세한 바둑이었다면 진다는 얘기다. 따라서 만약 실전에서 백의 입장에서 덤을 감안, 2집 유리하다고 확신한다면 2의 二에 말뚝을 칠 것이며 한집이라도 불리하다면 팻감 유, 무를 떠나서라도 손을 빼야만 할 것이다. 손을 빼도 패이기 때문에, 알고 모르고의 차이다. 상대 역시, 형세가 불리하다면, 2의 二에 치중, 패를 걸어올 것이며 팻감이 절대적으로 부족하다면, 최후수단으로 一의 2란 승부수내지 변칙수를 둘 수도 있다는 얘기다. '프로 바둑에선 있을 수 없겠지만.' 그때, 정수를 모르면 질 것이며, 알고 있었다면 승, 패는 변함이 없을 것이다.

'C'는 좌우동형의 극치를 보여주는 대표적인 좌우동형 문제로 '흑선 흑활?' 이란 묘한 문제다. 흑은 당연히 중앙에 놓을 것이며 정수다. 문제는 다음이다. 백이 계속해서 1선에 젖혀오면 누굴 18급으로 아나? 하며 귀찮다는 듯이 받게 된다. '바로 막는 수를' 문제는 아마 고단자도 그렇게 당연히 받는다는 사실이다. 죽는지도 모르고 왜 죽는지는 검토 해보면 알

게 될 것이다. 사실 죽는다고 하니 그제야 검토해 볼 뿐 평소
엔 생각해 본적도 없을 것이다. 그리곤 어떻게 응수해야 살
수 있는지 고심할 것이다. 그나마, 사는 수를 찾아내고 반성
한다면 고단자라 할 수 있다. '좌, 우동형은 중앙에 수 있다.'
란 말까지 참고하면 그리 어렵진 않을 것이다. '워낙 좁은 구
석이라' 역시 실전에 나올 수 있는 모양이다.

'D'는 '흑선 백사'로 결과적으로 귀의 백석 점을 탈출을 봉
쇄, 잡는 문제다. 단순한 수론, 탈출을 막을 수가 없다. 힌트
는 역시 좌우동형이다.

'E'는 '구세'란 문제로 갇혀있는 백, 다섯 점이 탈출하는 유
명한 탈출문제 중 하나다. '오봉궁천세' 중국인들의 해학을 엿
볼 수 있는 유머스러한 문제이기도 하다. 모양이 마치 거북처
럼 재미있는 모양이다. 따라서 맨 밑에 붙어있는 흑돌 하나
는, 탈출과는 하등 관계없는 거북의 머리에 해당한다. 자충수
를 조심해야만 하며 역시 좌, 우 동형임을 유념해야만 탈출
할 수 있다. 단순히 빠져나가려하면 결국, 환격에 걸려 탈출
할 수가 없게 된다.

'F'는 '명주출해세'란 문제로 마치 '토출용궁'과도 같은 역시
유명한 탈출문제다. 자충수가 무엇인지 실감할 수 있는 문제
다. 극히 간결하지만, 자충진의 위력으로, 탈출하기가 쉽지 않
다. 수순 중 한수라도 자충에 걸리면 빠져나올 수가 없다. 완
벽히 빠져나올 수 있다면 실전에서 자충수에 걸리는 '우'는

많이 줄어들 것이다.

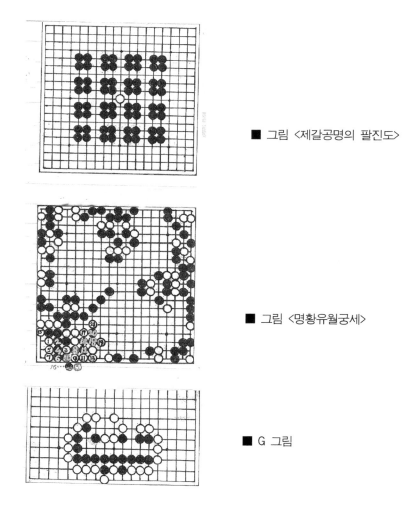

■ 그림 〈제갈공명의 팔진도〉

■ 그림 〈명황유월궁세〉

■ G 그림

"본" 문제는 천원에 놓여진 '백' 돌이 첩첩산중의 팔진을 뚫고 밖으로 빠져나가는 문제다. 현현기경엔 두 번씩 두고 한

번씩 받는 문제들이 또 있다. 단! 백은 두 번씩 두며 흑은 한 번 씩만 둔다. 그러나 두 번씩 둔다 해도 빠져나가기가 쉽지 않다. 많은 시행착오를 겪게 될 것이다. 분명한 사실은 빠져나갈 수가 있다는 것이다. 자, 제갈공명의 팔진을 한번 빠져나가보자. 제갈공명도 사람이다.

이 문제 역시, 현현기경에 나오는 묘수풀이 문제로 1914년 10월 13일 매일신보에 게제된 것이 국내 최초의 신문 난으로 알려져 있다. 기보 그림은 '백' 선수로 1~16까지는 '축'을 만드는 과정이며, 17부터 본격적으로 '축'이 시작되며 반상 전체를 돌고 돌아 좌상귀에 이르러 반상전체의 흑돌 들은 전멸하고 만다. 묘수풀이라기 보단 '축'의 말로가 어떠한지를 상징적으로 잘 보여주는 문제라 할 수 있겠다. 축을 모는 과정은 필연이며, 한수라도 삐끗하면 대책이 없다.

'G'는 '백선흑사'로 문제해결의 '키' 포인트는 고정관념을 붙잡고 있는 '마'수로 알고 나면 아! 이런 수도 있었구나. 시야가 한층 넓어질 것이다. 이 문제 역시 원문제와는 배석은 좀, 다를 것이다. 그러나 역시 내용과 결과는 같다. 먼저, 완전한 '집'이라 할 수 없는 세 곳 중, 절대적인 우선순위를 찾아 필연 수순을 밟아야만 한다. 그러기 위해선 모든 경우의 수들을 검토 확인해야만 한다. "뭐라구요? 완전한 집이 두 군데라고요?", "그게 아닌데, 아! 잠깐만요 옆에 계신분이 그게 아니고 최선이 '패'라는데요?", "그래요? 옆에 계신 분이 누군데요?", "이분은요, 1급이신데 이 기원에서 젤 쎄신 분이에요. 거기다가 인터넷 사이트인 프로들이 들락거리는 타이젬에선 7단이구요. 다른 사이트에선 9단이에요. 또 7단까지 밖에 없는 사이버 오로에서도 7단이에요.

그런데 사이버 오로에선 7단들보다 더 쎈 왕별 7단들이 우글거리거든요. 그래서 기필코 왕별을 달고야 말겠다고 벼르고 계신분이에요.", "아, 그러시구나. 삼촌도 20년 전엔 그랬었다는데, 어쨌든 1급은 역시 1급이시구나. 그러니까 '패'라도 보셨지. 근데 그렇게 말씀하시는 분은 실례지만 몇 급이나 되셔요?", "저요? 저는 5급이에요.", "아, 그래서 그렇게 말씀하셨구나.", "근데 분명히 써났잖아요. '백선흑사'라고. 그러니까 아직도 왕별을 못 달으셨지. 만약 패라면 문제니까 정답이겠지요? 하지만 실전이라면, 열 가지도 넘는 자체팻감을 감당 하실 수 있으시려나? 자존심 내려놓으시고 제 말 믿고 연구하시다 보면 알게 되실 겁니다. 그래서 안 되겠다 싶어 내친김에 현현기경을 구입하셔서, 5급님과 함께 섭렵하신다면, 비로소 우물 속에서 벗어나 바둑의 신세계를 마음껏 구경하시게 될 겁니다. 더불어 5급님은 꿈에 그리던 유단자, 1급님도 왕별은 물론 만년 턱걸이 7단이시던 타이젬에서도 8단이 되셔서 9단까지 넘보게 되실 겁니다. 제가 아니라 삼촌이 보장한답니다. 저 역시도, 현현기경은 물론, 관자보, 기경중묘, 발양론까지도 틈나는 대로 열심히 보고 있걸랑요? 저도 꼭 왕별달 거예요. 지금은 자칭 아마 5단이지만."

삼촌 자랑 좀 할까요? 삼촌은요, 지금도 사이트에 들어가면 관전자들이 기록적으로 들어와 난리들이에요. 왕별은 물론이구요. 타이젬에서도 9단이에요. 거기다 그동안 둔 판수만도 만판이 넘어요. 또한 상위 랭커로 무엇보다 화끈한 공격 바둑으로 정평이 나있어, 인기 순위에 있어서 사이트마다 항상 십위 안에 들어요. 이건 비밀이지만 삼촌의 아이디는 '캉캉○○' '탕탕,○○, ○○'이에요. 그밖에도 또 있지만 그래서 삼촌이 바둑 사이트에 들어가기만 하면, 수많은 관전자들이 캉캉은, 캉캉 춤을 춰대는 미녀기사라며? 또는 탕탕이 서부의 총잡인가? 아니면 프로 잡는 숨은 아마 고수라며? 수군덕거리며 난리부르스예요. 삼촌은 상대의 기풍이나 스타일 등 느낌만으로도 한, 중, 일의 유명 프로기사들 중 누군지를 알 수 있대요. 한번은 분명 다께미야 마사끼 9단으로 짐작되는 대우 주류와 맞서 쌈박질을 한 끝에 그도 치매라도 걸렸는지 아니면 늙어서 그런지 깜빡깜빡하다 삼촌이 대마를 때려잡고 이겼드래요. 그때 창에, 일본 글이 떴는데 뭐랬는지 알아요? '쎈돌인가? 이세돌 9단' 했드래요. 참고로 삼촌의 세계 랭킹은 2천위 안쪽이에요. 그것 밖에 안 되냐고요? 아이고 한, 중, 일 프로기사만도 천명이 넘어요. 그만하면 잘 두는 거지요. '프로기사도 아닌데' 저는 그런 삼촌의 조카구요. 이만 할게요. 그럼 미래의 유단자님, 왕별님, 타이젬의 8.9단님, 파이팅! 안뇽.

이제 바둑에 관한 고사나, 격언, 속담, 명칭, 별칭, 풍자, 비유, 은어, 속어 등 들을 정리해 보겠다.

(위기십결)
부득탐승 : 탐하면 승리를 얻지 못한다.

공피고아 : 상대를 공격하기 전 자신을 돌아보라.

세고취화 : 세력이 외로우면 화평을 취하라.

입계선결 : 경계에 들어가기 전 먼저 결정하라.

동수상응 : 움직일 땐 서로 호응하라.

봉위수기 : 위험할 땐 모름지기 버려라.

신물경속 : 서둘지 말고 신중 하라.

사소취대 : 작은 것은 버리고 큰 것을 취하라.

피강자보 : 상대가 강하면 자신을 보호하라.

기자쟁선 : 돌을 버리더라도 선수를 취하라.

(위기구품)

초단 수졸 : 자신을 지킬 줄 안다.

이단 약우 : 나름대로 싸울 줄 안다.

삼단 투력 : 힘 있게 싸울 줄 안다.

사단 소교 : 기교를 부릴 줄 안다.

오단 용지 : 지혜를 부릴 줄 안다.

육단 통유 : 어느 정도 바둑의 경지에 올랐다.

칠단 구체 : 바둑의 모든 기량을 갖추었다.

팔단 좌조 : 앉아서 바둑을 관조할 수 있다.

구단 입신 : 신의 경지에 들어갔다.

십단? : 십 단전~ 우승 시, 명예 십 단.

(없는 11번째 결, 삼십육계 : 아무 수안이 없으면 그냥 줄
행랑쳐라.)

(기도오득)

득천수 : 천수를 누릴 수 있다.

득심오 : 좋은 마음을 얻을 수 있다.

득인화 : 좋은 인간관계를 얻을 수 있다.

득호우 : 좋은 벗을 얻을 수 있다.

득교훈 : 좋은 교훈을 얻을 수 있다.

〈격언〉

반전무인 : 국전무인, 반상무석

단수를 아껴라 : 기불단수

성동격서 : 도남의 재북

묘수과신 : 묘수 세 번 필패

기성말씀 : 바둑은 조화다.(오청원 9단)

도박 : 운칠기삼 : 기칠운삼, 바둑

여유만만이 화근 : 선작오십가자필패

손 따라 두지 말라 : 선전자, 치인이불치어인

생불여사 : 쌈지뜨면 진다.

난가지락 : 위기삼매

위기생환 : 절체 봉생, 일선묘수

예수님도 있는데? : 죽었다 사는 것은 바둑 밖에 없다.

처음이야 어때, 마지막이 문제 : 초반 열 집 우습고 종반한 집 귀하다.

하수 연결 : 호구연결

샌님, 화초바둑 : 집자 무공(겁쟁이)

정석은 이론, 승부는 실전: 정석을 모르는 자를 당할 수 없다.

사석작전 : 상수는 버리려하고, 하수는 잡으려 한다.

뒤통수 조심 : 아생연후살타
자승자박 : 공배메움은 제 몸 묶기
여지가 없고, 있고 : 하수바둑 공배 없고 상수바둑 공배 많다.
우선 급소치중 : 선치중 후행마
모양의 급소 : 호구 되는 곳이 급소
버리자니 아깝고, 두 자리 애물단지 : 계륵과 같다.
일 방가 : 단일 손 바닥가, 패가
지렁이도 밟으면 꿈틀한다. : 경적필패
어느 천 년에 : 이삭줍기

〈고사〉〈속담〉〈풍자〉〈비유〉
(일)고사 고양이 귀신소동~ 고관과 하인의 바둑, 하인의
　　고양이가 복수
(중)고사 귤중지락~ 귤 속에서 두 노인이 바둑을 둠
(중)고사 바둑별칭, 난가~ 도끼 자루가 썩음, 신선놀음에
　　도끼자루 썩는 줄 모른다.
(중)비유 남유 북과~ 남북의 두 고수를 일컬음 (남, 유중
　　보 북과 척생)
(한)고사 노가재 연행록~ 조선 숙종 김창업(1658~1721)
　　이 쓴 바둑 기행문
(한)고사 덕원령~ 조선 효종 때 바둑고수, 시골 무명 사나
　　이와 그가 타고 온 말을 걸고 내기 바둑, 알고 보니 숨
　　은 고수로 마음대로 이겼다 졌다하며 말을 재우고 먹였
　　다는 사실로, 부끄러워했다는 일화
비유 딱꿍 수~ 모양의 맹점을 찔러 잡는 수, 상대가 놀라

딸꾹함.

풍자 바둑 두는 사람 어디 갔나? 곤경에 처해 두질 못하는
상대에게

(일)비유 바둑은 운이다~ 피를 토하고 죽었다는 바둑 명문
가(이노우에가)의 '토혈지국의 장본인' 우두머리이자,
기린아 인데쓰 7단의 말,

속담 복중성고~ 안 방 뺐긴, 실속 없는 껍데기 바둑

(중)고사 <사호위기도>~ 기원전 3세기 진시황 때 상산에
은거한 네 명의 원로가 바둑을 두던 모습을 그린 그림

풍자 삼아서 삼킬까, 구워서 삼킬까~ 상대는 맞아죽나 이
판사판 굶어죽나.

(중)바둑시, <승고 흔연 패역가희>~ 송나라 소동파의 바
둑 시

난가지락~ 이겨도 좋고, 져도 좋고

풍자 양패 삼년에 병~ 쓸데없는 패싸움

(한)고사 예성 강곡 내기 바둑의 비극을 노래한 고려 가요,
고려 선종 때 예성강의 하급관리 "김두정"이 바둑 고수
인 송나라상인 "하두강"에게 아내를 걸고 내기 바둑에
져 아내를 뺏긴 후 강가에서 목 놓아 불렀다는 노래.

비유 오로상쟁~ 백돌 : 해오라기, 흑돌 : 까마귀. 바둑 둠의 뜻

(중)고사 우선도~ 신선과 두었다는 뜻, 북송의 고수 "유중
보"가 산중에서 무명의 노파가 두었다는 바둑기보, 그림

하락~ 바둑의 별칭 하도와 낙서의 머리글자로, 흑백의 둥
근 점이 바둑알의 유래

(한)고사 혁기론, 조선의 실학자 이덕무(1739~1793)가 지

은 바둑 론, 시대적으로 최초의 바둑 논문

(일)호엔샤~ 일본에서 1897년에 조직된 현대적 기원 형태
의 단체

(일)혼노지의 변~ 전국시대 맹주, 오다 노부가다가 1582년
혼조지에서 당대 최고수, 산사와 리겐의 바둑을 구경한
후 변을 당한 일, 그 바둑에서 3패가 나와(삼매는 흉
조) 기이하게 여기다 그날 밤 부하의 반란으로 죽임을
당함

(한)고사 황녹일~ 조선 헌종 때의 고수. 유람 중, 산중에서
무명의 젊은 남매와 바둑을 두어 패한 후, 천하고수가
따로 있음을 알고, 크게 깨우쳤다는 일화.

속담. 훈수 꿈이 여덟 수 더 본다. 관전팔수, 관전 팔 단

속담. 들여다보는 수와 변소 가는 일은 지체할 필요 없다.
(안 있구 뭐해?)

비유. 죽은 자식 불알만지기. 죽은말 미련두지 말라.

비유. 선채로 말라죽다. 고목나무의 매미 꼴

비유. 끊어서 피나오지 않는 곳 없다. 끊기면 아프다.

풍자. 대마잡고 바둑진다~ 대마잡고 느긋하다. 이판사판 상
대에게 진다는 말

비유. 바둑도 머리가 첫째,~ 두 점 머리, 석 점 머리는 사
정없이 두드려라.

(우선도) 기서인 망우 청략집에 실려 있으나 꾸민 것으로
추측.

풍자. 이삭줍기~ 하수 바둑의 표본, 소탐대실

(일) 고사(이적지수) 귀가 붉어졌다는 묘수, 1846년 4세 혼인보와 인세키와, 슈사쿠 소년의 대국에서 결정적인 묘수를 두어 인세키의 귀가 붉어졌다는데서 유래

(일) 잣코지(절 이름) : 교토 도야마에 위치한 절로 기승 닛카이(1559~1623)가 혼인보란 승방을 물려받아 사용, 동일한 바둑종가가 형성, 오늘날 혼인보란(본인방전) 공식 기전으로 명맥이 이어지고 있다. 현대바둑의 산실

(중) 고사 장생도 북송고수 유중보와 왕각의 대국보, 장생궁에서 두었다 해 붙여진 이름, 망우청락집에 실려 전해진다.

풍자. 정석배우고 바둑 수준 다~ 외우지 말고 이해하란 말

(중) 좌자~ 중국전통 바둑인 "진자기"에서 사귀화점에 미리 놓여진 백돌 둘, 흑돌 둘(대각선 상)

(일) 좌은담총~ 1903년 안도토요지가 지은 바둑책, 일본바둑역사와 역대(기가 열전)두 부분

(중) 진롱~ 고전묘수풀이 형, 귀하며 옥 소리처럼 맑고, 깨끗하단 뜻, 묘수풀이의 해결명작으로 꼽힌다.

(한) 고사 진주~ 고려 고종 때의 평양기생 : 바둑고수

(중) 천람시합~ 고대중국의 어전대국(천람, 임금이 관전)

속담. 천하일색 양귀비 치마당기기~ 일방적인 공격과 대마 잡을 때의 기분 표현

(한) 청담위기~ 깨끗한 대자리대국, 다산 정약용의 여덟 가지 피서법 중 하나로 읊은 말

(한) 고사 최칠칠~ 조선 영조 때의 국수, 방랑하며 바둑과

술을 즐기며 취중에도 국수 급의 실력 과시

〈바둑관련〉 용어 : 명칭, 별칭, 은어, 속어, 규정, 고전, 역사, 인물, 시대.

바둑명칭, 고대, 중국 : 기, 혁, 혁기, 위기, 난가, 수담, 하락, 좌은, 흑백, 오로, 목야호(별칭)

근세, 중국 : 진자기, 현대(바둑) 웨이치(중국말).

고대, 한국 : 순장바둑, 근세 : 조선바둑, 화점바둑(1937년~ 순장바둑 폐지) 현대 : 바둑, 고대 : 바독)

고대 현대, 일본 : 고, 碁,일어 서양(GO)

〈고전명작〉

망우청락집 : (명인 대국보) 가장 오래된 기서. 중국

관자보 : (사활묘수 집). 중국

현현기경 : (묘수풀이 집).중국

기경중묘 : (초, 중급사활 집).일본

위기 발양론 : (사활묘수 집).일본

기청하관혁선 : (대국집)청나라. 중국

근세, 혁기론 : (최초 바둑논문)조선 정조 때 이덕무 학자. 한국

근세, 육당 최남선 : (사활묘수풀이 집), 1913년, 한국

근세, 위기개론 : (바둑이론서) 조남철,1 954년, 한국

상대적 하수 : 동네바둑, 풋바둑, 졸기바둑, 풍경바둑(13점 접바둑, 화점9+삼, 삼4), 보리바둑, 줄바둑, 물바둑, 작대기바둑, 18급 바둑, 쑥바둑(막 바둑), 이삭바둑, 색시바둑, 화초바둑, 군대바둑, 빵바둑(감방 바둑), "밥" 바둑

상대적 상수 : 정선 백 바둑, 터줏대감, 내기 바둑의 승자, 귀신도 모르게 져주는 자, (진짜상수), 사범님으로 불러야할 자, 스스로 백을 내줘야할 자(실력 상관없이).

은어, 속어 : 호구, 밥, 내기꾼, '사랑방, 하우스, 놀음 방, 골방'(기원) '물주, 꽁지, 바람잡이'

한국 대표 기원. (조직, 단체, 사설)

경성기원 개원 최초 1930년, 민영휘 산정 별장

한성기원 개원 조남철, 45년, 서울 남산동 - 한국기원 재단법인, 설립등기(69년)

조선기원 발족. 48년- 대한기원분리창립(75년)

대한기원 발족. 49년-한국, 대한기원통합(76년)

한국기원 발족(관철동) 53년, 사단법인 충암연구회 발족(1989년)

한국기원 개관 68년, 바둑회관 -한국기원 이전(서울 성동구 홍익동 315) (1994년)

1995년, 한국바둑 텔레비전 개국, 케이블TV, 채널 46

97년 명지대학 바둑지도 학과 신설

2000년대(연구생 제도 정착) 사설바둑 도장, 등장, 바둑교실, 초, 중, 고 바둑 동아리

여기서, 한, 중, 일 바둑구정 한 가지를 소개하겠다. <바둑은 잘 알다시피 집 많은 쪽이 이긴다.> (집+사석) 따라서 한국과 일본은 잡은 돌과 확보한 집을 합쳐 계산한다. 단!(흑은)백에게 6.5집을 "덤"으로 지불해야만 한다. 즉, 7집 이상을 확보해야만 반집 이상을 이길 수 있다는 얘기다.

(중국룰, 대만룰) 그런데, 중국이나 대만은 좀 다르다.(집과, 반상에 살아있는 돌) 잡은 돌은, 그냥 버린다. 그리곤 반상에 살아있는 돌의 개수와 확보한 집을 합쳐 계산한다. 그런데도 신기하게도 집 차이는 특수한 경우가 아니면 똑같다. 단! "덤"이 8집이다.(따라서 중국 룰에선 백이 좀 유리하다.)

1982년, 신진기원 설립, 설립자 '삼촌' 장소 : 서울북부, 성북구 번동. 설립과 동시, 기원 홍보를 겸한 제1회 삼촌배 바둑대회개최(한 달간) 우승 상금 : 30만원(지금 시세), 준우승 : 10만원, 참가비 : 5천원, 참가자격 : 아무나. 특전 : 참가자 전원 커피 무료 서비스. 커피 담당 : '조카' 보조~ 쌍과부, 호출

초대 우승자 : 기억상실, 모름

또한 집에 대한 개념 자체가 다르다. 한, 일의 집 개념은 바둑판이 땅이라면 울타리를 쳐, 완벽한 빈자리를 차지해 집이 되는 반면 중국과 대만은, 반상에 놓여진 돌이 끝까지 살아남으면 그 돌 자체가 집이다. 따라서 죽은 돌이나 잡은 돌이 아무 쓸모가 없다. 그로 말미암아 한, 일 룰에 따른 바둑은 끝나면 잡은 돌을 부지런히 상대 집에 메꾸지만, 중국식 계가는 심판이 반상에 남아 있는 돌들만 확보된 집과 함께 계산한다. 다시 말하면 확보된 집도 집으로 보는 게 아니라 돌을 놓을 수 있는 권리로 인정, 돌 수로 본다는 얘기다. 한, 일은 땅에다 집을 지으면 집이고 잡은 돌도 집이며 중국은 땅에 앉아 살아남으면 그 돌과 앉은 자리가 집이란 얘기다. 즉, 중국 사람들은 땅은 차지하면 내 땅이고 한, 일 사람들은 땅에다 집을 지어야만 내 집이자 내 땅이란 얘기다. 민족적인 가

치관이자 사고방식이라 할 수 있다.

그래서 '나'는 이런 생각을 해보았다. 왜 그렇게 힘들게 잡은 돌을 그냥 버릴까? 피터지게 싸워서 벌은 재산이나 마찬가진데, 그래서 만약에 불편하게 그렇게 아니라 한, 중, 일 모두가 집이 많으면 이긴 것이고, 잡은 돌도 많으면 그것도 이긴 것으로 해서 두 판을 이긴 것으로 하면 어떨까하고 말이다. 그렇게만 되고 집도 똑같고 잡은 돌들도 똑같을 때, 마지막 반패가 남아 있고 그 반패만 이길 수 있다면 집도 한집 많아지고 잡은 돌도 한 개 많아져 두 판을 이길 수 있어, 그야말로 사생결단 온갖 진기, 명기들이 속출하는 희한하고 흥미진진한 바둑이 탄생하지 않겠는가 말이다. 혼자서 1인 2역으로 이렇게 저렇게 두어보니, 기존바둑은 차라리 애들 장난 같다는 생각이 들기까지 한다. 아무래도 특허출원이라도 해보아야 하겠다. 정착만 된다면, 새로운 차원의 바둑창시자는 당연히 내가 될 것이며, '제1회 유니버스 챔피언쉽 바둑대회'의 기념사도 내가 할 것이며, 나는 새로운 바둑역사에 길이 남을 것이다. 음냐음냐 야! 이 녀석아 밥 안 먹어? 응? 꿈이었나? 물어보았다.

"삼촌! 이런 꿈을 꾸었는데 삼촌은 어떻게 생각해?" 그러자 삼촌은 "음, 글쎄다. 그럴듯하긴 한데 만약에 한쪽은 집이 많고, 한쪽은 잡은 돌이 많으면 어쩌지? 비긴 건데 또 두라고 할 수도 없고, 6집이 아니라 6.5집도 비기지 말라고 반집을 붙여 놓은 건데, 사실 반집은 실제론 없는 거잖아. 누군가는 반집뿐만 아니라 1/4, 1/8, 1/16, 1/32까지도 있다고, 무슨 귀신 씨나락 까먹는 소리까지 하며, 씨나락도 자꾸 까먹다보면

2집 3~4집이 된다고 하지만, 그건 그러네, 그럼 이러면 어떨까? 그럴 경우엔 그냥, 집이 많은 쪽이 한판만 이긴 걸로, 그것도, 집은 한집이 많은데 상대는 잡은 돌이 100개나 더 많으면 억울하다고 방방 뜰 텐데. 반대인 경우도 있구, 그것도 그러네. 그래도 재미는 훨씬 많은 것 같은데." 한참 생각하던 삼촌은 "그럼 일단 특허는 한 번 내봐. 혹시 알아? 어, 그것도 괜찮은데?" 하며 "한, 중, 일 모두 관심을 보일지도 모르잖아. 그러다 삼국 모두 국민투표라도 부칠지 모르잖아. 아마 쌈 바둑들은 100% 찬성할걸? 나도 그렇고."

그래서 특허국을 찾았다. 특허국 직원은, "나도 바둑 좀 둘 줄 아는데 재미있을 것 같은데?" 하며 신청을 받아 주었다. 정말? 그렇다니까? 이젠, 설사 또 어느 누가 이런 생각을 한다 할지라도 그 권리는 내게 있다. 따라서 현재 한, 중, 일을 대표하는 위기협회에서 초청장이 오기만을 기다리고 있다. 연구검토 하고 있는지, 쓰레기통에 들어가 있는지, 아직 소식이 없다.

말이 나온 김에, 과연 반집이니 1/4, 1/32집이 실제 존재하는지에 관해서도 한번 얘기해 보겠다. 확실히 납득하고 실전에 적용, 적응할 수 있다면 그 자체로 유단자라 할 수 있겠다. 이를테면 한 수에 완벽한 한집을 짓거나 같은 상대 집을 없애는 효과는 똑같다. 그러나 반면 완벽한 일방 통로로 확보돼 있는, 1선의 통로 집을 밀고 들어가는 효과는 단순한 한집이 아니다. 실험해 보면 알게 될 것이다. 한번 실제로 실험해 보자. 다음과 같은 그림으로······.

현재, 백이 막으면 17집이 확보된다. 그런데 혹은 일방통로인 백의 1전집을 계속 밀어 들어가고 백은 방치하고, 반면 '흑'이 밀고 들어올 때 바로 막았다면, 백은 일단 16집을 확보한 후, 나머지 스무 곳은 설사 '흑'이 선수라 할지라도 쌍방 10집씩 짓거나, 없앤다 할지라도 그 결과는 '백 26집, 흑10집' 또는 '백 16집, 흑 0집'으로 결과는 백 16집 차이는 똑같다.

이때 다른 곳에 흑, 백 쌍방 두기만 하면 완벽한 '한'집들이 열 군데씩 스무 군데 있다는 가정 하에 다른 곳에 계속 한집씩 '그럼 나도 하고', '백 집을 짓거나', 혹 집을 없앤다면, 열 수가 진행된 후 비로소 자신의 1선집을 12수 째 막았다면 1선의 백 집은 6집일 것이며, 열군데 한집씩 질 수 있는 백의 자리는 흑이 다섯 자리를 없애고 백은 다섯 집을 질 수 있어, 합계 '백 11집', '흑 0집'이 될 것이다. '18수만에' 방법에 따라 '백 11집, 16집'으로 다섯 집의 차이가 난다? 어찌된 일일까? 분명 한집씩 짓고 없앴는데.

'결론은, 밀고 들어가는 한집은 방치하면 한집이 넘는다는 얘기다.'

그래서 1/36집이 존재한다는 얘기다.

한마디로, 다 끝나갈 때 너, 댓 집짜리 없고, 한두 점 잡거나 죽은 돌도 없으면, 무조건 밀고 들어가고 막으란 얘기다. 괜히 팻감이나 뒷맛이니 하는 생각은 고수가 된 다음에나 생각하고.

어쨌든 삼촌의 기원에선 허구한 날 낮이나 밤이나, 친선바둑도 있긴 하지만 대부분 내기 바둑들로 고수들일수록 내기는 작고, 하수들일수록 '7, 8급' 한판에, 최소 몇 만에서 몇십만 원까지도 왔다 갔다 하는 내기 바둑들을 두곤 했다.

선무당이 사람 잡는다고, 사실 내기 바둑들은 크던 작던 급수를 속이거나 야비하기 조차한 장난질들을 많이 한다. 그런 장난질 중엔 이런 것들이 있다. 한판의 바둑이 끝나면 계가를 하기 마련인데, 올바른 계가는 한쪽이 상대 집에 사석을 메운 후 집 정리를 시작하면 상대는 지켜보다 이상이 없으면 마찬가지로 상대 집을 정리한 후 결과만 확인하면 아무 문제가 없다. 물론 그때도, 몰래 감추어 두었던 흑돌 또는 백돌을 몇 개정도 사석과 섞어 메꾸는 수법을 쓰기도 한다. 전형적인 계가 속이기다. 그러나 고수들에겐 안 통한다. 왜냐하면 이미 몇 집 승부인지 알고 있기 때문이다. 그런데 하수들은 몇 집 승부인지 알질 못해 당한다는 얘기다.

다음은 되나가나 계가다. 뭐가 그리 급한지 서로가 정신없이 앞만 보며 상대 집에 사석을 메꾸며 집 정리를 한다. 그때 한쪽은 자기 집의 돌을 한두 개 들어내거나, 상대집의 경계선에 있는 상대 돌을 한 개 또는 두 개를 슬쩍 밀어 경계를 바꿔놓는다. 이른바 계가 밀어 붙이기다. 한 개를 밀어놓으면 +− 2집 2개를 밀어놓으면 +−4집이 된다. 그런데도 상대하수는 계가에 바빠 그런 사실을 꿈에도 모른다. 물론 졌을 때만 그런다. 5집, 10집 졌던 바둑도, 그런 계가로 뒤집어 놓는다. 단! 열 집 내외일 때만 그것도 아무것도 모르는 호구에게

만 그런 짓들을 다반사로 한다. 철면피가 따로 없다. 그러나 그 정돈 아무것도 아니다. 아예 고수와 철저한 훈련을 통해 오만가지 신호를 주고받으며, 사실상 고수가 두는 것이나 마찬가지인 사기바둑도 비일비재하다. 그러나 삼촌의 기원에선 그런 장난질이나 사기바둑은 삼촌이 용납 칠 않는다. 물론 기원들 중엔 아예 고수인 원장이나 터줏대감 하다못해 명색이 지도사법이면서도, 사기바둑꾼과 한통속이 되어 묵인하거나 한패가 되어 호구들의 돈을 우려먹곤 뒷전에서 진탕만탕 놀아나거나, 심지어는 딴 돈을 5대, 5, 6대, 4, 7대, 3등으로 나눠먹기도 한다. 한마디로 칼만 안든 강도들이다.

또한 그런 기원들은 건달들과 심하면 조직폭력배들까지 알게 모르게 드나드는 갈 때까지 간 건달, 사기꾼, 조직폭력배들의 소굴이나 마찬가지다. 그러나 그러한 건달 사기꾼, 조직폭력배들도 어쩌다 삼촌의 기원에 찾아와 자리 잡으려 하다 삼촌이 원장인 줄 알면 아이고, 형님 또는 사범님하며 깍듯이 절을 하며 사라지고 만다. 삼촌은 서울에서도 은근히 소문난 바둑 고수이자 춤 도사였기 때문이다. 바둑세계 뿐만 아니라 춤 세계도 건달, 사기꾼, 조직폭력배들의 온상이긴 마찬가지로, 그 복마전 같은 세계를 종횡무진 누비며 날고 뛴 전설과도 같은 삼촌을 그들이 모를 리가 없었기 때문이다. 심지어 삼촌은 조직의 우두머리가 찾아오면, 너니 내니 하며 술을 나누는 사이이기도 하다(분명히 선은 긋지만.). 한마디로 삼촌은 그들에겐 '인간시장의' 장총찬 같은 존재였던 것이다. 비로

소 밝히는 우연이긴 하지만 내 성도 장씨다.

그런데도 그런 줄도 모르고 삼촌이 볼 때 분명 법은 지키지만 차마 눈 뜨고 볼 수 없는 가증스럽고 야비한 내기 꾼이 있었다. 기력 2급이지만(실제론 1급으로) 직업이 딴따라, 즉 악사였다. 그런데 그런 악사 2급이 3급짜리 혹은 5급짜리들과 그리 크지도 않은 내기 바둑을 두면서 하는 짓이 가관이었다. 제법 큰 패가 벌어졌는데 성질 급한 상대가 패보다 훨씬 큰 20집짜리 말에 패감으로 단수를 치자 당연히 받아야 하는데, 악사 2급은 뜸을 들이기 시작한다. 짜증이 날 수 밖에 없다. 그렇게 한참 뜸을 들여 짜증이 날대로 나게 만들어놓고, 할 수 없다는 듯이 그 패감인 단수를 받는다. 그때 성질 급한 상대는 당연히 받았겠지 하며, 보지도 않고 패를 제꺽 따낸다.

그런데 사실은 악사 2급은 20집짜리 단수를 받은 게 아니라, 되레 단수 친 30집짜리 말에 되 단수를 쳤던 것이다. 그래놓고 상대가 패를 따내자, 그 상황을 보여주며 30집짜리 말을 따낸다. 사실 냉정히 따지면 성급하게 확인도 않고 패를 따낸 쪽이 문제가 있으며 악사 2급은 법대로 했을 뿐이다. 그러나 세상일은 결코 법대로만 되는 것도 아니다. 우선 성질 급한 상대가 주먹까지 급했다면 그는 무사하지 못했을 것이다. 물론 그도 그때까지 온전한 걸로 보아 그런 상대만 골라 두었던 모양이다. 상대는 깜짝 놀라 황당해 했지만, 자신 역시 분명 단수는 쳤지만 보지도 않고 되 단수 치는 것은 확인치 못한지라,

할 말을 잊은 채 한숨만 내쉬고 있었다.

그러나 그 악사 2급은 삼촌을 잘못 만난 것이다. 삼촌이 그대로 놔 둘리 없다. 삼촌은 법이 아니라 힘으로 옥상으로 끌고 올라가, 딴 돈을 모조리 압수한 다음 법대로 했느니 주둥아릴 놀렸다간 그 주둥아릴 그나마 나팔도 불지 못하게 박살날 줄 알라며, 어느 밤무대에서 카바레에서 나팔 불고 기타를 쳐대는지는 모르겠지만, 혹시라도 그런 자리에서 만나기라도 하면 내가 누군지 똑똑히 알게 될 거라며 조심하고, 두 번 다신 얼씬도 하지 말라며 쫓아버렸다. 그런 장면을 나는 옥상으로 쫓아올라가 똑똑히 보았다. 그때 세상일엔 법대로 할 때와 주먹으로 할 때가 있음을 삼촌으로부터 확실히 배웠다. 그런 후 삼촌은 압수한 돈을 그 성질 급한 사람에게 돌려주며 성질 급할 때가 따로 있지 정신 좀 차리라며 더 이상은 아무 말도 없었다. 아마도 삼촌은 그 한심하고 성질 급한 사람도 꽤나 미웠던 모양이다.

기원은 노름방

어쨌든, 내기 바둑은 그렇다 치고, 툭하면 초저녁부터 벌어지며 날밤을 세우는 기원의 노름판도 문제는 문제였다. 직접 어울리진 못했지만 삼촌이 실토한 노름판의 실상은 이러하다. 당시는 서슬 퍼렇던 '전'통 시대로 통금이 있던 시절이었다. 또한 이○호, 강○일 두 아저씨도 드나들던 때였다.

그런 가운데, 초저녁부터 카드 노름판이 벌어지면 노름 멤버가 정 부족하면 같이 놀기도 하지만 다섯 명, 여섯 명 멤버가 꽉 차면 노름판 관리만 한다. '체면도 있고' 또는 카드 좀 하겠다는 꾼들이 열 명이 넘으면 '좀 드물긴 하지만' 아예 두 곳에 노름판이 벌어지기도 한다. 그야말로 초미니 사설 카지노장이나 마찬가지인 그래서 알만 한 사람들은 기원을 사설 도박장을 뜻하는 '하우스'로 부르기도 한다. 따라서 '하우스'가 단순히 비닐하우스나 영어의 집으로만 아는 사람들은 기원의 실상이나 도박에 대해 잘 모르는 사람들이다. 또한, 관계기관의 블랙리스트에 올라있는 하우스장은 대부분의 기원 원장들이다. 비밀스런 개인집 하우스장들도 있긴 하지만. 따라서 평소엔 사회적 문제가 될 정도의 큰 내기들도 아닌지라 봐주긴 하지만 어쩌다 신고라도 들어오면 어쩔 수 없이 단속하러 나오게 되고, 책임자인 기원 원장은 하우스장으로 몰려 곤욕을 치르기도 한다.

바둑은 신선놀음이란 말도 있지만 기원이, 신선들이 노는 '천계'가 될지 마귀들의 소굴인 '마계'가 될지는 기원 원장이 하기 나름이다. 즉, 돈만 밝힌다면 기원은 마귀소굴이 될 것이며, 결국 은 팔지를 차게 될 것이다.

어찌됐든 네댓 명, 풀 멤버인 6명이 채워지면 일찌감치 기원문을 닫아걸고 카드 판이 벌어지며, 밤 11시쯤 되면 삼촌은 노름 멤버들이 밤새 입이 궁금치 않도록 땅콩이나 마른 오징어 등 주전부리들을 보통 5~6만 원 어치를 통금 전에 미리 사다 놓는다. 그리고 맥주 한 병씩은 무료로 서비스한다.

단, 담배는 현찰이다. 자, 여기서 일반적인 기원에서 벌어지는 대부분의 카드 노름의 실상을 얘기해보겠다. 사실 기원에서 자주하는 카드 노름은 그리 큰 노름이 아니다. 6명은 풀 멤버다. 여섯 명이 하는 경우, 평균 각자 최소 10만 원 정도에서 50만 원 정도가 보통이다. 따라서 전체 판돈은 평균 200만 원 정도라 할 수 있다. 단순 노름이라 하기엔 좀 많고 도박이라고 하긴 애매한 판돈이라 할 수 있다.

　따라서 기본 배팅도 그리 크지 않다.(밤새 놀려면) 이를테면 판마다, 처음엔 각자 흑돌 30개(백 원짜리), 백돌 17개(천 원짜리)를 2만 원씩 내고 받고, 그 돈 12만 원은 삼촌이 보관한다. 말하자면 카지노의 칩이나 마찬가지다. 따라서 게임 중 그 돌들이 부족하거나 떨어지면 돌을 딴 사람에게 현금으로 바꿔 사용하거나 삼촌이 매판 뜯은 '돌' 즉, '고리'를 역시 현금으로 바꿔 사용한다. 더 이상의 돌 '칩'은 발행하질 않는다. 다 이유가 있다. 그렇게 시작된 카드 게임은 여러 가지 종목이 있지만 그 당시는 '하이, 로우'란 대부분, 마지막 남은 두 사람이 판돈을 반씩 나눠먹는 아기자기한 게임이었고, 독식 게임인 '세븐오디'란 게임은 대학생들이나 청소년들이 다방에서 하는 게임 정도로만 우습게보던 시절도 있었지만, 지금은 오히려 옛날 게임으로 나눠먹긴 뭘 나눠먹냐며 독식 게임이자 속전속결인 세븐오디 게임이나 '바둑이'란 희한한 카드 게임이 판을 치고 있다. 어쨌든 그 당시는 '하이, 로우'란 게임이었다. '세븐오디'는 하지도 않았다. 사실은 정통 카드 게임인데도. 하여튼 한국 사람들은 독특한 민족들이다. 기원들 중엔 아크릴로 만든, 여러 가지의 크기와 모양, 액수의 '칩'을 사용하기도 한다. '돈' 따먹기도 목적이지만 '게임' 자체를 즐겼다는 얘기다. 당시는 '바둑이'란 4장만 갖고 하는 카드 게임은 모르고 하지도 않았다.

참조 : 카지노에서 하는 카드게임은, 정통 하이 족보 게임인 세븐오디, 파이브 카드와 '블랙잭', '바카라' 등 이다.

그렇게 시작되는 '하이로우' 게임은, 판돈 규모에 따라 좀 바뀌기도 하지만(베팅) 기본적으로, 리미트 베팅(최대 맥시멈, 얼마까지만 치자 보통 5천원) 그것도 마지막에, 쿼터베팅 '바닥 판돈의 1/4', 하프베팅 '바닥판돈의 1/2' 풀 베팅(바닥판돈대로)

무제한 베팅 '카지노의 별실 VIP일 경우' 이 중 삼촌의 기원에서 하던 베팅은 '쿼터 베팅' 이었다. 대부분 그야말로 노름이었던 것이다.(뺑바리) 기본 베팅 100원, 이제 '하이, 로우' 쿼터베팅을 시작해 보자. 먼저 각자 백 원짜리 흑돌 하나씩을 테이블에 내놓는다. 6개, 그리고 카드를 각자 3장씩 받아 그 중 한 장을 까놓는다. 그리곤 딜러 오야, 다음 사람이 '뺑'하며 흑돌 한 개를 베팅, 다음 사람은 죽을 수도 있지만 콜, 하면 같이 흑돌 하나만 내놓으면 되지만, 만약 받고 또는 레이즈 하면 바닥돌이 8개가 됐기 때문에 1/4인 두 개를 더 칠 수가 있다. 10개가 됐다. 세 번째 사람이 죽지 않고 콜, 하면 흑돌 3개를 내야만 한다. 흑돌 13개가 됐다. 네 번째 사람 역시 죽지 않고, 오히려 받고 또는 레이즈 하면 앞서 배팅한 흑돌 3개를 내놓고 16개의 흑돌 1/4일인 4개를 칠 수 있다. 이제 20개가 됐다. 다섯 번째 사람도 죽거나 콜, 레이즈를 할 수 있다. 콜, 했다면 흑돌, 7개를 받아야만 한다. 여섯 번째 사람도 콜, 했다면 흑돌 7개를 받아야 한다. 그렇게 1차 바닥에 놓인 흑 돌은 모두 34개가 된다. 즉, 3,400원이 된다. 더 될 수도 있고 덜 될 수도 있다. 다시 각자 카드 한 장씩을 받고, 받은 네 번째 카드는 까놓아야 한다. 순서대로, 그리곤 또다시 베팅이 시작된다. 처음 사람은 카드를 받고 나서 비전이 없으면 죽거나 첵, 삥(배팅 흑돌 하나, 또는 1/4인 천) 정확히는 850원이지만, 천, 했다고 하자. 두 번째 사람은 죽지 않으려면 콜. 백돌 하나를 내놓고 5,400원이 됐다. 세 번째 사람은 받고(레이즈) 백돌 한 개를 내놓고 6400의 1/4인 천 오백 하며 백돌하나 흑돌 5개를 친다. 7,900원이 됐다. 네 번째 사람은 콜하며 2,500원 돌로 내놓는다. 10,400원이 됐다. 다섯 번째 사람 콜, 2,500 내놓고 그런데 여섯 번째 사람이 기다렸다는 듯 기세 좋게 받고 '레이즈'하며 2,500원을 내놓고 판돈을 대충 확인 한 다음, 사 천에 백돌 4개를 친다. 이제 19,400원이 됐다. 또한 모든 카드는 '봉'으로 부르기도 한다. 예: A석장은 아봉, 카봉, 8봉, 텐봉, 닥봉 등 그러자 처음 천원을 친 사람이 야! 너 왜 그래 이제 시작인데 또 칠까보다 하면서도 콜, 사천을 받고 나머지 네 사람도 각자 또 지랄하네. 그러게, '죽기도 하지만' 죽나 봐라. 두고 보자. 모두 사천 원씩 받긴 받는다. 다섯 번째 카드를 안 볼 수가 없기 때문이다. 판돈은 모두 39,400원이 됐다. 각자 두 장은 엎어져 있고, 석장은 까놓은 상태다. 다음 6명 모두 다섯 번째 카드를 받았다. 가장 중요한 카드라 할 수 있다. 카드 '트럼프'에 있어 족보는 기본적으로 5장으로 완성된다. 결과, 첫 번째는 눈치를 보다 죽거나 첵! '노배팅', 뼁! '흑돌 한 개'만! 배팅했다고 하자. 나머지 다섯 사람 중엔 지랄, 죽을까? 받기만 하자. 되받고 칠까? 에이 죽자. 제법 큰 족보가 완성된 사람은 옳지 니들 잘 걸렸다. 반응도 볼 겸, 만 원 받고 만 오천 더! 다들 속으로 뜨끔 한다. "처음 사람은 괜히 쳤나?" 한다. 판돈은 74,400원이 됐다. 남은 네 명은 끙끙거린다. 그 중 2명은 에이, 죽어 버린다. 남은 2명은 마지막 보너스 카드에 희망을 걸고, 콜. 콜. 25,000원씩 받는다. 124,400원이 됐다. 그리고 4명은 마지막 카드를 받는다. 각자 엎어져 있는 두 장의 카드를 확인, 까져 있는 3장과 맞춰본다.

마지막 카드는 엎어 놓는다. 이른바 마지막 카드는 히든카드다. 그리곤 상대 카드를 살펴보며 머리를 굴린다. 과연 네 명의 6장 카드는 어떤 내용일까? 더 될 수도 있고, 못될 수도 있고, 결국, 둘이 나눠먹거나, 최후 승자가 독식 할 수도 있다. 마지막이 재밌다. 모든 배팅이 끝나고 두 명만 남았을 경우, 의사표시를 한다. 돌을 한 개만 잡으면 '로우', 두 개를 잡으면 '하이', 빈손이면 '전부 다 먹겠다'다. 결과 1개 로우, 2개 하이면 끗발은 따질 것도 없이 절반씩 나눠 먹고 같은 1.1로우, 2.2하이면 끗발을 따져 승자가 독식한다. 그런데 만약 한쪽이 빈손이고, 한쪽은 로우 또는 하이였다면 '빈손은' 상대가 잡은 로우, 또는 하이를 반드시 이겨야 한다. 이기면 독식, 지면 상대가 독식이다. 그런데 둘 다 빈손이면 서로가 상대의 로우 족보와 하이 족보를 모두 이기면 독식, 한쪽은 이기고 한쪽이 지면 역시 나눠 먹는다. 그때, 삼촌은 십오만 원정도의 판돈이면 '오, 육천 원정도 고리를 뜯는다.' 뺑바리 노름에서, 판돈 십만, 십오만 정도의 꽤 큰 판을 10여 시간, 15시간의 노름판 중 30% 정도며 보통 평균 6~7만원 '고리 2천원' 내외다. '승자들, 승자'는 좋아서 고리 '5~6천원'은 그 정도는 별게 아니다. 사실 '판돈 150,000원 고리 6,000)x1/2−친 돈 60,000=12,000원씩이다. '두 명이 먹는 돈은' 독식=84,000원이다.

문제는 끝났을 때다. 이튿날 아침, 6명의 노름 밑천은 200만 원이었다. A는 30만 원 땄지만 20만 원만 땄다고 오리발을 내민다. B역시 10만 원 땄지만 5만 원 땄다고 오리발을 내민다. C도 10만 원 땄지만 본전이라고 우긴다. D는 30만 원 잃었지만 있지도 않은 50만 원 잃었다고 징징댄다. E는 20만 원 잃었지만 30만 원 잃고 차비도 없다며 개평 좀, F는 30만 원 잃었지만 자존심이 있어 10만 원만 잃었다고 한다.

자, 세 사람이 딴 돈은 전부 50만 원이다. 세 사람이 잃은 돈은 전부 80만 원이다. 30만 원이 모자란다. 그 돈은 어디로 갔을까? 물론 삼촌의 주머니 속이다. 그때, 누군가는 "원장은 얼마나 챙겼수?" 하면 삼촌 역시 오리발이다. "십이만 원은 될까? 그래도 밤새 먹을 거 5, 6만 원어치 사오고 맥주도 한 병씩은 돌렸는데, 한 5, 6만 원은 봐줘야지 안 그래?" 그럼, 한 15만원은 떼였겠구먼, 생각하며 그럼, 그야 그렇지 뭐. 다. 그리곤 각자 이런 생각들을 한다. 40만 원은 땄을 텐데 20만원만 땄다고? 오리발을 내밀어? 뭐? 오만 원? 웃기고 있네. 20은 땄을 놈이. 본전? 놀고 있네. 십만 원 딴 게 본전이냐? 70만 원이 되고, 삼촌의 오리발 십이만 원 합쳐 82만원, 삼촌의 오리발은 얼추 진실이 된다. 반면, 50을 잃어? 30갖고 시작한 걸 모를 줄 알아? 30다 잃고 차비도 없어? 한두 번 들어봤냐? 15만 원 정도는 잃었겠지. 십만 원만 잃었다고? 꼴에 자존심은 있어가지고, 제일 많이 잃은 놈이. 원장이야. 푼돈 뜯은 거 얼마 되겠어? 한 마디로 노름판의 진실은 본인만 알뿐 아무도 모르며 헛소리뿐이다. 분명한 것은 재주는 곰들이 부리고 돈은 삼촌이 챙긴다는 사실이다. 매판, 수북이 쌓이는 바둑돌들이 실은 노름꾼들이 아닌, 거위가 낳는 황금알이었던 것이다. 허긴 밤새 놀게 해주고 먹을 거 대주는데, 그 정도 수고비야 당연한지도 모른다.(제비들의 수고비에 비하면) 삼촌의 뻔뻔한 소리다. 그래도 5,6만 원의 투자는 하지만(티끌모아 태산이라고) 밤새 뜯은 돈이 가랑비에 옷 젖는다고 30만 원이라니, 놀랍긴 하다. 딜러는 카드만 돌리는 꾼들 끼리 하는 파이브 카드, 세븐오디카드일 경우, 게임비를 판마다 뗀다. '고리'

　따라서 그러한 노름판의 단골 멤버였던 강○일 아저씨는 그와 같은 뼝바리, 노름의 실상을 누구보다 빠삭히 잘 알고 있는 유일한 노름꾼이기도 했다. 삼촌이 뜯을 만큼 뜯는데도, 자신이 제법 큰판을 먹을 때는 알아서 솔선수범, 넉넉히 떼어

주고 상대들이 역시 좀 큰판을 먹을 때도, 삼촌보다 두세 개는 더 떼어주기도 하곤 했다. 바둑은 기칠운삼이며, 노름(도박)은 운칠기삼이란 말이 있다. 그런데 '강' 아저씨는 바둑도 기칠운삼, 노름도 기칠운삼으로 열 번을 놀면 7번은 따곤 했다. 그러나 그 기칠도 억세게도 재수 없는 날, 상대는 자신도 못 말리는 개 끗발이라도 나면, 소용없어 세 번은 잃었다는 얘기다(그래봤자 얼마 안 잃고). 사실 단기 승부라면 몰라도, 장기간의 노름에선 가끔은 잃기도 해야 한다. 즉, 밑밥을 뿌려놓을 필요가 있다는 얘기다. 사실 '강' 아저씨는 마음만 먹으면 귀신도 모르게 카드에 자신만 아는 비밀스런 '마킹'을 해놓는다거나 카드 밑장을 빼는 재주를 가지고 있다(삼촌의 말로는). 그러나 삼촌은 그것만은 허용칠 않았다. 한 번은 TV에서 이런 장면을 본적이 있다. 한 사람이 카드 한몫을 들고 테이블에 카드를 한 장씩 내려놓고 있었다. 분명 10여 장을. 잠시 후 슬로비디오가 돌아가고 카드는 밑에서 한 장씩 빠져나오고 있었다. 귀신이 곡할 노릇이었다. 사실 LA의 일류 카지노엔 평생을 카드 도박만 하다 은퇴한 전설적인 카드 겜블러가 새로 구입한 카드만을 전문으로, 무슨 이상이 있는지를 감식하는 전문가들이 있다. 우리나라에도 그런 전설적인 카드 겜블러가 있다. 바로 '차민수' 프로 기사다. 그는 당시 100불만 달랑 들고, 라스베이거스로 건너가 온갖 잡일 끝에 1만 불을 마련, 당시 월드 포커 챔피언쉽대회에 참가, '참가비 1만 불, 우승 상금 백만 불' 챔피언에 올라 우승 상금 백만 불을 거머쥔 포커계의 전설적인 인물이다. 지금도 현역프로기사로 활동하고 있다. 영화 '올인'의 주인공이기도 하다.

아마 '강'아저씨도 워낙 불알 두 쪽만 찼던 신세라 그런 잔챙이노름에 매달렸는지는 모르겠지만, 하여튼 카드노름엔 삼촌 찜 쪄 먹는 귀신이었다. 따라서 그런 노름이 끝난 아침엔 삼촌은 그 '강'아저씨와 해장국에 술 한 잔을 나누며, 해장국, 술값은 땄으면 '강' 아저씨가 사고, 별 볼일 없었으면 삼촌이 사고했다. 그 돈이 그 돈이지만.

'고스돕에서도' 소위 말하는 타짜들은 6장이 아니라 7장을 갖고 놀며, 화투도 마음대로 섞는다. 아무리 다시 섞어놔야 소용없다. 한패도 있고. 특히 20장 갖고 하는 짓고땡은 그 20장을 마음대로 섞으면 한패가 커트한 패들은 애기패들에겐 5땡, 7땡, 8땡을 주고, 자기는 장땡을 잡는다.

삼촌의 전성시대

3권

2021년 2월 15일 초판 인쇄
2021년 2월 20일 1쇄 발행

지은이　　장호주
만든이　　박찬순
만든곳　　예술의숲
　　　　　등록 2002. 4. 25.(제25100-2007-37호)
　　　　　주　　　소 · 충북 청주시 상당구 교서로 2
　　　　　전　　　화 · 070-8838-2475
　　　　　휴 대 폰 · 010-5467-4774
　　　　　이 메 일 · cjpoem@hanmail.net

　　　　　ⓒ 장호주 2021. Printed in Cheongju, Korea
　　　　　ISBN 978-89-6807-184-3　03810